BLANCO INMACULADO

NOELIA LORENZO PINO

BLANCO INMACULADO

Papel certificado por el Forest Stewardship Council®

Penguin
Random House
Grupo Editorial

Primera edición: septiembre de 2022

© 2022, Noelia Lorenzo Pino. Esta edición se ha publicado gracias
al acuerdo con Hanska Literary & Film Agency, Barcelona, España
© 2022, Penguin Random House Grupo Editorial, S.A.U.
Travessera de Gràcia, 47-49. 08021 Barcelona

Printed in Spain – Impreso en España

ISBN: 978-84-01-02819-9
Depósito legal: B-11701-2022

Compuesto en Comptex & Ass., S.L.

Impreso en Rodesa
Villatuerta (Navarra)

L028199

Para mi prima Anne.
Me habría gustado compartir contigo esta historia en la que
la protagonista se apellida como la abuela, como nosotras ♥
Cuánto voy a echarte de menos.

A Javier Abasolo, el jefe de los Txapela Noir ♥
Solo espero que supieras lo mucho que te apreciaba.
Gracias por tanto, compañero.

Teje, araña, teje, teje que tus hijos no se puedan caer.
Teje, araña, teje, teje que tus hijos no se puedan mover.

TULSA, *Araña*

13 de octubre, domingo

Sentía la sangre, suave, como lava entre sus piernas y en la raba-dilla. Eva estaba tumbada bocarriba. Salió de la cama con sigilo y vio la mancha en la sábana. En la penumbra tan solo era una señal negruzca. Un círculo irregular. Retorció la enagua para mirar la culera y encontró un redondel aún más grande. Salió de la habitación en silencio, descalza, para que sus pisadas no se escucharan en medio de la noche. Su reloj de pulsera se había parado. Le dio cuerda mientras bajaba las escaleras de made-ra oscura. Toda la casa estaba tenuemente iluminada por la lamparilla que la familia dejaba encendida cada noche en el co-medor.

Entró en el servicio de mujeres, se bajó las bragas y se sentó en el retrete. Tenía el paño empapado de sangre. Era un rectán-gulo escarlata, no se apreciaba ni un ápice del tejido blanco. Se lavó y se puso una muda y un paño limpios. Era la primera vez que sangraba tanto. Las otras veces había manchado unas gotas, nada más. Abrió el grifo, llenó un balde y metió las prendas, in-cluida la enagua. El paño enseguida ensució el agua y, con ella, la vestimenta blanca. Aquello era un desastre. Su madre, meses antes, la enseñó a hacerlo, pero nunca se había topado con se-mejante sangrado. Escurrió la ropa, tiró el líquido rojo por el retrete y lo llenó de nuevo. El agua no tardó en volver a teñirse de carmesí. Debía solucionar aquello. Tía Flora era muy estricta y, si por la mañana hallaba las prendas sucias, le caería una buena reprimenda. Repitió la misma operación varias veces. A la décima echó jabón y empezó a frotar, una y otra vez, pero los tejidos apenas variaban de color. Se secó las manos y se sentó en el retrete. Sintió el frío de la tapa. Solo llevaba puesto un blusón blanco y la ropa interior.

Un trueno rugió a lo lejos y la hizo estremecerse.

La lluvia que arreciaba fuera calaba las paredes y llenaba la casa de humedad. Eva estaba destemplada, pero sobre todo cansada. Le dolían los brazos de tanto restregar y tenía mucho sueño. Se levantó y escurrió las prendas. Las enrolló en una toalla, limpió y secó el baño y se fue de allí con el fardo de ropa mojada. Fue al taller de costura y sacó trozos de tela de un cubo. Depositó la ropa sucia en el fondo y la tapó con los retales. Al día siguiente se encargaría de enterrarla en algún lugar para que nadie se enterara. Caminó hasta las baldas donde almacenaban la ropa y buscó una enagua de su talla. En los próximos días confeccionaría una igual para que cuadrara el inventario.

«Está todo controlado», se dijo para ahuyentar ese sentimiento de pecadora que siempre la asaltaba.

Se metió la prenda por los pies, llevó la goma hasta la cintura y la ajustó por encima del blusón. Era un alivio sentirse vestida y limpia. Era un alivio saber que por fin regresaría a su cama. Recordó el redondel oscuro y húmedo de la sábana bajera.

«Mierda», pensó.

No le quedaba más remedio que mostrársela a su madre para que la ayudara a limpiarla sin que tía Flora se enterase. Pero eso ya sería por la mañana. Cogió un retal para ponerlo sobre la mancha y, antes de abandonar el taller, se asomó por una ventana. Fuera llovía a cántaros. Las gotas golpeaban las hojas de los árboles, pero la noche estaba tan cerrada que solo pudo distinguir un paisaje negro y desdibujado. Parpadeó. Había sombras ahí fuera, entre la lluvia, o eso le pareció ver. Se dio la vuelta y abrazó su cuerpo tembloroso. No sabía por qué, pero estaba muerta de miedo. Nunca se acostumbraría a andar sola por el enorme caserío. No era un hogar acogedor. Las habitaciones eran grandes y frías, y los techos, altos. De día, las cortinas gruesas apenas dejaban pasar la luz.

De pronto oyó un golpe.

Susurros y pasos desconocidos le erizaron la piel. Venían del comedor. Salió del taller tan asustada que apenas rozaba el suelo. Pegó la espalda a la pared. Cuando llegó a la estancia se asomó y descubrió cinco figuras a contraluz. Sus sombras se alargaban como serpientes. Iban encapuchadas y rodeaban a alguien que se desangraba en el piso. Pese a que la víctima estaba amordazada, la reconoció enseguida. Contuvo las ganas de gritar. Se deslizó como pudo por el pasillo. No paraba de temblar.

«No, por favor…», se dijo tapándose con las manos la boca.

Tuvo el presentimiento de que iban a matarlos a todos.

14 de octubre, lunes

Se sentó en la esquina de la silla reprimiendo un quejido. A Lur le dolía todo el cuerpo. La reumatóloga la acababa de movilizar sobre la camilla y la había dejado destrozada.

—No sé qué más decirte —dijo la doctora con un suspiro—. Todas las pruebas han dado negativo y en las resonancias solo se aprecia la discopatía degenerativa.

—¿Y no puede ser eso lo que me está acarreando tantos dolores?

—No, la discopatía no es la responsable de la rigidez y el agarrotamiento que presenta tu cuerpo.

—¿Y qué puedo hacer?

—No lo sé —reconoció mirándola a los ojos—. Hoy por hoy la medicina llega hasta donde llega. Tu caso es rarísimo y no se me ocurre cómo ayudarte.

Lur bajó la cabeza. Agradecía su sinceridad, pero acababa de desmoronarla completamente.

—Si la espondilitis anquilosante hubiera dado positivo… —comentó la reumatóloga—, al menos sabría qué hacer.

La habían estudiado traumatólogos, reumatólogos, fisioterapeutas y osteópatas. Y nadie le daba respuestas, nadie la ayudaba.

La doctora tecleó en el ordenador.

—Ve al pasillo de rehabilitación y espera a que salga la enfer-

14

mera para entregarle el volante —explicó dándoselo—. Hay bastante lista de espera. Te he puesto como urgente.

—Gracias —susurró Lur.

—Sigue yendo a fisioterapia privada —le aconsejó la doctora—. No pares, no te lo puedes permitir.

Salió de la consulta con un nudo en la garganta. Sentía que había tocado fondo y que las manos de los médicos no llegaban hasta ahí abajo. ¿Qué iba a hacer? Siempre se las había arreglado sola. Desde niña. Desde que su madre hizo lo que hizo. Nunca había pedido ayuda para salir adelante y ahora... Ahora empezaba a temer que iba a necesitarla. ¿Y si no podía emerger por su propio pie del abismo al que se abalanzaba? Se apoyó en la pared, frente a la puerta de la consulta de rehabilitación. Leyó lo que la reumatóloga había escrito:

Discopatía degenerativa L4-L5. Discreta escoliosis. Limitación severa de la movilidad del raquis. Gran rigidez de psoas / isquiotibiales.

Según los resultados se descarta afección compatible con espondiloartritis, pero sigue con clínica severa de rigidez y agarrotamiento que le limitan para llevar una vida normal. Derivo a rehabilitación para valoración.

Analgesia ineficaz.

Lur se despegó de la pared en cuanto vio salir a la enfermera. Le entregó el papel.

—La llamaremos —dijo tras ojearlo.

—Gracias.

Fue al cuarto de baño y se encerró allí. Se llevó las manos a la cara y se echó a llorar. Tenía tan contraído el diafragma que la congoja le comprimió el esófago y los costados. Tomó aire para contener el llanto y para disipar la sensación de ahogo, pero el oxígeno se le quedó bloqueado en la parte alta de los pulmones. Desde que estaba así no era capaz de respirar profundamente. Siempre bocanadas cortas. Incompletas. Desesperantes.

Era descorazonador pensar que no había nadie que pudiera ayudarla. Que su vida se iba a la mierda. Que si seguía así, en poco tiempo acabaría postrada en una cama.

Se observó en el espejo y esperó unos minutos para recomponerse. La irritación de sus ojos causaba que el azul del iris resaltara como el zafiro. Se peinó el cabello color azabache con la mano. Durante los últimos meses no le había prestado mucha atención y lo tenía largo y descuidado. Parecía una bruja, una *sorgina*, como se decía en euskera. A eso había que sumarle que le gustaba vestir de negro. ¿Cuándo empezó a hacerlo? No lo recordaba. ¿Había sido siempre una bruja sin darse cuenta? Una sonrisa lastimera se dibujó en los labios. Sacó el teléfono. Necesitaba un taxi para volver a casa. Miró la pantalla. Tenía varias llamadas perdidas de su jefe. Le extrañó tanta insistencia, dado que cada vez la llamaba menos. Mientras sostenía el móvil se percató de que el subcomisario volvía a la carga. Se lo pensó unos segundos antes de contestar.

—Hola, Nando.

—Hola, Lur, ¿qué tal estás?

—Ahí voy...

—Vaya...

—Sí, vaya... ¿Cómo va todo por la comisaría?

—Regular.

—¿Y eso?

—Ha aparecido muerta una cría de catorce años.

—¿Aquí en Irún?

—En el caserío de la familia Fritz.

—¿En serio?

—Sí, y te mentiría si te dijera que no te necesito.

Lur se quedó en silencio. Carraspeó antes de contestar.

—Estoy muy fastidiada, Nando. Y lo sabes. También lo mucho que me gustaría volver. Pero no puedo, joder.

¿No podía? ¿Realmente no podía? ¿Quedarse sola en casa y regodearse en su dolor la sacaría del pozo?

—Lo sé —la interrumpió—, y siento llamarte para esto. Pero se trata de la jodida familia Fritz, Lur. Nadie más aquí está preparado para sustituirte. Por favor. Ven y luego… Luego tú decides.

La oficial De las Heras cerró los ojos y se mantuvo callada.

—¿Podrías, al menos, echar un vistazo a la escena?

Los dos se quedaron en silencio.

—Mándame a alguien —dijo ella por fin—. Yo no puedo conducir.

—En quince minutos tienes un coche patrulla en tu casa. ¿Te da tiempo?

—No estoy en casa. Mándalo al hospital.

—¿Al hospital?

—Sí, tranquilo. Tenía una consulta.

—De acuerdo. ¿A qué hospital?

—Al Comarcal del Bidasoa. Salgo ya.

—Espera en la puerta principal.

—Sí, eso haré.

—Gracias, Lur, de verdad.

Colgó y volvió a mirarse en el espejo un instante más antes de salir del baño.

Esperó cerca de la puerta. La humedad bochornosa que acompañaba el día, además de encresparle el pelo, era opresiva como una angina de pecho. El cielo estaba gris y la calzada empapada de agua. Miró el monte Jaizkibel que se alzaba frente a ella. Había llovido mucho durante la noche y las nubes se extendían por la ladera como dedos gigantes. Costaba imaginar que detrás de aquella cresta verde se encontraba el mar Cantábrico. En momentos como aquel, Lur añoraba la posibilidad de moverse con libertad. De haber podido, habría subido andando a Jaizkibel para ver desde su cima la bahía de Txingudi, los acantilados, el mar… Para sentir la brisa y el salitre. Pero sus músculos ya no se lo permitían. Apretó la mandíbula justo en el momento en el que un coche patrulla se detenía junto a ella. No había tardado en aparecer, apenas siete minutos. El subcomisario Nando García tenía mucha urgencia por llevarla al caserío de los Fritz. Abrió la puerta del copiloto y vio a una mujer uniformada al volante. Le sonaba vagamente de la comisaría. Se metió con la lentitud de una anciana y apoyó la espalda en el asiento.

—Hola —saludó disimulando el dolor que le había ocasionado acomodarse.

—Buenos días, oficial De las Heras.

—Llámame Lur, por favor.

—De acuerdo —dijo al tiempo que metía primera y aceleraba.

—¿Sabes algo del caso?

—No mucho. Una chica de catorce años. He oído que es un claro homicidio. Los vecinos alertaron a los bomberos de un incendio en el caserío. Cuando sofocaron las llamas se encontraron con la chica muerta, amordazada.

—Ah, ¿sí? No sabía lo del fuego.

—Sí, por suerte solo se ha quemado el taller de costura en el que confeccionan la ropa que venden por internet y en diferentes mercadillos.

—Menos mal que no ha ardido nada más.

—Ahora mismo todos los Fritz están en comisaría.

—¿Cuántos son?

—Catorce: un anciano, dos críos, una adolescente y diez adultos.

El caserío de la familia Fritz estaba en la carretera que conectaba los barrios de Olaberria y Ventas. Una ruta tranquila, rural y alejada de la urbe. Miraras donde miraras la naturaleza se extendía en todas direcciones con sus árboles poderosos y su hierba alta. El sol había salido de entre las nubes e iluminaba las gotas de lluvia del campo. Lur contemplaba el paisaje por la ventanilla del coche y tuvo que entornar los ojos ante aquel estallido de luminosidad. Últimamente sus sentidos se activaban ante cualquier estímulo. Llevaba meses enclaustrada en casa y su mundo se había reducido al tamaño de un garbanzo. Salía un rato por la mañana y otro por la tarde. Diez minutos era lo máximo que su cuerpo le permitía andar. El resto del día lo pasaba encerrada, viendo la vida pasar como una cotilla. Detestaba saberse las rutinas de todos los vecinos del barrio. Pero aún aborrecía más envidiar a los ancianos que veía pasear por la calle. Lo hacían delante de sus narices, como presumiendo de la agilidad que la salud les brindaba.

«Putos viejos», solía pensar con la rabia que la maldita enfermedad también le había regalado.

—Entre los diez adultos hay una embarazada. —La agente interrumpió sus cavilaciones—. Tiene buena tripa. Intuyo que estará de siete u ocho meses. Si es menos, estoy segura de que ahí dentro se está gestando más de uno.

Lur la miró. La patrullera era más joven que ella. Calculó que tendría unos treinta y cinco. Melena rubia y flequillo recto. Un peinado moderno. Nuca despejada y mechones frontales más largos. Recordó su pelo de *sorgina* y no pudo evitar volver a atusárselo con las manos.

—He sentido lástima al ver a los niños —reconoció la chica—. Pobres criaturas. Por un momento me he imaginado a mis hijos en una situación similar y ha sido terrible.

«Sensible», se dijo Lur.

—¿Cuántos tienes?

—Dos. Niño y niña. De cinco y de siete años.

Lur asintió con una leve oscilación de cabeza.

—¿Y qué tal estás? —se aventuró a preguntar la patrullera. En comisaría nadie sabía gran cosa de su estado de salud.

—Regular.

—Vaya… ¿Qué tienes? —Tenía los ojos grandes y marrones. Curiosos.

—Ni siquiera lo saben los médicos. Empecé con un tirón de espalda. No era el primero, pero esta vez no evolucionó como los anteriores. Llevo dos años intentando recuperarme. El verano pasado mejoré y me incorporé al trabajo, pero enseguida volví a empeorar. Rigidez y agarrotamiento en piernas y espalda. Es como si me hubieran colocado una placa en la columna. Está tiesa.

—Joder. ¿Y te duele?

—Todo. Y los analgésicos no me hacen nada. Me han llegado a recetar seis nolotiles al día, además de antiinflamatorios y relajantes musculares.

—Vaya, lo siento.

—Tranquila.

—Tengo una amiga que es enfermera. Sé que conoce a un médico deportivo. ¿Quieres que le pregunte? Quizá él pueda decirte qué les pasa a tus músculos.

Lur no contestó. Estaba harta de médicos, pero, llegados a este punto, si le daban algún tipo de esperanza, estaba dispuesta a someterse hasta a las prácticas chamánicas de cualquier curandero.

La patrullera salió de la carretera para meterse por el camino blanco que accedía al caserío de la familia Fritz. Lur observó cómo los de la científica habían delimitado todo el terreno de la casa. Ahora mismo estaban trabajando en él. Había hombres y mujeres con buzos blancos por todas partes. Un agente uniformado se aproximó al coche patrulla y quitó el pivote de la entrada al ver a la oficial De las Heras en el asiento del copiloto.

—Estacionad allí —comentó señalando con el dedo.

Las mujeres afirmaron a la vez y aparcaron el coche junto a un camión de bomberos. Lur abrió la puerta y se bajó a duras penas. Le costó unos segundos enderezarse del todo. Tenía el glúteo izquierdo totalmente dormido. Echó a andar para que las articulaciones de las caderas se desanquilosaran. Le extrañó no oír el portazo de la patrullera. Miró hacia atrás y la vio dentro del vehículo.

—¿No vienes?

—El subcomisario me ha dicho que te espere fuera.

—No, ni hablar. Vamos.

La mujer tardó unos segundos en salir e ir tras ella.

—¿Qué tontería es esa de que te quedes en el coche? No hagas ni caso al subcomisario —dijo cogiendo dos pares de guantes de látex de una mesa auxiliar que habían colocado cerca del cobertizo adyacente a la casa.

—Si te soy sincera, estoy deseando entrar, pero entiendo que no soy nadie.

—No hace falta que te diga que muchos de los agentes que trabajan en la Sección de Casos están elegidos a dedo… Si tú no eres nadie, ellos tampoco.

Un hombre se acercó con gesto serio y encaró a Lur.

—Cuánto tiempo, Lur —dijo con el rostro descompuesto—. No te esperaba por aquí.

El oficial Ernesto Quivera ocupaba provisionalmente su puesto. No había que ser muy listo para saber que estaba deseando que le dieran a Lur la baja permanente. Supuso que se estaría mordiendo la lengua para no gritarle que se largara de allí, que esa era su investigación, que no metiera las narices en sus asuntos. Lur bufó. Si quería ajustar cuentas que lo hiciera con el subcomisario Nando García. Ella no tenía la culpa de ser mejor en su trabajo que él, que se jodiera.

—Vengo a echar un ojo, nada más —explicó para que no se asustara. No le apetecía provocar ni una tensión más. Bastantes tenía en su cuerpo.

—Eso está bien. La víctima sigue en el comedor —dijo al tiempo que se encendía un cigarro—. Me voy a comisaría. Tengo al equipo deseando tomar declaración a la familia Fritz.

—Suerte —murmuró ella.

—Igualmente.

Giró la cabeza y le observó de reojo mientras se montaba en el coche con el pitillo en los labios. El cabrón ni siquiera había mirado a la patrullera, como si no estuviera allí.

—Será mejor que entremos —dijo colocándose los guantes.

El caserío era enorme y vetusto, pero estaba muy bien cuidado. Se apreciaba la belleza de la arquitectura rural vasca. Piedra y vigas marrones, pequeñas ventanas en las cuatro caras de la fachada y un gran arco en la entrada que daba acceso a lo que en el pasado fue una cuadra. Un bonito *baserri*, como se los llama en Euskadi. La parte derecha de la fachada mostraba una mancha negra con forma de embudo que salía de la ventana y trepaba como una enredadera por las dos plantas hasta alcanzar las tejas. Lur percibió el olor a quemado, a incendio sofocado. Una mezcla desagradable de madera chamuscada y agua.

Dentro el olor se intensificó de tal manera que Lur y la patrullera tuvieron que taparse la nariz. La humedad y el tufo a vigas carbonizadas impedían respirar. A la izquierda había una sencilla cocina con muebles de madera y a la derecha estaba el taller de costura donde el fuego se había originado. Por suerte, las llamas no parecían haberse cebado con la estructura de la habitación. Un par de bomberos estudiaban qué pudo iniciarlo. Siguieron avanzando y llegaron a un amplio comedor. La decoración era humilde. Paredes y cortinas claras, mesa de madera con bancos corridos y una alacena repleta de vajilla. Todo blanco y marrón. Ningún otro color iluminaba la planta principal. Tampoco la luz del día, ya que la tela de las cortinas era recia, opaca. Quizá las confeccionaban con aquel material tupido para evitar que los vecinos vieran lo que la familia hacía allí.

Se acercaron al cuerpo de la joven. Se hallaba en el hueco que había entre la mesa y la escalera que daba acceso a las otras dos plantas. Estaba bocarriba, pero en una postura imposible. Brazos y piernas extendidos y retorcidos como si se tratara de una muñeca rota. Tenía la cabeza ladeada y los ojos abiertos. Iba descalza y vestida de blanco. Pantalón tipo bombacho y blusón. La mordaza de cinta adhesiva negra estaba tan tensa que deformaba sus mejillas en una mueca grotesca. El pelo, recogido en una coleta, estaba empapado en su propia sangre. También el blusón, ya que el tejido había absorbido el líquido y el carmesí se extendía desde los hombros hasta el pecho como un río de tinta.

Lur se acuclilló con gran dificultad y no pudo evitar agarrarse a la pierna de la patrullera al doblar las rodillas. Un dolor punzante le atravesó las rótulas.

—Lo siento —se disculpó.

—Tranquila —dijo ella agachándose también.

La piel fina y azulada de la adolescente estremeció a Lur. Aquella vestimenta anticuada y ridícula no ocultaba que tan solo era una niña. Una chica educada, según decían ellos, al margen de la sociedad consumista que los esclavizaba a todos más allá de las paredes de aquel caserío. Se preguntó dónde habría sido más feliz si hubiera tenido la oportunidad. Lur desconocía el modo de vida de los miembros de la familia Fritz, qué sentían. Pensó que, independientemente del lugar en el que le había tocado crecer, merecía haber vivido catorce magníficos e intensos años. La miró con tristeza. Suspiró. Si algo tenía que agradecer a la enfermedad era el haberla alejado durante un tiempo de tanta muerte.

Maldijo a su jefe por haberla llamado.

Se maldijo a sí misma por haber accedido.

—Se aprecian marcas de defensa, fíjate —murmuró. Tomó su mano derecha.

—Sí, tiene sangre reseca bajo las uñas —observó la patrullera.

—Y señales en las muñecas.

—¿Crees que la ataron?

—No, parecen más bien signos de forcejeo —opinó la oficial.

—Se resistió y se llevó un buen golpe en la cabeza.

—Tal vez. ¿Sabes si se ha hallado el arma homicida?

—No tengo ni idea.

—A ver qué encontramos en el resto de la casa.

La patrullera se puso de pie y le tendió la mano para ayudarla.

Lur la miró con una mezcla de vergüenza y agradecimiento. Tardó unos segundos en tomársela.

—Gracias.

Ya en pie, Lur se fijó en una puerta encajada en el hueco de la escalera. Era maciza, de madera oscura. No mediría más de un metro y medio de alto. Tenía una preciosa manilla de hierro forjado. A Lur le recordó a las puertas de las iglesias góticas. Una leyenda tallada en la parte alta del marco llamó su atención.

DICHOSO AQUEL A QUIEN SE LE PERDONAN SUS TRANSGRESIONES,
A QUIEN SE LE BORRAN SUS PECADOS.

A Lur le dio un escalofrío. Agarró la manilla y empujó la puerta, pero no se movió un milímetro.

—No te molestes —dijo la patrullera señalando una cerradura.

Lur vio que un compañero de la científica atravesaba el comedor.

—Perdona. ¿Sabéis dónde está la llave de este cuarto?

—Aún no hemos dado con ella —dijo al tiempo que se ajustaba el buzo blanco—. Ya os avisaremos cuando entremos.

—Gracias. —Lur miró a la patrullera—. ¿No tendrás una libreta y un boli? —le preguntó mientras fotografiaba con el móvil la leyenda del dintel.

—¿Anoto la frasecita? —preguntó la patrullera.

—Por favor.

Subieron a la primera planta con sigilo, quizá porque en el cuerpo de ambas se había metido una sensación extraña, de cautela, como cuando se vaga por un cementerio. Una especie de necesidad de caminar en silencio y casi de puntillas. A eso había que sumarle que sentían como si hubieran irrumpido en otra época.

—¿Me prestas tu libreta? —susurró Lur.

La patrullera la sacó del bolsillo del uniforme y alargó la mano para dársela.

La oficial extrajo el bolígrafo de entre las anillas, la abrió e hizo un croquis del primer dormitorio al que entraron. Era grande, austero y desangelado como un orfanato de los años cincuenta.

Un pasillo central, cuatro camas con estructura de hierro contra la pared derecha, otras tantas en la de la izquierda y un gran armario al fondo. Ocho crucifijos coronaban cada una de las cabeceras. Las cortinas de la ventana eran gruesas y pesadas como las del resto de la casa.

—Solo dos camas deshechas —observó la patrullera.

Lur dibujó una equis sobre las utilizadas mientras reprimía las ganas de tumbarse sobre cualquiera de ellas. Necesitaba descansar la espalda. Tenía los músculos agotados y doloridos.

El siguiente dormitorio era igual de sencillo, pero más pequeño. Tan solo tenía una cama de matrimonio, dos mesillas, un crucifijo y un armario.

Al acabar de recorrer la primera planta hicieron un recuento de los dormitorios.

—Cuatro dormitorios pequeños de camas de 1,35 —dijo Lur revisando la libreta—, tres habitaciones, tipo hospicio, de ocho camas...

—Y el despacho de la camilla —la ayudó la patrullera.

—Eso es. Volvamos al dormitorio de la sangre —comentó la oficial.

La habitación a la que Lur se refería estaba al final del pasillo, a mano derecha. Era de las grandes y la que más camas deshechas tenía. Un total de cuatro. El colchón de la sangre se encontraba nada más entrar, a la derecha. Los de la científica habían puesto un indicativo sobre él que señalaba la mancha roja.

—La ropa del armario es femenina —dijo la patrullera desde el fondo del dormitorio.

Se miraron con los ojos muy abiertos. Era la primera vez en todo el rato que una de las dos elevaba el tono. El sonido retumbó en aquel cuarto grande y medio vacío.

—Sí, lo tengo anotado. —Lur también habló en voz alta para normalizar la situación—. Creo que en uno duermen las mujeres, en otro, los hombres y, en el último, los niños. Sospecho que los dormitorios pequeños son para las parejas.

Subieron a la última planta. Era un espacio abierto y abuhardillado. En él, armarios a medida repletos de mantas, ropa, cazuelas viejas, calzado de invierno, libros, catálogos y carpetas con patrones de costura. Las típicas cosas que se almacenan en el cambio de estación o, muchas veces, por no tirarlas a la basura. También había más de una docena de colchones apilados.

—¿No hay servicios? —preguntó la patrullera.

—Tal vez abajo, en la planta principal.

Bajaron las escaleras despacio, al ritmo de Lur. La fatiga que recorrió sus cuádriceps le recordó a cuando corría y apuraba al máximo.

«Solo son unas simples escaleras, joder», se dijo a sí misma con impotencia.

Se concentró en el cadáver mientras bajaba los últimos escalones. Pensó que a esa pobre chica ya no le dolía nada.

—Aquí están los baños.

Lur atendió a la voz de su acompañante y se dejó guiar por ella hasta encontrarla.

—Hay un baño de chicas y otro de chicos. Dos duchas y dos retretes en cada uno.

—Entonces en esta planta tenemos: la cocina, el comedor, los servicios, el cuartucho del hueco de la escalera y el taller de costura en el que se originó el incendio. ¿Cómo era el nombre de la marca de los Fritz?

—Blanco Inmaculado.

—Es verdad, Blanco Inmaculado… Si había telas, supongo que no fue difícil que prendiera con rapidez.

Echó a andar hacia la víctima. Sintió que la patrullera la seguía. Se agachó a duras penas y esta vez no se agarró a nada.

—¿Sabes cómo se llamaba?

—Ariadna Fritz —contestó tras ella.

Lur tenía entendido que todos los miembros de la familia, en cuanto pasaban a formar parte de ella, iban al registro y se ponían como segundo nombre el mismo: Fritz, así se llamaba el fundador. Sabía poco más al respecto. Que el tipo era alemán, que a principios de los setenta montó la secta en Ibiza y que ya estaba muerto.

—Te prometo que intentaré llegar a la verdad, Ariadna. —Se calló de golpe sabiendo que ese *intentaré* no era propio de ella.

Escuchó a la patrullera alejarse.

—Buen viaje, pequeña.

Puso la mano sobre el empeine para cerrar el pacto. Los que la conocían sabían que siempre hacía lo mismo. Era su *modus operandi*. Prometer a un muerto la obligaba a no desistir. Retiró la mano con la sensación de que se estaba engañando a sí misma y a la víctima. Le invadió una rabia monumental. Era la primera vez en quince años de profesión que le pasaba algo así.

«No tenías que haber venido», se reprochó.

Abandonaron el caserío y no volvió a pronunciar ni una palabra hasta que llegaron a comisaría.

—Bien, por fin estás aquí. Llevo un rato esperándote. —El subcomisario la asaltó en cuanto entró en comisaría—. Acompáñame al despacho, por favor.

Lur se despidió de la patrullera con un movimiento de cabeza. Fue tras Nando por el pasillo. Estaba nervioso y avanzaba tan deprisa que le costó seguir sus pasos. Él la esperó con la puerta abierta.

—Siéntate, por favor. —Cerró y se acomodaron a la vez—. Tenemos montado un follón de mil pares de narices. ¡Catorce personas tenemos aquí! Dos críos, un anciano, una adolescente y diez adultos, entre los cuales se encuentra una embarazada.

—¿Los tenéis aislados para que no se contaminen entre ellos?

—Sí. Hemos empezado con los niños y la embarazada. Ya hemos tomado declaración a los tres.

—¿Y?

—Los pilló dormidos y dicen no haber oído nada. Los niños recuerdan que los adultos entraron en el dormitorio y les dijeron que había que salir del caserío porque estaba ardiendo. La embarazada, que por cierto es más rara que un perro verde, nos ha contado una versión similar.

—Los niños duermen juntos, ¿verdad?

—Eso parece.

—¿Está Quivera al mando?

—Sí, pero me gustaría que estuvieras presente mientras tomamos declaración al resto.

—Sabes que no debería estar aquí.

—Sí, joder, soy consciente y lo siento. —Se rascó la barbilla rasurada—. No te puedes hacer una idea de lo importante que eres para el equipo.

—No me hagas la pelota.

—Lur, en serio. Te lo he dicho mil veces. Más de la mitad de los logros de la Sección de Casos son por ti. Sabes que sin tu ayuda ni siquiera sería subcomisario.

—Pues menuda manera de agradecérmelo.

Él cerró los ojos y se apretó la parte alta de la nariz con los dedos.

—Tienes toda la razón. Lo siento. —Se levantó—. Voy a pedir que te lleven a casa. Estarás agotada.

—¿A quiénes vais a tomar declaración ahora?

—A Eva Fritz. Tiene catorce años, igual que la víctima. Después a María Belén Fritz, su hermana de diecinueve años, y al único anciano, que es abuelo de ambas y que, por lo que nos han dicho, está algo senil. En cuanto terminemos con ellos nos quedarían el padre de la víctima, el marido de la embarazada, dos solteras y dos parejas.

—¿No tenía madre?

—Murió cuando la víctima tan solo era un bebé. El padre pasó a formar parte de los Fritz poco después de que esto sucediera.

Se miraron en silencio.

—No te prometo nada. Me quedaré hasta que el cuerpo me lo permita.

Se encontraba en una sala fría y demasiado iluminada para su gusto. A Eva le asustaba estar fuera del caserío y sin la protección de la familia. Los Fritz permanecían unidos siempre, era la primera vez que los separaban de aquella manera. Habían elegido vivir una vida sosegada, pura y alejada de la sociedad que marcaba los pasos de la mayoría de la gente. Lloró al recordar a Ari. No volverían a compartir confesiones. No volverían a compartir nada. Iba a echar de menos sus risas, el brillo de sus ojos, la complicidad… Ari no solo formaba parte de su vida. Ari era un pedazo de su ser, de su corazón. Eran almas gemelas. Recordó a los encapuchados que le habían arrebatado la vida. Vestidos de negro. Tapados de pies a cabeza. Espíritus malignos. No tenía la menor idea de quiénes eran. No, no lo sabía y tampoco qué hacer al respecto. Sin el consenso de la familia estaba perdida. Se le encogió el estómago al recordar el cuerpo sin vida. Su coleta, su preciosa coleta manchada de sangre. Sus ropas blancas teñidas de carmesí. El mismo carmesí que la había despertado en mitad de la noche. Tal vez para alertarla, tal vez para que fuera testigo… Se tapó la cara con las manos, hincó las rodillas en el suelo y rompió a llorar.

Al entrar en la sala Lur se topó con Ernesto Quivera, que no disimuló en absoluto el disgusto que le provocaba su presencia. El oficial se pasó las palmas de las manos por las sienes canosas. Era un gesto que hacía cuando estaba nervioso.

«Vamos, hombre, solo soy una tía enferma. ¿De qué cojones tienes miedo?», pensó con una mezcla de tristeza y rabia.

—¿Qué hace ella aquí? —se dirigió al subcomisario.

—Puedes preguntármelo a mí —dijo Lur con hastío.

—Vamos a proceder a tomar declaración a Eva Fritz. ¿De acuerdo? —El subcomisario Nando García respondió serio y sin mirar a nadie.

—Ella no pinta nada. —Los ojos de Quivera, azules, gélidos.

Lur se sentó en la esquina de una silla. Lo hizo por pura necesidad, no había un ápice de provocación en el gesto.

—Tu compañera ha accedido a echarnos una mano pese a que está jodida. Deberías estarle agradecido.

Ernesto enrojeció de repente.

—Fuiste tú quien decidió ponerme al mando. —Los últimos coletazos del macho alfa hablaron por el oficial.

—Me avergüenzas, Quivera —murmuró el subcomisario—. Un comentario más de este calibre y te saco del caso.

Lur clavó los ojos en la mesa. Estaba incómoda y dispuesta a abandonar la sala. Había accedido a colaborar, no a tragar mierda.

—¿Proseguimos entonces? —preguntó el subcomisario.

Quivera asintió con la cabeza.

Lur lo hizo también.

—Bien —dijo resoplando—. Tenemos una chica muerta. Catorce añitos. Golpe en la cabeza. Ni rastro del arma homicida.

—No olvidemos la sangre que se ha hallado en una de las camas —aportó Quivera.

—¿Del incendio se sabe algo? —preguntó Lur.

—Lo más probable es que lo hayan provocado. Bomberos y Policía Científica han llegado a la misma conclusión, pero aún no tengo los informes.

—Sí, eso me temía. ¿Ya habéis comprobado si alguno tiene antecedentes?

—Claro —contestó Quivera. Buscó en sus anotaciones—. Andrés Fritz, de veintidós años. Sus padres lo denunciaron por maltrato hace tres.

Lur lo apuntó en la libreta que le había prestado la patrullera.

—Este individuo lleva casi dos años en la secta —prosiguió Quivera—. Al poco de entrar, se casó con Paz, una chica de su edad. Están esperando su primer hijo.

—Es la embarazada de la que antes te hablé, a la que ya hemos tomado declaración.

Lur recordó las palabras de la patrullera. «Tiene buena tripa. Intuyo que estará de siete u ocho meses. Si es menos, estoy segura de que ahí dentro se está gestando más de uno».

Asintió reflexiva.

—¿Estamos listos para continuar?

—Sí —contestaron los dos.

—Bien. Traed a Eva Fritz, por favor —ordenó García acercándose a la puerta.

La chica no tardó en aparecer. En cuanto cruzó el umbral le hicieron tomar asiento. Lur pensó que era un pobre ángel perdido. Vestía una falda blanca y un blusón del mismo color metido por dentro. Llevaba el cabello sujeto en una larga trenza despeinada. Su pelo castaño resplandecía bajo las luces del despacho. Lur sabía por experiencia que ese brillo tan especial solo la acompañaría en la niñez y juventud, después se esfumaría. Tenía los ojos rojos y acuosos, y la nariz y la boca congestionadas por el llanto.

—Hola, Eva. Me llamo Nando. A mi derecha se encuentran Lur y Ernesto. Solo queremos hablar contigo un momento. Estamos tomando declaración a todos los de la comunidad para intentar averiguar qué es lo que ha sucedido en el caserío. Nada más. Después os podréis marchar —explicó el subcomisario—. Quería avisarte de que, dado que sois muchos miembros, estamos grabando cada testimonio para agilizar la investigación.

Eva tragó saliva y bajó la mirada.

El equipo había estado decidiendo qué terminología aplicar cuando les preguntaran por el grupo. ¿Familia, congregación, los Fritz? La palabra «secta» —aunque todos consideraban que se trataba de eso— la habían descartado desde el principio y optaron por dirigirse al grupo como comunidad.

—¿Sabes qué ha pasado esta noche?

Observaron cómo la chica contenía la respiración. Tenía los hombros erguidos, tensos, y el cuello rígido.

—¿Puedes mirarnos, por favor? —pidió el subcomisario.

Eva obedeció. Sus iris tenían el mismo tono que su cabello.

—Te lo agradecemos. ¿Viste u oíste algo?

La adolescente apretó los labios y los lagrimones empezaron a descender por sus pómulos.

—Ey, tranquila —susurró Lur—. No queremos hacerte daño, a ninguno de vosotros.

Deslizó la mano sobre la mesa y la puso frente a la de la chica. Esta la agarró con las suyas y la atrajo hacia sí. Varias lágrimas estallaron sobre los dedos de Lur.

—¿Sabes quién le ha hecho eso a Ariadna? —se aventuró a preguntar la oficial.

Las dos se miraron a los ojos. La barbilla de Eva tembló sin control y empezó a llorar a cuajo.

—Tranquila, no tienes por qué hablar ahora —dijo apretándole las manos—. Tranquila.

Aguardaron unos minutos mientras la chica intentaba reponerse.

—¿Tienes idea de qué ha pasado esta noche? —insistió el subcomisario.

La barbilla de Eva volvió a temblar. Agachó la cabeza y lloró en silencio.

—Es importante que nos cuentes si viste u oíste algo. Si crees saber quién ha podido hacerle una cosa así a Ariadna. Cualquier detalle.

Se tiraron así un buen rato, hasta que García comprobó que era como hablarle a la pared.

—Que conste que no ha querido colaborar —soltó Quivera.

El subcomisario se levantó y abrió la puerta.

—Llevadla a la sala y traed a su hermana.

—La acompaño —dijo Lur.

Se puso de pie con dificultad. La rodeó por los hombros y caminaron hasta la sala. Eva lloraba como una Magdalena. Tenía los brazos cruzados bajo el pecho.

—Aquí estarás a salvo. Intenta no pensar. Pronto podrás volver a casa.

Eva se sentó en una silla.

—Puedes hablar con nosotros cuando quieras. —Le depositó una tarjeta en la mano—. Llámanos a cualquier hora, ¿de acuerdo?

La chica no dijo nada.

Lur barajó la posibilidad de que fuera sordomuda. Ni palabras ni gestos. No había intentado comunicarse de ninguna manera.

—Me tengo que ir. Cuenta conmigo para lo que necesites. Tan solo quiero ayudarte.

Una tímida sonrisa apareció en los labios de la adolescente. Un gesto que reflejaba tristeza y agradecimiento a la vez.

Cuando regresó a la sala, María Belén Fritz ya estaba allí. Llevaba una ropa similar a la de su hermana: falda y blusón blancos. También el cabello trenzado. Lur ocupó su sitio y el subcomisario comenzó con el guion aprendido.

Tras repetirle el mismo discurso explicativo que a Eva, la chica agarró con fuerza la pequeña cruz que llevaba al cuello.

—¿Sabe qué es lo que ha pasado esta noche? ¿Oyó o vio algo?

—No, no lo sé.

Los tres ertzainas se sintieron aliviados al oír hablar a la joven.

—Escuché voces cerca del dormitorio —continuó María Belén—. Recuerdo la de mi padre gritando «fuego» y ordenando que abandonásemos el caserío. Estaba muy nervioso. Bajamos en tropel por las escaleras y vi a alguien en el suelo del comedor. Enseguida reconocí a Ari. —Se echó a llorar en silencio—. Ni siquiera me paré... Ni siquiera lo hice. —Se sorbió los mocos—. Los empujones me llevaron a la calle sin permitir que me detuviera. Vi de reojo cómo ardía el taller de costura.

—¿Quiénes estaban en el exterior?

—Los niños. Enseguida localicé a Joel, mi hermano pequeño, y lo estreché entre mis brazos.

—¿Duermen todas las mujeres en la misma habitación? —preguntó Lur.

—Sí, excepto las casadas. Ellas duermen con sus esposos.

—Por lo que cuenta, en el exterior estaban las mujeres y los dos niños. ¿Quién más?

—Creo que estábamos todos menos mi padre y tío Guillermo. Fueron los últimos en salir. Mi padre lo sacaba del brazo con gran esfuerzo. Supongo que había descubierto el cuerpo de su hija y no quería dejarla allí.

—¿Seguro que estaban todos?

—Es un poco confuso… pero yo diría que sí.

—Acabamos de estar con su hermana.

—¿Se encuentra bien? —quiso saber María Belén.

—No ha querido colaborar. No hemos conseguido sacarle ni una palabra.

—Ya —susurró pensativa—. Eva se halla en el Periodo de silencio.

Los tres se miraron.

—¿Podría explicarnos qué significa eso? —pidió el subcomisario.

—Cuando menstruamos no nos comunicamos con nadie. Nos mantenemos únicamente pendientes de nuestro cuerpo. Tranquilidad, silencio, despreocupación…

—¿Y cuánto dura ese periodo? —soltó Quivera.

—Como sabrá, eso depende de cada mujer.

—Sí, claro —dijo cortante—. ¿Podría concretar?

—Entre cuatro y siete días.

A Lur le pareció que María Belén aparentaba más edad de la que tenía. Era lista y extrovertida. Siempre se había imaginado a las chicas de los Fritz bastante mojigatas y calladas.

—Háblenos de Ariadna, por favor —pidió el subcomisario.

La joven agachó la cabeza, se sacó un pañuelo blanco del puño del blusón y se secó las lágrimas.

—No sé si voy a ser capaz de hablar de ella —aseguró con congoja volviendo a agarrar la cruz de oro—. Aún no puedo creerlo… Esto no puede estar pasando.

—Lo entendemos —susurró Lur.

—Era una persona maravillosa. Mi hermana y ella eran uña y carne. Ambas tienen catorce años. —Movió el cuello y miró hacia otro lado—. Pobrecita. Pobre Ari. Tenía toda la vida por delante. Toda. Que Dios la tenga en su refugio.

Se secó la agüilla que le caía de la nariz y tomó aire entrecortadamente.

—¿Cree que alguien de la casa ha podido hacerle algo así?

—¡No! ¡Jamás! —Meneó la cabeza—. Ninguno de nosotros haría una cosa así. Somos una familia. Cuidamos los unos de los otros. Nos queremos.

—Cosas peores hemos visto —murmuró el oficial Quivera—. Le aseguro que se sorprendería.

—Usted no sabe nada de nosotros. —Le observó con fijeza—. No puede entenderlo. Lo veo en sus ojos.

—Claro… Haga el favor de contarnos qué cree que ha sucedido esta noche.

—Ya le digo que yo no he visto ni oído nada. Me despertaron en mitad de la noche y desde entonces todo es muy confuso. Parece una pesadilla.

—Ya, lo entiendo, pero Ariadna ha aparecido amordazada y sin vida —soltó Quivera con frialdad.

María Belén apretó la mandíbula y contuvo las ganas de llorar.

—Pudo entrar alguien en casa. Nuestra forma de vida no es del agrado de mucha gente, somos conscientes de eso. Los de los caseríos vecinos, por ejemplo, siempre nos observan con desconfianza. ¿Y qué me dicen de ese grupo de personas que se empeña en que dejemos de vivir como lo hacemos?

—¿Se refiere a la asociación FFADA?

—Sí, esa.

—Abriremos varias vías de investigación —informó el subcomisario—. No se preocupe.

—¿Desde cuándo forma parte de la familia Fritz? —intervino Lur.

—He nacido allí. Mi abuelo se integró cuando mi padre era un niño. Somos una familia de Generación pura. Cuando una pareja formada en la familia tiene hijos, adquiere ese nombre —explicó con orgullo—. Y sí, soy muy feliz. Sé que se lo están preguntando.

—Nos alegramos por usted.

Lur miró a Quivera. Entendía que una chica de diecinueve años estuviera a la defensiva, pero no él.

—¿Puedo preguntarle en qué cama duerme su hermana? —comentó Lur.

María Belén subió las cejas y no respondió.

—Tenemos que recrear dónde estaba cada uno en el momento del incendio —indicó sacando la libreta—. Nos haría un favor si nos ayudara a saber qué cama ocupa cada uno de ustedes.

Lur arrancó las hojas y las dispuso sobre la mesa formando la primera planta del caserío. Cada papel representaba una de las habitaciones.

María Belén estiró el cuello para mirar el croquis.

—Mi hermana duerme aquí. —Señaló con el dedo un rectángulo dibujado con bolígrafo azul—. Es la primera cama según entras a la derecha. En esta duermo yo. Y en estas la tía Flora y Jessica.

Lur escribió cada nombre dentro de los rectángulos.

—Este dormitorio es el de los niños, ¿verdad?

—Exacto. Esta es la cama de mi hermano Joel. Y esta la de Enara.

La oficial rellenó cada hueco.

—Este dormitorio pertenece a mis padres: Bruno e Irene. Estos dos están vacíos. Estos los ocupan Gorka y Naroa, y Andrés y Paz.

—Me figuro que este es el de los hombres.

María Belén observó la hoja.

—Sí, eso es. Ahora mismo solo lo ocupa el abuelo Ignacio.

—¿Y Guillermo, el padre de la víctima? Tengo entendido que es viudo.

—Él duerme solo. Es el guía de nuestra casa.

—El guía —repitió Lur.

—Guillermo se encarga de todo. Es un hombre bueno y justo, como el resto de los guías que llevan las otras casas. Dado que es una tarea que exige mucha responsabilidad, son los veteranos los que eligen quién debe ocupar ese puesto. No está capacitado cualquiera.

—¿Todos los guías son hombres?

—Por descontado —dijo como sorprendida por la pregunta.

Lur pensó que era de vital importancia que se pusieran las pilas respecto a cómo vivía la familia Fritz. Se concentró en las hojas que había sobre la mesa e hizo un recuento rápido.

—Vaya, se le ha olvidado decirme dónde dormía Ariadna —lo dijo mirándola a los ojos.

—Sí, perdona.

—Tranquila.

Hincó el dedo índice en la habitación de las chicas.

—Aquí, en esta cama, junto a la de mi hermana.

La observó un rato en silencio.

—¿Y qué me dice del cuarto que hay en la planta principal?

—¿De qué cuarto me habla?

Lur rebuscó en la libreta.

—«Dichoso aquel a quien se le perdonan sus transgresiones, a quien se le borran sus pecados» —leyó—. Sabe a qué cuarto me refiero, ¿no? Al que está encajado en el hueco de la escalera.

—Sí, sí. Está vacío —contestó rápida.

—¿Para qué lo utilizan?

—Para nada. Es viejo. Creo que antiguamente era un almacén.

—¿Y la frase del dintel?

—No lo sé. Siempre ha estado ahí tallada.

—De acuerdo —comentó anotándolo en la libreta. También que debían seguir indagando al respecto—. Muchas gracias por su colaboración, María Belén. Ha sido de gran ayuda.

Miró a sus compañeros por si tenían más preguntas. Agradeció que la hubieran dejado hacer sin meter baza.

—¿Puedo marcharme ya? —dijo la chica en un susurro.

—Por supuesto —respondió el subcomisario.

—Me gustaría ver a mi hermana. Sé que me necesita, y yo a ella.

—Sí, claro. Pueden esperar las dos juntas mientras hablamos con el resto.

María Belén hizo una especie de reverencia con la cabeza.

—Una última cosa, si recuerda algún dato nuevo, no dude en comunicárnoslo —añadió el subcomisario antes de dejarla marchar. Le entregó una tarjeta.

—Lo haré.

—Yo la acompaño. Necesito moverme un poco.

Lur la condujo hasta la sala donde estaba Eva. Las hermanas se fundieron en un intenso abrazo. A la oficial se le antojó que estaba frente a una escena de la película *Mujercitas*. Sintió lástima por las dos. Mucha. Y la maldita sensación de que vivían privadas de libertad. Demasiadas normas para su gusto. Demasiadas normas para ser feliz.

«Tal vez soy yo la equivocada —se dijo—. ¿Qué diablos es la felicidad?».

La comunión de las figuras blancas de las chicas le recordó lo sola que estaba. Se alejó para darles la intimidad que necesitaban y cerró la puerta. Regresó al despacho dispuesta a despedirse de sus compañeros. La contracción del diafragma apenas la dejaba respirar. Necesitaba tumbarse bocarriba y relajarse. Estaba agotada.

Y deprimida.

—Buen trabajo, Lur —dijo el subcomisario al verla entrar.

—Hemos pensado que deberíamos hablar con el guía antes que con el viejo —añadió Quivera—. He reproducido el croquis de tus hojas en un folio. Estaría bien que cada miembro de la secta indicara dónde duerme cada uno.

La oficial sonrió. Estaba tan sensible que las palabras —nada hostiles— de su compañero la emocionaron.

—Déjame el folio, por favor —le pidió Lur.

En cuanto su compañero se lo pasó, lo puso sobre la mesa.

—En esta cama estaba la sangre que has mencionado antes, Enrique —explicó al tiempo que posaba la punta de un boli en el rectángulo.

—Sí, eso es —reconoció él—. Un círculo de unos seis centímetros de diámetro. Más o menos en mitad del colchón.

—María Belén ha contado que esta es la cama que ocupa su hermana —prosiguió Lur—, y según ha dicho, se encuentra en el Periodo de silencio. Me da que es sangre menstrual.

El subcomisario elevó las cejas.

—Podría ser de la víctima, pero por la posición en la que se encuentra no me encaja que sea del golpe en la cabeza —añadió abstraída—. Además, no he apreciado gotas de sangre en el tramo que hay desde la cama al lugar en el que se hallaba el cuerpo.

—Claro, sí, podría ser. A ver qué dicen los de la científica —opinó Quivera volviendo a mostrar su recelo habitual.

Lur cogió el bolso que tenía colgado de la silla.

—Creo que debería marcharme a casa.

«Ya era hora», pensó Quivera.

García la miró.

—Estoy muy cansada.

El rostro de Lur estaba pálido y contraído. El subcomisario García se sintió culpable por haberla forzado a quedarse.

—Claro, mujer. Ya has hecho mucho. Ve a casa y descansa. Voy a pedir a alguien que te lleve —dijo saliendo de allí.

Lur recogió la libreta y las hojas sueltas. Estaba tan rígida que apenas podía inclinarse.

—Qué putada —murmuró Quivera.

«Putada para mí y suerte para ti», pensó Lur, que había percibido alivio en sus gestos al escuchar que se iba a casa.

—¿Estás lista? —El subcomisario se asomó por la puerta.

—Sí.

—Descansa —se despidió Quivera.

—Gracias.

—Te acercará un chico nuevo. Maddi ya no está. Hace un rato que ha sido el cambio de turno.

—¿Maddi?

—Sí, Maddi Blasco, la patrullera que te ha llevado esta mañana a casa de los Fritz.

Le dio rabia darse cuenta de que ni siquiera le había preguntado su nombre.

—Ha pedido que te pasemos su teléfono. No ha podido despedirse de ti y quería decirte algo.

Lur cogió el trozo de papel con el número. Lo guardó en el bolso.

—Te mantendré informada. Y si mañana quieres ver las grabaciones de las declaraciones que tomemos hoy, no tienes más que pedírmelas.

Le miró y no contestó.

—Cuídate.

—Gracias.

Echó a andar hacia la puerta. El patrullero la esperaba en la entrada.

Llevaba un rato sin llorar. Haberlo hecho sobre el hombro de su hermana le había aportado el consuelo que necesitaba. María

Belén estaba sentada a su lado, la tenía cogida de la mano. De vez en cuando le besaba la cabeza. Eva quería contarle muchas cosas. Sí, que los había visto. Que olían a peligro. Que iban de negro, encapuchados. Que rodeaban el cuerpo de Ari. Pero no podía hacerlo. No debía saltarse las normas. Pecar. Jamás había entrado en la habitación del hueco de la escalera e iba a intentar que siguiera siendo así. Se mantendría firme y no caería. En unos días saldría del Periodo de silencio y podría hablar. Sí, solo en ese caso lo haría. De pronto se sintió culpable. Mucho. ¿No quería pecar por ahorrarse la entrada en el cuarto de la Purificación? ¿Era solo por eso? Se avergonzó de sí misma. Era una egoísta. No pecar debía nacer de su alma, no del miedo. ¿Y si por callarse corría peligro la familia? ¿Y si regresaban los encapuchados? Una gran angustia le aprisionó el pecho. Cerró los ojos y apretó los párpados. Se mordió los carrillos con fuerza y rezó en silencio para que los malos pensamientos abandonaran su cabeza.

El sabor de la sangre no tardó en alcanzar sus papilas gustativas.

Maddi llevaba un rato en la cocina. La comisaría de Irún estaba a tan solo unos minutos de casa. Su marido trabajaba en la de Donostia y eso le daba una media hora extra que aprovechaba para preparar la comida. Dejó las ensaladas sobre la mesa y puso una sartén en el fuego para saltear unos hongos con fideos de arroz. Mientras se calentaba, metió dos rebanadas de pan en la tostadora y colocó sobre la mesa los cubiertos y servilletas. El portazo la sobresaltó. No acababa de acostumbrarse a la energía con la que Fidel empujaba la puerta. Se giró justo cuando su metro noventa y dos entraba en la cocina.

—Qué bien huele —dijo acercándose. Le dio un beso en los labios—. Me muero de hambre.

A Maddi la desarmó recibir esa muestra de cariño y se sintió como una tonta por ello. Le daba rabia que algo tan cotidiano se hubiera vuelto tan infrecuente. Un beso al despedirse y otro al verse. ¿Era tanto pedir? No estaban pasando por su mejor momento y el recuerdo de los días buenos era cada vez más lejano.

—¿Qué tal la jornada? —preguntó ella.

—A tope, ya sabes. ¿Y la tuya? ¿Ya te has enterado de lo de la familia Fritz?

—Sí, sí. El caso por lo pronto lo lleva el departamento de Irún.

—No tardará en pasar a manos de la UIC de Oiartzun. Ya sabes… Macua y Chassereau. Los de arriba ya no confían en nadie que no sean ellos. Son una puta jodienda.

—Esta vez no estoy tan segura.

—¿Pues?

—Lur de las Heras está de vuelta.

—Ah, ¿sí?

—Sí, y esta menda ha estado en la escena del crimen —dijo dándoselas de interesante. Sabía que su marido estaba deseando entrar en el departamento de investigación de cualquier comisaría.

—¿Cómo? ¿En la escena del crimen?

—Anda, siéntate y te lo explico.

Fidel obedeció y Maddi le resumió la mañana entre bocado y bocado con entusiasmo y complicidad, como en los viejos tiempos.

Nada más cerrar la puerta le vino a la nariz el aroma a frutos rojos y aquello la hizo sentirse a salvo. La casa había sido de su abuela y desde que tenía uso de razón recordaba esa fragancia perfumando todas las habitaciones. Cuando esta murió, Lur compró la vivienda y decidió seguir utilizando aquel ambientador que tanto le recordaba a su infancia. Ese era el olor que asociaba al cariño, al refugio. Avanzó por el largo pasillo. La casa era grande: cuatro dormitorios, un salón, una cocina y dos baños. Nunca supo por qué su abuela se decantó por una vivienda tan amplia ya que solo tuvo un hijo. Quizá de joven soñó con otro futuro. Ya era tarde para averiguarlo.

La madre de Lur la abandonó cuando era un bebé. No solo a ella, también a su padre. Por eso fueron su abuela y él quienes la criaron. Por eso ese olor y esa casa significaban tanto para ella. Siempre habían sido todo cuanto ella tenía. Ahora, sin embargo, las cosas eran distintas. Su abuela ya no estaba y su padre… había conocido a otra mujer, con hijos y nietos, y empezado una segunda vida. A Lur le dolía, no tanto porque su padre hubiera empezado otra vez, sino porque la había dejado a ella al margen. ¿Borrón y cuenta nueva y ya está? Ella ahora lo necesitaba, joder, y tal vez más que nunca. Este nuevo abandono le rompía el corazón.

Fue directa al salón, conectó la manta eléctrica que siempre tenía allí y se tumbó en el sofá sin descalzarse. Su cuerpo estaba rígido. Cuando los músculos colapsaban de aquella manera, sentía como si estuvieran a punto de partirse. Cerró los ojos y respiró con paciencia. No le quedaba más remedio que esperar. Escuchó a su estómago protestar. Eran más de las tres de la tarde y no había comido nada desde primera hora de la mañana. Pensó en la crema de calabacín que tenía en el frigorífico. Era tal el dolor que incluso esa distancia mínima se le antojaba imposible. Hasta dentro de un rato no se movería del sofá. Podía aguantar. El hambre era más llevadera que la rigidez. Cogió el bolso que había dejado a su lado para sacar el móvil y el papel con el teléfono de Maddi.

Hola, Maddi. Soy Lur.
No he podido despedirme de ti.
Gracias por todo.

Le dio a enviar y dejó el teléfono sobre su estómago. Recordó que tenía una galleta en el bolso. En cuanto la abrió y se la metió en la boca, el hambre se intensificó. La masticó rápido para tragarla y así calmar la angustia. El sonido del teléfono se

43

acompasó con el rugir de tripas. Miró la pantalla. Era Maddi. Dudó antes de contestar porque no tenía ganas de hablar con nadie.

—Hola. ¿Qué tal?

—Bien. Acabo de ver el mensaje y he preferido llamarte. Estoy en la parada del bus de la *ikastola* y los niños están a punto de llegar.

—Ah, bien. Perfecto. —No sabía muy bien qué decir.

—He hablado con Laura, mi amiga enfermera, sobre tu caso. ¿Recuerdas que esta mañana te comenté que conocía a un médico deportivo?

—Sí, sí.

—Pasado mañana tiene un hueco. Ha estado hablando con él. Normalmente tiene la agenda muy apretada, pero justo han anulado una cita.

—¿Dónde ejerce?

—En un centro de Donostia.

Lur se agotó solo de pensar en la distancia que separaba Donostia de Irún. Solo eran dieciocho kilómetros, pero para su cuerpo maltrecho era como atravesar toda Europa.

—¿Le digo que te reserve el hueco?

—Vale —dijo en un susurro.

—De acuerdo. Te paso la dirección y la hora por WhatsApp. Tengo que dejarte. Ya está aquí el bus.

—Perfecto. Gracias.

—Ya me contarás.

Colgó, bajó el volumen del teléfono y lo metió en el bolso. No quería hablar con nadie más. Se tumbó de lado con las rodillas dobladas y aprovechó mientras su cadera se lo permitiera. Cuando empezó a protestar, se incorporó despacio y se dirigió al frigorífico para sacar la crema. Mientras se calentaba en el microondas caminó por la casa como un alma en pena. Pasillo arriba, pasillo abajo. Entró en su dormitorio y miró por la ventana. La cabrona casualidad tuvo que mostrarle de nuevo lo ágiles que

44

se movían algunos viejos. Eran dos hombres, de unos ochenta años. Trotaban a buen ritmo mientras charlaban. El clic del microondas le hizo regresar a la cocina. Pese al hambre canina, comió despacio porque se había pasado al calentar el plato. Pensó en Ariadna Fritz. Ella ya no podía lamentarse de nada. Ahora mismo el *rigor mortis* la tendría totalmente tiesa. Se culpó por quejarse tanto. Otros lo tenían peor. Y se culpó por la falsa promesa que le había hecho. Se metió un trozo de pan a la boca y lo masticó con desgana. No conocía su cuerpo, ya no, y tampoco su mente. ¿Quién era Lur? ¿Dónde estaba la de verdad, la completa?

—Abuelo, abuelo, ¿se encuentra bien?

El anciano por fin estaba en la sala con sus nietas. La Ertzaintza acababa de tomarle declaración y estaba inquieto y desorientado.

—Abuelo, siéntese, por favor —dijo María Belén mientras le agarraba del brazo.

—¿Cuándo nos vamos? ¿Dónde está tu padre? ¿Quiénes eran esos?

Eva alzó la cabeza cuando oyó la última pregunta. Se mordió la lengua para evitar decirle a quiénes se refería con *esos*. ¿Y si el abuelo también había visto a los encapuchados? Incapaz de seguir sentada se puso de pie. Miró a su abuelo a los ojos. Los tenía empañados a causa de las cataratas. Para Eva era sinónimo de que le quedaban pocos años de vida. Sabía que eran cosas suyas, pero no podía evitar apesadumbrarse cada vez que las veía.

Él se quedó quieto y la observó también.

—¿Qué le pasa a esta chiquilla? —le preguntó a su hermana—. Está abatida… y asustada.

—Por favor, siéntese, abuelo.

—Qué le pasa a Eva, ¿eh?

—Está cansada. Quiere irse a casa, como todos.

María Belén le hizo un gesto con la cabeza para que se quitara de en medio.

—Le estás poniendo más nervioso. Bastante ha tenido con soportar el interrogatorio —le susurró—. Muévete.

«¿A quiénes te referías con *esos*?», pensó en un último intento. Le hubiese gustado preguntárselo a gritos. Como una loca. Proyectando la voz desde el estómago.

—Ven aquí, anda —dijo el anciano al tiempo que la estrechaba entre sus brazos.

Eva se echó a llorar. La sorprendió que aún pudieran quedarle lágrimas. Sintió el escozor en sus párpados irritados. Supuso que el llanto de pena y el de impotencia no se almacenaban en el mismo lugar. Sí, tendría que ser eso. Apoyó el pómulo en el hombro de su abuelo y se desahogó sin medida. Cuando volvieron a sentarse, Eva encontró a su hermana con la cara escondida tras las manos. Las lágrimas brillaban entre los dedos.

La crema de calabacín le había calentado el estómago y cuatro croquetas de espinacas habían contribuido a saciarlo del todo. Ahora estaba de nuevo en el sofá. La manta eléctrica a la máxima potencia y el ordenador portátil en una mesita auxiliar. Nada más conectarse a la red había tecleado tres palabras: «La familia Fritz». Le pareció curioso descubrir lo poco que sabía acerca de una secta que llevaba casi cincuenta años en España. Su fundador, Fritz Herber, llegó al país a finales de los sesenta. En un principio se instaló en Alicante, pero no tardó en trasladarse a Ibiza. Según contaba el propio Fritz en una entrevista, el barco que iba de Alicante a Ibiza tardaba unas diez horas en llegar. El hombre recordaba la isla con mucho cariño. Gracias al turismo era un lugar en el que no faltaba empleo, y los ibicencos acogían con afecto a los recién llegados. En cuanto pisó tierra firme, las ofertas de trabajo no tardaron en llegar. Su perfecto inglés era como un caramelito para los empresarios de la zona. Tener a un alemán en la recepción de un hotel, básicamente frecuentado por ingleses, daba categoría al local. Pese a que Fritz provenía de una familia adinerada y tenía recursos suficientes para vivir una temporada sin dar palo al agua, decidió aceptar y así relacionarse. Ser uno más. En un artículo reconocía que entrar en aquel hotel había sido lo mejor que le había pasado. Gracias a eso conoció a Elvira, la hija del gerente, una ibicenca diez años menor que él de la que se enamoró perdidamente. Se casaron a los pocos meses y Fritz dejó el trabajo para disfrutar de una luna de miel eterna. Tener dinero y vivir en una isla llena de buen rollo y ocio era lo más cercano a la felicidad. Iban en bici de aquí para allá, se bañaban en playas y calas y se abrazaban mientras veían atardecer. Durante aquellos meses disfrutaron de las películas que llegaban al cine y de los conciertos que organizaban en la plaza de toros. Fue una temporada idílica, reconocía el propio Fritz. Pero la pareja recibió un revés que no esperaba. Su mayor sueño era formar una gran familia y la naturaleza se lo negó. Acudieron a varios médicos y todos coincidían en la infertilidad de ambos. Fritz y Elvira no quisieron aceptarlo y se volcaron en el cristianismo con la esperanza de cambiar sus destinos. Acudían a diario a la catedral de Ibiza y rezaban durante horas. Pedían a Dios que los ayudara. Le aseguraban que tenían mucho amor que dar, que serían unos padres modélicos. Horas, días, semanas y meses de plegarias hasta que Fritz, una tarde, lo comprendió todo. Que los dos fueran infértiles tenía que significar algo. Que sus cuerpos no estuvieran hechos para procrear no les impedía poder tener la gran familia con la que soñaban. Decidieron entonces abrir las puertas de su casa a quien quisiera formar parte de sus vidas.

De la familia Fritz.

Apuró el vaso de café y encendió el ordenador de su despacho. El equipo se había tomado unos minutos de descanso y el subcomisario Nando García había optado por encerrarse allí. Era una habitación cuadrada y luminosa gracias al gran ventanal frente a la puerta. Necesitaba ordenar sus ideas, pero sobre todo necesitaba luz natural, que algo le indicara que seguía rodeándole la realidad. En cualquier otra investigación, Lur habría estado al otro lado del escritorio para intercambiar impresiones con él. Llevaban muchos años trabajando juntos y en el pasado incluso habían compartido coche patrulla. Cuántas veces habían tenido que recorrer la ciudad de cabo a rabo. Los dos uniformados, jóvenes, recién salidos de la academia y cargados de entusiasmo. Nando recordaba con cariño aquella época. Siempre la había considerado una especie de talismán. Era intuitiva y comprensiva. Era leal. Nunca iba a olvidar el desgraciado capítulo que les tocó vivir en la comisaría. Un detenido le quitó el arma a un compañero y se lio a tiros. Lur se lanzó sobre Nando y lo derribó para evitar que una bala le alcanzara. Le debía muchas cosas, entre ellas, que le salvara la vida. Por eso no se acostumbraba a trabajar sin su presencia, y menos cuando les llegaba un caso de aquella magnitud. Sabía que sonaba absurdo, pero rendía mejor a su lado. Lo tenía claro. Abrió el correo electrónico y decidió escribirle un mensaje, convencido de que así las cosas fluirían mejor.

De: Nando García (nandogarcia@ertzaintza.eus)
Enviado: lunes, 14 de octubre 16.12.39
Para: Lur de las Heras (lurdelasheras@ertzaintza.eus)

Muy buenas, Lur. Espero que estés mejor.

En comisaría seguimos hasta arriba. Hemos hablado con el anciano de la secta, pero ha sido en balde porque tiene una demencia grave y no ha dicho más que incongruencias y barbaridades. Y acabamos de tomarle declaración al padre de la víctima, Guillermo. Un tipo peculiar. Es el guía de la casa y líder de la familia. Pese a que le he recordado que la puerta del *base-*

rri no estaba forzada y que es muy probable que haya sido alguien de dentro, él no ha dudado de ningún miembro y ha dicho que el lema de los Fritz es «Que nuestro paso por la vida no sea para dañar otra vida». Que no quebrantan los códigos de la familia. Nunca. Es más, que los acatan gustosos. Y que protegen su alma y la del prójimo para asegurarse un lugar en el cielo. Un rollo al más puro estilo secta. Le he preguntado por la habitación de la escalera y me ha dicho que es algo privado, que forma parte de un ritual de los Fritz... Huele mal. Ha puesto verde a la FFADA. Por lo visto algunos miembros de esta asociación aparecen en los mercados de artesanía donde las mujeres de la familia Fritz venden ropa para increparlas. Joder, no sé qué pensar. Ahora le vamos a tomar declaración a Flora Fritz. Es navarra, del valle de Baztan, y la portavoz de las mujeres. También hay un portavoz de los hombres, Bruno, el padre de Eva y María Belén.

Nos urge ahondar en las jerarquías y costumbres de esta secta. Creo que es importante.

Iré informándote sobre la marcha.

Cuídate.

N. G.

Después de leer el mail de Nando, Lur volvió a indagar sobre la familia Fritz. Había mucha información al respecto. Más de cuatro millones de resultados en internet. Artículos de prensa, entrevistas a miembros y exmiembros, peticiones en diferentes plataformas para que se ilegalizara la secta. Lur no dejaba de clicar y clicar. Según leyó, la familia se formó cuando el fundador y su mujer abrieron las puertas de su casa. El éxito fue arrollador. De la noche a la mañana se convirtieron en una comunidad hippie con creencias cristianas. La vivienda no tardó en quedárseles pequeña y optaron por mudarse a una más grande. Los miembros donaron gustosos sus bienes a la familia para que el estilo de vida que habían elegido llevar pudiera sostenerse. Por aquella época, la Moda Adlib o estilo ibicenco —una especie de trajes regionales en versión hippie— no dejaba de enamorar. Tanto que, en 1971, se celebró la primera Semana de la Moda en Ibiza. Un look autóctono en el que los tejidos naturales y el color blanco eran los protagonistas. Los Fritz decidieron subirse al carro y comenzaron a confeccionar prendas frescas, naturales y originales que, en un principio, solo vendían en los mercadillos de la isla. Un año después, en 1972, en la segunda Semana de la Moda en Ibiza, la familia presentó en sociedad su marca de ropa: Blanco Inmaculado. «Quién nos iba a decir a nosotros que detrás de esa pequeña idea se escondía el motor de nuestro sustento», reconocía el propio Fritz Herber en una entrevista.

Hoy por hoy la marca de ropa —como la propia secta—, en vez de evolucionar, había involucionado. Eran prendas de buena calidad, eso Lur no podía negarlo, pero de un estilo anticuado y puritano que rozaba lo absurdo. Al parecer, lo que más beneficio les generaba eran los camisones y la ropa interior. Tejidos ligeros y suaves de algodones orgánicos. A Lur le alivió descubrir cuáles eran las prendas más vendidas, aunque le constaba que los blusones, las faldas hasta los pies y los vestidos carentes de escote no solo los confeccionaban para ellos. Había cierta demanda, no mucha, pero la había.

La mujer era baja y fuerte. Tenía un cuerpo cuadrado, como el de un esquimal. Su lenguaje corporal dejaba entrever que era una persona de carácter. Se trataba de Flora Fritz. El abuelo, en medio de su declaración, la había llamado la bruta de tía Flora, la que controla a las mujeres, la vieja solterona… Y alguna otra perla más. Estaban a punto de tomarle declaración. El subcomisario García conectó la cámara y comenzó con el guion aprendido. La versión de la mujer era similar a la del resto. Contó que fue Guillermo quien la despertó y que ella, inmediatamente, entró en el dormitorio del abuelo para alertarle.

—No vi a Ariadna en el suelo. No la vi. Fue María Belén quien me lo dijo. Ya estábamos fuera. Me preguntó si era verdad, si era ella. Yo no entendía a qué se refería. No paraba de gritar. Estaba histérica.

Flora explicó que no sabía quién la había podido matar. Que ella no había visto ni oído nada. Defendió a capa y espada a todos los miembros de la secta y aseguró que ninguno de ellos podía haber sido. Colaboró a rellenar un nuevo croquis de la casa que depositaron sobre la mesa.

—¿Dónde se encuentran los niños? ¿Están bien? —preguntó con el bolígrafo en la mano.

El subcomisario lo consultó en sus anotaciones. Los críos se hallaban en una sala con la chica embarazada y el guía. Comprobó los nombres antes de contestar.

—Sí, tranquila. Todo bien. Están con Paz y Guillermo.

—¿E Ignacio? Está muy mayor… Me preocupa su salud.

—En otra sala. Con Eva y María Belén. Pronto podrán irse a casa.

—Ay, Dios mío —dijo en un suspiro.

—Según tenemos entendido es usted la portavoz de las mujeres. ¿Es eso cierto?

—La familia es grande y cada uno tiene ciertas responsabilidades. Superviso el trabajo que realizan en el taller, en la casa… Y, si surge algún problema, me encargo de transmitírselo al guía.

El subcomisario dibujó un triángulo en un folio.

—Es una especie de pirámide jerárquica. ¿Podría ayudarme a rellenarla?

A la mujer le incomodó la nueva tarea.

—Deduzco que aquí arriba está el guía —comenzó García.

—Sí.

—¿Después irían los portavoces?

—Primero Bruno, el portavoz de los hombres. —Hizo una raya con el bolígrafo—. Luego los hombres.

—¿Y más abajo?

—Yo, la portavoz de las mujeres. —Dibujó otra nueva línea en el triángulo—. Después, ellas.

—Intuyo que por último —la interrumpió—, los niños.

—Y los ancianos —añadió.

El subcomisario García estudió la pirámide y, después de agradecerle su colaboración, pidió a los agentes que la acompañaran a una de las salas. Dudó unos segundos antes de decidir a cuál. El recuerdo del pobre anciano echando pestes de Flora le hizo decantarse.

—Llevadla con los niños —concluyó.

Lur buscó imágenes de los Fritz. La mayoría eran actuales, pero las más bonitas se remontaban a los setenta. En ellas bailaban desinhibidos y sonreían en playas ibicencas y, a juzgar por la ropa que llevaban, no parecía existir miedo a lucir escote, brazos y piernas. Pensó que quedaba muy poco de aquel espíritu libre del que gozaba la comunidad. A Fritz y Elvira se los veía felices, siempre rodeados por la gran familia que habían creado. Orgullosos, radiantes… Lamentablemente la pareja murió en 1989, en un trágico accidente de barco. Un triste final que dejó a la familia desolada y al borde de la disolución. Un antiguo miembro contaba en una entrevista que hubo rencillas internas, relacionadas con el rumbo que debían tomar, que forzaron a algunos a abandonarla. Lur echó cuentas. Ya habían pasado treinta años desde la pérdida de los líderes fundadores. Era mucho tiempo, demasiado, para mantener unos viejos ideales. En estas tres décadas la comunidad había crecido —nueve casas en total repartidas por el Estado— y cambiado hasta convertirse en lo que era hoy en día: una secta cristiana tradicionalista que rechazaba las nuevas tecnologías, con una estructura jerárquica casi empresarial y, desde luego, nada hippie.

El sonido de una nueva notificación le hizo desviar la atención.

Era otro mail de Nando.

De: Nando García (nandogarcia@ertzaintza.eus)
Enviado: lunes, 14 de octubre 17.45.59
Para: Lur de las Heras (lurdelasheras@ertzaintza.eus)

Soy yo otra vez, Lur.

Ya hemos hablado con Flora Fritz, la portavoz de las mujeres. Es una persona de carácter, dominante, diría yo. Ya verás la grabación con detenimiento. También con la familia vasca. Son de Araba, de Vitoria, y me ha extrañado mucho que les hayan permitido quedarse en Euskadi. Este tipo de sectas suele separar a los miembros de una misma familia. Es una estrategia bien conocida, pero por lo que nos han contado, fue la única condición que pusieron antes de ingresar. Vete a saber qué esconde toda esta historia. Yo no me fío de ninguno de ellos.

Espero que no te molesten estos mails. No quiero obligarte a formar parte de la investigación, pero necesito a alguien como tú aquí, y lo sabes. Si finalmente decides apartarte, dímelo y respetaré tu decisión, pero hasta entonces prefiero mantenerte informada.

Ya solo nos queda tomar declaración a cuatro miembros. El siguiente va a ser el chico que tiene antecedentes, Andrés, de veintidós años. Es el marido de Paz, la embarazada. En 2016 sus propios padres le denunciaron por maltrato. Una joya, me temo. Después nos quedarían Irene y Bruno, que son los padres de Eva, María Belén y Joel. Y Jessica, una chica de veinticuatro años que proviene de una familia desestructurada. Vivió durante un tiempo en casas de acogida. Ya ves que a esta «familia» no le falta de nada.

También te adelanto que la científica ha entrado en el cuarto del hueco de la escalera. Me han enviado fotografías. Tengo que sacar un rato para ir. A ver cómo lo hago. Y tú deberías hacer lo mismo. Creo que tienes que verlo con tus propios ojos.

Voy a seguir. Te dejo tranquila, supongo que necesitarás descansar. Hablamos mañana.

N. G.

El taxi se metió en el camino blanco que conectaba la carretera con el caserío de la familia Fritz y redujo la velocidad. Lur miró a través de la ventanilla y vio a lo lejos que los de la científica seguían trabajando en el terreno.

—Pare aquí mismo, por favor.

El taxi se detuvo y Lur se apeó después de pagar.

El último mail del subcomisario era el responsable de que de nuevo estuviera allí. Lur lo había releído varias veces, sobre todo la parte en la que mencionaba el cuarto que estaba encajado en el hueco de la escalera, y eso le había bastado para querer verlo con sus propios ojos.

«Puñetero Nando —pensó—. Nando y su intriga. Qué bien me conoce».

Eran más de las seis de la tarde y el cielo estaba gris y tranquilo, como las aguas de un lago un día nublado. Una especie de calma chicha, de paréntesis en medio del caos. A Lur no le gustaba cuando todo parecía haberse detenido. Algo en su interior se ponía alerta temiendo que todo aquel decorado ocultara una gran tempestad. A ella le gustaba ver las cosas venir. Nada de sorpresas inesperadas.

Se identificó para poder acceder al terreno y se dirigió a la entrada del caserío disimulando la cojera. Descansar un rato le había sentado bien, aunque su cuerpo pedía más. Siempre más. No había querido decirle a Nando que iba a ir a la vivienda de los Fritz para que no le mandara un coche patrulla. Detestaba depender de la gente. Por eso había optado por llamar a un taxi.

Se colocó unos guantes y atravesó el comedor. Ya no había ni rastro de Ariadna. Lur contempló el suelo y su recuerdo le hizo verla allí tendida. La expresión cargada de pánico, la postura imposible de sus extremidades y la ropa blanca teñida de sangre tardarían en abandonar su cabeza. Pensó en los que más la querían y agradeció no ser uno de ellos.

La puerta gótica del cuarto estaba entreabierta. La empujó y las bisagras protestaron soltando un ruido agudo y molesto. Ante los pies de la oficial aparecieron unas escaleras empinadas. Encendió la linterna del móvil y enfocó al frente. El haz de luz descubrió una bajada estrecha que no parecía tener fin. No había barandilla y tuvo que echar mano de la pared para ir descendiendo. El cemento desnudo le arañó la piel de los dedos. Enfocó a su alrededor. Todo lo que la rodeaba estaba construido con el mismo material basto y gris. Una especie de túnel frío e inquietante que olía a humedad, a edificio abandonado. A peligro. Sostuvo con firmeza el móvil para que no se le cayera y consiguió llegar abajo. Se detuvo en seco al toparse con unos barrotes negros de hierro que iban desde el suelo al techo. Estaban a un metro de las escaleras y delimitaban un dormitorio.

Una celda.

Localizó un interruptor a su derecha y lo pulsó. Una bombilla de poco voltaje iluminó un cuartucho austero. Una cama contra la pared y un crucifijo de madera. No había nada más. Las sábanas eran grises y el cemento del suelo aún más basto que el de las paredes. Lur tiró de los barrotes y se coló sintiendo que entraba en la mazmorra de un castillo. Lo revisó de cabo a rabo e hizo fotografías desde diferentes ángulos.

Solo cuando estaba esperando al taxi de nuevo, se dio cuenta del escalofrío que la celda y la humedad de allí abajo le habían dejado en la piel.

No se merecían el aislamiento al que los estaban sometiendo y menos que los trataran como auténticos criminales. Bruno no lo soportaba más. Se había cruzado con Andrés por el pasillo. El pobre chico iba cabizbajo y estaba pálido. Seguro que esos dos ertzainas que ahora tenía delante le habían acribillado a preguntas. Andrés tenía alguna denuncia y suponía que eso habría jugado en su contra.

—Es usted el portavoz de los hombres, ¿verdad? —comentó el que se había presentado como subcomisario.

Bruno le miró con hosquedad. No le había importado hablar de los cerdos de la FFADA y tampoco rellenar un maldito croquis de la casa, pero la nueva pregunta le resultó incómoda e invasiva.

—¿Qué importancia tiene que sea el portavoz de los hombres?

—Estamos intentando entender su forma de vida. Es parte de la investigación.

Bruno era un hombre corpulento, calvo y de barba y cejas espesas. Tenía cuarenta y siete años y llevaba en la familia Fritz desde los tres. Su padre enviudó muy joven y tomó la decisión de refugiarse allí. Desde entonces no se habían movido. La mayor parte del tiempo la pasaron en la casa de Palencia, donde conoció a su mujer, pero después, al tener a su tercer hijo, se trasladaron a la de Irún.

—Sigo sin comprenderlo. No tengo por qué hablarles de mi vida.

—Esto no es un interrogatorio —explicó el subcomisario—. Le estamos tomando declaración, nada más. A usted y a todos los miembros de la familia. Nuestro trabajo es llegar a la verdad. Puede colaborar o no. Eso es cosa suya.

—¿Dónde están mis hijos? María Belén, Eva y Joel. El niño tan solo tiene once años. ¿Dónde están?

—En otro cuarto, no se preocupe. Ya hemos hablado con ellos.

Bruno se rascó la calva. Sus manos eran grandes, de pelotari.

—¿Tiene ganas de alargar su estancia y la de la familia en la comisaría? —preguntó con frialdad el de menor rango, el tal Quivera—. Pónganoslo fácil y así podremos irnos todos.

A Bruno le repateó el comentario del ertzaina. Le daban asco. Él no tenía por qué dar explicaciones a aquellos desconocidos. Juzgaban su forma de vida. Lo criticaban todo mientras desperdiciaban los días y los años en su mundo artificial.

—Soy el portavoz de los hombres, sí. ¿Qué más?

—Háblenos de esa noche, por favor. ¿Oyó algo?

—En cuanto nos avisó el guía, notamos el olor a quemado —explicó de mala gana—. Mi mujer fue al dormitorio de los niños y yo alerté a las parejas. Guillermo y yo fuimos los últimos en abandonar la primera planta. Cuando llegamos abajo, nos quedamos petrificados al ver el cuerpo de Ariadna. —Cogió aire antes de seguir—. Yo me arrodillé y le tomé el pulso.

Se quedó callado.

—Continúe, por favor —le animó el subcomisario.

—Estaba muerta… Muerta.

—¿Qué hicieron?

—Guillermo estaba a sus pies, como una estatua. Le dije que había que abandonar el caserío, que su hija se había ido. Que había que dejarla allí.

—¿Por qué le aconsejó eso? —preguntó Quivera.

—¿Qué insinúa?

—Me sorprende, no insinúo nada. En unas circunstancias tan duras resulta difícil pensar con la cabeza.

—Alguien le había tapado la boca con cinta americana. ¡Alguien había matado a la chiquilla! —se calló unos segundos para recuperar la calma.

—¿Y qué dijo Guillermo? —quiso saber el subcomisario.

—Nada. No me escuchaba, no reparaba en mí. Solo tenía ojos para su hija.

—¿Qué pasó después?

—Le arrastré a la puerta. Opuso mucha resistencia, pero conseguí sacarlo.

Los dos ertzainas le miraron y Bruno sintió que nunca sería suficiente. Por mucho que les contara, ellos querrían más y más. Como dos animales carroñeros.

—Lo demás ya lo saben, porque cuando le dejé sobre el césped, las sirenas sonaban a lo lejos.

—Me ha surgido una duda —dijo Quivera—. Si el guía faltara, ¿usted pasaría a ocupar su puesto?

—No tengo nada más que decirles. Dejen que me reúna con mi familia, por favor.

Los ertzainas aflojaron la mandíbula y dejaron marchar a la presa. Bruno sabía que sería por poco tiempo. En breve retomarían la caza y la pequeña ventaja que acababan de darle no le serviría de nada.

Había acostado a los niños y ya tenía la cena preparada. Dos platos combinados, que humeaban sobre la mesa, y flan casero. La vajilla y las servilletas eran de tonos pastel. También las sillas y el frente azulejado. A Maddi le gustaba combinar diferentes colores y materiales. Un caos ordenado. Elegido con mimo.

Se acercó al salón y encontró a su marido con el mando de la PlayStation en las manos. Estaba sentado en la esquina del sofá. Sus brazos se movían como si estuviera disparando con su arma reglamentaria.

—No me digas que al final no has ido a dar un beso a los niños.

Él hizo caso omiso y siguió meneando los brazos como loco.

—¡Fidel! ¿Me estás oyendo?

—¡Mierda! —dijo tirando el mando contra el sofá—. ¡Ya me has jodido la partida!

—¿Que te he jodido la partida? ¡No me fastidies! Llevo todo el día encargándome de todo. La comida, la ropa, los niños…

Se levantó del sofá y apagó la consola. Después la miró cabreado desde la posición que le daba su altura.

—Me he encargado de todo eso y más, pero ¿sabes lo que más me molesta? —le preguntó ella con hastío—. Que no hayas ido a la habitación a darles un beso de buenas noches.

Él meneó la cabeza y salió por la puerta dándole un ligero empujón.

Maddi se apoyó contra el marco y cerró los ojos. Oyó cómo abría el frigorífico y se sentaba. El gas de la lata le indicó que estaba a punto de beberse una cerveza.

—Se va a enfriar la cena —comentó desde la mesa.

Maddi tomó aire antes de acudir y ocupar su sitio.

—No volverá a pasar —dijo él a media voz.

Maddi cedió un momento, que él aprovechó para coger su mano sobre la mesa, pero luego recordó otro asunto.

—Dime que por lo menos has invertido algo de tiempo en buscar a una persona para que lleve a los niños a la *ikastola.*

—Es que no tengo ni puta idea de dónde buscar —dijo encogiéndose de hombros.

Maddi retiró su mano.

—¿No ibas a preguntar en diferentes grupos de WhatsApp?

—Sí.

—¿Y?

—Se me ha olvidado. Mañana pregunto.

—La semana que viene Mertxe se va. Y nos ha avisado con dos semanas de antelación.

—¿No puede venir tu madre?

—¿Y la tuya? —comentó irritada.

—La mía ya sabes que pasa…

—La mía no pasa, pero no puedo hacerla venir a las seis de la mañana. Es un abuso.

—Puede aprovechar para dormir un par de horas. Luego lo único que tiene que hacer es acompañarlos a la parada del bus. Además, solo serían las semanas en las que nos coincide el turno.

—No me toques las narices. ¿Y quién los viste? —siguió ella—. ¿Y quién les da el desayuno?

—Vale, vale. Tranquila… Yo me encargo de encontrar a alguien.

Él puso los brazos en alto. Maddi se llevó un vaso de cristal verde a la boca y bebió un sorbo de agua.

—No te sulfures, mujer. —Echó un trago de cerveza—. Ya verás como arreglo las cosas.

—Está bien. —Quitó una pelusa inexistente de la servilleta color salmón antes de secarse los labios.

—Oye, cambiando de tema: ¿Lur sigue hablando con los muertos?

—¡Jo! ¡Qué petardo eres!

—Está visto que hoy no se te puede decir nada.

Ella resopló sonoramente antes de contestarle.

—Susurró algo a la víctima. Pero no sé si hablaba para sí.

—Qué coño les dirá a los muertos.

—He oído que al hacerlo se compromete a llegar a la verdad. Será un método extravagante, pero, de momento, no le ha fallado.

—A mí esa tía me da yuyu, de verdad.

—Pues es bien maja.

—Siempre de colores oscuros. La piel blanca como la nieve… ¿Y qué me dices de sus ojos?

—Los tiene de un azul precioso.

—Su mirada me da escalofríos.

—Eres un exagerado.

—¡Parece una vampira! No me digas que no.

—¡Bah! Qué sabrás tú de vampiros.

—A ver si te crees que ser fan de Drácula te convierte en experta.

—En experta no, pero sí en uno de ellos —bromeó con los ojos muy abiertos.

Fidel rio a carcajadas.

—Chis, chis. —Le puso el dedo índice en los labios—. Cállate o despertarás a los niños.

Él sonrió con picardía y le pasó la lengua por el dedo.

—¿Por qué no me callas con un mordisco, vampira?

—No, hoy no —dijo secándose el dedo con la servilleta—. Me ha bajado la regla.

—Ya decía yo que estabas irascible de cojones.

Maddi no le mordió los labios, pero sí su propia lengua para evitar que estallara otra discusión.

Desde la madrugada pasada los miembros de la familia Fritz no pisaban aquella tierra. Su tierra. Tras más de quince horas metidos en la comisaría, por fin volvían a casa. Ya había anochecido y desde la calle el caserío parecía un monstruo enorme lleno de secretos. ¿Desde cuándo había dejado de ser un hogar? ¿Lo había sido alguna vez? Entraron en el más absoluto silencio mirándose con recelo los unos a los otros. El día había sido largo, casi irreal, y costaba hacerse a la idea de que Ariadna estuviera muerta. La verdad pesaba y dolía.

Eva fue la última en entrar y, al hacerlo, encontró el interior de la casa frío y oscuro. Diferente. Le dio la impresión de que la recibía con desconfianza, como culpándola de lo que había hecho. Tragó saliva. Respiró por la boca para no percibir el tufo a quemado. Ese no era el olor de su caserío. Era malo, feo y le recordaba a los encapuchados. A la muerte.

—Quiero hablar con vosotros —dijo Guillermo.

El semblante del guía estaba desgastado. La pérdida de su hija le había envejecido. Eva se preguntó si también ella mostraría ese aspecto.

—Llevad a los niños y al abuelo a sus habitaciones —ordenó con la mirada perdida—. Os espero en la cocina.

Eva se dio cuenta de que Guillermo había dirigido la vista hacia la mancha de sangre del comedor.

«Ari —se dijo—. Qué voy a hacer sin ti».

Se le humedecieron los ojos y se tapó la cara con las manos. No quería que la vieran llorar. Se mordió los carrillos para que el dolor imperara sobre todas las sensaciones. Los tenía tan heridos e inflamados que solo el roce de las muelas le provocó un tremendo escozor.

Un abrazo la pilló por sorpresa.

—Yo también la voy a echar mucho de menos —le susurró un hombre.

La voz le indicó que era Guillermo. Quiso contestarle. Hablar con él, darle el pésame. Pero el Periodo de silencio no se lo permitía. Notó que le besaba la cabeza antes de retirarse. Nada más, después otra vez el frío. El desamparo. Sola consigo misma.

Sin Ari.

Se quitó las manos de la cara y observó a tía Flora pasar con el cubo y la fregona. Se puso de espaldas a ella. Su cuerpo menudo y ancho tapaba completamente la mancha de sangre. Agradeció esto último. Contempló sus brazos moverse con brío. Delante, detrás. Derecha, izquierda. La larga trenza se balanceaba como un péndulo. Pronto no quedaría ni rastro de aquel carmesí que había coronado la cabeza de Ari. El inmisericorde paso del tiempo se lo llevaría todo.

«Ojalá Dios te dé el refugio que mereces», pensó con el alma destrozada.

Su madre bajaba las escaleras. Supuso que su hermano Joel ya estaría dormido.

—Vamos, cariño —dijo su madre rodeándole los hombros—. Nos esperan en la cocina.

Era la segunda voz que oía en lo que llevaba en el caserío. El mutismo era casi absoluto y los miembros actuaban de una manera rara, esquiva.

«Mamá —quiso decirle—. Mamá, yo los vi. Iban encapuchados. Cubiertos por túnicas negras. Mamá, tengo miedo de que vuelvan, pero, sobre todo, tengo miedo de no poder vivir sin Ari».

Su propia voz retumbaba en su cabeza. Las mujeres le habían dicho que se acostumbraría al Periodo de silencio, que los primeros meses eran los más duros. Pero ella creía que no tenían ni idea. Solo Ari la entendía y la ayudaba a pasar el trance hablándole sin parar para acallar las voces que el silencio creaba.

Su madre la guio hasta la cocina. Se pusieron junto a Guillermo y se cogieron las manos hasta cerrar un círculo.

—Sé que habéis mentido en comisaría. Todos lo hemos tenido que hacer.

Los miembros del grupo agacharon la cabeza.

—Dios es misericordioso y sabrá perdonarnos. —La coleta apretada, la tristeza asomando por cada poro de su piel, el blusón más ancho de lo normal, como si hubiera adelgazado en las últimas horas—. Debemos seguir fingiendo. Nos esperan días de visitas. No quiero que decaigan las fuerzas. Rezad, rezad con tesón. Por todos nosotros, por Ari.

—Que Dios le dé refugio —susurró María Belén.

—Que Dios le dé refugio —repitió el resto a la vez.

—La Ertzaintza encontrará al culpable, de eso no me cabe duda, y nos dará protección. Mañana un carpintero pondrá una puerta más segura. No quiero que temáis. El Señor nos ampara. Siempre. —Le tembló la voz al decir esto último.

Eva comenzó a recitar para sí el avemaría para intentar que los malos pensamientos hacia Dios desaparecieran.

Todos se llamaban Fritz de segundo nombre. Era la una de la madrugada y a Lur se le cerraban los ojos, pero no podía dejar de leer información sobre la familia. Por lo visto, la asociación de ayuda a víctimas de la familia Fritz, la FFADA, había intentado meter mano en el tema de los nombres. Según aseguraban, «que todos se llamasen Fritz podía llevar a equívocos». La asociación quiso ir más allá y decidió finalmente llevarlos a los juzgados. El abogado de la familia se agarró a la «libertad de elección» y a que no se saltaban ninguno de los requisitos que había que cumplir para cambiarse el nombre. La FFADA intentó debilitarlos con un requisito en concreto: «No se admiten los que hagan confusa la identificación (por ejemplo, un apellido convertido en nombre) ni los que induzcan en su conjunto a error sobre el sexo». Pero el abogado argumentó que Fritz no era un apellido, era Federico en alemán y, dado que lo ponían en segundo lugar en vez de en primero, no tenían cabida las confusiones. Además, en el DNI, después de los nombres, figuraban los dos apellidos de cada uno. Al juez no le quedó más remedio que darles la razón. El abogado habló para diferentes medios de comunicación. «Ya basta de tanto acoso y derribo. No hacen daño a nadie. Estaría bien que esta asociación gastase el dinero y las energías en causas más admirables», remataba.

Y aquella fue la última frase que Lur leyó antes de quedarse dormida.

15 de octubre, martes

Odiaba todas las horas del día, pero, en especial, las mañanas. Se despertaba con la musculatura de los talones tan encogida que tenía que andar de puntillas. Pasados diez minutos, en cuanto conseguía apoyarlos, arrastraba los pies por la casa durante más de una hora para que se desentumecieran la columna vertebral y las piernas. El suplicio era tan desesperante que ni siquiera barajaba la posibilidad de sentarse en el retrete para hacer pis. Lo hacía a las dos horas de estar levantada. Por suerte, conseguía descansar por las noches. Los relajantes musculares evitaban que los espasmos la despertaran en plena madrugada. Eran involuntarios y dolorosos. A menudo pensaba que tenía un alien dentro. Un bicho que intentaba salir de su cuerpo. Una bestia.

Otra aliada que había encontrado en la batalla diaria era la ducha. El agua bien caliente la ayudaba. Aunque solo podía recurrir a ella cuando la rigidez cedía hasta el punto de permitirle desvestirse. Se secó la melena frente al espejo, se aplicó crema facial y se tumbó en el sofá. Dos horas de caminata por la casa, más el esfuerzo de una ducha completa, siempre la dejaban exhausta. Encendió el ordenador y vio que tenía varios mails del subcomisario. Tomó aire antes de abrir el primero.

De: Nando García (nandogarcia@ertzaintza.eus)
Enviado: martes, 15 de octubre 08.55.09
Para: Lur de las Heras (lurdelasheras@ertzaintza.eus)

Egun on, Lur. Espero que hayas podido descansar.

Te he adjuntado las grabaciones de todas las declaraciones que tomamos ayer, por si te apetece echarles un vistazo.

Estamos a la espera de la autopsia. Si quieres te aviso en cuanto esté. He oído que ayer te pasaste por el *baserri* para entrar en el cuarto que hay en el hueco de la escalera. ¿Es eso cierto?

Ya me contarás.

Un abrazo y gracias por todo.

N. G.

Lur cerró los ojos y estuvo así un buen rato: afligida, asqueada. Se culpó por no haber vuelto a pensar en Ariadna Fritz. Se había convertido en una mujer miserable. La enfermedad la estaba consumiendo. La estaba dejando vacía. Sí, ya solo quedaban el egoísmo, los dolores, la incertidumbre, la impotencia, las ganas de tirar la toalla… Ella y sus males, ella y su miedo, ella y su melancolía. Tan solo una copia barata de la antigua Lur. Una Lur defectuosa. Las lágrimas rodaron por su rostro. Ella no quería ser así. Quería correr por las mañanas, ir al cine, tener sexo con algún ligue, conducir, resolver casos, doblarse sobre sí misma para calzarse, ponerse las bragas sin dolor…

«O pasear, simplemente, pasear», se dijo para sí con lástima.

Recapituló durante un buen rato sobre su mundo. Su mundo garbanzo, como solía decir ella. Se secó las lágrimas con la manga del pijama y cogió el teléfono que estaba sobre la mesita auxiliar.

—*Egun on*, Nando. Si quieres que me incorpore, tengo algunas condiciones.

—…

—Voy a coger el alta voluntaria, pero si no me queda más remedio que volver a coger la baja, por favor, no insistas.

—…

—Trabajaré desde casa. No quiero rollos con Quivera. Arréglatelas para que sea una especie de colaboradora externa.

—…

—Ese es tu problema, bastante tengo yo con los míos.

—…

—La quiero a ella.

—…

—A Maddi.

—…

—Maddi es enérgica, sensible y observadora. Sabes que es un caso que requiere todo eso y más. Los miembros de la familia Fritz son herméticos y desconfiados.

—…

—No me vale eso de que lo intentarás. Si no es con ella, no cuentes conmigo.

Un silencio largo cortó la respiración de Lur.

—Bueno, ¿qué? ¿Tenemos trato o no? —preguntó con impaciencia.

—…

—Perfecto. Hago unas llamadas y me pongo con las declaraciones de ayer. Yo me encargo de avisar a Maddi. Estamos en contacto.

Por la noche, tía Flora preparó una infusión de tila, pasiflora y raíz de valeriana para todos y los había obligado a beberla aun sabiendo que ni un litro de aquel mejunje los ayudaría a dormir. Eva, por ejemplo, no había pegado ojo. Había girado sobre el colchón incapaz de asimilar que Ari ya no estuviera. Una angustia monumental la comía por dentro. Sentía la necesidad de gritar y de romper cosas mientras las preguntas asaltaban su cabeza. ¿Ari iría al cielo? ¿Sería más feliz que a su lado? ¿La esperaría allí adonde fuera? Era injusto e hiriente. No podía ser cierto. Le dolía el pecho cada vez que imaginaba la casa sin Ari. Su mirada, sus carcajadas, sus consejos, sus confesiones… Una vida sin todo aquello era terrible. Era impensable. Era insoportable. Por si fuera poco, las imágenes de los encapuchados no dejaban de atormentarla, y también los malditos miedos: a hablar y a callar. El guía había insistido en rezar por haber mentido, pero ella no sabía a qué mentiras se refería exactamente. ¿Eran las de siempre o unas nuevas? Sin comunicación estaba en una isla en medio del océano. ¿Debía romper su silencio y alertar a todos?

Salió de la cama y se fijó en el resto. Su hermana María Belén y tía Flora se habían levantado hacía un rato. Observó a Jessica sobre su colchón. En la penumbra tan solo era un bulto alargado. Bajó las escaleras pensando que quizá no había sido la única en ver a las personas vestidas de negro. Cabía esa posibilidad. Atravesó el comedor y volvió la cabeza para no enfrentarse al lugar en el que vio perecer a Ari. Aquello teñía de oscuro hasta los recuerdos más luminosos. Debía encontrar la manera de que eso cambiara. No podía soportar relacionar con la muerte todo lo vivido con Ari.

Fue a los servicios y, al bajarse las bragas, descubrió que apenas había manchado el paño. La víspera había sangrado tanto que igual no quedaba ni gota en su interior. O tal vez el disgusto la había dejado seca. Fuera cual fuera el motivo, la aterrorizó intuir que estaba a punto de salir del Periodo de silencio.

En la cocina su madre ayudaba a tía Flora. El olor a pan recién horneado enmascaraba el tufo a incendio. Eva se arrimó para darles un beso. Era un saludo obligado. Beso en la mejilla izquierda y abrazo. Tía Flora lo hizo rápido y sin detenerse demasiado.

Su madre, sin embargo, la mantuvo contra su pecho durante varios segundos.

—Te quiero, hija —le susurró.

Eva tragó saliva para contener el llanto. La voz de su madre era especial. Tenía una ligera afonía que la diferenciaba del resto. No supo por qué, pero aquel sonido le recordó a la niñez. Una época feliz que ahora añoraba profundamente. Contempló su cara. La tenía abotargada. Triste. Se sostuvieron la mirada. Querían decirse muchas cosas, pese a que con su madre no hacían falta palabras.

—Vamos, Irene —las interrumpió tía Flora—. Corta los panes.

Eva las observó de espaldas. Vestidos blancos, trenzas largas. Ella aún no se había preparado. Había bajado con el blusón y la enagua. Abrió el frigorífico y cogió los tarros de mermelada. Los llevó a la mesa del comedor y sacó las servilletas y los cubiertos de la alacena.

«No mires ahí, no mires ahí», se dijo.

Le iba a costar evitar aquel lugar. El comedor era el centro de la casa. Regresó a la cocina para coger las bandejas con las rebanadas de pan y se topó con su hermana María Belén. Tenía un ramillete de flores silvestres en la mano. Se dieron un beso y se abrazaron. Cuando se soltaron, una lágrima surcaba la mejilla de su hermana. Llevaron el pan hasta la mesa. Eva observó cómo su hermana depositaba las flores en el lugar que normalmente ocupaba Ari. Sintió lástima al ver la servilleta y los cubiertos que, sin saber por qué, ella misma había colocado hacía unos minutos.

Se echó a llorar prometiéndose que lo haría siempre. En su mesa nunca faltaría un plato para Ari.

La llamada de Lur le golpeó el corazón. Había hablado con el subcomisario para que fuera ella, una patrullera sin mayor ambición, la encargada de ayudarla en la investigación del caso Fritz. Maddi no sabía cómo sentirse. Estaba aterrada y paralizada. Y también muy emocionada. Pero ¿y si Fidel no se lo tomaba bien? Se enfadó consigo misma por pensar algo así. Era cierto que no pasaban por su mejor momento, pero de ahí a temer su reacción porque a ella la movieran a un puesto de investigadora... Con el nacimiento de los niños había cambiado mucho. Una especie de desidia se había apoderado de él y ella se estaba cansando de tirar del carro a todas horas. Llevaba un tiempo haciéndoselo entender y la situación no había hecho más que empeorar. Sabía que si tragaba, las tensiones desaparecerían, pero no le daba la gana. Si quería conseguir que las cosas cambiaran tendría que mantenerse firme.

Sacó el teléfono del bolso y releyó el último mensaje de WhatsApp para consultar el bloque y el piso de Lur. A la agente Maddi, que vestía un vaquero desgastado, una camiseta oversize y una chaqueta de punto, se le hizo rarísimo no llevar el uniforme en horas de servicio. Encontró el portal abierto y subió andando hasta el primer piso. Lur le abrió la puerta a los segundos de llamar.

—Buenos días, Maddi. Bienvenida a mi humilde morada.

La agente sonrió y se preguntó si no tendría razón su marido en eso de que era una vampira.

—Lur, de verdad, no sé cómo agradecértelo. —Sus enormes ojos curiosos brillaban con intensidad—. Cuando me has llamado no podía creérmelo. Muchas gracias por la oportunidad, por confiar en mí, por...

—Anda, pasa, no te quedes en la puerta. Y no sabes lo que me alegra que hayas aceptado.

Maddi entró y cerró tras de sí. Siguió a Lur por el pasillo. La oficial iba vestida de negro riguroso. Llevaba un pantalón holgado con lazada en la cintura y una camisa remangada hasta los codos.

—Trabajaremos aquí.

Las dos entraron en una habitación que más bien se asemejaba a un despacho. Paredes y mobiliario blanco. Escritorio grande, dos ordenadores, una impresora, baldas repletas de archivadores, un par de sillas y toda una pared forrada de fotos, datos y recortes.

—Sí, lo sé, parece la vivienda de una psicópata. El subcomisario me ha enviado un montón de información que he impreso y clavado en el corcho.

—¿Toda esta pared es de corcho? —preguntó acercándose.

—Sí, lo encargué a medida. Los tableros que venden siempre se me quedaban pequeños.

—Joder, me gusta.

—Sí, soy de esas personas que se llevan el trabajo a casa. Al principio no lo hacía. Cumplía mi horario y me marchaba. Pero con la primera investigación importante llegaron las obsesiones. Era meterme en la cama y no lograr pegar ojo. Me surgían ideas, dudas... Un verdadero suplicio que me mantenía en vela toda la noche. Había días en los que no me quedaba más remedio que presentarme en la comisaría, a deshoras, para revisar anotaciones, interrogatorios... Lo hacía y, al volver a casa con las dudas disipadas, conseguía dormir. Al final opté por duplicar aquí el despacho y así ganar calidad de vida.

Maddi la miró sin saber qué decir.

—Ni se te ocurra hacer lo mismo. No voy a tolerar que deambules por mi casa en plena noche —bromeó la oficial.

—Tranquila, mujer, intentaré no hacerlo —dijo sonriendo.

—Con una obsesiva en la investigación ya tenemos suficiente.

—¿Dónde dejo el bolso y la chaqueta? Me gustaría empezar ya.

—Tu silla es esta. Detrás de la puerta tienes un par de colgadores. En la cocina hay café, galletas, fruta, aceitunas, yogures.

—De acuerdo, gracias.

Maddi dejó el bolso colgado de su silla y la chaqueta detrás de la puerta.

—¿Toda esta gente forma parte de la familia Fritz? —dijo frente al corcho.

—Así es. Una adolescente, dos niños, un anciano y diez adultos. Uno de ellos tiene antecedentes: Andrés. —Alargó el delgado dedo para señalar la foto—. Nando me ha enviado las grabaciones de las declaraciones que tomaron ayer. Estaría bien que empezáramos por la de este individuo.

—Me parece buena idea.

—Antes de continuar quería aclarar unas cosas. Verás, voy a necesitar tumbarme de vez en cuando. También salir a andar.

—Lo que tú me digas.

—Mi cuerpo manda. Me voy quedando rígida y es muy doloroso.

—¿Crees que ha sido buena idea coger el alta?

—No lo sé. —Suspiró sonoramente—. Si te soy sincera, mientras colocaba los recortes sobre el corcho me he sentido viva otra vez. Y útil.

—Mañana tienes consulta en Donostia, no lo olvides. Ojalá el médico pueda ayudarte.

Lur asintió y respiró hondo. Dio una palmada.

—Bueno, ¿comenzamos?

Se sentaron delante de la pantalla del ordenador y Lur clicó sobre el vídeo de la declaración.

Andrés era un joven despierto de mirada vivaracha. Ojos oscuros y rasgados. Pelo negro y corto. Labios gruesos. La ropa blanca no iba con él, eso se notaba a kilómetros. Pese a que mantenía bajo control el lenguaje y los gestos, se percibía la chulería. ¿Macarra o pijo? Lur lo imaginó con ambos estilos. Primero con una chupa negra y un vaquero desgastado y después con un polo de Ralph Lauren y unos chinos. Lo veía con cualquiera de los dos.

—Fue tío Bruno quien nos alertó. Mi esposa dormía profundamente y me costó sacarla de la cama.

—*¿Oíste algo fuera de lo normal durante la noche?* [*pregunta el comisario*].

—No. Me despertó tío Bruno. Hasta entonces yo dormía.

—*¿Viste a Ariadna en el suelo?*

—No. Mi esposa está embarazada y yo bajaba las escaleras pendiente de que no se cayera. Llevaba la vista fija en sus pies.

—*¿Quién crees que ha podido ser?*

—No lo sé. No tengo la menor idea. *[Aprieta los puños sobre la mesa pero enseguida rectifica el gesto].*

—*¿Alguien de fuera, alguien de dentro? ¿No tiene ni una mínima sospecha?*

—¿De dentro? ¿Se refiere a la familia?

—*Sí, claro [interviene Quivera].*

—No, por Dios. Eso jamás.

—*Siendo así, opina que alguien entró en la casa [lo ayuda el subcomisario García].*

—Eso tuvo que ser.

—*Como comprenderá, hemos visto que tiene antecedentes. [Quivera lo suelta sin ningún tipo de delicadeza].*

—No había pensado en ello, la verdad.

—*Sus propios padres le denunciaron, ¿no es así?*

—Ya sabe que sí.

—*¿Qué nos puede contar de eso?*

—Que es agua pasada *[lo dice con un deje madrileño]*. Mi nueva familia me valora y aprecia de verdad. Mis progenitores nunca me quisieron y sacaban lo peor de mí.

—*¿Quiénes estaban fuera cuando su esposa y usted salieron?*

—Irene, con los niños. Nosotros bajamos a la par que Naroa y Gorka, los vascos. Recuerdo que corrieron a abrazar a su hija.

—*¿Solo estaban Irene y los niños?*

—Sí, eso creo.

—*¿Quién salió después?*

—Tía Flora con el abuelo Ignacio. Después las mujeres: Jessica y María Belén. Por último, tío Bruno y tío Guillermo.

—*¿Y Eva? ¿No salió Eva con las mujeres?*

—Déjeme que lo piense. *[Se rasca la barbilla mientras lo hace].* No, es verdad, ahora lo recuerdo. Cuando salimos, ya estaba allí.

—*¿Le importaría explicarnos por qué a algunas las llama tías y a otras no?*

—Es una cuestión de edad. Llamamos tíos y tías a todos los miembros que tienen veinte años más que nosotros. Y abuelos en cuanto tienen nietos.

—*Gracias por la aclaración. ¿Podría hablarnos de Ariadna?*

—Yo la llamaba cuatro ojos. *[Sonríe de medio lado. Un gesto forzado, nostálgico].* Le decía que acabaría con gafas porque no dejaba de leer. Era especial. Tenía un corazón puro. Les puedo asegurar que era la más inteligente de la casa. La queríamos un montón. Todos. *[Los ojos se le llenan de lágrimas; Quivera y García esperan unos segundos antes de proseguir].* La voy a echar mucho de menos *[se sincera con voz entrecortada].*

—*Una última pregunta, Andrés. ¿Qué nos puede decir de la celda que hay encajada en el hueco de la escalera?*

—¿Yo? *[Se seca los ojos llorosos con las manos].*

—*Sí, claro, usted. ¿Para qué se utiliza? [insiste el subcomisario].*

Lur detuvo la grabación y le explicó a Maddi que la víspera se había vuelto a pasar por el caserío para visitar el misterioso cuarto que tenía la inscripción en el dintel. Le enseñó las fotografías que hizo allí abajo para que entendiera por qué Nando se había referido a él como *celda*, y después siguieron visualizando la declaración de Andrés.

—Solo llevo dos años en la familia y en este tiempo nunca se ha usado para nada.

—*¿Todas las casas de la familia Fritz tienen una?*

[Andrés mira hacia otro lado antes de afirmar].

—*¿Y no se le ha ocurrido preguntar para qué sirven? [interviene Quivera].*

—No me gusta meterme donde no me llaman.

—¿Por miedo?

—En absoluto. ¿De quién?

—Se me hace raro que exista una especie de mazmorra en la casa en la que vive y que no le interese saber qué hace allí. Qué función desempeña.

—Yo soy así [dice encogiéndose de hombros].

[El subcomisario y el oficial le observan en silencio y, antes de dejarle marchar, le piden que rellene el famoso croquis de la casa].

—Joder con la celda —bufó Maddi—. Esta secta cada vez da más miedo. ¿Le has creído cuando ha dicho que no sabe para qué se utiliza?

—No. Me temo que todos mienten —dijo Lur—. Me gustaría hablar con Andrés y mirarle a los ojos. Me arrepiento de no haberme quedado a las declaraciones, pero no soportaba más la rigidez.

—Tranquila. Dijiste que podíamos pasarnos por allí y charlar con ellos, ¿no?

—Sí, pero no es lo mismo. Las declaraciones cambian, se contaminan… Qué mierda —se lamentó.

—No te tortures.

—Pasaremos la mañana viendo todas las que podamos. Yo ayer estuve presente en las de Eva y María Belén, y antes de que vinieras he aprovechado para ojear otras.

—¿Sabes algo de la autopsia? —Se metió un mechón rubio detrás de la oreja.

—Llegará durante el día. Estaremos pendientes.

—¿Crees que ha sido alguno de ellos?

—Es posible. Pero es pronto para especular y, más aún, para descartar. Además de hacia la casa, tenemos que dirigir el foco hacia los vecinos y la asociación que lucha para desmontar la secta, que casualmente tiene sede en Donostia. Se van a abrir varias líneas de investigación.

—Si te soy sincera, sé muy poco sobre la secta.

—Yo ayer indagué. Desconocía un montón de detalles —reconoció reflexiva—. Debemos ahondar. Es importante saber cómo piensan para poder llegar a ellos.

—Conozco a mucha gente que viste la marca de los Fritz.

—Blanco Inmaculado.

—Sí, esa. Sobre todo camisetas interiores. Nunca he llevado una, pero he oído que en suavidad y comodidad no hay ninguna que las supere.

—¿Sabes cómo empezó todo?

Maddi meneó la cabeza y Lur le resumió la historia del alemán Fritz Herber. Cómo se instaló en Ibiza y conoció a Elvira. La infertilidad de la pareja, etcétera.

—Pero ¿qué son, anarcoprimitivistas?

—No, es una especie de rollo cristiano muy puritano. Rechazan las nuevas tecnologías, pero no la corriente eléctrica. Las máquinas de coser funcionan a pleno rendimiento.

—¿Cuántas casas hay hoy en día?

—Nueve. Dos en el norte: Gipuzkoa y Asturias. Dos en Andalucía: Huelva y Granada. Dos en Castilla y León: Salamanca y Palencia. Una en Tarragona, otra en Cuenca, y la del centro: en la sierra madrileña. En esta última tienen el almacén y las oficinas.

—El imperio Fritz.

—Sí, no les va nada mal.

—¿Y la casa de Ibiza?

—Hace dos décadas que se fueron de la isla. Opino que no queda nada de la comunidad hippie-cristiana que montó Fritz Herber. ¿Qué diría si levantara la cabeza? Fíjate en estas fotos.

Maddi analizó la parte alta del corcho.

—Las fotos son de principios de los setenta —aclaró Lur—. Las he sacado de internet. La ropa que llevaban nada tiene que ver con la que visten hoy día… Bueno, sí, en el color. Mira cómo sonríen. Parecen felices.

—Normal. En esas playas y calas ¡como para no serlo!

—Piénsalo: una gran familia. Paz, amor y sol…

—Y el cuidado de los niños, a medias. ¿Tú sabes la carga que me quitarían todas esas personas? Es idílico.

—Creo que todos necesitamos algo así en algún momento de nuestras vidas.

—Sí, como ir al psicólogo, ¿no?

Lur se echó a reír.

—Cierto.

—Si te digo la verdad, no te veo vistiendo de blanco —continuó Maddi.

—Yo tampoco, pero nunca se sabe.

Había hecho un gran esfuerzo para salir de entre las sábanas, para asearse, para desayunar con la familia. Guillermo tenía tanto dolor dentro que apenas le permitía moverse. Cuando falleció su esposa no experimentó semejante sufrimiento. Recordaba dos cosas: a su mujer muerta y el corazón de un bebé latiendo, ajeno a la desgracia. Tener que luchar por Ari le había hecho tirar para delante. Cerró los ojos abatido y suspiró. Ya había desayunado y estaba en su dormitorio, sentado sobre la cama hecha. Las mujeres habían aprovechado para adecentar el cuarto. No sabía muy bien cuándo. Eran rápidas y sigilosas. Aquella mañana era como si todas estuvieran pasando por el Periodo de silencio. Por ilógico que sonara, los hombres también. En aquella casa se respiraba tristeza, porque la pena moraba en todas las esquinas, los tejidos y la superficie de los muebles como si fuera una tropa de ácaros. También estaban presentes el miedo y la incertidumbre. Guillermo se había quedado paralizado al encontrar el lugar que Ari solía ocupar en la mesa lleno de flores. Y el desconsuelo de Eva acabó bloqueándole por completo. La pobre no había dejado de llorar en todo el desayuno. Se compadeció de ella. Era una buena chica. Una niña sensible que adoraba a Ari. La ayudarían a superar la pérdida. Tan solo tenía catorce añitos. Él también iba a necesitar que le echaran una mano. Creía en Dios, en el cielo. Lo amaba y confiaba en él, pero, aun así, el desconsuelo le embargaba. No lograba ver la parte positiva de su pérdida. De su colosal e incapacitante dolor.

«¿Por qué? —pensó—. No hacía daño a nadie. Tenía un corazón enorme. ¿Por qué no lo has evitado? ¿Por qué te has llevado a mi Ari?».

Dominaba tanto la necesidad de insultarle por su decisión que las blasfemias inundaban su cabeza. Puso la mente en blanco para no sentirse un pecador.

«Deberías encerrarte en el cuarto de la Purificación —se dijo a sí mismo—. Sí, encerrarte y no salir jamás. Por hereje. Tú tienes la culpa de todo. Tú eres el responsable de lo que ha pasado».

Se levantó y anduvo por el dormitorio. No podía seguir por ese camino. No debía culparse, tampoco a Dios. Él era el guía y tenía que dar ejemplo. Confiaban en su buen hacer. Se desató la cadena que siempre llevaba alrededor del cuello, bajo el blusón. Tomó la pequeña llave que colgaba de ella y abrió el cajón de su mesilla. Observó el aparato negro, pequeño, insignificante. El único teléfono que tenían en la casa. Solo el guía poseía uno y lo utilizaba si surgía una emergencia. Nunca imaginó que acabaría usándolo por un motivo tan devastador. Pulsó el botón de encendido y esperó. Al ver que no respondía, lo enchufó al cargador. Rebuscó en los números que tenía apuntados en una libreta, eligió uno y siguió las instrucciones allí anotadas. El cable tiró al llevarse el móvil a la oreja.

—Arturo, soy Guillermo.

—...

—Ven y avisa a los demás. Mi hija ha muerto.

Habían repasado las declaraciones de los dos niños, de Eva, de María Belén, de Guillermo, de Flora, de Bruno, y estaban con la embarazada. La chica era muy joven, tan solo veintidós años. Trenza rubia y flequillo largo, despeinado. Ojos redondos y marrones. Boca pequeña. Labios abultados. Esto último, posiblemente, a causa del embarazo. Era menudita. Increíble que un cuerpo así soportase aquella tripa. Miraba al subcomisario García y al oficial Quivera como ausente. Había cierto vacío en el fondo de sus ojos.

—Me despertó mi esposo. Alguien le alertó. Me ayudó a salir de la cama y me condujo por las escaleras hasta la calle. Me obligó a tumbarme sobre la hierba. Oía a los miembros de la familia. Algunos gritaban.
—¿*Quiénes?*
—No lo sé. Yo solo contemplaba las estrellas. Andrés me aconsejó que lo hiciera.
—¿*Sabe qué pasó anoche?*
—Ha ardido la casa.
—¿*Está enterada de lo de Ariadna?*
—Dios ya la tiene en su refugio.

Lur y Maddi se miraron. En la grabación, Quivera y García también lo hacían.

—¿*Tiene idea de quién ha podido empujarla al refugio de Dios?* [*suelta Quivera con retintín*].

Lur cerró los ojos al escuchar la última pregunta del oficial.

—Dios escoge a quién refugiar. Dios es soberano.
—*Paz, escúcheme.* [*Quivera vuelve a la carga*]. *Ariadna ha aparecido muerta dentro de la casa. Alguien ha tenido que hacerlo. ¿O cree que el propio Dios se ha encargado de amordazarla con cinta adhesiva negra?*

Lur leyó «contrólate» en los labios del subcomisario. Miraba a Quivera con desaprobación. Se preguntó quién le habría mandado meter a aquel cafre en la investigación.

—Yo no sé nada. Ya les he dicho que estaba en la cama, dormida *[contesta sin inmutarse demasiado]*.

—Esa niña es como un robot. Ni siente ni padece —observó Maddi—. Su aspecto me da escalofríos. Me recuerda a una muñeca antigua.

—Sí, es verdad, a una de esas de porcelana.

—*¿Quién le dijo lo de Ariadna? [pregunta García]*.

—Mi esposo. Se tumbó conmigo en la hierba y me comentó que se rumoreaba que estaba muerta, pero que él no la había visto. Tía Flora nos lo confirmó después de que vinieran los bomberos.

—*Parece que le importa poco lo que ha pasado en la casa [murmura el subcomisario]*.

—¿El incendio?

—*No, la muerte de Ariadna*.

—Ah, eso. Bueno. No es que no me importe, es que mi única prioridad la tengo aquí mismo *[dice abrazándose el vientre hinchado]*.

—*¿No le preocupa parecer insensible? Esa chica era parte de su familia*.

—¿Me ve usted preocupada? *[dice con una sonrisa]*. En fin, Ariadna... hacía tiempo que no era digna de mi simpatía. Nada más. No me alegro de que esté muerta, pero supongo que algo habrá hecho para acabar así.

—*¿Supone o lo sabe a ciencia cierta? [interviene Quivera]*.

—Yo no sé nada, señor policía.

—Háblenos de Ariadna, por favor *[continúa García]*.

Lur y Maddi escucharon atentas mientras daba detalles sobre la víctima y sobre la relación que mantenían. Estaba claro que no había nada especial entre ambas. Habló de la chica como una autómata, con frialdad.

—Qué manera más rara de reaccionar. Esta chica no está bien —reflexionó Maddi.

—Ha nacido en la familia Fritz —aportó Lur—. Es de Generación pura, no conoce otra cosa. Quizá sean los efectos secundarios de criarse en una secta.

—Sí, eso no tiene que ser bueno. Yo la he encontrado, además de insensible, muy pasmada. ¿Igual está medicada?

—Es imposible. Esta gente no toma fármacos. Solo medicina natural. Los guías reciben formación en diferentes terapias naturales.

—Vaya...

—¿Por qué Andrés se casaría con ella?

—Yo tampoco me lo explico. Son el día y la noche. —Lur miró de nuevo la pantalla del ordenador y estudió el gesto congelado e indiferente, casi cruel, de Paz al levantarse de la mesa de interrogatorios e irse.

Sin tareas que hacer en el taller de costura, al día parecían sobrarle horas. Eva salió del caserío. El terreno que poseían era grande. Había una buena parte destinada al huerto e invernadero, pero otras estaban más aisladas y repletas de maleza y árboles. Las temperaturas suaves del norte y la abundante lluvia lo llenaban todo de verde exuberante. Los avellanos, los robles y castaños mezclaban sus brazos con los de las hayas y los pinos y trenzaban una red que cubría el cielo y oscurecía el ambiente del bosque. Por momentos esa oscuridad arrebataba el aire, pero a Eva le gustaba perderse entre los troncos y hundir los pies en las hojas embarradas. Algunas zonas del suelo estaban recubiertas por un manto de musgo brillante y las ortigas y los helechos crecían tan altos que parecían querer alcanzar las copas de los abetos. Eva siempre había pensado que era un bosque de cuento. Su bosque y el de Ari.

Se fijó en que su padre, Andrés y Gorka recogían algo de la tierra. Los hombres se ocupaban de la agricultura. Sorteó las calabazas que crecían en todas las direcciones e intentó pasar desapercibida. Enseguida alcanzó el linde del bosque. Allí se sentía más segura, menos sola. Ari y ella siempre que podían se alejaban del resto. Tenían un lugar determinado al que acudían a gritar. Sus voces se perdían hacia lugares que no conocían y que creían que no conocerían jamás. Se ponían de puntillas y proyectaban sus chillidos hacia allí. Era la manera que tenían de desahogarse, de comunicarse con la gente que vivía al otro lado. «Tan diferentes y tan iguales», solían decir. Se hacían muchas preguntas sobre esas personas y su manera de vivir. Fantaseaban. Eva alcanzó el lugar donde solían gritar y se sentó sobre un roble caído. Le dio la impresión de que el tronco rugoso se movía como cuando Ari se acomodaba a su lado. Era como si la corteza muerta del árbol respondiera a su pérdida, la comprendiera. Miró el lugar vacío. Así estaba su corazón. Estriado, húmedo y de un marrón casi negro. Llevaba todo el día percibiendo su sombra. Sentía que estaba en todas partes, pero solo era su cabeza. Ari ya no estaba ni estaría jamás. Su precioso cuerpo ya no proyectaría ningún tipo de sombra.

El crujido de unas ramas la hizo levantarse como un resorte.

—¿Ari? —susurró mientras se daba la vuelta.

Se tapó la boca al percatarse de que había interrumpido el Periodo de silencio. Paz la observaba. Tenía el flequillo rubio encrespado por la humedad. Sonreía de medio lado, con malicia. Se acarició la barriga prominente.

—Tengo que caminar… Ya sabes, por el bebé.

Eva se giró y se volvió a sentar. Esta vez tenía excusa para no prestarle atención, para no hablarle.

«Bendita menstruación», pensó.

—No debes estar triste —oyó que decía a sus espaldas.

Apretó los puños hasta hincarse las uñas y comenzó a llorar en silencio.

—Ariadna ha partido por un motivo. Sabes perfectamente cuál es.

«Cállate, rata. ¡Cállate, cállate!».

—Quién sabe qué nos espera al resto. Quizá solo sea cuestión de tiempo.

«No tienes ni idea. Eres una mala persona. Ojalá muy pronto te lleve el demonio. ¡A ti y a tu bebé!», dijo gritando para sí.

—Tranquila, guardaré tu secreto.

Eva se dio la vuelta. No sabía de qué hablaba. Tenía las mejillas mojadas por las lágrimas.

—Te he oído pronunciar su nombre: «Ariii» —susurró como una demente—. Te recuerdo que estás en el Periodo de silencio... Ya sabes qué podría pasarte si alguien se enterase de que lo has quebrantado.

Eva sintió un escalofrío, saltó del tronco y echó a correr.

—¡Tú serás la próxima en caer! —gritó, pero Eva ya no la oía, se alejaba corriendo de allí—. ¿No los sientes acercarse? ¡Están de camino! —Rio—, ¡y vienen a por ti!

Gorka y Naroa habían contado básicamente lo mismo. La pareja vasca dormía cuando Bruno, el portavoz de los hombres, los alertó del incendio. En cuanto se enteraron de que los niños ya habían abandonado el caserío, bajaron por las escaleras con el corazón en un puño y salieron fuera. Allí encontraron a su hija. Estaba junto a Irene y su pequeño Joel. Eva también estaba por allí. Andrés y Paz aparecieron unos segundos después. De momento, todos coincidían en que Bruno y el guía fueron los últimos en abandonar la casa. La pareja vasca explicó a su vez qué los llevó a unirse a los Fritz. A Lur y Maddi les pareció un error. Los motivos habían sido económicos. En su momento, Gorka era el único que trabajaba, y autónomo además, por lo que cuando se vio de pronto sin trabajo y con una hija recién nacida, decidieron probar en el caserío Fritz algo de estabilidad. Pidieron, eso sí, seguir viviendo en el País Vasco y habían hecho con ellos una excepción. Ya llevaban allí cinco años.

—Me da pena —soltó Maddi—. Solo viven dos niños en el caserío de Irún. Enara de cinco años y Joel de once. Les rodea un mundo tan pequeño… Si al menos los llevaran al colegio…

—¿No crees que a Naroa y a Gorka les pesa? Aunque la madre ha dicho algo así como «Aquí ni le falta ni le va a faltar de nada», se le nota cierta duda de no saber si está haciendo lo correcto.

—Sospecho que a todos los padres nos persigue esa incertidumbre. Pero es tan salvaje no permitir que se relacione con otros niños…

—Han debido de pasarlo muy mal. Los dos están extremadamente delgados. Me figuro que entraron superados por una situación asfixiante. Tal vez pretendían que fuera algo temporal, pero ¿cómo vuelves al mundo exterior después de pasar años con los Fritz? Han vivido tan al margen de los problemas de la sociedad y del mercado laboral que regresar tiene que ser difícil.

—Más vale lo malo conocido que lo bueno por conocer.

—Supongo —dijo Lur por inercia, aunque al instante se quedó callada, pensando en lo mucho que le gustaría desprenderse de todo lo malo conocido de su vida a cambio de algo bueno por conocer.

Cargó una calabaza al hombro y se dispuso a llevarla a la cocina. Tía Flora, a primera hora de la mañana, le había repetido cinco veces que necesitaban una para preparar la cena. Pensó que la mandamás se había despertado enérgica, como si hubiera olvidado que Ari había muerto. Pese a las normas de la familia, la vieja mandaba a los hombres sin ningún tipo de apuro. En las otras casas algo así era impensable. Advirtió que su esposa salía de entre los árboles. Se detuvo a esperarla.

—¡Andrés! —gritó con una sonrisa.

Paz tampoco parecía sentir la pérdida.

—¿De dónde vienes?

—De dar una vuelta. El bebé me exige que camine. —Se acarició el vientre.

—No quiero que te alejes demasiado.

—¿Por qué?

—Por lo de Ari.

—Ari, Ari, Ari —se burló.

—No te alejes, ¿de acuerdo?

—Qué bobo estás.

Andrés vio cómo avanzaba hacia la casa. La observó desde la distancia. Recordó lo mucho que había deseado a aquella muñequita rubia. Hasta hacía poco tiempo, sus caricias y piel de porcelana le habían robado horas de sueño. Pero eso era agua pasada. Ahora ya no tenía ni idea de qué sentía por ella. Iba a ser la madre de su hijo, sí, y eso le unía a ella de una manera animal. Pero el resto de las sensaciones que Paz le producía le acojonaban y mucho. Ya habían transcurrido dos años desde que la conoció. El tiempo pasaba volando. Reflexionó sobre ello. Después de que sus padres le denunciaran, acabó malviviendo en la calle. Dormía en cajeros, debajo de puentes o donde pillaba. Como no se atrevía a robar carteras porque la poli le tenía fichado, optó por pedir en el metro. Pasó unos meses fríos y feos. Deprimentes. Pero lo peor de todo aún estaba por llegar. Tomó la mala decisión de comprometerse a vender unos gramos de hachís que acabó fumándose. Los chicos que le habían fiado la mercancía, dos magrebíes que tenían muy mala hostia y bastante menos que perder que él, le perseguían por todo Madrid para darle una paliza. Andrés pasaba los días huyendo y las noches en vela temiendo que le pillaran. Una situación que, a la semana, se hizo insostenible. Acudir a la familia Fritz era la última alternativa. Se presentó en la casa de Madrid y, cuando le propusieron llevarle a la de Cuenca, el pánico se esfumó de su cuerpo. Le acogieron con cariño y comprensión. Andrés decidió no desaprovechar la oportunidad y relajarse. Tiempo tendría de irse. Primaba estar a salvo, alimentarse en condiciones y descansar. Paz flirteó con él desde el primer día. Sus miradas se cruzaron en el comedor. Recordaba perfectamente sus ojos redondos, marrones y curiosos como los de un ratón. La chica no tardó en escribirle las primeras notas. En ellas le citaba de madrugada en el desván. Él acudía temeroso y excitado. Ella le desnudaba y le tocaba, estudiaba cada centímetro de su piel y jugaba con su miembro como si nunca antes hubiera visto uno. Parecía divertirle observar cómo su pene crecía y se endurecía entre sus manos pequeñitas. Andrés se dejaba hacer y se contenía para no desvestirla y manosearla también. Eran sus normas. Ella mandaba. Paz era guapa. Paz era inocente y pícara a la vez. Él le daba lo que pedía y disfrutaba con aquellos tocamientos prohibidos, clandestinos. La primera vez que le pidió que la acariciara ya habían pasado varios meses desde el primer encuentro. Ella le colocó los dedos en su vagina y los movió a su gusto. Como si fuera la mano de una marioneta. No le dejó improvisar en ninguna de las citas, siempre a sus órdenes. El día que le pidió que la penetrara comprobó no solo que no era la primera vez que ella lo hacía, sino que era una chica muy experimentada e insaciable. Por la mañana, después de aquella noche de desenfreno, se aproximó a él y le habló al oído. «Solo espero que no me hayas dejado preñada. Si así es, te expulsarán de la familia de inmediato». Andrés la miró asustado. Tenía pánico a salir de allí. Todavía no estaba preparado para volver a las calles. «Eres un inconsciente. Has corrompido mi inocencia. Reza para que no se entere mi padre… ¿Qué dirá el guía? Todos confían en ti», le reprochó en un susurro. «Pero, Paz…, tú…, tú y yo», se defendió mientras ella le dejaba allí plantado. A Andrés el día se le hizo eterno y pasó más angustia que cuando le perseguían los magrebíes. Por la noche volvió a verla y ella le pasó una última nota. Le decía que solo veía una manera de salir de aquel lío. «Deberías pedir mi mano», concluía. Andrés no tardó en hablar con el portavoz de los hombres y este con el padre de Paz y con el guía. Se casaron a los pocos meses y los destinaron a la casa de Irún. Andrés debía reconocer que el matrimonio le había regalado sexo sin medida. Como aquel primer encuentro al final no la dejó embarazada, Paz le buscaba continuamente para practicarlo de todas las maneras imaginables. Un periodo inolvidable. Pero de eso hacía ya siete meses. Ahora ella le rechazaba con el pretexto de que era pecado y de que podía hacer daño al bebé. Todas las noches la oía masturbarse a su lado, bajo las sábanas.

El estridente pitido del interfono las sobresaltó.

—Será Nando —dijo Lur mientras caminaba hacia la puerta.

Maddi esperó en el despacho improvisado. El subcomisario había avisado de que les llevaría los avances y el análisis forense. Pese a que tenía ganas de saber cómo había muerto Ariadna, la presencia de Nando García le imponía mucho. Se irguió cuando vio que la puerta se abría.

—Hola.

—Muy buenas, agente Blasco.

—Trae una silla de la cocina —Lur se dirigió a Nando—. Te la acercaría yo, pero me haces un favor si vas tú.

Él asintió con la cabeza y salió del despacho.

Maddi y Lur se miraron. La agente tenía los ojos muy abiertos.

—Tranquila, mujer —susurró la oficial mientras se sentaba—. Es un buen hombre.

Maddi relajó los hombros y se acomodó también. El subcomisario entró con la silla y la puso frente a ambas, que estaban codo con codo ante el enorme corcho.

—Os he traído una copia a cada una —dijo dejándolas sobre la mesa—. Ariadna Fritz murió a causa de un fuerte golpe en la cabeza. Supongo que recordáis el charco de sangre que había alrededor de su cabello.

—Sí —contestó Lur—. ¿Qué pasa con el arma homicida?

—No hay arma homicida. Se golpeó contra la barandilla de la escalera.

Maddi hojeó el informe y leyó para sí: «traumatismo craneoencefálico».

—No recuerdo sangre en la escalera —murmuró Lur.

—Es de madera oscura. Había pequeños restos en un lateral.

La oficial pensó que de no haber estado enferma los habría localizado. Antes de tener los músculos rígidos trabajaba como un sabueso con cuerpo de serpiente. No existía recoveco que se le resistiese.

—Estaba amordazada y tenía marcas de defensa —recapituló Lur—. ¿Su cuerpo presentaba indicios de caída? ¿Pudo precipitarse por las escaleras mientras huía?

—No. Creemos que la bajaban entre varias personas cuando se golpeó. Tal vez se les resbaló.

—Hijos de puta —farfulló la oficial.

—Debajo de sus uñas había ADN de varias personas. Están cotejando si pertenecen a algún miembro de la familia. Antes de que se marcharan de comisaría les tomamos las huellas para descarte y muestras de ADN. Por cierto, ninguno se opuso.

Lur anotó este último detalle antes de volver a la carga con la autopsia.

—¿Abusaron sexualmente de ella?

—No.

Tomó aire, aliviada.

—Es un caso muy extraño —dijo Maddi a media voz.

García y Lur volvieron la cabeza hacia ella.

—¿Adónde y quiénes la llevaban? —preguntó incomodada por las miradas—. ¿Y el incendio?

—Ahí tenéis resumido lo que tenemos hasta ahora. —El subcomisario señaló los papeles—. Me vuelvo a comisaría. Devanaos los sesos. Es vuestro turno.

—Qué visita más fugaz —protestó Lur.

—En veinte minutos tengo reunión con el comisario. —Resopló—. Ah, que sepáis que Quivera está que trina. No le ha hecho gracia las dos colaboradoras externas que se han sumado a la investigación.

—Debería centrarse en averiguar quién mató a Ariadna Fritz y dejarse de niñerías.

—En fin —dijo él encogiéndose de hombros—. Es lo que hay.

—Te acompaño a la puerta, anda.

A la agente Blasco le sorprendió la confianza que había entre ambos. Trabajar codo con codo durante años habría forjado una estrecha amistad.

—Hasta luego, Maddi.

—*Agur, bai.*

—Amén —musitó el guía.

—Amén —le siguió el resto.

Estaban sentados a la mesa. Se soltaron las manos y comenzaron a comer en silencio. La paella de verduras estaba especiada y salpicada de colores. Verde, naranja, rojo, blanco y amarillo. Algunos comían con hambre, otros mordisqueaban con desgana unos pocos granos de arroz. Eva cerró la boca y un guisante reventó entre sus muelas. La textura suave rozó el lateral de su lengua. Estaba nerviosa. La menstruación parecía haber acabado, pues no había necesitado paños desde la noche anterior, y eso significaba que ya podía hablar con libertad. Buscó otro guisante con el tenedor, se lo llevó a la boca y mordió con rabia. No sabía muy bien qué decir y a quién. En la casa tenían unas normas, un protocolo a seguir. Si surgía un problema había que pasarlo como una pelota hasta que le llegara al guía. Eva debía contárselo a la portavoz de las mujeres y esta al guía. Sí, eso haría, respetar las reglas. Miró a María Belén. Estaba ojerosa, pero parecía tener apetito. Después de comer, hablaría con ella antes de dirigirse a tía Flora. Su hermana mayor siempre le daba buenos consejos.

—¡No me gustan los arbolitos en el arroz! —exclamó el abuelo.

—Haga el favor de no protestar —soltó Flora—. Coma y calle.

—¡Malditos arbolitos! ¿Cómo se llaman?

Jessica comía a su lado y contestó en voz baja.

—Es brócoli. Retírelo si no le gusta.

—¡Brócoli, brócoli! Ya da igual lo que haga con ellos. ¡Todo sabe a arbolito! —Tenía las cejas blancas arqueadas.

Enara cogió uno y lo examinó con detenimiento.

—Si lo dejáramos crecer igual daría manzanas —opinó olisqueándolo.

Joel imitó a la niña.

—Chicos, dejad eso en su sitio —comentó Irene—. Con la comida no se juega.

Paz se carcajeó como una loca.

Flora se levantó con ímpetu. El chirrido de la silla calló las risas de la embarazada e hizo que los niños se metieran el brócoli rápidamente en la boca. Retiró con enfado el plato del abuelo y se fue a la cocina. Regresó a los pocos minutos con un bol de arroz blanco y un tarro de tomate frito.

Cuando el abuelo terminó de comer, tenía la boca y el blusón teñidos de naranja.

Solo les quedaba por visualizar las grabaciones de Irene y de Jessica, la chica que provenía de un centro de acogida. Se decantaron por la primera. Irene era la mujer del portavoz de los hombres y la madre de María Belén, Eva y Joel. Tenía cuarenta años, el cabello liso y castaño. Su mirada se asemejaba a la de una niña. No parecía albergar un ápice de maldad. Estaba profundamente triste. Maddi y Lur sintieron la necesidad de traspasar la pantalla y abrazarla. Su desconsuelo dolía. También había miedo e inseguridad. Y ni un ápice del recelo que su marido Bruno había mostrado cuando se le tomó declaración. Repitió más o menos lo relatado por los demás. Que Guillermo los despertó y que ella corrió al dormitorio de los niños. Los sacó de casa y los puso a salvo afuera. Su hija Eva estaba en la calle. Al poco se unieron las parejas y tía Flora con el abuelo. Después, Jessica y María Belén y, por último, su marido, que arrastraba a Guillermo.

—No vi a Ari. No la vi. *[Tiene una ligera afonía]*. Bajaba las escaleras con Enara en brazos y me tapaba la cara. Fuera, mi hijo Joel tiró de mi falda y me preguntó por qué estaba allí tumbada. Yo no entendía nada. En aquellos momentos no le presté atención. Le oí que también le preguntaba a Enara si la había visto. La niña negó con la cabeza. Me acerqué a ellos y mi hijo me lo contó. Yo no daba crédito. Hasta que mi hija María Belén me lo confirmó, no quise hacerle caso. Cuando Guillermo salió con el rostro desencajado, entendí que de verdad había ocurrido aquella tragedia.

Maddi y Lur escucharon atentas cuando explicó el motivo por el que había nacido en la secta.

—Mi madre se quedó embarazada y mis abuelos se empeñaron en que abortara. Ella no quiso hacer tal cosa y decidió pedir ayuda a la familia Fritz. Si existo es gracias a ellos. Mi madre no tenía nada cuando ingresó. Tan solo un vientre abultado y mucho miedo. *[Sonríe con nostalgia].* Llevamos cuarenta años en la familia. Mi madre vive en la casa de Palencia.

—¿*Qué relación tienen con los miembros de las otras casas? [quiere saber Quivera].*

—Nos reunimos de vez en cuando. En Semana Santa, Navidades, bodas, bautizos y comuniones. También en entierros y funerales *[dice absorta].* A mi madre y a mí nos gusta cartearnos. No hay semana que no lo hagamos.

—*Se mandan cartas... [repite Quivera].*

—Sé que ustedes tienen muchos métodos de comunicación con sus seres queridos. Y he oído que han perdido la pasión por escribir cartas. ¿Es eso cierto?

[García y Quivera se miran].

—*Más bien sí [contesta el subcomisario].*

—Pues es una pena.

—*Me atrevería a decir que las cartas escritas por ustedes son las únicas que entrega el cartero hoy en día.*

—No recurrimos al cartero. En la sierra de Madrid está el almacén de Blanco Inmaculado, y el guía, todos los martes, lleva la mercancía confeccionada durante la semana anterior. Gorka le acompaña. Van por la mañana y regresan por la noche. Cuando eso pasa los portavoces de los hombres se quedan al mando.

—*Su marido se queda al mando.*

—Eso es. Siempre esperamos ansiosos a que Gorka y Guillermo regresen con las cartas destinadas a nosotros. *[Se echa a llorar en silencio].* Nos conformamos con bien poco. Somos felices. ¿Quién le ha podido hacer algo así a una niña tan buena?

—*Lo sentimos mucho. [García empuja el vaso de agua hacia ella]. ¿Cómo era Ariadna? ¿Quién cree que es el responsable?*

Lur y Maddi no perdieron detalle mientras describía a la chica. Al igual que su marido, la apreciaba como si fuera una hija. Contó que le gustaba leer. Que su autora favorita era Agatha Christie y que la de su hija también. Rellenó el croquis de la casa y confesó no tener la menor idea de quién se había llevado por delante a Ariadna.

Seguir con la rutina era doloroso y reconfortante a partes iguales. Irene iba y venía. Frotaba donde había pasado el trapo hacía un minuto, restregaba en la fregadera la vajilla limpia, lavaba lechugas y almacenaba las hojas en el frigorífico. Se negaba a parar pese a que estaba agotada.

—¿Puedo ayudarte en algo?

La voz de Jessica interrumpió el movimiento de sus brazos.

—Estaba pensando que va siendo hora de que limpiemos a fondo la barandilla de las escaleras —dijo Irene.

Jessica se sintió aliviada.

—Voy a por los trapos y el balde.

Se reunieron al pie de la escalera y se sentaron en el primer escalón. Pactaron ocuparse cada una de un lado. El agua que Jessica había traído estaba caliente. Irene metió su trapo y casi se quemó la mano. Agradeció que el ligero dolor despistara el del alma. Dejó los dedos en remojo durante unos segundos.

—¿Qué tal está Eva? —preguntó Jessica.

Se miraron a los ojos.

—Está hundida. Mucho… Me gustaría poder hablar con ella.

—Ten paciencia, pronto abandonará el Periodo de silencio.

—Ya lo sé, pero me gustaría que infringiera las normas y me hablase de su dolor para sacarlo fuera —dijo con su ligera afonía.

Jessica meneó la cabeza con los ojos muy abiertos.

—Perdóname, no tomes en cuenta lo que digo. Siento tanta pena por lo que ha pasado que no pienso con claridad.

—Tranquila, tranquila —susurró.

—¿Tú qué tal estás?

—Mal —reconoció la gallega.

Irene estudió su rostro. Estaba ojerosa.

—Tengo miedo —prosiguió al ver que Irene no decía nada—. Y mucha tristeza. ¿Qué va a pasar ahora? ¿Qué va a ser de nosotros? ¿Quién ha sido?

—Alguien de fuera, eso ya lo sabes.

—Sí, claro. No dudo de ninguno de nosotros. Eso jamás.

—Debemos confiar en la Ertzaintza. Ellos lo van a averiguar. También han prometido protegernos.

—Nunca me ha gustado la policía —confesó Jessica.

Irene intuyó que su tiempo en los pisos de acogida no debió de ser fácil.

—Lo entiendo. Pero no tenemos otra opción.

Se cambiaron de escalón para limpiar otra zona.

—Me gustaría que bajase por las escaleras. ¿Recuerdas cómo solía hacerlo?

—Sí —contestó Irene con melancolía—. Era como un caballo. Cómo trotaba… Tía Flora siempre estaba riñéndola.

—¿Adónde irán sus risas?

Los ojos de las dos se empañaron y decidieron seguir frotando la barandilla para no mirarse.

—Era un ángel —susurró Jessica.

—Sí.

Irene arrastró la última palabra. No tenía ganas de seguir hablando. Notaba los arañazos de la aflicción en la garganta. Frotó con ímpetu para ahuyentar el dolor y observó el paño teñirse de escarlata. Lo contempló horrorizada y las manos comenzaron a temblarle. Sintió el ahogo en su pecho. El aire se negaba a entrar. Se esforzó en respirar, pero lo único que consiguió fue que los oídos le pitaran de una manera bestial. Se le revolvió el estómago y una legión de puntitos negros se apoderó de su visión.

Vértigo.

Oscuridad.

Cuando despertó, estaba tumbada en el suelo. Jessica le acariciaba el cabello. Sus hijas estaban a su lado, pálidas, asustadas. Más allá, tía Flora se esforzaba en limpiar la barandilla.

Había dejado a Maddi poniendo en orden el corcho. Eran muchos los miembros de la secta y había gran cantidad de información que anotar. Ella estaba tumbada, llevaba un buen rato con la manta eléctrica bajo la espalda, y releía el resumen que les había acercado el subcomisario. Se giró para poder incorporarse y se dirigió al despacho. Ya solo les quedaba por ver la declaración de Jessica. Una chica joven, gallega, de veinticuatro años. Por lo visto, la última en entrar en la secta de Irún. Había tenido una infancia difícil: padres irresponsables que perdieron la custodia por abandono, casas de acogida, fracaso escolar. Con los Fritz había encontrado un cariño que posiblemente no hubiera hallado fuera.

—Cada vez tengo más claro que solo es un grupo de gente desesperada —le dijo a Maddi. Ambas se concentraron en el corcho—. Es triste. La propia sociedad tiene la culpa de que estén ahí, recluidos. ¿Cuántos de ellos se considerarán cristianos?

—Supongo que no todos. Imagino que los de Generación pura sí. Flora también se unió a ellos sin ningún problema a sus espaldas, o eso parece. Cedió todos sus bienes. El resto no tenía dónde caerse muerto, con perdón de la expresión.

—Sí, es así… Andrés huyendo de las calles, la pareja vasca de la pobreza y Jessica de la soledad.

—Vaya panorama.

—A ver qué dice Jessica.

Se sentaron, movieron el ratón y buscaron su nombre en una carpeta.

Cara alargada, ojos grandes, boca prominente, nariz aguileña. Su rostro era tan asimétrico que recordaba a un boceto de Picasso. ¿Guapa o fea? Todo dependía de lo que marcasen los cánones de belleza. Sin duda, una obra de arte para los seguidores del cubismo.

—Me recuerda a Rossy de Palma de joven —soltó Maddi.

—¿No estaremos viendo una jodida película? —bromeó Lur. La patrullera meneó la cabeza.

—Yo la definiría más como: una película muy jodida…

—Sí, llevas razón.

El acento gallego de Jessica las interrumpió.

—Salí de la casa con María Belén. El guía nos despertó. Bajé las escaleras como sonámbula. Si les soy sincera, no lo recuerdo bien…, entre los nervios y el sueño está todo borroso en mi cabeza.

—*Deduzco entonces que no vio el cuerpo de Ariadna.*

—No, pobrecita. Es horroroso. *[Jessica emite un sonoro suspiro].* Gracias a Dios, no la vi.

—*¿Qué nos puede contar de ella?*

—Que era un alma independiente. Irradiaba libertad. Con frecuencia envidiaba su determinación. Yo siempre he sido una cobarde. *[Se atusa el flequillo recto con la palma de la mano].* Su padre la adoraba. Opino que el cariño que recibimos es el responsable de fortalecer nuestro carácter y la seguridad en uno mismo.

—*¿Qué tal se llevaba con ella?*

—Bien, era difícil no hacerlo. *[Se seca los lagrimales inundados].* Siempre estaba sonriendo. ¿Conocen a alguien que ría a todas horas?

[Ni García ni Quivera contestan].

—Así era Ariadna. Risueña, valiente, feliz.

—*¿Quién cree que ha podido hacerle algo así?*

—Un ser despreciable. Pecaría si dijera todo lo que me gustaría que recayera sobre él.

—*¿Hay alguien así en la familia?*

—¡No! ¿Cómo puede pensar eso? ¿No me lo preguntará en serio?

—*¿Qué me dice de esa asociación que lucha para que se extinga la comunidad? [pregunta el subcomisario].*

—Se venden como asociación de ayuda a víctimas de la familia Fritz, pero nosotros no queremos su ayuda. Entramos voluntariamente. ¿Dónde estaban cuando cada uno de los miembros nos vimos solos y desamparados, sin familia? Es un acoso. Eso no es ayudar. Son mala gente.

—*¿Podría identificar a alguno?*

—Hay varios hombres y mujeres. Suelen ir a los mercados a los que vamos a vender nuestra ropa. Llevan pancartas y se plantan frente a nuestro puesto.

—*¿Les dicen algo?*

—Que merecemos una vida mejor, que somos cautivas... Intentamos no mirarlos. A veces gritan para que les hagamos caso.

—*¿Y ustedes qué hacen?*

—Nada.

—*¿No llaman a la policía local o a la Ertzaintza?*

—No tenemos teléfonos. Intentamos ignorarlos y seguir con nuestro trabajo. No pasa nada. Dejamos que saquen su ira. La tienen ahí dentro y si no la expulsan va a destrozarlos.

[García le enseña unas imágenes claramente sacadas de internet. La asociación sale en varios artículos de prensa y en un par de programas de televisión].

—*¿Reconoce a alguno?*

—Sí, a la mayoría de ellos. Ve, a eso me refería. Mírelos. Tienen el gesto torcido. Siempre enfadados. ¡Los cabreamos nosotros y nuestra forma de vida! Es de locos.

—*Y este señor ¿le suena de algo?*

—No. ¿Quién es?

—*Pepe Aroztegi, el presidente de la asociación.*

—Nunca lo he visto.

Continuaron hablando de la asociación y concluyó explicando el orden de salida tras el incendio, su vida fuera de la casa y rellenando el croquis de las habitaciones.

—Qué necesidad tendrán de ir a los mercadillos —opinó Maddi—. La marca se vende sola.

—Es una excusa. Utilizan los mercadillos para repartir octavillas en las que publicitan la secta. En ellas venden la familia Fritz como una comunidad idílica y alejada del sistema: valores, ecologismo, amor…

—Es un poco contradictorio. Rechazan el consumismo y al mismo tiempo se aprovechan de él. Han hecho muchísimo dinero con Blanco Inmaculado.

—Intuyo que habrá unos cuantos que se estarán forrando con la tontería —dijo Lur a media voz—. El resto, personas que trabajan a destajo a cambio de un techo.

—Y por lo que tengo entendido, bajo normas bastante estrictas.

—Creo que vamos a tener tiempo de comprobar cómo viven. Mañana me gustaría hacerles una visita.

—Tienes médico en Donostia, no lo olvides.

—Podemos aprovechar los viajes de ida y de vuelta para entrevistar a unas cuantas personas. —Lur revisó los informes que García les había acercado—. Tenemos el nombre y la dirección del presidente de la FFADA. También me gustaría hablar con los vecinos, sobre todo con el que alertó sobre el incendio.

Lur se percató de que Maddi consultaba su reloj.

—Tu turno está a punto de acabar. Vete a casa. Después de comer aprovecharé para dar un pequeño paseo. Dedicaré el resto de la tarde a comprobar si los testimonios cuadran unos con otros: orden de salida tras el incendio, croquis de las habitaciones… Mañana no tendrás que madrugar tanto, que hoy el cambio de puesto te pilló patrullando. ¿Qué te parece si marcamos nuestro turno de ocho a cuatro?

Maddi recordó que Fidel no había movido un dedo para buscar a alguien que sustituyera a la chica que cuidaba de Mía e Igor.

—¿Te importaría si fuera de ocho y media a cuatro y media?

—No, en absoluto.

—Así me daría tiempo a llevar a los niños a la parada del autobús antes de venir —explicó avergonzada y algo sombría.

—No hay problema, Maddi. —A Lur le sorprendió verla tan apurada. Solo había pedido un pequeño cambio en el horario.

Si la puerta imponía, el cuarto lo hacía aún más. Eva la miró antes de abrirla y leyó para sí la inscripción.

DICHOSO AQUEL A QUIEN SE LE PERDONAN SUS TRANSGRESIONES,
A QUIEN SE LE BORRAN SUS PECADOS.

La manilla de hierro forjado estaba fría. La empujó para abrir y bajó por las escaleras empinadas. Contempló el dormitorio tras los barrotes. Detestaba aquella celda con toda su alma: el olor a cerrado, a humedad, la cama solitaria y el crucifijo grande. ¿Cómo un habitáculo tan pequeño podía albergar semejante abismo? Se descalzó y pulsó el interruptor que había fuera. Entró sigilosa. Sus pies notaron la aspereza del cemento. Se tumbó en la cama. Ahí era donde merecía estar. Debía salir del Periodo de silencio y se resistía. Se negaba. Debía hablar de los encapuchados y no sabía por dónde empezar. Debía explicar lo del incendio. Sí, lo de las llamas, el fuego. Miró el techo descolorido. Ari solía decir que le apetecía rodearse de más colores, que se había aburrido del blanco y del gris. Qué razón tenía.

—Aquí no puedes estar, Eva.

La chica se incorporó de golpe y vio a su hermana a los pies de la cama.

—Levántate, venga —susurró al tiempo que le tendía la mano.

Eva meneó la cabeza y volvió a tumbarse.

—¿Qué haces? —preguntó nerviosa desplazándose hacia el cabecero.

—Vete. Déjame.

María Belén le puso la mano en la boca para callarla y Eva percibió un excesivo olor a jabón.

—No debes quebrantar el Periodo de silencio. No lo olvides.

—Ya no estoy menstruando —su voz se coló entre los dedos perfumados de su hermana.

María Belén quitó la mano.

—No mancho.

—Vale, pues habla todo lo que necesites, pero fuera de aquí. —Señaló las empinadas escaleras.

—Es aquí donde merezco estar. Soy una pecadora.

—No digas tonterías.

—No son tonterías. Tú no me entiendes.

—Claro que te entiendo.

—¡No! Solo Ari lo hacía.

María Belén se sentó de lado en la cama y la agarró de la mano.

—¿Por qué eres una pecadora?

—Porque sí.

—Seguro que ese sí contiene una extensa explicación.

—Porque culpo a Dios, porque me culpo a mí. Y así todo el rato. Le odio y me odio por hacerlo, le odio y me odio…

—Quiero que dejes de darle tantas vueltas a todo. Ni Dios ni tú tenéis la culpa de nada. ¿De acuerdo?

Eva se incorporó y se sentó cerca de María Belén.

—¿Quiénes eran? —preguntó mirándola muy de cerca. Tan solo un palmo separaba sus narices.

—¿A quiénes te refieres?

—A los de negro.

María Belén frunció el ceño.

—Los vi. Ellos rodeaban a Ari. Son los responsables.

María Belén abrió los ojos con espanto.

—¿Qué dices? ¿Estás segura?

—Sí, claro que sí.

—¿Dices que iban de negro?

—Llevaban unas túnicas negras con grandes capuchas.

—No puede ser. —Se agarró el pequeño crucifijo de oro y bajó el rostro.

—¿Ves? ¿Cómo vas a entenderme si ni siquiera me crees?

—¿Cuántos eran?

—Cinco.

María Belén se levantó.

—No deberíamos estar aquí. Nos va a caer una buena.

—He respetado el Periodo de silencio, pero no sé si callar ha sido lo correcto —dijo poniéndose de pie. Se situó frente a su hermana—. Tal vez debería haberlo interrumpido para hablar con la Ertzaintza. No sabía qué hacer. ¿Cómo hay que actuar en estos casos? ¡Dime!

—Chis, chis —susurró para tranquilizarla. La tomó de los hombros—. Guardar silencio, siempre.

—Debería decírselo a mamá y a tía Flora.

—Sí, ahora ya sí. Pero me gustaría que no te preocupases de nada.

—¿Y cómo hago eso?

—Dejándome a mí, Eva. Yo me encargo de todo.

—¿De verdad?

—Sí, pero salgamos de aquí, por favor.

Las hermanas abandonaron la celda y subieron las escaleras en silencio. Al cerrar la puerta María Belén la estrechó entre sus brazos.

—Yo me ocupo, ¿vale?

Eva movió la cabeza sobre su hombro.

—Y, hasta nueva orden, no se lo cuentes a nadie.

Las declaraciones de los miembros de la familia Fritz no dejaban de danzar en la cabeza de Maddi mientras preparaba la cena. De fondo escuchaba las voces de los niños jugando a policías y ladrones. Sonidos de sirenas, acelerones, frenazos. El tiroteo de la consola de su marido se solapaba dándole más realismo a la situación. No le sorprendía que jugaran a aquello, con los dos padres ertzainas no podía ser de otra manera. Lo que sí la inquietaba era que su hija siempre quisiera ser la ladrona, la perseguida, la criminal. Apagó el fuego, sirvió la sopa en los platos y fue a buscarlos. Se asomó a la puerta del cuarto.

—Id recogiendo los coches y venid a la cocina. La cena está lista.

El vehículo policial chocó contra el turismo de la criminal. Ambos quedaron volcados sobre la alfombra estampada con un dibujo de carretera.

Igor se tumbó bocarriba, rendido. Mía rio a carcajadas y le imitó.

—Ama, ¿quién crees que ha ganado de los dos? —preguntó el niño a voces.

—Ninguno. Habéis perdido los dos. ¿Os habéis visto? Y mirad vuestros coches. ¡Qué desastre!

—Ha perdido el poli, sin duda —opinó la niña—. La ladrona no tenía nada que perder. El banco le había quitado su casa y estaba sola.

«Uy, apuesto que los Fritz acogerían a tu ladrona con los brazos abiertos», se dijo para sí.

Su hija, ajena a sus divagaciones, metió los coches en el cajón y salió de allí.

Maddi la observó y pensó que su nombre no se correspondía para nada con su forma de ser. Mía jamás pertenecería a nadie. Independiente, arisca e inteligente.

—Ama, ¿qué hay para cenar? —Igor lo preguntó mientras deslizaba las piernas y los brazos sobre la alfombra. Lo hacía como cuando se tumbaba sobre la nieve y se movía para dejar marcada la silueta de un ángel. El pantalón de dinosaurios se le retorció en los tobillos.

—Sopa calentita.

—¿Con hielo?

A Igor le encantaba ver cómo el cubito se deshacía en medio del plato y a ella cenar sin oírle mencionar la dichosa frase: «¡Jo, es que quema!». Con lo del hielo todos salían ganando.

—Sí, te dejaré echarle un par.

—¡Bien! —Pegó un brinco y salió del dormitorio con el pijama remangado a la altura de las rodillas.

«Tú, sin embargo, pertenecerás a la primera persona que te quiera», se dijo.

Cuando llegó a la cocina, Fidel estaba sentado a la mesa. A Maddi se le hizo raro. Llevaba toda la tarde un tanto silencioso. Cenaron fingiendo normalidad, pero ni las ocurrencias de sus hijos fueron capaces de enmascarar que sucedía algo.

—¿Qué te pasa? —preguntó Maddi en cuanto los niños abandonaron la cocina.

—Nada.

—¿Seguro?

—¿Quieres que me pase algo o qué?

—No seas borde. Solo me preocupo por ti.

—Ah, ¿sí?

Maddi arqueó las cejas. El volcán estaba a punto de lanzar lava a borbotones.

—Sí, me preocupo por ti y lo sabes.

Él se rio con desprecio.

—Ey, ¿a ti qué te pasa?

—Nada. A mí no me pasa nada. Ya te lo he dicho al principio de la conversación.

—Chico, no te entiendo. —Se levantó y comenzó a recoger la mesa.

—No entiendes lo que no quieres.

—¿Cómo?

—Pues eso.

—¿Qué es eso?

—Tú ni siquiera lo querías.

—¿A qué te refieres?

—Te daba absolutamente igual ser investigadora.

—¡Anda ya! ¿Estás así por eso?

—¿Quién lleva años detrás de conseguir un puesto en la Sección de Casos?

—Joder, Fidel, ¿qué culpa tengo yo? No lo he buscado. Me lo han ofrecido.

—Al menos podías haber mostrado un poco de respeto.

—Esto es el colmo. ¿Cuándo te he faltado el respeto?

—No sé. ¿Qué tal habérmelo consultado antes? Es que sabes lo mucho que deseaba algo así, y encima me lo sueltas a bocajarro. Me duele que no te hayas parado a pensar.

Maddi se quedó callada. Dejó los platos sobre la mesa y se sentó.

—Que haya aceptado no te quita ninguna posibilidad. ¿Entiendes? Cualquier día pueden ofrecértelo a ti.

—¡Es que es absurdo que se lo ofrezcan a gente que ni siquiera lo desea! —insistió—. Y lo peor de todo es que digan que sí.

—Joder, tío. Es increíble. Mañana mismo lo rechazo. ¿Es lo que quieres?

—Sabes muy bien lo que quiero.

—¿Cómo voy a saberlo? Me da la impresión de que estuviéramos a años luz.

—Eres tú la que te alejas, no yo.

Maddi tomó aire antes de contestar.

—Si te soy sincera acepté sin pensarlo porque me pareció un cambio positivo. Y, además de que el nuevo horario nos viene muy bien a los dos, me hacía ilusión poder compartir contigo cada paso de la investigación.

—Así que lo has aceptado por los dos.

—Siempre —susurró. Le brillaban los ojos—. Diría que más bien por los cuatro.

—Entonces para qué hablar más.

Se quedaron callados durante unos segundos.

—Es algo temporal —dijo ella tras recapacitar—. Ya te he explicado que Lur y yo estamos como colaboradoras externas. En cuanto se resuelva el caso volveré a patrullar.

—No intentes arreglarlo, anda.

Maddi tragó saliva y se levantó para seguir recogiendo la cocina. Mientras metía los platos en el lavavajillas, escuchó cómo el tiroteo del videojuego de su marido volvía a sonar de fondo.

En la sierra madrileña se encontraba la propiedad más valiosa —de unas diez mil hectáreas— de los Fritz. Almacén, oficinas, cuatro casitas independientes y una enorme finca rústica. Era el centro logístico de la familia. Los treinta y tres miembros que vivían allí se encargaban del almacenamiento y la distribución de la marca que en el resto de casas —ocho, para ser exactos— se confeccionaba. Arturo era el guía de allí. Él era la mano derecha de los veteranos, a los que llamaban «Cónclave», y la voz cantante del resto de los guías. Todas las semanas, aprovechando que cada uno le llevaba el género, se reunía con todos ellos para estar al tanto del funcionamiento de cada casa. Los guías entregaban un parte de la semana con el albarán de lo confeccionado y el inventario de alimentos, de los productos de higiene, de las telas y del material de costura. También se aprovechaba para hacer el intercambio de la correspondencia. Arturo les entregaba en metálico un dinero para cubrir las necesidades mínimas. Era un pago semanal que cada guía debía administrar con habilidad para que durara los siguientes siete días.

—Tienes que ser fuerte. La familia confía en ti —Arturo se dirigió a Guillermo.

Estaban sentados uno enfrente del otro, en la mesa del despacho. En cuanto supo de Guillermo, Arturo se reunió con el

Cónclave y avisó al resto de guías. Después, puso rumbo a Irún para darle el pésame al que consideraba como un hermano.

—Toda la familia, sin excepción, acudirá al entierro y funeral de Ariadna. Están deseando darte un abrazo. —Era un hombre alto, de piernas largas y torso ancho. Tenía casi setenta años. El cabello corto y blanco.

—Lo sé, Arturo.

—Te he traído correspondencia de Madrid. —Dejó un taco de cartas sobre la mesa—. Mi mujer y mis hijos no querían que me fuera sin antes escribirte unas palabras. Hay un par que son de mis nietos.

—Os lo agradezco mucho.

Arturo contempló un pequeño marco que había sobre el escritorio. Era de madera clara, sin tratar. Probablemente hecho por él. Dentro, una fotografía de Ariadna. Un primer plano en el que sonreía a la cámara con una felicidad infinita. Blanca, radiante, sincera. Infantil. Seguramente había sido tomada en la casa de Asturias, en la última boda de la familia. Apenas hacía medio año de aquello. El amor y la alegría llenaron aquel día de primavera. Lo recordaba a la perfección. Iban a necesitar muchas bodas y nacimientos para equilibrar aquella desgracia. Aquella tremenda pena.

—Deberías llamar a un carpintero para que cambie la puerta.

—Ya lo he hecho. —Suspiró—. Tengo la factura guardada para que le hagas la transferencia.

—De acuerdo. Me dejas más tranquilo. Entonces ¿la Ertzaintza no sabe qué ha podido pasar?

—Son prudentes. Nos tienen al margen.

—Comprendo… No nos queda otra que confiar.

—Sí, no tengo miedo.

—He hablado con el Cónclave y me han dicho que, si lo vieras oportuno, podríamos repartiros por el resto de las casas hasta que todo se aclare.

—De momento seguiremos aquí.

—Confío en ti.

Los dos miraron en silencio la montaña de cartas.

—Qué vacío tan inmenso… Qué solo me he quedado, Arturo.

—No, Guillermo. Aquí jamás estarás solo.

—Así me siento. No hay palabras. Estoy hecho pedazos.

—La gente te quiere. Eres un guía ejemplar.

—Ni todos juntos podréis conseguir quererme como lo hacía Ari, te lo aseguro.

Arturo le tomó de las manos y las apretó con fuerza.

Al desentumecerse durante todo el día, la musculatura daba a Lur un respiro al caer la noche. A veces se planteaba no acostarse y así poder vivir una noche eterna. Una noche de tregua. Pero siempre acababa metiéndose bajo las sábanas, despacio, y cerrando los ojos para abrazar un nuevo y jodido día. Se paseó por la casa para disfrutar de un caminar menos opresivo y miró el ordenador. Estiró la mano y lo encendió casi por inercia.

«Solo media hora más y después a dormir», se dijo ya sentada frente a él.

Tecleó la marca de los Fritz y entró en la web. Una música le dio la bienvenida. Era bonita, relajante. Las imágenes transmitían paz y felicidad. Pureza. Un mundo paralelo.

«O *para lelos*», pensó.

Había indagado sobre Blanco Inmaculado, pero todavía no había visitado la página web. Distribuían al por mayor y al por menor, y el almacén estaba en la sierra madrileña. «Hecho a mano», «Artesanía», «Algodones orgánicos», «Bueno para ti, bueno para el planeta», «Confeccionado con mimo». Lur leía las frases que iban apareciendo acompañada por la evocadora banda sonora. La ropa de calle era tan anticuada que le producía rechazo nada más verla. Era como un viaje en el tiempo. Clicó en la pestaña «Ropa interior» y estuvo un buen rato curioseando. Le llamó la atención una camiseta con refuerzo polar en la zona lumbar. Era de manga larga. Puso el cursor sobre ella. Para más inri, se llamaba Milagro. Los nombres de las prendas no tenían desperdicio. Le dio a comprar. Se intentó engañar a sí misma diciéndose que era por la investigación, no por otra cosa. Pero no lo consiguió, porque lo que realmente tenía eran unas tremendas ganas de saber cómo se encontraría su piel bajo aquellas prendas, según decían, extraordinarias.

Apagó el ordenador sintiéndose culpable casi de una manera criminal.

16 de octubre, miércoles

El otoño había entrado torcido y dejó un clima inestable cargado de tormentas, vendavales y algún que otro atardecer de un naranja tan intenso que daba la sensación de que el infierno se hubiese instalado en el cielo. El viento sur era el gran responsable de esto último. También de los dolores de cabeza y la inquietud. De la piel seca y del pelo lacio. Era como si lo mandasen de otras tierras para desestabilizar a los habitantes. Lur bebió un trago de agua mientras observaba el corcho. Consultó el reloj.

—Habrá que hacer una visita al vecino de los Fritz.

—Sí —contestó Maddi—. Txomin, veintidós años.

Lur se dio la vuelta y la estudió en silencio. Estaba sentada echando un vistazo al análisis forense. La notaba más callada que la víspera. Nada más entrar por la puerta se había percatado de que unas ojeras violáceas perfilaban sus ojos. La oficial había barajado tres posibilidades: que no hubiera dormido bien, que estuviera enferma o que le rondase algún problema. Apenas la conocía, por lo que no se atrevió a preguntarle nada.

El trayecto hasta el caserío de los vecinos relajó a ambas. En la radio sonaba Explosions in the Sky, que añadió melancolía al trayecto. Lur quiso llorar. La canción le recordó el malogrado estado de su cuerpo y sintió como si no fuera a estar sana nunca más. Ariadna Fritz apareció en su cabeza como un fogonazo.

«¿Quién acabó contigo?, ¿quién querría hacer daño a una niña?», preguntó para sí. Toda la vida por delante y en segundos su rumbo se había esfumado. Otro camino borrado del mapa.

—Me gustaría hablar con el padre de la víctima —murmuró—. No estoy acostumbrada a hacerlo a destiempo y me pesa.

—Tenemos las grabaciones de las entrevistas. Algo es algo.

—Las grabaciones no muestran la reacción espontánea de las respuestas.

Maddi subió una ceja.

—Me refiero a esas contracciones milimétricas de los músculos del rostro. Después de una pregunta el organismo responde mucho antes que lo demás. Es involuntario y a la vez sincero. Imposible contenerlo.

—Me quedaría también con el brillo de los ojos.

—Exacto. —Sacó una libreta—. Padre, vecino y presidente de la FFADA. Nos espera un día variado.

—Me gustan los días variados. —La patrullera sonrió al decirlo.

Lur vio el centelleo en sus pupilas, pero también la sombra. Pensó que Maddi era de esas personas incapaces de disimular que algo la atormentaba.

«Serías una presa fácil en un interrogatorio», se dijo para sí.

Estacionaron en el terreno de los vecinos. El caserío era parecido al de los Fritz, pero en una versión más pequeña y destartalada. La fachada blanca estaba desconchada en algunas zonas, y la pintura verde de las contraventanas, desgastada. Había montones de leña y aperos de labranza por todas partes.

En cuanto salieron del coche apareció una mujer con el cabello canoso recogido en una trenza. Se miraron temiendo que aquella casa también perteneciera a los Fritz, pero el colorido del delantal no tardó en desmentirlo.

—*Egun on* —saludó la mujer.

—*Egun on*. Somos de la Ertzaintza.

—¿Otra vez? —preguntó poniendo los brazos en jarra.

Un par de perros pequeños ladraron tras ella.

—Sí, lo lamento. Otra vez.

Por la puerta se escapaba olor a verdura cocida. Maddi aguzó el olfato. Era coliflor. Sin duda. Sus hijos y su marido la detestaban. Sintió una punzada al pensar en Fidel.

—¿Y qué es lo que quieren?

—Nos gustaría hablar con su hijo.

—Sus compañeros ya lo hicieron. Ya está bien de tanto acoso.

—No le entretendremos mucho.

—¿Y si yo no quiero que lo hagan?

—Pues está usted en su derecho de…

—No me venga con hostias. Los de blanco no son de fiar, lo he dicho siempre, y ahora que se demuestra que yo tenía razón y que ha pasado una desgracia, vienen con sus preguntas a por mi hijo. Y si le pasa a él algo, ¿qué? Ustedes serán las culpables.

Antes de que Lur pudiera contestar, el chico apareció por la escalera de la casa y alcanzó a su madre.

—*Lasai*, ama, no tengo nada que esconder.

La mujer lo miró de hito en hito con desprecio.

—Haz lo que quieras. Pero que no entren a la casa.

El chico salió y acompañó a las agentes hasta un lado del caserío. Allí había un porche con una mesa alargada y un par de bancos corridos.

—Muchas gracias por atendernos.

El famoso vecino que alertó a los bomberos era alto y flacucho. Muy moreno de piel y de pelo.

—Antes de nada, yo soy la oficial Lur de las Heras y ella es mi compañera Maddi…

—¿Qué queréis de mí? —la interrumpió.

—Saber qué viste la noche del incendio.

—Ya lo conté —dijo incómodo.

—¿Podrías hacerlo de nuevo, por favor?

El chico resopló.

—Vi las llamas. —Sus iris brillaron como si las tuviera delante de los ojos—. Estaba muy oscuro y el naranja intenso iluminaba la ventana del caserío.

—¿Dónde estabas?

—En mi dormitorio, estudiando.

—¿Qué hiciste entonces? —Lur enseguida comprendió que era de esas personas escuetas a las que había que sacarles cada palabra.

—Busqué el teléfono y llamé al 112.

—¿Viste algún movimiento extraño en el caserío vecino?

—No. Cuando me asomé después de llamar a emergencias vi gente fuera.

—¿Quiénes?

—Ellos, me imagino. Solo distinguía la ropa blanca.

—¿Te quedaste aquí?

El chico agachó el rostro.

—Sí. No me atreví a acercarme. Son… no sé cómo decirlo. Son especiales.

—Ya.

—Si hubieran sido otros vecinos no lo habría dudado —se apresuró a explicar—. Pero con ellos es diferente.

—¿Conocías a la víctima?

—No, no. Yo no tengo relación con ellos. Con ninguno. —Se ruborizó.

«Miente», pensó Lur.

—Entiendo. ¿No viste nada sospechoso?

—No. Nada.

—Tengo entendido que esa noche tus padres no estaban.

—Así es.

—¿Estabas solo?

—¿Yo?

Se frotó las palmas de las manos en los vaqueros como si se estuviera secando el sudor.

—Sí, tú.

—Claro. Solo.

«¿Vuelve a mentir?», se cuestionó Lur.

—Mis hermanos ya no viven en casa —añadió él.

Lur no dijo nada más y ocupó los segundos siguientes en analizarlo. Había accedido a hablar con ellas, pero no estaba siendo muy colaborativo y mucho menos sincero. ¿Por qué?

—¿Ya me puedo ir o tenéis alguna pregunta más? —soltó a la defensiva.

—Tranquilo, es suficiente. Has sido muy amable. Muchas gracias por tu colaboración.

—De nada.

Al abandonar el caserío Lur vio a través de la ventanilla del copiloto a la madre de Txomin observarlas desde la puerta de casa. El ceño fruncido y los ojos ardiendo. Sintió que su mirada la quemaba. La oficial suspiró y apartó la vista.

María Belén entró en el taller de costura y se quedó parada en medio. Sintió que la negrura de las paredes la envolvía como si quisiera engullirla. Acarició la cruz que colgaba de su cuello, Dios estaba allí. Podía notar la silueta con las yemas de los dedos. Cerró los ojos y se concentró en la cabeza, los hombros, las piernas. Tan pequeño y tan poderoso. Aquel acto la relajó ligeramente. Imaginó el cuarto pintado de blanco, lleno de luz. Se forzó en recordar el olor de las telas, el sonido de las máquinas de coser.

Abrió los ojos.

Vacío, ruinas, opacidad. El corazón le dio un vuelco. Corrió a la puerta, temerosa de no lograr alcanzarla como sucede en las pesadillas, y salió de allí como alma que lleva el diablo. Abandonó el caserío y decidió pasear por el terreno para serenarse. Soplaba un viento desagradable y el cielo se había nublado. Hoy no disfrutarían de un hermoso atardecer. Fue hasta el huerto. Los hombres trabajaban en él. Gorka, Andrés y su padre estaban arrodillados en el suelo. Las manchas de la tierra cubrían buena parte de los pantalones blancos. El abuelo danzaba entre las calabazas. Jugaba a esquivarlas con movimientos suaves.

—¿Estás bien? —Andrés lo preguntó alzando la cabeza.

—Sí, gracias. ¿Tú?

Él sonrió de medio lado.

María Belén pensó que era un chico guapo. Hombres así no abundaban en la familia. Cuando se enteró de que se iba a casar con Paz sintió una rabia terrible. Un puño estrujó sus entrañas. No es que ella estuviera enamorada de él, no, pero quizá en un futuro podría haber llegado a estarlo. Contorneó el borde de la cruz sobre su pecho. Dios sería su único hombre. Sí, a él le debía la vida. Fijarse en otros lo único que hacía era corromperla. Qué era eso de sentirse atraída por el marido de otra.

«Eres una furcia», se dijo a sí misma.

—¿En qué piensas? —la interrumpió Andrés.

—En lo duro que está siendo esto.

Giró la cabeza y localizó una espalda blanca a lo lejos, entre los árboles.

—Sí, Eva lleva rato sentada allí —comentó él.

Aquel tronco caído era el favorito de Ariadna y su hermana. A María Belén se le llenaron los ojos de lágrimas.

Andrés se aproximó y la atrajo hacia sí para abrazarla.

—Llora todo lo que necesites.

Ella le apartó con las palmas de las manos y no pudo evitar estremecerse al palpar los pectorales del chico.

—Lo siento —se disculpó nerviosa.

—Tranquila.

Se giró y escuchó gritos tras de sí.

—¡María Belén, María Belén! ¡María Belén, querida, juega conmigo! —canturreó el abuelo—. ¡La danza del otoño te quitará todos los males!

María Belén se tapó la boca para evitar que su llanto se escuchara y echó a correr hacia el caserío. Entró por la puerta con la falda enroscada en las piernas.

—Ey, niña. ¿Qué haces? —Tía Flora se interpuso en su camino. María Belén le sacaba una cabeza. Flora, un cuerpo.

—Nada. Necesito ir al dormitorio.

—No.

—¿Por qué? —preguntó rogando.

—Tenemos que hablar.

La agarró de la muñeca y tiró de ella hasta la cocina. Llenó un vaso de agua y se lo puso en la mano.

—Bebe.

María Belén obedeció.

—¿Cómo va el tema?

—Va bien. Sin novedades.

—Tienes que vigilarla muy de cerca.

—Ya lo hago.

—¿Dónde está? —preguntó ceñuda.

—En el árbol caído.

—Deberías estar con ella —la recriminó antes de apretar los labios.

—Merece su espacio. Lo está pasando muy mal.

—Todos lo estamos pasando muy mal.

—No como ella.

—Qué sabrás tú lo que sentimos cada uno de nosotros. —Le retiró el vaso de mala gana.

—Está tan triste que no debes preocuparte. Es inofensiva.

—Eso espero. Confío en ti.

—Y yo en ella. No dirá nada hasta que yo se lo permita.

—Eva tiene que entender de una vez que Dios es justo. Siempre.

—¿Puedo irme a mi habitación?

—A la larga tú también lo agradecerás. Ariadna la estaba llevando por el mal camino.

María Belén bajó el rostro.

—Haz el favor de marcharte. No soporto verte así. Si quieres ser portavoz en un futuro, ya puedes cambiar de actitud…

—Lo haré, tía Flora.

Le había costado un triunfo vestirse aquella mañana y ahora tenía que quitarse la ropa. El médico la estudiaba atento. Se concentraba en sus gestos, sus limitaciones. Lur se agachó, se torció de lado y recogió la rodilla para sacarse el pantalón.

«No, no puedo doblarme para delante», pensó, y le clavó la mirada para intimidarle. En él no causó efecto. El embrujo azulado de sus ojos solo servía para algunos incautos. Habían estado hablando sobre los dolores y las pruebas realizadas, y ahora era el turno de la camilla. El potro de tortura. Él la manipularía y querría estirar su acortamiento muscular. Iba a doler, como siempre.

—Túmbate bocarriba, por favor.

Lur estaba en bragas y sujetador. No recordaba haber permanecido tanto en ropa interior como en los últimos meses. Se sentó sobre el áspero papel de la camilla y se echó. Contempló el techo. Demasiada luz para su gusto. Apostaba a que el médico descubriría los pelos de las piernas que tanto le costaba arrancar. Lo intentaba, pero había lugares a los que no llegaba ni esforzándose. Él la agarró del pie y tiró hacia arriba.

—¿Duele?

—El lumbar.

—¿La pierna?

—Tira.

—¿Dónde?

—Aquí, en el isquiotibial.

Giros, movimientos, torsiones.

—Es como si hubieras estado durante meses postrada en una cama —observó él tras un rato de comprobaciones.

Ella suspiró.

—No sé dónde puede estar la raíz de tu problema.

Lur cerró los ojos.

—Me gustaría que te viera la osteópata del centro.

—Es que ya he estado en fisioterapeutas, en osteópatas…

—Es una chica muy sensible. Utiliza el método francés.

A Lur le sonó a chino mandarino.

—De acuerdo.

—Suele tener la agenda muy llena. Voy a consultarlo en el ordenador. Puedes vestirte.

Lur se giró de lado para levantarse. Se le había quedado el cuerpo dolorido y fatigado. Miró la ropa que estaba sobre la silla.

«¿Puedo largarme en bragas?», le dieron ganas de preguntarle.

Maddi la esperaba, tal vez ella pudiera ayudarla y evitar el nuevo calvario.

Cogió el pantalón con una mezcla de desconsuelo y hastío.

—Hasta dentro de dos semanas no tiene un hueco. Hablaré con ella para que te vea antes.

—Bien. Gracias.

—Muévete o te quedarás clavada —dijo mientras la acompañaba a la puerta.

Si algo debía reconocer en este periplo médico, era que se había topado con profesionales sinceros de narices.

Se arrodilló en el suelo e hincó los codos sobre el colchón de la cama. Rezó en silencio por el alma de Ariadna y después por sus tres hijos y su esposa. Bruno llevaba tres noches sin dormir, desde la muerte de la chiquilla. Ya no sabía qué hacer para descansar, para no temer a la muerte. No le asustaba la suya propia, no, él sufría por si se llevaba a los que más quería. Era aterrador imaginar una vida sin María Belén, Eva, Joel o sin su amada Irene. ¿Y si iban desapareciendo uno detrás de otro? Tenía el corazón encogido desde el domingo, como si se hubiera secado completamente. Una piedra roja y mate golpeándole las costillas. Apoyó la frente contra el colchón. Se sentía como un monstruo. Ahí, arrodillado, rezando por los suyos mientras maldecía a Guillermo. Él los había obligado a mentir. A pecar. Y seguía haciéndolo.

El ruido de las bisagras moviéndose le hizo girar la cabeza. Irene le observaba desde el marco. Él le hizo un gesto para que pasara. Ambos se sentaron sobre la cama y entrelazaron sus manos.

—Es horrible, lo sé —confesó Irene en un susurro.

—Tengo tanto miedo… —reconoció él—. Me moriría si os pasase algo.

—No va a pasarnos nada.

—Soy incapaz de mirar a Eva a la cara. ¿Qué estará pasando por su cabeza? Nuestra pobre niña.

—Lo superará.

—¿Estás segura? —el tono de Bruno se volvió hosco.

—Sí, claro que sí.

—Deberíamos haber sido más duros con ella. —Soltó la mano de su esposa.

—¿A qué te refieres?

—Todos los de esta casa nos hemos desviado por el camino del pecado.

—No debes pensar eso —dijo disimulando su incipiente enfado.

—Sí, lo pienso y creo que estamos pagando las consecuencias. —Volvió el rostro y apretó los dientes.

—Mírame, Bruno.

Él obedeció.

—No quiero volver a oírte decir algo así.

—Nuestro deber era cuidar de Eva y no lo hemos hecho. Estamos recibiendo el castigo que nos merecemos por haberle fallado a ella y a la familia —sentenció con frialdad.

Irene apretó los puños y abandonó la cama. Cuando cruzó el umbral las lágrimas rodaban por sus mejillas.

El presidente de la FFADA vivía en un ático de la avenida de la Libertad, a unos minutos a pie del centro médico deportivo del que Lur acababa de salir. De camino, Maddi preguntó por la consulta y la oficial le resumió con un par de frases el encuentro con el médico. «Lo lamento. Lo lamento mucho», dijo la patrullera.

—Es aquí —comentó Lur señalando el portal.

Subieron hasta el ático y el hombre las hizo pasar. Se llamaba Pepe Aroztegi, tenía sesenta años y buena parte de las agencias inmobiliarias de Donostia. Era un hombre de baja estatura. Llevaba el cabello algo revuelto, mezcla de rubio y cano, y vestía de manera informal. Un vaquero de Armani y un polo marrón de Tom Ford. Pese a que este último no tenía ningún distintivo especial, Lur no tardó en reconocer la prenda, ya que seguía muy de cerca al diseñador estadounidense porque le admiraba como director de cine. Si no recordaba mal, aquel polo de seda costaba más de mil euros. Una verdadera obscenidad.

Las ertzainas atravesaron el vestíbulo y el salón tras el empresario. Eran espacios abiertos, luminosos y decorados con un gusto exquisito. Maderas oscuras combinadas con cristal. Paredes claras y sillones color tierra. Cerca de la chimenea había una amplia alfombra en la que descansaban cinco rocas ovaladas, grandes y erosionadas por el mar, que le daban al salón un aire de sala de exposiciones. Lujo y exclusividad a raudales. Se notaba, y mucho, que el hombre trabajaba en el sector inmobiliario. Pasaron cerca de una pequeña bodega acristalada donde Pepe almacenaba numerosas botellas de vino antes de entrar en el comedor. Escrutó a Lur y a Maddi con sus pequeños ojos claros antes de hacerlas acomodarse ante una mesa de cristal.

—¿Quieren tomar algo? —preguntó esbozando una sonrisa seductora.

—No, gracias —respondieron con celeridad y casi a la vez.

Él se sirvió una copa de vino y la rodeó con sus dedos cortos. Tenía las uñas diminutas, apenas de un centímetro, y la piel alrededor estaba blanca y dura, encallecida. A las ertzainas les quedó claro que era un mordedor de uñas profesional.

—Ustedes dirán. Soy todo suyo —comentó coqueteando con descaro. La boca entreabierta. Las puntas de los dientes brillando entre los labios. Al él le hubiese gustado hacerles un tour completo por el ático, especialmente por su dormitorio, para fardar del lujo que le rodeaba.

—Tenemos entendido que, además del presidente, es el fundador de la FFADA —dijo Lur sin preámbulos.

—Están bien informadas.

—Supongo que estará al tanto de lo que pasó el domingo por la noche en el caserío de la familia Fritz.

—Sí, muy al tanto.

—Hemos observado que usted se encarga de conceder entrevistas a los medios de comunicación, pero la familia apenas sabe de su existencia.

Bebió un trago de vino.

—No la entiendo.

—Verá, hemos hablado con los miembros de los Fritz y ninguno le ha reconocido pese a que ha salido en diferentes medios de comunicación unas cuantas veces.

—Viven al margen de la sociedad, ya lo sabe. Ni televisiones, ni radios, ni prensa.

—Sí, pero a algunos de la asociación sí los han reconocido. Muchas de las chicas nos han contado que las increpan cuando van a los mercados de artesanía.

—Lo primero, creo que exageran al decir que las increpamos. Increpar es reprender con dureza y no es lo que mis compañeros hacen. Se presentan en los mercados para tenderles una mano, para intentar abrirles los ojos…

—Ellas aseguran sentirse intimidadas.

—Solo queremos ayudarlas.

—¿Usted no va?

—No, yo me encargo de otras labores.

—Por cierto, nos gustaría que nos elaborara un listado con los nombres de los miembros de la FFADA.

—Claro, denme un correo electrónico o un número de fax y se lo haré llegar.

Maddi aprovechó para analizar con disimulo la estantería colocada detrás del hombre. Estaba llena de fotos. En ellas aparecían una mujer y una niña rubísima, además de él. Sonreían abrazados mirando al objetivo. La patrullera reconoció Roma y París entre los paisajes, y a la niña hecha una mujercita en otras imágenes.

«Las fotos y su capacidad inmisericorde para mostrar el paso del tiempo», pensó ella.

—¿Fundó la asociación usted solo?

—Sí.

Lur tomó aire. Cuando se topaba con gente tan poco colaboradora sentía que perdía el tiempo. Y ya iban dos en lo que llevaban de día.

—¿Dónde se hallaba el domingo de diez a doce de la noche?

El empresario balanceó la copa y el vino dibujó unas ondas púrpuras en el cristal.

—Aquí.

—¿Alguien que pueda confirmarlo?

—No. Vivo solo.

Maddi no pudo evitar concentrarse en él ante aquella respuesta. ¿Separado, viudo? Inmediatamente se decantó por la segunda opción. Le resultaba chocante que una persona, tras una ruptura, mantuviera por la casa tal cantidad de fotos.

Distinguió un brillo de dolor y de rabia en sus ojos.

—¿Por qué fundó la FFADA? —Lur hizo la pregunta aun sabiendo que el hombre se pondría a la defensiva.

Meneó la cabeza con una sonrisa irónica.

—Es de locos… ¿Saben que ni siquiera escolarizan a los niños?

—Tengo entendido que han optado por educarlos en casa.

—Ridiculeces. La legislación establece que la educación debe realizarse en centros homologados.

—Sí, pero la educación en casa no está expresamente prohibida en la Constitución —soltó para provocarle.

—¡Venga ya! —exclamó exaltado—. Es ilegal, de hecho, Educación les abrió un expediente.

—Sí, he leído sobre ello. También que el expediente acabó archivado.

El hombre enrojeció y apretó los pequeños puños sobre la mesa.

—Me parece vergonzoso que una agente de la ley defienda este tipo de prácticas.

—Tranquilícese, señor Aroztegi. No estoy defendiendo nada. No estoy aquí para eso. Solo expongo lo que hay.

—A mí no me engaña. Soy perro viejo y no tardo en calar a la gente como usted.

Lur rio con tristeza.

—¿Sabe lo que intentaba? Sacarle algo más que monosílabos. Mi labor es averiguar quién ha matado a Ariadna Fritz. No era mi intención cabrearle, o por lo menos no por gusto. Esa cría merece que se descubra la verdad y es mi prioridad.

—En ese caso, las invito a abandonar mi casa. Yo no tengo nada que ver con el asesinato de esa pobre niña. Y la asociación tampoco.

Las ertzainas se levantaron de las sillas.

—Les voy a dar una pista.

Maddi le miró con sus ojos curiosos.

—El asesino viste de blanco. —Sus palabras iban cargadas de ira—. ¿Saben que Flora Fritz es una mujer muy violenta? Tanto, que hasta su familia la echó de Erratzu, el pueblo en el que vivía. En los Fritz solo hay gente de la peor calaña. Las aconsejo que continúen su investigación por allí.

—Manténgase localizable, por favor —dijo Lur antes de salir por la puerta.

Tras el encontronazo con tía Flora, María Belén se había refugiado en el dormitorio durante un rato, pero enseguida bajó para no perder de vista a Eva. No tenía ganas de que la portavoz de las mujeres volviera a llamarle la atención. Ahora estaba frente al caserío, absorta. La enorme mancha negra que salía por la ventana y se extendía por la fachada blanca le ponía la piel de gallina. Las llamas habían sido testigos de lo que ocurrió aquella noche. Ese calor infernal, ese brillo intenso, anaranjado y demoníaco. El fuego podía haber acabado con toda la familia, pero no había querido. Había preferido que experimentaran la marcha de Ariadna. Y que cargaran con el dolor que ello acarreaba. El sonido de unos neumáticos en el camino le hizo volver la cabeza. Un coche desconocido se acercaba. Se colocó junto a la puerta y esperó. Vio cómo se apeaban un par de mujeres. Enseguida reconoció a la que ocupaba el lugar del copiloto. Todos los músculos de su cuerpo se tensaron a la vez.

—Buenos días. María Belén, ¿verdad?

—Sí, sí. —Bajó la cara, intimidada.

—¿Qué tal estáis?

—Mi hermana aún se encuentra en el Periodo de silencio —contestó elevando la cabeza.

—Es bueno saberlo. Gracias por la información.

—Perdóneme, no recuerdo su nombre —confesó con las mejillas sonrojadas.

—Lur, y si quieres puedes tutearme.

—De acuerdo.

—Ella es Maddi, mi compañera.

María Belén estiró la mano para estrechársela.

—Encantada.

—Lo mismo digo, María Belén.

—¿Qué me dices de ti? ¿Cómo lo llevas?

—Nos apoyamos mucho los unos en los otros —susurró suspirando—. Es muy duro. Tenemos miedo y pena. Mucha pena

—dijo esto último mientras buscaba con los dedos la cruz que colgaba de su cuello para acariciarla.

—Nos gustaría poder hablar con el guía. ¿Está en casa?

—Sí, está en su despacho. Voy a avisarle.

—Muy amable.

Había tal tranquilidad en el terreno del caserío que parecía que se encontraran en medio de una aldea abandonada. Lur contempló el cielo. Estaba repleto de jirones de nubes y soplaba un aire denso. Tuvo una sensación extraña, como si no se encontrara en la época actual. No supo por qué pero tuvo la tentación de quedarse allí. Un impulso desconocido. Dedujo que su cabeza buscaba estados mentales que la alejaran del dolor. Cualquier lugar en el que pudiera volver a ser ella misma.

El sonido de la puerta le hizo dejar de mirar las nubes. Guillermo se asomó con semblante serio. Era un hombre de estatura media y complexión delgada, pero de hombros rectos y fuertes. El cabello recogido y tirante mostraba las entradas de su frente. Lur lo reconoció de las grabaciones, pero le sorprendió lo joven y atractivo que era en persona. Quizá le había sumado años por el simple hecho de ser el guía de la secta.

—¿Qué quieren ahora?

—Buenos días, Guillermo. Soy la oficial Lur de las Heras y ella es mi compañera Maddi Blasco. Disculpe nuestra intromisión, pero nos gustaría poder charlar tranquilamente con usted y con Ignacio.

—¿No han tenido suficiente? Estuvimos retenidos quince horas en la comisaría.

—Lo sé y lo siento. Y espero que sepa que solo queremos ayudar.

Él consultó el reloj. Era la una y media de la tarde.

—El abuelo Ignacio está descansando en su dormitorio. Comimos temprano y le sugerimos que se echara la siesta. Se ha pasado toda la mañana ayudando en el huerto. Si quieren hablar con él y encontrarlo algo más lúcido, vuelvan a las tres.

—De acuerdo. Lo haremos. Pero ¿usted podría atendernos ahora?

El guía dudó durante unos segundos.

—Acompáñenme a mi despacho.

—Gracias.

Guillermo sostuvo la puerta para que pasaran y subieron por las escaleras.

Lur escuchó murmullos lejanos a sus espaldas. Imaginó que en algún lado tenían que estar metidos los otros doce miembros de la familia. Aun así, se seguía respirando una inmensa tranquilidad.

El despacho estaba tal cual lo recordaba del registro. Mobiliario básico, una vieja camilla contra la pared y diferentes titulaciones enmarcadas de nutrición y de terapias naturales.

—Siéntense, por favor.

Las dos mujeres hicieron caso a Guillermo y se acomodaron en las sillas de madera. Él se colocó al otro lado de la humilde mesa. Lur apoyó las manos en la superficie y notó la veta de la madera. Gruesa, suave. La acarició con la yema de los dedos. Se dio cuenta de que el guía la observaba.

—Sentimos mucho por lo que está pasando —dijo Lur bajando las manos hasta las piernas.

—Gracias. —Su gesto serio era incapaz de disimular la tristeza.

—Lo primero que me gustaría comunicarle es que mañana mismo le entregaremos el cuerpo de su hija.

Ahora fue él quien acarició la mesa. Bajó la mirada.

—Podrán darle la despedida que se merece. —A Lur aquello le salió sin pensar. No sabía qué decirle, pero necesitaba acercarse a él, a su dolor, y aliviarle de alguna manera.

Mostró el rostro y Lur, esta vez, solo encontró tristeza. Ya no era un hombre serio, ya no, y le pareció que incluso sus hombros habían perdido volumen. Un hombre flaco, derrotado.

—No entraba en mis planes despedirme de ella tan pronto.

—Lo comprendo. Es terrible y lo lamento.

—¿Cómo va la investigación?

—Estamos trabajando duro. La agente Blasco y yo nos hemos sumado al caso para intentar resolverlo lo antes posible.

—Se lo agradezco.

—Me gustaría que confiara en nosotras. Estamos aquí para llegar a la verdad y nos sería de gran ayuda si compartiera cualquier mínima sospecha que le pase por la cabeza.

—Siento decirle esto, pero sigo sin entender qué ha podido pasar. Quién ha podido hacerle algo así a mi… a mi ángel.

Maddi y Lur le estudiaron sin decir nada.

—Cuando mi mujer falleció —prosiguió Guillermo—, mi ángel tiró de mí. Ari tan solo era un bebé. Un precioso bebé que sonreía a todas horas. ¿Quién va a tirar de mí ahora? No me siento capacitado para ser guía, para ser nada…

No supieron qué decirle tras aquella confesión.

—Necesita tiempo. —Fue Lur la que habló después de un largo silencio.

—Perdónenme. No debería mermar sus energías con mis penas. Las intoxico con ellas y la prioridad es detener al responsable o responsables.

—No se preocupe por nosotras.

—Gracias.

—Por lo que hemos podido saber a través de las declaraciones, usted fue quien alertó del incendio. ¿Nos podría decir qué le hizo darse cuenta?

—Me despertó un grito y, al abrir los ojos, enseguida percibí el olor a quemado. Me levanté de un salto y empecé a avisar al resto.

—¿Dice que oyó un grito?

—Sí. Era el chillido de una mujer.

—¿Reconoció el tono de voz?

—No, lo lamento.

—Está bien. No le molestamos más. Ha sido muy amable al recibirnos. Dentro de una hora regresaremos para hablar con

Ignacio y mañana nos pondremos en contacto con usted para el traslado del cuerpo de su hija.

Los tres se pusieron de pie a la vez, pero Lur tuvo que volver a tomar asiento porque un pinchazo en las caderas la hizo perder el equilibrio.

—¿Está bien, Lur?

Maddi se sentó y la observó en silencio.

—Sí, no es nada. Solo necesito un instante.

Guillermo rodeó la mesa para ponerse a su lado. Le colocó la mano en el hombro.

—¿Quiere que le traiga un vaso de agua o algo?

—No, gracias.

—Tiene mucha tensión en los músculos. Su hombro está duro como una roca.

Lur notó el calor de su mano. No supo si la incomodaba, le agradaba o ambas. Una corriente eléctrica descendió de ahí hasta sus caderas.

Se miraron a los ojos con curiosidad y respeto.

—Tal vez debería hacer un cambio en su dieta. Nosotros creemos mucho en la sanación mediante la alimentación. Su cuerpo está al límite.

Se irguió con cuidado. Esta vez sus caderas no se quejaron.

—No es nada. Gracias.

Las acompañó hasta la puerta de entrada.

—Hágale un favor a su cuerpo y escúchelo.

Ella asintió.

—Cuídese, Guillermo.

Al salir, Lur inhaló el aire cálido. Su diafragma le permitió tan solo una pequeña entrada de oxígeno.

—¿Seguro que estás bien? —preguntó Maddi.

—Tengo ganas de llegar a casa. Necesito tumbarme un rato.

De vuelta al coche vieron un contorno menudo, blanco, en mitad del terreno. Andaba despacio, con los brazos caídos, la cabeza agachada. Una ráfaga de viento le movió bruscamente la falda y la trenza. Era Eva, sin duda.

—No, no nos vamos. Quiero hablar con ella.

Fue tras ella y no le costó alcanzarla gracias a su ritmo pausado.

—Hola, Eva.

La chica se giró de golpe.

—Tu hermana me ha dicho que sigues en el Periodo de silencio.

Eva abrió los ojos de par en par. No dijo nada.

—Solo quería que supieras que cuando te veas preparada, yo estaré encantada de escucharte.

La chica tragó saliva.

Lur encontró en su rostro más tristeza incluso que en el de Guillermo.

—Siento mucho el calvario por el que estás pasando. —Le acarició el brazo.

A Eva se le inundaron los ojos.

—Tienes que ser fuerte.

Bajó los párpados y una lágrima rodó por su mejilla.

—No olvides que me tienes para lo que necesites.

Eva le agarró la mano y se la apretó con fuerza. Después se giró y caminó hasta desaparecer completamente entre los árboles.

Una hora después, Lur y Maddi volvían a adentrarse en el misterioso templo Fritz. Fue la mujer vasca la que les abrió la puerta y la que las guio hasta el dormitorio del abuelo. De camino, vieron a las mujeres trajinando en la cocina. La mesa del comedor estaba repleta de frutas, pan recién tostado y aceite. A diferencia de las ertzainas, que acababan de comer, la familia se disponía a merendar. El fundador de la secta, Fritz Herber, era alemán y posiblemente se regían por las costumbres horarias de aquel país.

La solitaria bombilla del dormitorio estaba encendida y el anciano de la casa las esperaba sentado en la esquina de la cama.

A su lado, sobre la colcha, descansaban la Biblia, un libro de nombres hebreos y un par de calcetines blancos.

Lur y Maddi se presentaron antes de sentarse en la cama de enfrente.

—Es usted el mayor de la familia, ¿verdad?

Los pies descalzos del hombre estaban apoyados en el suelo y se apreciaban varios dedos deformados por la edad.

—Así es. Tengo unos cien años o más.

Aunque Ignacio Fritz tenía ochenta y tres años, a Lur no le sorprendió la respuesta porque el subcomisario la había informado de que los primeros signos del alzhéimer empezaban a hacer mella en él. Le estudió con detenimiento y pensó que el hombre aparentaba la edad que decía tener. El ropaje, la barba blanca y el escaso cabello atado en una coleta larga le daban aspecto de mago centenario.

—¿Sabe por qué estamos aquí?

—Porque se quemó el taller de costura. ¿No es así?

—¿Cómo se enteró del incendio?

—La bruta de tía Flora me sacó de la cama —dijo alzando los brazos—. Me zarandeó como suele hacer para despertarme por las mañanas y que tome los mejunjes.

—Entiendo. —Lur sonrió ante el arranque rabioso del anciano. Cascarrabias había en todas partes.

—No habrán venido para llevarme a una de esas salas, ¿no? —El hombre abrió los ojos de par en par—. Pasé miedo ahí dentro.

—¿Habla de la comisaría?

—Sí. Estuve mucho rato solo.

—No, tranquilo, solo le haremos un par de preguntas más y le dejaremos con su familia.

—Me alegra oír eso. —Bajó el rostro y se observó los pies—. Oigan, ¿ustedes hablaron con el chico?

—¿Qué chico?

—El nuevo.

—¿Hay un chico nuevo?

—Sí, suele hacerme compañía. Me gusta estar con él.

—¿Cómo se llama?

Ignacio caviló en silencio.

—Ahora no lo sé. ¡Es que es nuevo! Y muy cariñoso.

—¿Y por qué nos pregunta por él?

—Porque ya no está. El León ha desaparecido.

—¿Desaparecido? ¿Está seguro?

—Sí.

—¿Ha dicho el León?

Lur y Maddi intentaron sacarle más información al respecto, pero fue imposible porque entró en bucle. Cuando le preguntaron por el resto de la familia y reconoció no saber el nombre de algún miembro, las ertzainas entendieron que ya era suficiente.

Se levantaron y se despidieron del anciano con amabilidad y agradecimiento.

—¿Averiguarán qué ha sido de él? —insistió él antes de que cruzaran el umbral.

—Lo haremos, Ignacio. No se preocupe.

El paquete llegó a última hora de la tarde, menos de veinticuatro horas después de haber hecho el pedido. La familia Fritz era muchas cosas y, entre ellas, eficiente. Lur se sentó a la mesa de la cocina y analizó con detenimiento el envoltorio. Era una bolsa suave con forma de sobre en la que ponía que era cien por cien compostable. Tiró de la esquina para despegar el adhesivo y extrajo la prenda. Lo primero que hizo fue hundir las yemas en el tejido. Supo de inmediato que estaba especialmente hecha para sus manos, para su piel. Para ella. Era tan suave que obligaba a seguir acariciándola. La extendió sobre la mesa y buscó el refuerzo de forro polar en la zona lumbar. Descubrió que el interior era incluso más suave que el exterior. Una especie de terciopelo pomposo. La volvió a tomar entre sus manos y se la llevó a la nariz. Olía bien. Más que bien. Como a flores recién germinadas, a agua de manantial brotando, a naturaleza viva. A las primaveras de su infancia. Apoyó la frente en la camiseta Milagro y cerró los ojos. Pensó que, o su rara enfermedad empezaba a afectarle a la cabeza, o de verdad aquel trozo de tela la estaba guiando hacia el nirvana. Depositó la camiseta sobre sus piernas y rebuscó dentro del envoltorio. Había una factura, sencilla, como la que te encuentras al recibir un pedido comprado en cualquier otra tienda. La diferencia: el papel de los Fritz era reciclado.

Guardó todo, menos la camiseta, en el cajón de la mesa de la cocina. Fue al dormitorio y se desnudó de cintura para arriba. Se puso la prenda y su cuerpo la recibió como una caricia. O mejor: como un abrazo. Notó cómo el refuerzo lumbar se ajustaba con mimo y cómo sus pechos no se quedaban bailando bajo el tejido. Había cierta sujeción en aquella zona y no sabía en qué consistía. Le preocupó mucho estar sintiendo todo aquello. ¿El tejido tenía vida propia e inteligencia? ¿Se estaba obrando el Milagro? ¿Iba a acabar en urgencias a causa de sus delirios? ¿O vestida de arriba abajo con prendas de Blanco Inmaculado? La última opción fue la que más la sedujo. Se puso el pijama sobre la camiseta para no seguir dando alas a la locura y cenó algo ligero antes de acostarse.

En la fotografía salían varios miembros de la familia, pero solo recortó la cara de Ariadna. Pinzó con el dedo índice y pulgar el cuadrado de apenas tres centímetros, lo depositó sobre la tierra y, al mirar el semblante sonriente de la chica, le recorrió una ráfaga de odio que le atenazó los músculos. Apretó la mandíbula. En su interior solo había lodo y rabia. Por momentos conseguía controlarse, encauzar sus emociones, pensar con la mente fría, pero luego se dejaba llevar y no veía más que sombras. Nunca había sido alguien así, siempre había estado del lado de los suyos. Pero se había dejado arrastrar por el mal camino y ya era tarde para cambiar de rumbo. Encendió una cerilla y miró la llama. Una fina línea azul daba paso al naranja y este al amarillo. Un triángulo de fuego perfecto. Ondeante. Aspiró el olor intenso del fósforo y, solo cuando sintió que el calor se acercaba a sus dedos, prendió la fotografía recortada. El cuadrado no tardó en encogerse para convertirse en una humeante y negra masa deforme.

«¿Dónde está ahora tu sonrisita?», pensó.

Escupió sobre la tierra.

«¿Eh, maldita pecadora?».

Tenía que ser fuerte y consecuente. No decaer. Su misión tenía que continuar. Ariadna se merecía acabar así. Y no sería la única. Si los demás no se mostraban arrepentidos, irían cayendo uno tras otro.

17 de octubre, jueves

Había dormido bien, casi de un tirón, y no recordaba haber tenido pesadillas. Lo peor habían sido los espasmos musculares matutinos, que la habían despertado y dejado doblada. Después de desayunar con calma se había duchado para seguir desentumeciéndose. Sus días comenzaban así, siempre, como una pendiente empinada, sin fin. Rogaba que la camiseta de los Fritz, que ahora llevaba bajo el fino jersey negro, obrara el *milagro*...

—¿Te apetece un café? —le preguntó a Maddi.

Desde primera hora de la mañana no habían parado de analizar el caso. El enorme corcho de la pared empezaba a quedárseles pequeño.

—Sí, por favor.

Lur se fue a la cocina y apareció con un termo y un bol lleno de aceitunas.

Maddi arrimó la taza que la oficial le había asignado. Era blanca con el dibujo de una máquina de escribir. Ponía Vilassar de Noir. Un conocido festival catalán de género negro. La de Lur era de Burrita Carmela, un santuario vizcaíno de asnos. Tenía dibujada una burra sonriente con una diadema de flores rosas. Como buenos animales de costumbres, sabía que, mientras durase la investigación, esas serían sus tazas.

—No conozco a nadie que le gusten tanto las aceitunas como a ti.

Lur sonrió.

—Estas están de muerte. Hechizos del sur, se llaman. Llevan anís.

Maddi pinchó una con un palillo y se la introdujo en la boca. La explosión de sabor fue brutal. Distinguió el anís, también el ajo y el tomillo. No le había costado nada acostumbrarse a mezclar ese tipo de sabores salados con el café.

—Qué rica. Voy a salir de la investigación hecha una experta en encurtidos.

—Eso seguro —dijo saboreando una—. Jo, es que me pierden. Cuando vivía con mi padre solía contar los huesos que dejaba en el platito. Decía que me pasaba. Si supiera que ahora las como a todas horas…

Mencionar a su padre le hizo recordar lo mucho que le añoraba. Se lo imaginó con su nueva familia: novia, hija y nietos postizos. Con ellos seguro que era más permisivo.

—¿Contaba los huesos del platito? Ni que fueran anfetaminas —soltó Maddi—. ¡Qué control!

Las dos se carcajearon de buena gana.

—Ahora que estoy hecha un trapo, no me importaría volver a tenerlo por aquí. ¡Con control incluido! —bromeó nostálgica—. Tengo cuarenta años y hay días que le necesito como cuando era niña. Y no sabes cómo detesto eso. Siempre he sido muy independiente. Y autosuficiente.

—Ojalá salgas pronto del bache.

—Ojalá. —Se miraron con complicidad—. Y tú, ¿qué me cuentas?

—Que más que necesitar que mis padres me cuiden como cuando era niña, a veces me gustaría volver a serlo —se sinceró Maddi, que se quedó por un momento pensativa, con las manos alrededor de su taza de café—. Mi marido y yo no estamos pasando una buena racha y retrocedería en el tiempo para refugiarme en esa época en la que no existían este tipo de preocupaciones.

—Vaya, lo siento. —Lur sospechó que la pequeña sombra que la víspera había vislumbrado en sus ojos se debía a eso.

Estuvieron calladas un rato bajo el nubarrón que se había instalado en el despacho hasta apurar las tazas.

—¿Sabes una cosa? —preguntó Lur acercando un palillo al bol—. Que siempre nos quedarán las aceitunas.

—Qué razón tienes. —Maddi sonrió y pinchó una.

—Y también que vamos a conseguir averiguar quién o quiénes son los responsables de la muerte de Ariadna Fritz.

—No lo dudes.

Releyeron en voz alta lo más destacable de las declaraciones antes de proseguir.

—Entonces tenemos varias incógnitas —dijo Lur—. La primera: el grito de mujer que alertó a Guillermo. ¿De quién provenía? ¿Víctima, homicida u otra de la familia? Quiero que contestes rápido, Maddi. Ya puliremos las respuestas.

—Vale. —Tomó aire antes de continuar—. La víctima estaba amordazada. Si Ariadna Fritz gritó, lo hizo antes de que le taparan la boca con la cinta. Si hubiese sido así, Guillermo habría visto cómo se la llevaban. Porque según él, reaccionó rápido después del grito. Yo descartaría a la víctima y apostaría por homicida o miembro de la familia.

—Muy bien. Segunda incógnita: el misterio del chico nuevo, el León. ¿Existe de verdad o es una demencia del abuelo?

—En un principio todo apunta a que solo está en su cabeza, pero la tercera incógnita aviva la segunda —opinó Maddi.

—Exacto, vayamos a por la tercera: ¿por qué había dos camas deshechas en el dormitorio de los hombres si solo lo ocupa el abuelo?

—Por qué… —dijo Maddi reflexiva—. Imaginemos que fuera real la existencia de un chico nuevo.

—De acuerdo. Entonces ¿dónde narices está?

—¿Y si le estuvieran protegiendo? —soltó Maddi.

—¿Un fugitivo?

—Podría encajar. Hay un miembro con antecedentes. ¿Por qué no un fugitivo?

—Le pediré a Nando que eche un ojo a las bases de datos de personas en busca y captura. A ver si hay alguien apodado así.

Se quedaron calladas unos segundos hasta que Lur prosiguió.

—Hablemos de la cuarta y última incógnita: ¿por qué la cama de Ariadna no estaba deshecha?

—O dormía con el abuelo, o metida en la cama de otra… O aquella noche aún no se había acostado —barajó Maddi.

—Ahora lo perfecto sería hacerles estas mismas preguntas a los Fritz, e individualmente para que no se contaminen los unos a los otros. Pero mucho me temo que hoy va a ser difícil.

—Sí, despedidas varias a Ariadna. Entierro, funeral…

—El subcomisario García y Quivera se van a encargar de acudir con un equipo para grabarlo todo. Mañana tendremos material para analizar en profundidad. —Se le escapó un bostezo—. Se nos va a acumular el trabajo. También está al caer el listado de todos los Fritz de España con sus domicilios.

—Ayer por la noche estuve hablando con una amiga que vive en Erratzu sobre Flora. ¿Recuerdas las últimas palabras que nos soltó Pepe Aroztegi?

—¿Cuáles? ¿Que era una mujer violenta?

—Sí, dijo que su familia la había echado de Erratzu.

—Sí, lo recuerdo. ¿Y has averiguado algo?

—Mi amiga no sabía gran cosa, porque cuando esto ocurrió, hace treinta años, ella tenía cinco. Pero prometió preguntar a sus padres y a su abuela.

—No nos vendría nada mal información extra. Buen trabajo, Maddi.

—Voy a mandarle un wasap para que no se le olvide. —La patrullera, motivada por el halago de Lur, buscó el contacto de su amiga en el móvil. Antes de enviar el mensaje cogió otro Hechizo del sur. Con la explosión de sabor aún en su boca y la adrenalina del día de investigación por delante en el pecho, se puso manos a la obra.

La familia Fritz no había parado en toda la mañana. Habían acudido todos los miembros de las ocho casas restantes: las de Huelva, Granada, Cuenca, Madrid, Salamanca, Tarragona, Asturias y Palencia. El caserío estaba rodeado de coches y furgonetas. Apenas cabía un alfiler en el terreno ni dentro de la casa. Guillermo estaba sobrepasado. Las muestras de afecto estaban a punto de desvanecerle. Sentía que era un hombre afortunado por lo mucho que le apreciaban, pero estaba tan cansado que empezaba a no ser capaz de controlar sus emociones. Notó una mano sobre el hombro.

—¿Por qué no intentas descansar un poco?

La voz ronca le reveló que era Irene. Se topó con su mirada cálida, compasiva. Se la veía preocupada.

—Tranquila, tengo que estar presente.

—Tardaremos en ir al tanatorio, aún es temprano. —Bruno, su marido, se acercó y habló en un susurro—. Vete a tu dormitorio, Guillermo. Yo me encargo de todo. Para algo soy el portavoz. Haz el favor de delegar tus funciones, aunque solo sea por esta vez.

El guía observó a Bruno y después a Irene. El murmullo de alrededor desapareció momentáneamente para él. Se sentía seguro en compañía de ambos. Confiaba en ellos. Mucho.

—Gracias.

Irene le acompañó hasta la puerta de su habitación.

—Te aviso en cuanto todo esté preparado. Intenta relajarte.

—De acuerdo.

Se fundieron en un abrazo sincero que duró varios segundos.

Cuando bajó vio a su marido junto a la puerta de la entrada. Estaba hablando con Arturo, el guía de los guías, y con los cuatro miembros del Cónclave. Irene decidió acercarse con disimulo para saber de qué hablaban los seis hombres, justo cuando en ese momento salieron del caserío. Fue hasta la cocina y corrió la cortina de la ventana para averiguar dónde iban y los localizó entrando en el cobertizo. Soltó la cortina y siguió sus pasos.

El cobertizo era grande y profundo. Una construcción rústica sin ventanas y con una sola puerta, estructura de madera y tejado de placa de pizarra. Irene se coló, avanzó de puntillas y se escondió entre dos estanterías de almacenaje. Desde allí, si movía la cabeza para esquivar uno de los pilares, podía incluso verlos.

—Sí —escuchó que murmuraba su marido—. Casi le he tenido que obligar a marcharse. Guillermo es muy testarudo.

—Es obvio que necesita descansar —opinó Arturo—. Desde el martes que lo vi a hoy, ha pegado un bajón impresionante.

—Está agotado —comentó don Miguel, un miembro del Cónclave—. Yo también estaría así si hubiese perdido a mi única hija. Hay que darle tiempo. Es vital que sienta nuestro apoyo incondicional.

El grupo de hombres tenía encendido un farol y a Irene se le fueron los ojos al brillo de la calva de don Miguel. Resplandecía tanto que parecía recién encerada.

—Sí, claro. —Don Jonás, el más joven del Cónclave, un hombre de cuarenta años, afirmó con vehemencia—. Apoyo incondicional. Eso siempre.

—Estoy totalmente dispuesto a ocuparme de sus funciones mientras se recupera —anunció Bruno.

—No deberíamos precipitarnos —comentó el calvo.

—Es que ahora mismo no lo veo capacitado —insistió su marido—, y creo que…

—No —le cortó don Federico, el viejo del grupo—. Aún es pronto. Hay que darle tiempo.

—Sí, es pronto. Estaremos pendientes de cómo va evolucionando —concluyó don Rafael, el único miembro del Cónclave que había permanecido callado hasta el momento—. Entretanto, hay que esperar.

Irene miró a su marido con los labios apretados. Le incomodaba verle rodeado por el Cónclave, pero, sobre todo, hablando de más.

Salió del cobertizo ignorando por completo que otra persona se ocultaba tras una columna para escuchar a los seis hombres.

Las cuatro incógnitas seguían revoloteando por sus mentes. No tenían todas las piezas para reconstruir los hechos, pero, gracias a las declaraciones, que habían analizado meticulosamente, Maddi y Lur controlaban al detalle aquella caótica noche.

—Nos faltaría la declaración de Eva, pero, según cuenta el resto de los miembros, ya estaba abajo. Es a la única que todos sitúan en el exterior cuando abandonaron el caserío.

—En teoría duerme con las solteras. Tenía que haber bajado con ellas —opinó Maddi.

—¿Dónde durmió Eva aquella noche?

—¿Y si estaba en la celda esa de la planta principal? La que parece de castigo. —Maddi extrajo la libreta de las anotaciones y leyó—: «Dichoso aquel a quien se le perdonan sus transgresiones, a quien se le borran sus pecados».

Lur tecleó en su ordenador la frase.

—Pertenece al principio de un salmo y por lo que pone aquí trata de enseñar el camino a los transgresores. —Clicó en una página y recitó en voz alta—. «El pecado es tratado; el dolor es consolado; la ignorancia es instruida».

—¿Qué pecado, qué dolor, qué ignorancia? —dijo Maddi con impotencia.

—¡Joder! —exclamó Lur volviendo a teclear—. ¿Sabes lo que me está viniendo a la cabeza?

Maddi se deslizó con la silla junto a la oficial para echar un vistazo a lo que buscaba.

—¿Cómo se llama esa práctica relacionada con la menstruación que aún perpetúan en algún pueblo nepalí?

Maddi observó que el buscador encontraba 91.900 resultados. Leyó en voz alta el primer titular.

—«La inhumana práctica a la que son sometidas las mujeres con la regla en Nepal».

—Exacto. Se llama *chhaupadi* y es considerada delito desde 2017.

—¿En qué consiste?

—Es una tradición basada en la impureza de la sangre menstrual. Consideran la regla como algo negativo y temen que la mala suerte caiga sobre la familia. Por eso, cuando una mujer está con la menstruación, la recluyen en unos reducidísimos chamizos que se hallan lejos de la aldea y la obligan a permanecer allí hasta que se le pasa, subsistiendo a base de arroz y lentejas. Allí experimentan todo tipo de calamidades: violaciones, picaduras de serpientes o escorpiones… Para evitar el frío, en invierno encienden fuegos que en alguna ocasión han acabado con ellas.

—Es horroroso. ¡Qué barbaridad!

—¿Y si la tradición de la familia Fritz no solo se trata del Periodo de silencio? ¿Y si cuando menstrúan se las somete a algo más porque lo consideran como una especie de pecado?

—¿El aislamiento en la celda que hay en el hueco de la escalera?

—Por ejemplo, pero ¿y qué pasa con la sangre que hallamos arriba, en su cama deshecha? —recapacitó Lur mientras movía con inquietud un bolígrafo entre los dedos—. Tal vez la manchó y por ello fue castigada a dormir ahí abajo.

—Podría ser… —Maddi arrastró sobre el escritorio los planos que habían dibujado del caserío. Tres folios. Tres plantas.

Lur señaló con el dedo el cuartucho que habían situado en la planta principal.

—Si estaba en la celda —dijo deslizando la yema escaleras arriba y después atravesando la planta hasta llegar a la puerta— eso explicaría que consiguiera salir la primera tras el incendio.

—Tal vez vio más de lo que creemos.

Redujo la marcha, frenó y esperó detrás de un par de vehículos para pagar el peaje a la entrada de Irún. Desde la visita de las dos mujeres ertzainas no lograba serenarse. No había pegado ojo en toda la noche y estaba más irascible de lo habitual. Tenía sus rostros y vocecillas clavados en el cerebro. Menuda prepotencia. ¿Quiénes se creían que eran? No sabía a qué tipo de pruebas las sometían para entrar en el cuerpo, pero a esas dos no las veía capacitadas para investigar nada. Quizá para patrullar, pero ni eso. Vio unas pequeñas manos saliendo de la ventanilla del coche de delante. Intentaba introducir la tarjeta en la máquina, pero se había quedado demasiado lejos. Pepe Aroztegi pegó un bocinazo. Una mujer abrió la puerta del vehículo para poder hacer el pago. Lo hizo de una manera aparatosa y se quedó medio atrapada en la carrocería. Giró la cabeza y lo miró de mala gana.

—¿Qué miras, gilipollas? —bramó él dentro del coche.

Contuvo las ganas de salir y darle una buena hostia. En el maletero tenía un bate de béisbol. Se vio a sí mismo agarrándolo. El tacto suave de la madera en las manos.

Cuando llegó su turno, sacó la tarjeta con destreza y la metió con velocidad. Al subirse la barra, pisó el acelerador de su Audi A6 y salió como una bala de allí. No tardó en adelantar a la mujer.

—¡No tenéis ni puta idea de conducir! —voceó al volante.

Imaginó a las dos ertzainas en un vehículo policial y a la oficial intentando pagar como se lo había visto hacer a la mujer hacía unos segundos, y pensó que no, que ni para patrullar valían.

Entró en la ciudad y decidió bajar por la calle Anaka para poder pasar junto al tanatorio. La vestimenta blanca imperaba sobre todas las cosas. Esos sinvergüenzas no hacían ni luto. El bate de béisbol volvió a sus manos. El rojo sangre sobre aquellos tejidos de algodón invadió su mente. Observó a varios ertzainas vestidos de paisano. Tenían un buen dispositivo montado. A ver cómo lo lograba. Aparcó junto a una floristería que había más abajo y se acercó a pie. Las miradas desconfiadas de los ertzainas le hicieron retroceder, quedarse oculto. Echó una ojeada a los Fritz y se concentró en los que coincidían con la descripción que aquella ingrata le dio hace tiempo, pero no fue capaz de reconocerlo entre todos. De vuelta a casa pisó el acelerador a fondo para que su furia quedara atrás. Le daba igual que le multaran. Tenía dinero de sobra para eso y para más.

Cuando llegó a su ático, la ira le anegaba completamente.

Lo había dicho en voz alta para que la familia supiera que había salido del Periodo de silencio. «Jamás voy a olvidarte. Te querré siempre. Siempre». Lo declaró frente al nicho en el que habían abandonado a Ari. Le costaba tanto creer que había pasado de verdad, que ahora ni siquiera recordaba cómo salió del cementerio. Quizá ayudada por su madre, o por su hermana… El momento se había emborronado en su cabeza como si se tratase de un sueño siniestro.

—Aquí podré estar contigo siempre que quiera. Vendré a nuestro árbol caído para reencontrarme contigo. —Dejó que las lágrimas acariciaran su cara una vez más. Eran la única compañía que quería—. Aún puedo ver tus pisadas en el suelo.

Le había costado mucho alejarse del caserío. Había Fritz por todas partes y muchos estaban pendientes de ella. Necesitaba rodearse de silencio para abrazar la tristeza y la soledad. Para abrazar ese vacío gélido y abismal que arrastraba y que no quería enseñar a nadie.

—Me ha costado encontrarte.

Se secó las lágrimas antes de mirar a Aarón. El rostro conocido y amable del chico llenó el corazón de Eva de emociones encontradas. Por un lado, tenía ganas de abrazarle, pero por otro quería estar sola. Se estremeció al notar cómo se sentaba en el lugar que solía ocupar Ari. El movimiento del tronco bajo su cuerpo le dolió en lo más profundo.

—¿Estás mejor?

—Cansada.

—Deberías comer algo. No lo has hecho en todo el día.

—Tengo el estómago cerrado.

—Toma, anda. —Aarón sacó un bollo de pan con semillas de calabaza del bolsillo del pantalón.

Eva titubeó antes de cogerlo. Lo rodeó con su mano. No tenía ganas, fuerza.

—Cómelo, por favor, hazlo por mí.

Arrancó una pipa tostada y se la metió en la boca. La masticó con apatía bajo el atento examen del chico.

—Cuéntame cosas sobre la casa de Palencia —susurró Eva para que dejara de estudiarla.

—No hay mucho que contar. —Se humedeció los labios—. Está como siempre.

Eva se fijó en los pelillos que tenía en la barbilla. Intentaba dejarse barba, pero era tan rubio que apenas se distinguía el escaso vello. Aarón y ella nacieron en la casa palentina y fueron inseparables durante el tiempo que coincidieron allí. Pese a que él recordaba mejor aquel tiempo —porque era cuatro años mayor que ella—, Eva le tenía un cariño inmenso. Sentía la complicidad de los que han compartido juegos y amistad. Felicidad. No pasaba un mes sin que se cartearan. Para ella era como un hermano. Un confidente.

—Perdóname por haberme escabullido, pero es que no soy capaz de estar con nadie por ahora.

—Si quieres me voy.

Eva echó la mano a su rodilla.

—No, no. No te estoy pidiendo que te vayas. Solo me estoy disculpando por mi comportamiento.

—No digas tonterías. Lo entiendo perfectamente.

—Gracias.

—Come más, por favor.

Eva suspiró antes de hincarle el diente al bollo. Su amigo la conocía bien. Sabía que tenía debilidad por el pan.

—Dentro de un rato nos iremos.

—¿No vais a pasar la noche aquí?

—Solo los de Granada y Huelva. Se irán mañana temprano. Los demás nos marcharemos en un rato.

—Deberíais quedaros todos. Son muchos kilómetros... Es mucha paliza.

—Se turnarán a la hora de conducir, no te preocupes.

Eva dio otro mordisco al pan.

—¿Sabes que el año que viene me voy a sacar el carnet de conducir? —dijo con ilusión.

—Claro, porque el quince de marzo cumples dieciocho ya. —Eva sonrió con ternura.

—Mi padre me ha enseñado a manejar uno de los coches. Dice que se me da muy bien.

—No me extraña nada.

—Cuando me lo saque vendré a por ti y te daré una vuelta por la costa.

Eva apoyó la cabeza sobre su hombro y él aprovechó para abrazarla. Pensó que, pese a que su hermana seguía pidiéndole que no dijera nada, quizá había llegado la hora de relatarle lo de los encapuchados a Aarón. No entendía a qué venía tanto secretismo. Había empezado a sospechar que igual María Belén creía que se lo había imaginado. O peor aún, inventado.

—Me gustaría poder estar más cerca de ti en estos momentos tan difíciles —confesó él.

—A mí también me gustaría que estuvieras.

—Voy a escribirte todas las semanas.

—Y yo.

—¿Sabes qué me gustaría hacer cuando cumpla los dieciocho?

Eva se soltó de sus brazos y le miró a los ojos.

—Pedir un traslado aquí.

—¿De verdad?

—Sí. Es lo que más quiero. Incluso más que sacarme el carnet.

—¿Y tu familia? ¿Cómo vas a alejarte de ellos?

Aarón le acarició la mejilla con el dorso de la mano.

—Por ti lo haría.

Eva percibió un brillo diferente en sus ojos azules. Quizá había estado siempre ahí, pero ella no lo había percibido nunca. Vio con incredulidad cómo su cara se iba acercando. Después notó los labios sobre los suyos. Carnosos, calientes. El olor de su amigo provocó que su corazón diera un vuelco. Apoyó la mano sobre su pecho para apartarlo.

—¡No! ¡No!

Se secó la boca con los dedos.

—¡No! —insistió sin dar crédito—. ¿Por qué has hecho eso?

—No lo sé —dijo ruborizado—. Quería darte consuelo.

Eva se levantó y el pan se cayó al suelo.

—No deberías haberlo hecho.

—Perdóname.

Eva le dio la espalda.

—Siempre has sido especial para mí —confesó Aarón—. Te he malinterpretado, lo siento. Olvídalo.

Eva se concentró en la pena que la ahogaba e intentó que se alejara. Acechaban demasiados sentimientos para pensar con claridad. Debía ir poco a poco. Su cuerpo le pedía salir corriendo, pero no podía dejar allí a su amigo. A su amigo no. Aguardó dada la vuelta mientras ordenaba el caos.

Cuando miró hacia el tronco, ya más tranquila, Aarón se había esfumado.

La información de la amiga de Maddi había llegado a última hora de la mañana y las dos ertzainas pensaron que lo mejor era ir al pueblo y hablar con los vecinos o con la propia familia de Flora. El trayecto, de apenas una hora, se alargó más de la cuenta porque la rigidez de Lur las obligó a parar tres veces. Para la oficial era un calvario aguantar ese tiempo en la misma posición. La tensión en el diafragma la rompía, la ahogaba.

Entraron en el pueblo reduciendo la velocidad y decidieron estacionar en una amplia zona habilitada. En Erratzu comenzaba una preciosa ruta circular que llegaba hasta la cascada de Xorroxin, y muchos visitantes dejaban allí los vehículos. Aquel aparcamiento era perfecto para pasar desapercibidas. Y más con el discreto utilitario que les habían asignado cuando empezaron a colaborar en la investigación.

La amiga de Maddi le había asegurado que algo turbio había tras la marcha de Flora. La única que había admitido que su propia familia la echó del pueblo había sido su abuela, pero después se había cerrado en banda.

—Acaba de entrarme otro mensaje de mi amiga —anunció la patrullera. Después lo leyó en voz alta.

Estoy de camino al trabajo, Maddi. He estado pensando en la hermana de mi abuela. Es una mujer alegre, de esas que hablan por los codos. Si ella sabe algo del tema, seguro que es incapaz de no contarlo. Le encanta sacar la lengua a pasear… No tiene remedio. Id directas a su casa. Yo acabo de llamarla para avisarla. No me asustéis a la pobre mujer que tiene más de ochenta años. Y procurad que la familia de Flora no se entere de vuestra presencia. Me lo ha pedido ella expresamente. Espero que no se os haya ocurrido aparecer en un coche patrulla.

La amiga de Maddi podía estar tranquila. Las dos ertzainas serían como fantasmas. Vistas y no vistas. Además, Erratzu pertenecía a Navarra y ese era territorio de los forales. Ellas no tenían ningún tipo de jurisdicción allí.

—Me ha pasado la dirección. La mujer se llama Maritxu.

—En marcha.

Erratzu olía a leña quemada. Olía a pueblo. Lur y Maddi se metieron por una de las calles y se deleitaron observando las casas. Parecían de exposición. La arquitectura vasca que las caracterizaba les recordó al caserío de los Fritz, pero de menor tamaño y más alegres, ya que los balcones estaban exultantes con numerosas plantas floridas, junto a las puertas y bancos de madera en los que había varios *lauburus* tallados. Un precioso y cuidado pueblo del valle del Baztan, como la mayoría de los que lo componían. No se cruzaron con un alma, pero sí vieron de soslayo varias figuras espiándolas desde las ventanas. Incómodas, apretaron el paso hasta llegar a la casa de Maritxu y llamaron.

Una mujer de baja estatura asomó la cabeza. Llevaba el pelo corto y teñido de caoba.

—*Kaixo*, ¿es usted Maritxu?

—La misma, y ya sé quiénes son ustedes. Acaba de llamarme la nieta de mi hermana. Ande, pasen.

Las ertzainas obedecieron a la mujer y la siguieron a la cocina.

—Siéntense. He preparado café.

Lur miró la mesa repleta de pastas y raciones de bizcocho y temió que la visita se alargara incluso más que el viaje de ida. Su cuerpo protestó al sentarse y se vio tumbada en el asiento trasero en el trayecto de vuelta. Algo así tendría que hacer. Eso, o un relajante muscular. Otro.

Tal como la amiga de Maddi la había descrito, la mujer no dejó de parlotear durante el primer cuarto de hora. Del pueblo, del tiempo, de su hermana… Una cháchara incesante en la que no dejaba meter baza a las ertzainas. A Lur le fastidió tener que interrumpirla de una forma brusca y directa —preguntándole sobre Flora y su familia—, pero no vio otra manera de que la conversación tomara el camino que las había llevado hasta allí.

—Estamos al tanto de que la echaron del pueblo —prosiguió Lur ante el mutismo de Maritxu—. Y nos gustaría saber si usted conoce los motivos.

La mujer se metió una pasta en la boca y la masticó con deleite.

—¿Por qué después de tantos años quieren desenterrar esa historia? ¿Acaso Flora ha vuelto a hacer algo?

—Llevamos una investigación y estamos intentando conocer a fondo al entorno de la víctima.

—¿Ha dicho víctima? ¿Habla de un muerto?

—Sí, por desgracia.

La mujer se metió otra pasta en la boca antes de santiguarse.

—¿Sabe adónde fue Flora después de dejar el pueblo?

—No volvimos a saber de ella. Se esfumó.

—Imagino que para alivio de todos —murmuró Lur intentando causar algún tipo de reacción en Maritxu.

—No sé si para el de todos, pero para el de su hermana les aseguro que sí.

—¿Qué le hizo, Maritxu? Cuéntenoslo, por favor.

La mujer arrastró el plato sobre la mesa hasta las manos de Lur y a la oficial no le quedó más remedio que coger una pasta. Lo hizo únicamente para complacerla, ya que la presión del diafragma le había quitado el apetito.

—Tienen que prometerme que mi nombre no saldrá en ningún papel de esos suyos. Informes, atestados o como los llamen. Nadie del pueblo puede enterarse de que he hablado. ¿Comprenden eso?

—Claro, y tiene nuestra palabra.

Arrimó el plato a Maddi y esta accedió a coger una pasta.

—Flora nunca tuvo suerte en el amor. Era una mujer de fe y soñaba con formar su propia familia, pero su carácter autoritario le dificultaba las cosas. —Retiró las migas de la mesa con las manos—. Es bien sabido que cuando su hermana menor se casó fue un acontecimiento agridulce para Flora, y más cuando tuvo hijos. Digamos que sentía que era ella quien tenía que estar pasando por todo aquello, ya que era la hermana mayor. Pero la vida es así. —Se encogió de hombros—. Por lo que tengo entendido, Flora se enteró de que su hermana se veía a escondidas con un chico de Elizondo y se pueden imaginar su reacción. Para ella aquello era inconcebible. Un esposo, dos críos pequeños… ¿Qué diablos hacía con otro hombre? Le leyó la cartilla y la puso de puta para arriba. La hermana de Flora era dulce, muy dulce, e imagino que aquellas palabras y la reprimenda le harían mucho daño, pero lo que sentía por el chico de Elizondo debía de ser muy fuerte, ya que no dejó de verse con él. Cuando Flora se dio cuenta de que las cosas seguían como antes, la amenazó con contárselo a sus padres y a su marido. Pero esto tampoco surtió efecto. —Bebió un sorbo de café—. Todo ocurrió en Elizondo. En la última noche de las fiestas del pueblo. Un grupo de hombres acorralaron al amante de la chica y le dieron una buena paliza. Pero no solo él salió mal parado. La chica no estaba lejos y, cuando vio lo que estaba sucediendo, se metió en medio y recibió golpes por todo el cuerpo. Acabaron los dos ingresados por diversas contusiones. Algunas muy graves, tanto, que el amante estuvo casi una semana en cuidados intensivos. No sé cómo se destapó el pastel, pero en el pueblo rápido nos enteramos de que Flora había pagado a un grupo de feriantes para dejar al chico malherido. Una manera violenta de conseguir que se alejara de su hermana. ¿Pidió también que se ensañaran con ella? Eso solo lo saben Flora y los feriantes.

—¿Se denunciaron estos hechos? —preguntó Lur—. No nos pareció que Flora tuviera antecedentes.

—No. Nadie dijo ni mu a la policía. A cambio, la familia le exigió que abandonara el pueblo. Flora por aquel entonces tenía unos treinta años. Trabajaba como cocinera en un asador y vivía en su propia casa. De la noche a la mañana dejó el empleo, puso a la venta la vivienda a través de una agencia inmobiliaria y no regresó jamás.

—Vaya.

—Fue una historia muy gorda. La madre tuvo una crisis nerviosa a consecuencia y se ponía histérica cuando oía a alguien hablar del tema. Los vecinos decidimos enterrar la historia para facilitar las cosas a esa pobre familia.

—¿Qué pasó con la hermana y el chico? ¿Se recuperaron?

—Sí, gracias a Dios. Aunque siempre he pensado que Flora consiguió salirse con la suya.

—¿Por qué dice eso?

—Porque tanto el amante como el marido no quisieron volver a saber nada de la chica.

Estaban en medio del taller de costura y Guillermo sentía que él allí, en la casa, ya no pintaba nada. Se obligaba a pensar que formaba parte de algo, que era alguien, que su vida tenía cierto sentido, pero no lograba que aquello calara. Las paredes estaban negras, el suelo y el techo, también. Las máquinas de coser, destrozadas. Las telas, hechas unos feos y deformes bultos.

—Lo ideal sería que la semana próxima comenzaran las labores de reconstrucción —susurró Arturo—. El Cónclave me ha dicho que no te preocupes, que no hay prisa. Tenemos género de sobra en el almacén, y en el resto de casas están dispuestos a trabajar por vosotros.

Arturo, el guía de los guías, con su cuerpo imponente y su voz grave. Guillermo asintió con un leve gesto. Prefería estar hablando con él. Más que como un hermano, lo consideraba como un padre. Escuchar al Cónclave en aquel momento no era algo que le apeteciera. Demasiada solemnidad para soportarlo.

—Bruno tomará el mando en cuanto se lo pidas. No debes preocuparte por nada ni gastar energía en la casa, ahora mismo debes emplearla para recuperarte.

Guillermo dejó de escucharle. Se sintió solo en medio de las ruinas, abandonado en un cráter oscuro y profundo. Olía tan horrible allí dentro… Era un hedor penetrante y angustioso. Solo le evocaba dolor y muerte.

Arturo le puso las manos sobre los hombros y lo atrajo hacia sí para abrazarlo. El hedor fue sustituido por el aroma del jabón con el que las mujeres lavaban la ropa para dejarla impoluta.

—¿Estás seguro de que no necesitas que me quede?

—Sí. —Tenía los brazos caídos. No tenía fuerza para rodear al guía de la casa madrileña—. Solo necesito descansar.

—Está bien. Debemos marcharnos antes de que anochezca.

Se despidieron en los terrenos de la casa. Observar los vehículos avanzando en fila india le hizo sentir que contemplaba un séquito fúnebre. Silencioso y derrotado.

Se fue directo al dormitorio. La familia se encargaría de acomodar a los miembros de las casas de Huelva y Granada. Cerró la puerta, tomó una foto de Ari y se metió en la cama con ella.

El aroma de la camiseta Milagro trepaba por el hueco de las clavículas hasta alcanzar sus fosas nasales. Lur inhaló con agrado. La llevaba puesta desde la víspera. Tiró del puño para que sobresaliera por debajo del fino jersey y la acarició. Se la arrimó a la nariz.

«Es que es increíble… Increíble», pensó.

Esa fragancia le recordó a Guillermo. Sí, él olía así. Cuando le puso la mano sobre el hombro lo percibió. Sus vértebras se relajaron. Un escalofrío en la columna. Paz. Tranquilidad. Era un hombre muy atractivo. Parecía comprensivo y buena persona. Aunque debía reconocer que había visto ocultarse seres terriblemente viles tras máscaras angelicales. Le extrañaría, y mucho, que Guillermo fuera uno de ellos, aunque más bien era un deseo espontáneo, casi infantil. No tenía unos ojos grandes, pero sí una mirada brillante y transparente que calaba hondo. Una que hablaba por él. Distinguió en ella soledad, pese a que estaba arropado por una gran familia. Las cosas no eran tan sencillas. Eso jamás. La soledad estaba en uno y daba igual lo acompañado que estuvieras. Una roca negra, llena de aristas y de misterios. Uno nunca elegía darle cobijo. Llegaba y se plantaba. A menudo, guiada por la tristeza, por el dolor o el sufrimiento. En la mirada de Guillermo también había mucho de eso. Demasiado para soportarlo.

Suspiró y decidió indagar en los nueve listados que sus compañeros habían confeccionado con todas las personas que habían estado empadronadas en los caseríos de los Fritz. Se centró en el de Irún. En los últimos diez años habían pasado treinta y seis personas por allí. Contrastó con el resto de los listados para comprobar dónde vivían en la actualidad todas ellas. Descubrió que la tasa de abandono era muy baja, ya que todas seguían empadronadas en alguna de las casas, excepto una. Olga. Al parecer se fue de la casa de Irún —y de la comunidad— hacía ocho años. Anotó su DNI. Si ya era interesante de por sí hablar con un exmiembro de la secta, que hubiera formado parte de esa familia en concreto lo volvía de vital importancia. Decidió llamar a un compañero de la Policía Nacional.

—¡Dichosos los oídos! —voceó al otro lado.

Lur sonrió. Su entusiasmo y acento asturiano eran inconfundibles.

—¿Qué tal, Julio?

—Muy bien, ¿tú qué tal? ¿Sigues de baja?

—Ya no. Me he incorporado hace muy poquito para colaborar en el caso de la familia Fritz.

—Sí, menudo follón tenéis en la Tijuana vasca.

A Lur le hizo gracia oír aquel mote, ya que hacía muchísimo que no lo escuchaba. Los Nacionales y la Guardia Civil solían apodar así a su ciudad fronteriza.

—¿Sigues en la comisaría de Irún, Julio?

—No, qué va. Por fin estoy en mi *tierrina*.

—¡Vaya! No tenía ni idea.

—Normal. Hace mucho que no hablamos.

—Sí, tienes razón, ya sabes, el tiempo y la vida se llevan a una por delante. Oye, pues felicidades, de verdad, seguro que la familia está contenta de que hayas vuelto al hogar. Hablando de familias, mira, te tengo que ser sincera, te he llamado para pedirte un favor. Cuando todo esto acabe te prometo que te llamo de nuevo y nos ponemos al día y... ¡qué narices! Te hago una visita a Asturias y me llevas a algún sitio bueno para comer. Pero ahora lo que necesito es tu ayuda, Julio.

—Soy todo tuyo. Cuéntame.

—Necesito saber dónde vive actualmente una chica que se fue de la secta hace ocho años. Cuando puedas, ¿eh?

—Pues ahora mismo, Lur. Estoy en comisaría.

—Joder, qué suerte he tenido. Te voy a pasar su nombre y su DNI. A ver si aparece una nueva dirección. Como no sé si se ha quitado el Fritz, búscala como Olga Fritz Calella o como Olga Calella.

Hojeó los papeles y le dio también el DNI.

—Huy, si es una paisana.

—Sí, ya he visto. Además, de Avilés, como tú.

—Vamos a ver —susurró mientras tecleaba en el ordenador—. Ya no se llama de segundo nombre Fritz, renovó el DNI hace cinco años y Tenerife es la dirección que figura aquí.

—O sea, que tu paisana se fue hasta Canarias, nada menos. Me vendría de perlas hablar con ella.

—Déjame que lo hable con un compañero de la isla. A ver si hay suerte.

—Jo, gracias. Como siempre, me haces un favor enorme.

—Te llamo en un rato.

—De acuerdo. Un abrazo, Julio.

—Otro de vuelta.

El policía asturiano no tardó en contactar con ella con la buena noticia de que había conseguido un número de teléfono. «Te debo una, Julio», le dijo agradecida.

Nada más colgar, Lur llamó a Olga un par de veces y al no obtener respuesta le dejó un mensaje en el contestador.

Antes de apagar el ordenador volvió a entrar en la web de los Fritz y cargó el carrito con diferentes prendas de Blanco Inmaculado. Excepto Armonía y Honestidad, la vestimenta que reconoció por la víctima, todo lo demás que eligió fue ropa interior. Los nombres Camino, Alegría, Refugio, Plenitud y, otra vez, Milagro inundaron la pantalla.

La tarjeta de crédito aulló de dolor al ver el total.

Lur le dio a aceptar ignorándola por completo.

Aarón ya estaba de camino a Palencia. Eva se lo imaginó en la parte trasera de una de las furgonetas: serio, meditabundo. Callado. Ambos se habían incomodado al volver a verse en la casa y no habían sabido muy bien qué decirse. Al final, habían optado por disculparse y abrazarse. Necesitaban esos kilómetros que les separaban para que todo volviera a ser como antes. Eva se llevó la mano a los labios. Su beso seguía allí. No se iría tan fácilmente. ¿Desde cuándo sentía aquello por ella? Y... ¿por qué? Eran Eva y Aarón, Aarón y Eva. Amigos hasta la muerte. Cómplices y confidentes. Casi hermanos.

Dio una patada a una piedra y la vio formar un arco a medio metro del suelo. Había caído la noche y soplaba un viento brusco, pero necesitaba tomar aire. Echaba de menos el Periodo de silencio. No soportaba las palabras de ánimo de la familia. Estaban huecas, ella podía sentirlo. Ari no era nada para ellos. Miradas amables. Besos y más besos. Se frotó el pómulo izquierdo con ímpetu para borrárselos. Detestaba la cantidad de saliva que se había secado sobre la piel.

—No tenéis ni idea —murmuró—. Se ha ido. Se ha ido para siempre y creéis que vuestros abrazos van a consolarme.

Odiaba la calma con la que actuaban. Y se odiaba a sí misma por callar. Era como si entre todos quisieran borrar lo de los encapuchados. Ella incluida. ¿Había pasado realmente? Se metió la mano en el bolsillo de la falda y extrajo la tarjeta. Necesitaba ayuda externa, dejar marchar lo que ocultaba para sentirse mejor consigo misma. Para hacer justicia a Ari. Con secretos no lograrían llegar a la verdad, lo había leído en los libros de Agatha Christie. Todo el mundo ocultaba algo, siempre dificultando la resolución. Ella no iba a ser como los demás. Hablaría con la mujer que vestía de negro. El cuervo de la paz.

Apretó la tarjeta y echó a andar hacia el caserío vecino.

Las mujeres y los niños a la derecha, y los hombres a la izquierda. Dos filas separadas por un metro. Los adultos con la cabeza alzada, como un ejército tenso y silencioso, y los niños sin levantar la mirada del suelo. Estaba claro que las ciento setenta y seis personas seguían el estricto protocolo que marcaba la secta. Distancia y disciplina. Comportamiento glacial.

El subcomisario Nando García echó de menos el calor humano que solía abundar en este tipo de despedidas. La familia Fritz primero había pasado por el tanatorio y allí había hecho dos colas blancas, interminables, para poder pasar junto al féretro abierto de la víctima. A García le recordó a aquellas despedidas multitudinarias y televisadas de alguien famoso. Después tuvo lugar el entierro en el cementerio de Irún y, por último, un funeral en el caserío, a puerta cerrada. Su equipo había grabado los minutos que duraron tanto la despedida del tanatorio como la del cementerio.

Buscó su mail y le dio a enviar. Después cogió el teléfono y la llamó.

—Buenas, Lur.

—¿Qué tal, jefe?

—Acabo de enviarte las grabaciones al correo electrónico para que Maddi y tú podáis verlas mañana a primera hora. Los Fritz al completo. Ciento setenta y seis miembros.

—Guau. ¿Algo más que destacar?

—No, juzga tú misma.

—De acuerdo.

—Me voy a casa. Llevo todo el día en comisaría. —Resopló.

Antes de que Nando colgara, la oficial le contó el viaje a Erratzu y lo que habían averiguado sobre Flora, también que aún no querían hablar con ella.

—Es una información importante y Maddi y yo no queremos malgastarla sin saber primero qué esconde la familia. Nuestra intención es sacarle el máximo partido y aún tenemos varias incógnitas que aclarar.

Por último le pidió que indagara acerca de un tal León en las diferentes bases de datos.

—Podría ser importante, qué sé yo.

—De acuerdo. Si encuentro algo al respecto te aviso. Hasta mañana.

—Hablamos.

Lur no tenía intención de volver a encender el ordenador, pero no pudo evitar hacerlo nada más colgar. Se propuso concentrarse en las grabaciones. Ella sola y sin prisa. Y al día siguiente que lo hiciera Maddi. Pensó que así no se contaminaban, al igual que hacían con los testigos.

La pantalla se llenó de individuos vestidos de blanco. Le impresionó la cantidad que había. El uniforme de los Fritz le facilitaba las cosas, ya que a los intrusos se los localizaba rápido. No descartaba que alguien fingiera ser uno de ellos disfrazándose con ropa de Blanco Inmaculado para vivir de cerca las ceremonias, aunque le parecía demasiado arriesgado meterse entre ciento setenta y seis personas. A un chalado morboso lo veía capaz, al asesino o asesinos, no. Nunca eran tan valientes. Siguió con la mirada las colas que se hicieron en el tanatorio. Le dio al zoom para ver de cerca los ciento setenta y seis rostros. Reparó en que los pobres niños no se libraron de pasar junto a la chica muerta. Sus caritas reflejaban auténtico terror. Seguramente aquella imagen los perseguiría hasta el final de sus vidas. Llegó un momento en el que a Lur todos le resultaban iguales. Chicas jóvenes y mujeres de trenzas largas. Los hombres se dividían en varios grupos: melena larga atada en una coleta, pelo corto y calvos. Algunos con barba y otros afeitados. No paró hasta localizar a los catorce miembros de la casa de Irún. Los niños de esta fueron los que peor carita llevaban. Ver metida en una caja a alguien con quien habían convivido, alguien a quien habían querido, era una experiencia espantosa. El pobre Guillermo estaba de pie junto a la cabecera del ataúd. Lloraba en silencio todo el tiempo. Tenía las manos entrelazadas sobre el vientre, al igual que Ariadna. A Eva se la tuvieron que llevar en cuanto se asomó a la sala donde estaba su amiga. Las rodillas se le doblaron como ramas quebradizas a merced del viento. Su madre y Jessica la sacaron de allí. Primero la llevaron a los servicios del tanatorio y más tarde a una de las furgonetas.

Lur pausó el vídeo y anduvo un poco por la casa. Estaba entumecida pero, sobre todo, afectada. Aquella sucesión de sufrimiento había conseguido noquearla. La primera vez que vio a Ariadna fue en el suelo del caserío. Era una cría que había muerto de forma violenta y en extrañas circunstancias. Después, había conocido a la gente que más la quería y ahora acababa de respirar el dolor de todos ellos. Agradeció no haber presenciado *in situ* esa carga tan brutal. En otro momento de su vida habría gestionado cualquier emoción provocada por la investigación de un crimen, por muy demoledora que fuera, pero entonces no. Tenía que tirar de unos músculos que no respondían, de su rabia, tristeza e impotencia y ya no podía con nada más. ¿Cómo había llegado hasta ahí? ¿Qué podía hacer para volver a ser la que era? El propio guía le había dicho que escuchara a su cuerpo. Tal vez tuviera razón. Tal vez un cambio en la dieta pudiera beneficiarla. Apretó los párpados y se imaginó tumbada en el césped del caserío. Cero ruidos. Paz. Ausencia de dolor. Abrió los ojos como impulsada por un muelle.

«¿Qué demonios haces?», se dijo enfadada.

Regresó al despacho y retomó la grabación.

Al margen del comportamiento rígido y antinatural de los miembros, y del llamativo machismo que gobernaba los protocolos funerarios, no observó nada anormal. Tampoco en el entierro. Apagó el ordenador a las nueve de la noche y se tumbó en el sofá. Los viajes de ida y vuelta a Erratzu le habían pasado factura a su cuerpo. Conectó la manta eléctrica a la máxima potencia para que sus músculos se relajaran lo antes posible.

No tardó en caer en un sueño profundo.

Había observado durante la tarde el ir y venir de los Fritz. La casa había estado hasta los topes desde la mañana. Había visto cómo se marchaban varias furgonetas al caer la tarde y ahora que había anochecido aquello ya parecía estar más tranquilo. Su madre no soportaba que le interesaran tanto. Él intentaba disimularlo, pero alguna vez le había descubierto oteando el caserío vecino. «¿Qué pasa? ¿Por qué te intrigan tanto los de blanco?», le preguntó una tarde mientras cortaban el césped del terreno. «No me intrigan lo más mínimo, ama», contestó agachando la cabeza. «Ya… Te advierto una cosa, como un día te vea entre ellos te aseguro que voy a buscarte y te traigo a rastras hasta aquí». Txomin abrió los ojos como platos. «Ama, pero ¿qué dices?», preguntó alucinado. «¡Lo que has oído! No sé qué embrujo ejercen sobre ti, hijo. No sé. Pero ¡no les quitas ojo!», gritó enrojecida. «Se te va la olla, ama». Y aquello fue lo último que le dijo. Después la dejó ahí plantada y se escabulló a su dormitorio. Desde entonces no habían vuelto a hablar del tema. Suspiró antes de cerrar la ventana y de repente advirtió un movimiento extraño ahí fuera. Era una silueta blanca, menuda. Iba hacia allí.

Txomin se llevó las manos a la cabeza y empezó a notar el sudor en las axilas.

—¿Qué hostias hace? —susurró—. Mierda… Joder —añadió entre dientes.

Salió del dormitorio y se dirigió a la entrada lo más rápido que pudo. Abrió la puerta antes de que a ella se le ocurriera llamar. Tiró de la manilla con tal brusquedad que provocó que el aire se agitara alrededor. Salió a su encuentro. Iba descalzo y la hierba fría le acarició las plantas de los pies. Reparó en la falda blanca y las pisadas seguras. Un matorral no le dejaba verla bien.

—¿Qué haces? Te he dicho mil veces que no vengas aquí.

La silueta blanca se detuvo. Txomin aprovechó para acercarse. La iba a coger del brazo y llevarla hasta el pinar. Alejarla de allí era la prioridad.

Se paró frente a ella y la miró a la cara.

No era ella.

Eva dio un paso atrás al sentir tan cerca a aquel chico.

Él también lo dio.

Ahora los separaba más de un metro de distancia.

—Hola —se atrevió a decir la chica—. Eres el vecino, ¿verdad?

—Sí, sí, ¿qué pasa? ¿Te ha mandado ella?

Eva observó al chico alto y flacucho sin entender de qué hablaba.

—Solo quiero hacer una llamada —dijo como disculpándose. Subió el puño a la altura del pecho y lo abrió. Sobre la palma de la mano surgió la tarjeta estrujada—. ¿Podrías prestarme un teléfono? Solo será un momento.

El chico dudó unos segundos mientras intentaba descubrir qué ponía en aquel papel arrugado. No lo consiguió.

—No te preocupes. Tal vez me ayuden allí. —Eva señaló hacia un caserío que estaba algo más alejado.

—Tranquila. Puedes usar nuestro teléfono. Sígueme.

—Gracias.

Cuando llegaron a la entrada, Txomin se dirigió a ella.

—Espera aquí, por favor.

Solo faltaba que su madre le sorprendiera con una Fritz.

—¡Ama! ¡Ama! ¿Dónde estás?

—En la cocina.

Txomin entró y la encontró troceando una barra de pan.

—Hay una Fritz ahí fuera. Me pregunta si puede utilizar nuestro teléfono.

La madre guardó el cuchillo en el bolsillo del delantal y elevó una ceja.

—Es solo una cría. Lleva una tarjeta con un número.

Salió de la cocina con decisión y se asomó a la puerta. Miró a la chica de arriba abajo sin ningún tipo de disimulo.

—¿Qué quieres? —preguntó con recelo.

Un perro blanco y otro pardo aparecieron de entre la maleza y comenzaron a olisquearla.

—Necesito hacer una llamada —explicó a media voz.

La vecina metió las manos en el bolsillo del delantal y acarició la empuñadura del cuchillo con los dedos.

—Le prometo que seré breve —añadió Eva.

La mujer titubeó antes de contestar.

—Está bien. Pasa. El teléfono está en el salón.

—Muy amable. Gracias.

Eva siguió a la mujer. El chico se quedó pasmado junto a la puerta de la cocina. Reaccionó justo para detener a los perros que iban tras ellas.

—Ten —dijo la mujer sacándolo del soporte—. Es inalámbrico, puedes alejarte para hablar.

Eva la miró sin entender nada.

—No lleva cable, digo.

—Vale, bien. —Pensó que el del guía tampoco llevaba cable.

—Si necesitas cualquier cosa estamos en la cocina.

—¿Cómo se utiliza?

La mujer tardó un rato en reaccionar.

—Ahí tienes los números. Marcas el que tengas que marcar y le das al verde. Para colgar, al rojo.

—Ah, es fácil.

—Sí, supongo.

—Gracias, de verdad. Muchas gracias.

—No tardes —dijo hosca.

Eva asintió con la cabeza y aguardó hasta que la mujer salió del salón, después observó el teléfono. Era negro, de plástico. Parecía hueco. Tenía una pequeña pantalla rectangular que indicaba la hora. 19.50, ponía. Alisó la tarjeta con los dedos y comenzó a pulsar los números. La pantalla se iluminó. Sus yemas le indicaron que los botoncitos eran de goma. Era fácil y peculiar. Le dio a la tecla verde y se lo llevó al oído. Silencio. Un pitido. Irguió el cuello y se dio cuenta de que no sabía muy bien cómo explicar la historia. ¿Y si solo era fruto de su fantasía? No era momento de dudar. Ahora no. Tragó saliva. Tenía la garganta seca. Giró la cabeza con nerviosismo y distinguió algo colgado de la pared. Estaba junto a varios abrigos. Era negra, larga y con una enorme capucha.

Una túnica.

Apartó el teléfono de la oreja y le dio al botón rojo. Abrió mucho los ojos. Todo su ser gritaba por dentro. Se tapó la boca con la mano para acallarlo. Dejó el teléfono en la base de la que había salido y se aproximó a la túnica. Estiró el brazo hacia ella. Sus dedos temblorosos intentaron alcanzarla. La imagen de los cinco encapuchados rodeando a Ari inundó su cerebro hasta ahogarlo. Las sienes palpitaron descontroladamente y los ojos se le llenaron de lágrimas. Estiró un poco más la mano, pero un ruido evitó que sus yemas rozaran la prenda negra. Cerró los puños y giró a su alrededor con ansiedad. Localizó una ventana. Se dirigió hasta allí de puntillas y corrió las cortinas. Su hogar estaba al otro lado. La abrió con sigilo, arrimó una silla y se sentó en el alféizar. Había unos dos metros hasta el suelo.

El sonido de unos pasos provocó que la recorriera un escalofrío.

Se impulsó con las manos y saltó al otro lado. Notó el golpe en los tobillos, en la columna. Echó a correr como si no hubiera un mañana. La falda se le enredó entre las piernas y tuvo que recogérsela con las manos. De pronto sintió el crujir de la hierba tras ella. No se permitió el lujo de girarse para no perder ventaja. Apretó los dientes y esprintó al máximo. Solo tenía que recorrer unos metros. Solo eso. «¡No, por favor, no!», quiso gritar. Dios no podía permitir que le sucediera lo mismo que a Ari. Visualizó la puerta de su casa, las escaleras, su cama. Se imaginó rodeada de su gente. Todos de la mano, sonriendo, protegiéndola. Notó cómo el pie topaba con una irregularidad del terreno y no pudo evitar caer de lado y rodar por la hierba. Se tapó la cabeza instintivamente y cerró los ojos con fuerza. El olor a tierra trepó por sus fosas nasales. Se asustó al escuchar un sonido agudo. Enseguida entendió que era el viento y su propio llanto. No se oía nada más. No había nadie. Miró hacia el caserío vecino. Su rostro resplandecía a causa de las lágrimas. La luz del salón le permitió distinguir una silueta en la ventana. Se asemejaba a una figura de piedra.

Un espectro maligno.

Los ojos de Lur se abrieron de golpe al oír un timbrazo. Era el interfono. Miró a su alrededor, desorientada. Estaba tumbada bocarriba en el sofá. La luz del mando de la manta eléctrica parpadeaba porque, como mínimo, llevaba más de noventa minutos allí dormida. ¿Qué hora era? ¿Y quién narices llamaba en plena noche? El viento soplaba con intensidad y azotaba las ventanas. Se puso de lado y se incorporó a duras penas. El reloj de la cocina marcaba las tres de la madrugada. ¿Las tres? Arrastró los pies hasta la entrada y descolgó el auricular.

—¿Quién es?

Nada.

—¿Quién es, joder? —insistió.

Colgó con cabreo y, cuando estaba regresando a la sala, un crepitar llamó su atención. ¿Era el aire? Se volvió y vio a través de la ventana de la cocina una luz anaranjada. Se apresuró, retiró la cortina y se sobresaltó al ver cómo ardía la palmera que había en el jardín de enfrente.

—¡Mierda!

Las llamas trepaban a buena velocidad por el tronco y no tardaron en rodearla por completo. Temió que alcanzaran los setos y el resto de árboles que había alrededor, y con ellos el edificio.

Llamó a emergencias y salió al balcón mientras esperaba a que llegaran los bomberos. Las violentas ráfagas de viento sur le despeinaron la melena y tuvo que apoyarse contra la pared para que su maltrecho cuerpo no se tambaleara. Notó el calor del incendio en las mejillas, y eso que la temperatura de la noche ya era alta y asfixiante de por sí. No entendía muy bien qué había sucedido. Un timbrazo a deshoras. ¿Para alertarla del fuego? Echó un vistazo a los bloques del barrio. No había ni una sola luz encendida. Dormían. ¿Solo la habían llamado a ella?

La aparición de un camión rojo hizo que respirara aliviada. A este se le sumó otro. A aquellas horas a los bomberos no les había hecho falta conectar las sirenas. La calle estaba desierta. Buscó su coche con la mirada. Llevaba varios meses aparcado. Abandonado. Desde que empezó con la dichosa enfermedad era incapaz de conducir. Le había pedido a su padre en varias ocasiones que le hiciera el favor de meterlo en el garaje que tenía a pocos metros, pero nunca encontraba un hueco para hacerlo. Lur suspiró. Tal vez había llegado la hora de comprar uno automático. Uno en el que al embragar no se le contracturara la zona lumbar. Su pobre Chrysler PT Cruiser negro estaba estacionado en línea en la acera de enfrente. Lur arrugó la frente y se despegó de la pared del balcón para avanzar hasta la barandilla. Se agarró a ella.

Las hojas de los árboles y varias bolsas de plástico volaban en todas las direcciones.

«¿Qué es eso?», se dijo.

El capó y el techo de su Chrysler tenían manchas blancas. Pintadas.

Eran letras.

Ni siquiera el sonido de las mangueras poniéndose en marcha y la bruma del agua alcanzándole las manos y el rostro le hicieron entrar. ZORRA ENTROMETIDA. ALÉJATE O ACABARÁS COMO ELLA, leyó que ponía.

18 de octubre, viernes

Estaba agotada, ya que solo había dormido el rato que se quedó frita en el sofá. El resto de la noche lo había pasado entre bomberos y compañeros de la Ertzaintza, en vela. El ocre de sus ojeras hablaba por sí solo y contrastaba con la palidez del rostro. Se apoyó en la carrocería del coche mientras esperaba a Maddi. La frondosa palmera se había transformado en un mástil negro. Ojalá resurgiera alguna hoja. Las raíces seguían ancladas a la tierra. Había esperanza. La naturaleza era fuerte como una roca.

—*Egun on* —saludó Maddi acercándose al coche—. *Egun on* por decir algo. ¡Qué panda de cabronazos! —Pasó la mano por la carrocería pintada.

Habían hablado por teléfono de lo sucedido y le había pedido que llevara el Chrysler al garaje.

—Qué rabia. Si lo hubiera tenido ahí metido esto no habría pasado. Esta puta enfermedad tiene la culpa.

—La culpa la tienen los desgraciados que han hecho esto —soltó Maddi, no menos cabreada que Lur.

—Qué asco. Qué asco, joder —murmuró la oficial con la mirada clavada en la palabra «zorra».

—¿Qué ha dicho el subcomisario García?

—Lo van a investigar, pero está complicado. En esta calle y alrededores no hay ni una sola cámara.

—Te pintan el coche, incendian la palmera y te llaman. ¿Qué locura es esta? ¿Aléjate o acabarás como ella? ¿Como Ariadna?

—No lo sé. No he pegado ojo desde las tres. Estoy rota.

—¿Han tomado las huellas dactilares de la carrocería?

—Sí, y de los botones del portero automático.

—Anda, llevemos el coche al garaje antes de que te lo desguacen.

—Sí, quiero olvidarme de esto cuanto antes y retomar la investigación. Quienquiera que haya sido no va a desalentarme, todo lo contrario.

—Me pregunto qué tecla has tocado para que alguien haya reaccionado así. La clave está ahí e indica que vamos por el buen camino.

Varios vecinos curioseaban desde los balcones y Lur pudo oler su inseguridad, su miedo. Algunos sabían que era ertzaina. Solo le faltaba que la echaran del barrio. A la gente la veía capaz de todo. El problema era que ahora no solo todos ellos lo sabían con seguridad. El responsable del incendio y de las pintadas quería transmitir también otro mensaje: «Sé dónde vives, Lur de las Heras, sé quién eres y que eres vulnerable».

Tras dejar a buen recaudo el Chrysler, subieron al piso y Lur llenó dos tazas de café y un bol de aceitunas. Esta vez pequeñas, negras, arrugadas, sabrosas. De Aragón. Maddi se metió una en la boca. La carne era como de mantequilla y el hueso áspero. Se le quedó un sabor fuerte en la boca, casi como alcohólico.

—Nunca hablas de tu madre —se atrevió a decir la patrullera—. ¿Falleció?

Lur sonrió con tristeza.

—No, pero para el caso es lo mismo.

—¿Tan mal os lleváis?

—Ni lo sé ni lo sabré. Me abandonó cuando tan solo era un bebé.

—Vaya, joder. —A Maddi le brillaron los ojos—. Lo siento.

—Tranquila, eso ya está superado —mintió a media voz.

—Deberías alejarte de aquí unos días. Los responsables de lo de hoy saben dónde vives y me preocupa. ¿Se lo has contado a tu padre?

Lur no quiso ni pensar en regresar a casa de su padre, y mucho menos en enfrentarse a una negativa. A otro rechazo. No estaba preparada para algo así.

—¿Qué opina García? ¿Ve conveniente que sigas aquí?

—Voy a quedarme en mi casa, Maddi. —Le rogó con la mirada que dejara de insistir.

—Pero…

—Acaba de entrar un correo —la interrumpió Lur. Se incorporó en la silla con gesto serio. Clicó sobre el mail—. Tenemos parte de los resultados de ADN.

Se pusieron codo con codo a analizarlos.

—Los restos biológicos encontrados bajo las uñas de Ariadna Fritz corresponden a dos varones —leyó Lur en voz alta—, y no pertenecen a ninguno de los habitantes de la casa de Irún.

Maddi y Lur se miraron durante varios segundos sin prestarse atención. Se necesitaban cerca, pero cada una sacaba sus conclusiones. ¿Vecinos?, ¿FFADA?, ¿exmiembros de la secta?, ¿el misterioso chico nuevo?

Un sonoro timbrazo las asustó y sacó de las divagaciones. Lur se puso de pie con cuidado.

—¿Quieres que te acompañe?

—Tranquila.

Fue a la puerta y miró por la mirilla antes de abrir. Era un transportista.

—¿Lur de las Heras?

—Sí. —El susto inicial se transformó en emoción al ver que era el paquete de Blanco Inmaculado.

—Écheme una firmita aquí, por favor.

Después de hacerlo, cerró la puerta y apretó la caja contra su pecho. La llevó al dormitorio y la dejó sobre la cama. No tenía intención de decírselo a Maddi. ¿Qué pensaría de ella si lo supiera? ¿Qué pensaba ella de sí misma? Ahora no podía juzgar aquello, solo sentir. Contuvo el impulso de abrirla y regresó a la oficina improvisada. Sus mejillas estaban coloradas y desvió la mirada en cuanto se cruzó con los ojos marrones y curiosos de su compañera.

—Era un transportista —explicó para que bajara la guardia.

Maddi asintió con la cabeza antes de proseguir.

—Entonces el ADN no pertenece a ninguno de los habitantes de la casa de Irún.

—Tendrán que poner un equipo cerca del caserío para proteger a los Fritz —dijo Lur mientras tomaba asiento—. Día y noche. Los agresores podrían regresar.

—Sí, y habrá que investigar en profundidad a los miembros de la FFADA —opinó Maddi.

—Voy a llamar al subcomisario para que me diga cómo nos vamos a repartir las tareas.

La conversación con García fue breve. Desde comisaría se iban a encargar de la FFADA. Y Lur y Maddi regresarían al caserío para aclarar las cuatro incógnitas por resolver.

—Que sepas que no dejo de darle vueltas al ataque, Lur —dijo Nando antes de despedirse—. Creo que…

—Tengo que dejarte —le cortó Lur. No tenía ganas de discutir sobre el tema—. Cuanto antes vayamos al caserío, mejor.

Tras colgar, la oficial se metió en el dormitorio y se cambió de ropa. Bajo el pantalón negro y la camisa holgada, iba totalmente de blanco. Las múltiples capas de Lur, como una muñeca matrioska. Calcetines, bragas, sujetador y camiseta interior recién sacados de la caja de Blanco Inmaculado. Un aroma embaucador la cubrió por completo.

Tenían varias cuerdas de árbol a árbol y era allí donde colgaban la ropa. Era una zona soleada en la que las prendas apenas tardaban en secarse. Hacía buena mañana e Irene estaba aprovechando para lavar los juegos de cama que habían utilizado los huéspedes de las casas de Huelva y Granada. El viento soplaba con menos intensidad y meneaba las telas mansamente humedeciéndole los brazos. Sintió un escalofrío. Escuchó un vehículo que se acercaba al caserío. Al girarse descubrió que era el mismo que el miércoles y las dos mujeres ertzainas que hablaron con el guía y con el abuelo. Puso una última pinza y fue a recibirlas.

—Buenos días.

—Buenos días. Soy la oficial Lur de las Heras y ella es mi compañera Maddi Blasco —se presentó mientras percibía el aroma de la colada. Era el mismo que llevaba bajo su ropa negra. La fragancia de los Fritz. Pensó que deberían comercializarla también.

—Sí, Guillermo nos habló de ustedes. Anoche nos contó que las han incorporado al grupo para agilizar la investigación —explicó con su característica voz afónica.

—Exacto. Es usted Irene, ¿verdad?

—Sí. —Las observó con expresión inocente—. Soy Irene.

—Mi compañera y yo nos encargamos de revisar los vídeos de las declaraciones. Por eso sabemos su nombre.

—Ah, entiendo.

Una sábana se agitó a su espalda como si se tratase de una enorme ala blanca.

A Lur se le antojó que era un ángel.

—¿Podríamos hacerle unas preguntas? —El blanco nuclear le hizo daño en los ojos. Los entornó.

—Sí, claro.

—Gracias. No le robaremos mucho tiempo. Son solo tres cuestiones.

—Está bien.

—¿Ha entrado recientemente un chico nuevo a la comunidad?

Irene frunció el ceño.

—¿Nuevo? ¿En esta familia?

—Sí.

—No. La última persona en unirse fue Jessica. Y les hablo de hace un año ya.

Maddi lo anotó en la libreta.

—De acuerdo. ¿Podría decirme quién duerme con el abuelo en la habitación de los solteros?

—Nadie. El abuelo duerme solo —dijo rotunda.

—Pero había una cama deshecha, además de la de él, en el dormitorio de los solteros.

—Ah, vaya… El abuelo a veces revuelve otras camas. No es lo habitual, por lo general duerme toda la noche del tirón. Pero en alguna ocasión nos hemos encontrado con sábanas retiradas.

—Claro, entiendo.

—¿Sabría explicarnos por qué la cama de Ariadna estaba sin deshacer?

Irene cortó la entrada de aire brevemente.

—No. —Meneó la cabeza con vehemencia—. No, no tengo ni idea.

—¿Cree que pudo pasar la noche en el dormitorio de los solteros?

—¿Cómo? ¿En la de los solteros? ¿Para qué?

—¿Y en la celda del hueco de la escalera?

—En absoluto.

A lo lejos se escuchaba una voz femenina acompañada por las de los niños. Maddi movió la cabeza con disimulo y el hueco que había entre dos sábanas le permitió ver de dónde provenían. Naroa, la chica vasca, acompañaba a los dos críos. Se divertían con el juego de las sillas. «¿Cuántas sillas había, cuántas quité y cuántas quedaron?», le preguntaba a la más pequeña. Era una niñita rubia. Si Maddi mal no recordaba, se trataba de Enara y tenía cinco años. Se imaginó a sí misma educando a sus hijos de aquella manera. El día a día y los juegos como únicas herramientas de aprendizaje.

La voz de Lur le hizo regresar a la conversación que estaba teniendo lugar entre las sábanas.

—Perfecto. Pues eso ha sido todo. Muy amable. Antes de irnos hablaremos con algún otro miembro.

Irene tragó saliva.

—¿Quieren que avise a alguien?

—No, gracias.

—Los hombres están en el huerto, excepto el guía que está en su despacho, y las mujeres en casa, por si les sirve de ayuda.

—Muy amable.

Lur y Maddi no querían arriesgarse a que acordaran las respuestas entre ellos. Les hubiera gustado mantenerlos separados mientras les hacían aquellas preguntas, pero no tenían ni motivo de peso ni potestad para hacer algo así —y menos ahora que los resultados de ADN ponían de manifiesto que los presuntos agresores no eran miembros de la familia—. Debían decidir con rapidez de quién era el turno ahora.

El cabreo monumental que la víspera le acompañó desde el tanatorio seguía instalado en su cuerpo y era el culpable de que ni siquiera tuviera ganas de desayunar. Pepe Aroztegi tiró el café por el fregadero y abrió una botella de vino de la que bebió a morro. Un trago, dos tragos, tres tragos. Se secó los labios con el dorso de la mano y dejó la botella en la encimera. Le dolían las mandíbulas de tener los dientes apretados. Se miró las uñas. Estaban al ras. Se mordisqueó un padrastro del dedo meñique con tanta ansiedad que se hizo sangre. Bebió otro trago de vino para enmascarar el sabor metálico.

El sonido del teléfono provocó que diera un brinco y soltara la botella de golpe. A sus pies el cristal se hizo añicos y el líquido escarlata se extendió como un charco de sangre.

Pepe Aroztegi quiso gritar y lanzar el puto teléfono contra la pared.

—¿Quién es? —preguntó sin disimular su rabia.

—…

—Ah, hola, ¿qué quieres? —se obligó a suavizar el tono.

—…

—Me alegra oír eso.

—…

—Como bien te dije ayer, pon el precio que te pagaré gustoso.

—…

—No te entiendo. —Se paseó inquieto por la cocina. Los cristales crujieron bajo sus zapatos.

—…

—¿Y qué quieres a cambio?

—…

—¿Cómo dices? —Se llevó la mano que tenía libre a la cabeza.

—…

—Pero…

—…

Gruñó.

—Entiendo.

—…

—Sí, sí, hay trato. Déjalo en mis manos.

—…

—Yo siempre cumplo mi palabra, no te preocupes. Vamos hablando.

Colgó y guardó la grabación de la llamada. Siempre lo hacía. Había recibido demasiadas puñaladas traperas a lo largo de su vida.

«¿Ha perdido el norte, o qué?», pensó Pepe recordando la conversación que acababan de mantener.

Se detuvo a mirar antes de marcharse. Las huellas carmesí que había en el suelo le daban a la cocina aspecto de escena de crimen.

Abandonó el ático dando un sonoro portazo. Ya se encargaría de arreglar aquel desastre la mujer de la limpieza.

Desde la ventana de la cocina había visto a Irene hablando con las dos mujeres ertzainas. A Flora aquello la había puesto más nerviosa de lo que estaba. ¿Hasta dónde pretendían llegar? No podía permitir que escarbaran en su antigua vida. Necesitaba que todo pasase de una vez. Que el agua corriera rápido al igual que la de los riachuelos. Solo de esa manera la familia podría comenzar a reponerse. Vio a las ertzainas ir hacia el huerto. Le preocupaba lo que Eva pudiera decirles. Había salido del Periodo de silencio y actuaba de una manera extraña. La víspera había aparecido corriendo de la nada y, negándose a explicar qué le pasaba, se había metido en su cama con el semblante más blanco que las sábanas. Su actitud desequilibraba a todos. Irene le había pedido paciencia y había insistido en que solo estaba intentando asimilar su gran pérdida. A Flora le molestaba mucho que se empeñaran en justificar cualquier comportamiento con la muerte de Ariadna. A ella también le dolía. ¡Qué caray! Nadie contaba con un medidor de sufrimiento para juzgar el de cada uno. Según parecía a algunos les fastidiaba que ella se comportara como exigía la situación: con fortaleza y agallas, pero no era de piedra, ni mucho menos. Era la portavoz de las mujeres de aquella casa y no podía permitir que la familia entera se tambaleara. Salió de la cocina y fue a buscar a María Belén. Esa chica se debía encargar de Eva y no lo estaba haciendo. ¿Dónde narices estaba anoche cuando su hermana apareció de la nada como una demente?

En el huerto estaban Gorka, Andrés, Bruno y el abuelo. Como de costumbre, los tres primeros trabajaban y el último brincaba entre los vegetales. Un baile que le daba a Ignacio aspecto de mago chalado. No un mago cualquiera, no. Para Maddi y Lur era el Gandalf de esta historia.

Habían optado por hablar con Andrés. Las dos se habían llevado la impresión de que era un chico sincero. Que no fuera de Generación pura y que llevara solo dos años en la familia posibilitaba un vínculo más débil.

—¡Qué chicas más guapas nos ha traído el viento de otoño! ¡Volad hasta aquí y danzad conmigo!

Los tres hombres giraron la cabeza y observaron a las ertzainas. Se levantaron con agilidad.

—Buenos días. Soy la oficial Lur de las Heras y ella es mi compañera Maddi Blasco.

—¡Hermosas! ¡Venid, venid!

—Papá, estese tranquilo. —Bruno le agarró del hombro. El anciano iba directo a abrazarlas.

Lur percibió que no las recordaba de la última visita. Observó sus ojos claros acunados por dos enormes bolsas. Había tal inocencia en su mirada que no pudo evitar sonreírle como si se tratara de un niño.

—Buenos días, Ignacio.

—Además de hermosas, listas. —El abuelo rio de oreja a oreja.

—Solo queríamos hablar con ustedes. No les robaremos mucho tiempo.

—¡Bien! Preguntas como en los juegos. ¡Veo Veo! —voceó.

Bruno tuvo que agarrarle del brazo con fuerza para que no se moviera de su lado.

—No se preocupe, Ignacio. Usted puede seguir bailando. De momento no vamos a jugar al Veo Veo y solo nos llevaremos a Andrés.

El chico tensó los hombros.

—Solo serán unas preguntas —aclaró Lur. Ser ertzaina otorgaba el poder de poner nerviosa a la gente y era algo que detestaba.

Se alejaron unos metros del huerto. Andrés tenía un tono de piel y unos rasgos bonitos. Los ojos rasgados y los labios gruesos. No llevaba barba ni el cabello largo. El recuerdo que Lur tenía de las grabaciones no le hacía justicia. Ya habían pasado cinco días desde que se le tomó declaración y el impacto inicial por la muerte de Ariadna había desaparecido.

—Háblanos del chico nuevo —soltó Lur.

—¿Perdone?

—Sí, el que se ha unido recientemente a la familia.

—No ha llegado nadie nuevo. Desde que yo estoy aquí solo hemos recibido a la Jessi. Entró al poco de que Paz y yo nos trasladáramos de la casa de Cuenca.

—¿Estás seguro? —Lur apenas le dejaba tiempo para pensar.

—Sí, de verdad. Es que no entiendo a qué viene esa pregunta —dijo con deje madrileño—. ¿Acaso ha entrado alguien y no me he enterado?

Lur dudó si mencionar al León o no. ¿Y si de verdad existía? ¿Y si al nombrarlo se cargaban esa pista? Optó por esperar a ver si Nando encontraba algo de información al respecto.

—¿Por qué había dos camas deshechas en la habitación de los solteros?

—Ah, claro. Ahora la entiendo. Eso son cosas del abuelo Ignacio. A veces le da por alborotarse y revolver las camas.

—¿Dónde durmió Ariadna la noche del suceso?

El chico abrió los ojos marrones.

—Me imagino que en su cama.

—Estaba sin deshacer.

—Pues no sabría qué decirle. Igual alguna de las chicas sabe algo. —Andrés se rascó el antebrazo sobre el blusón.

—Sí, hablaremos con ellas. ¿Qué me puedes decir del cuarto que hay en el hueco de la escalera?

—¿El de la Purificación?

Lur subió una ceja. Fue una reacción involuntaria que enseguida corrigió. Deseó que el chico no se hubiera percatado.

Andrés, en su declaración, aseguró no tener ni idea de para qué se utilizaba, pero ahora le acababa de dar un nombre a la dichosa mazmorra.

—¿Por qué llamáis así a esa celda?

—Es su nombre. Yo no sé mucho más. Vendrá de antes. —Respiró más agitado y dio un paso atrás. Se encogió de hombros—. Ya lo expliqué en comisaría.

Lur vio un movimiento por el rabillo del ojo. Era una silueta blanca.

Eva.

—Muy amable. Eso ha sido todo.

—¿Puedo marcharme? —dijo noqueado tanto por el interrogatorio como por el repentino parón.

—Sí, tranquilo.

«Ve en paz», le dieron ganas de decirle.

El bollo de pan con semillas de calabaza seguía en el suelo. La corteza se había ablandado e intentaba mimetizarse con la tierra marrón. A Eva aquel trozo de alimento le hizo recordar el encuentro con Aarón.

«¿Por qué me besaste? ¿Por qué? Lo has estropeado todo», pensó enfadada.

Ya no veía a su amigo de la misma manera. Se esforzaba en hacerlo, pero no podía, ahora no. Sabía que era cuestión de tiempo. Esperaría paciente a que se esfumara el rencor que sentía hacia él. La cercanía de sus labios regresó sin aviso y le provocó una profunda náusea. Se llevó las manos a la boca del estómago y apretó fuerte. Llevaba horas con espasmos en esa zona. Había pasado mala noche. Ver la túnica en el salón del caserío de al lado le había contraído las tripas. No sabía qué hacer. Su hermana le había prohibido contar lo de los encapuchados y ella no lo había respetado. Cuando fue a casa de los vecinos iba con la intención de relatárselo a la mujer de negro. Ahora se le acumulaban los secretos. No podía hablar de los cinco asesinos de Ari, no podía explicar por qué anoche apareció llorando de la nada. No sabía qué se consideraba peor. ¿Por qué su hermana no le facilitaba las cosas? ¿Por qué narices no la creía? ¿Y tía Flora? Cada día estaba más pesada con ella. Y muy controladora. Se levantó del tronco caído y comenzó a caminar. Pasearía un rato a ver si los espasmos mejoraban. Vio de reojo una silueta negra.

Lur.

Eran como dos piezas de ajedrez. El tablero, repleto de hierba, daba al juego un aspecto más bucólico. El pequeño peón blanco se dirigía con decisión hacia la dama negra. Maddi observaba los movimientos de ambas. Era como si se conocieran de toda la vida, como si supieran lo que querían la una de la otra. Se detuvieron frente a frente. Les separaba algo menos de medio metro. La dama estiró los brazos y el peón la tomó de las manos. Se miraron a los ojos. Eva asintió con la cabeza. Lur sonrió comprensiva. Maddi no quiso entrometerse. Era una situación delicada. Creía que, si la chica había salido del Periodo de silencio, se sinceraría más con ella a solas. Fingió tener que hacer una llamada y abrió el bolso buscando su teléfono. Se alejó de allí rumbo al coche y vio, a través del cristal de la ventanilla, que estaba sobre el salpicadero. Ninguna lucecita indicaba que tuviera nuevas notificaciones.

—¿Necesita algo?

La voz afónica le reveló que era Irene.

—No, gracias.

La mujer iba cargada de sábanas. La patrullera se preguntó si estaría lavando las de todo Irún.

—¿Le apetece una infusión o algo? ¿Tal vez agua?

Maddi dudó durante unos segundos.

—La verdad es que tengo sed.

—Déjeme que extienda la colada y le saco un vaso de agua.

—Sí, tranquila.

Maddi la siguió hasta las cuerdas.

—A menudo me parece que estamos viviendo una historia como las que se narran en las novelas de Agatha Christie —se sinceró—. Es espantoso. Qué tristeza más grande. —Elevó los brazos y colgó la funda de una almohada.

Maddi calló para que prosiguiera.

—Aún no me acostumbro a que ya no esté.

—Cuesta bastante asimilar este tipo de tragedias. Una chica tan joven… Lo lamento mucho.

—Gracias.

—¿A usted también le gusta leer como a su hija?

—Me gusta, pero las tareas de la casa y la confección en el taller apenas me dejan tiempo.

—A mí me pasa algo similar, con los críos y el trabajo tampoco tengo mucho tiempo libre, pero cuando era jovencita devoraba las novelas de Agatha Christie.

—Nosotros sobre todo leemos grandes clásicos de la literatura. Miguel de Cervantes, Jane Austen, Emily Dickinson, William Shakespeare… El abuelo fue quien metió a Agatha en casa. Consiguió, mediante un trueque, una colección en un mercadillo de segunda mano. El Cónclave, en un principio, no estuvo de acuerdo con esta nueva adquisición y se los llevó. Por suerte para Ariadna y Eva, los devolvieron meses después.

—¿A quiénes se refiere con el Cónclave? —preguntó mientras cogía un par de pinzas.

Entre las dos extendieron una sábana y la dejaron sujeta a la cuerda, cada una de un extremo.

—Cuando Fritz Herber murió, ellos tomaron el relevo. Son antiguos miembros de la casa de Ibiza.

—Ah, y ¿dónde se encuentran?

—En la sierra de Madrid. Se encargan del almacén, de distribuir el género, de buscar nuevos clientes… Administran el dinero para que no nos falte de nada. Cuidan de nosotros —dijo tendiendo la última prenda—. Espéreme un minuto, que le traigo el agua. No está aquí para ayudarme con las tareas. —Sonrió avergonzada.

En cuanto Irene desapareció de su vista, Maddi sacó la libreta del bolso y anotó una palabra.

Cónclave.

La Fritz no tardó en aparecer con el vaso. Le dijo apurada que la reclamaban en la cocina y que había sido un placer charlar con ella.

—Ahora ya puedes hablar, ¿no, Eva? —Lur disimuló como pudo su impaciencia. La chica había permanecido callada por obligación y no quería que sus preguntas fueran en cierta manera otro sometimiento.

—Sí.

Su voz era preciosa. Le recordó al canto de un pájaro enjaulado.

—No dijiste nada en comisaría porque tenías la regla. Pero ahora puedes ayudarme. Ayúdame por tu amiga, Eva.

—Pero aquí no. Alejémonos.

Lur la siguió hasta quedar ocultas tras varios árboles.

—Aquella noche yo los vi. Eran cinco. Iban vestidos con largas túnicas negras y llevaban las cabezas cubiertas con capuchas. —Las palabras se le atropellaban—. Rodeaban a Ari. Su cuerpo estaba en el suelo, entre la escalera y la mesa. No se movía. Ellos tampoco. —La voz comenzó a temblarle—. Por raro que parezca sentí que su corazón había dejado de latir. Que ya no había marcha atrás. Así lo sentí y por eso no me quedó más remedio que reaccionar rápido antes de que nos matasen al resto.

La oficial escuchaba atenta. Petrificada.

—Me dirigí al taller y cogí el mechero que usamos para rematar algunas prendas. Extendí por el suelo varios rollos de tela, vacié sobre ellas los botes de alcohol que utilizamos para limpiar las máquinas de coser y les prendí fuego. Las llamas no tardaron en crecer. Las recuerdo enormes, amenazantes. —Suspiró entrecortadamente—. Salí de allí con sigilo y observé a los cinco asesinos. Ya no rodeaban a Ari. Se movían con nerviosismo. Uno de ellos miró hacia el taller de costura. No pude verle el rostro porque la capucha le hacía sombra. Alertó al resto y los cinco corrieron a la puerta de la entrada. Vi sus espaldas negras y escuché las pisadas chirriar sobre el parqué. Yo aproveché para subir un tramo de las escaleras.

Lur tenía el vello erizado.

—Me detuve y grité. Grité lo más alto que pude. Después corrí escaleras abajo y salí afuera. Vi unas luces rojas alejándose a toda velocidad.

—Dios mío. —Lur pensó que ahí estaba la explicación del famoso grito que tan de cabeza las había traído—. Dios mío —repitió en un susurro, pese a que no era religiosa.

—Toda la familia fue apareciendo. Toda, excepto Ari. —A Eva le temblaba la barbilla—. Toda menos Ari…

Bajó la cara y comenzó a llorar a lágrima viva. Su pequeño cuerpo se contrajo, tembló.

—No puedo vivir sin Ari. N-o pu-e-do —confesó entre hipidos.

Lur se acercó y le puso una mano encima del hombro.

—Tienes que ir allí. —Eva señaló con el dedo índice.

Lur miró el caserío vecino. Ahí vivía Txomin, el chico que alertó sobre el incendio.

—Ayer me acerqué para pedirles un teléfono. Quería hablar contigo. —Rebuscó en el bolsillo de la falda y sacó la tarjeta arrugada—. Quería contarte todo esto, ahora que la menstruación me lo permitía.

Lur la estudiaba, intrigada.

—Primero me atendió un chico. Después una mujer me explicó cómo utilizar el teléfono y me dejó sola. —Se secó las lágrimas con la manga del blusón—. Cuando ya había marcado el número, vi una de esas túnicas.

—¿Allí?

—Sí, colgada de un perchero.

—¿Estás segura?

—¿Tú tampoco me crees? —preguntó alarmada.

—¿A quién más se lo has contado?

—A nadie.

—Entonces ¿quién más no te cree?

—Mi hermana y tía Flora.

—¿Y cómo se han enterado?

—No lo saben.

Lur tomó aire. Temió que Eva tuviera la cabeza un poco ida, como Paz, la embarazada.

—No te entiendo, Eva —dijo con cautela.

—Le conté a mi hermana lo de los encapuchados y me dijo que me mantuviera callada, que ella se encargaría de todo.

—¿Y qué hizo?

—Decírselo a tía Flora.

—¿Y qué opina ella?

—No quiere que diga nada. Y me controla para que no lo haga. Mi hermana también.

—¿Por qué?

—¿Por qué va a ser? Porque piensan que me lo he inventado. Que soy una mentirosa. Mi hermana quiere evitar a toda costa que me castiguen.

—Pero tú estás segura de lo que viste y oíste.

La chica hizo un pequeño mohín.

—¿Eva?

—Sí, claro que sí, pero tanta duda provoca que a ratos me lo pregunte…

Lur resopló.

—Yo los vi. No soy ninguna mentirosa. Y Ari merece que se haga justicia.

El silencio se interpuso entre ambas. Un instante que se hizo eterno.

—Yo te creo, Eva, y también quiero que se haga justicia.

La mirada de Eva brilló con intensidad.

—Pero para eso tienes que venir conmigo a comisaría y testificar.

—Nononononono.

—Eva, por favor.

—No puedo. No puedo.

—¿Por qué?

—Todo lo estoy haciendo a espaldas de la familia.

—Pero no te están dejando otra alternativa.

—No quiero que recaiga sobre mí ningún castigo.

—¿Has intentado hablar con Guillermo? —Al nombrarlo, una corriente le recorrió la columna.

—¡No! No puedo hacer eso. No puedo saltarme el protocolo.

—¿Y con tu madre?

—¿Y si tampoco me cree? ¿Qué hago si eso ocurre? No podría soportar algo así.

—Una madre sabe perfectamente si sus hijos dicen la verdad —lo soltó sin tener la menor idea. Ni era madre, ni la suya la había criado. La figura materna, para ella, era algo lejano. Irreal.

—Ayúdame, por favor.

—Lo primero que quiero es que estés tranquila, ¿de acuerdo? Yo me voy a encargar de todo. Llámame a cualquier hora y vendré lo más rápido que pueda.

—Para llamarte tendría que volver a acudir a algún vecino y no quiero tener que hacerlo. Me da mucho miedo.

Lur recapacitó durante unos segundos.

—¿Y si te traigo un teléfono?

—No puedo arriesgarme. Si me descubrieran habría graves consecuencias.

Al decirlo le tembló la barbilla.

En la sierra madrileña, detrás del gran almacén de Blanco Inmaculado, se hallaban las cuatro casas independientes del Cónclave. Don Federico, don Rafael, don Miguel, don Jonás y sus familias vivían en ellas. Los tres primeros, junto a Jonás padre —ya fallecido—, se encargaron de mantener viva la comunidad cuando en 1989 Fritz Herber y su esposa Elvira murieron en el trágico accidente de barco. Ellos cuatro pelearon para legalizar la marca y mantener a flote a la familia antes de que todo se echara a perder. Eran la cúpula de la familia Fritz y cuando había un problema, o tenían que tomar una decisión, se congregaban en casa de Federico, el mayor de los cuatro. El hombre abrió una botella de coñac y llenó cuatro vasos antes de tomar asiento.

—¿Qué hacemos con Guillermo? —preguntó Jonás—. ¿Nos dejamos guiar por las palabras de Bruno?

El viejo bebió un sorbo antes de contestar. Pegó la lengua al paladar y degustó el antiquísimo mejunje que había adquirido en una subasta.

—Guillermo ahora mismo lo que más necesita es nuestro apoyo. No veo oportuno sustituirle en el cargo. Sería violento. Muy violento. Dejémosle tranquilo.

—Sí. Debemos darle tiempo y espacio. —Rafael cogió el vaso con mano temblorosa y se lo llevó a los labios.

—Bebe —ordenó Federico—. Bebe y aplaca esos nervios. Nadie puede verte así.

Rafael vació el contenido mientras consideraba que aquel coñac no valía el dineral que Federico había pagado por él.

—Pero Bruno merece ser guía —opinó Miguel mientras se acariciaba la calva—. Si no es en Irún, que lo sea de otra.

—No es momento de cambios —soltó el viejo—. ¿A qué viene tanta urgencia?

Ninguno contestó.

—¿Has vuelto a tener noticias de nuestro amigo el hotelero? —preguntó Rafael para cambiar de tema.

El viejo supervisó los cuatro vasos y rellenó los vacíos.

Miguel y Jonás ni los habían tocado.

—Quiere que nos reunamos, pero le he pedido que espere unos días.

—Rezo para que el dramático acontecimiento que nos rodea no eche a perder el acuerdo.

—Tranquilo, Rafael, eso no va a pasar —aseveró Federico—. Le diré que nos vemos la semana que viene y así no lo ponemos en riesgo. ¿Os parece bien?

Levantó el vaso y los demás le imitaron.

Era la manera de comprobar si la decisión era unánime.

El cielo se estaba cubriendo y ese viento que meneaba las sábanas de los Fritz ahora desplazaba las nubes a gran velocidad. Lur y Maddi estaban llegando a Donostia. A la oficial De las Heras se le estaba haciendo tan largo el trayecto que sentía que fueran de camino a Alemania. La pobre se movía inquieta en el asiento del copiloto buscando una postura que no le doliera. De no ser porque Maddi le había recordado la cita con la osteópata en el centro de salud, Lur habría pasado el resto del día frente al corcho de casa, devanándose los sesos.

—¿Crees que Eva dice la verdad? —preguntó Maddi.

—No lo sé, pero hay algo dentro de mí que me empuja a confiar en ella.

—Qué barbaridad. Fue Eva la que provocó el incendio —reflexionó Maddi—. ¿Cómo no se le ocurrió otro modo de alertar a la familia?

Lur tenía la mirada perdida.

—¿Y cómo vamos por conseguir entrar en la casa de los vecinos? —siguió Maddi.

—Tendrá que ser por las buenas. Nando no nos consigue una orden judicial ni de coña.

—Una cosa tengo clara —opinó Maddi tras un rato de silencio—. Lo que te ha contado sobre el grito da credibilidad a su relato, porque encaja con la declaración de Guillermo.

El cuerpo de Lur volvió a reaccionar de manera singular al escuchar el nombre del guía. Una corriente eléctrica. Una mano en su hombro. Unas palabras de aliento. Desconcertada y abochornada, se llevó los dedos índice y pulgar a la parte alta de la nariz. El gesto no la ayudó en absoluto, porque el aroma de la camiseta interior potenció aún más las absurdas sensaciones que la rodeaban.

«Guillermo proviene de un universo diferente al tuyo. ¿Qué narices estás haciendo?», se recriminó.

—Sí, el grito encaja totalmente. —Cruzó los brazos bajo su pecho—. ¿Qué me dices del Cónclave?

—Que tenemos que llegar hasta ellos.

—Ya lo creo —apreció Lur—. Cuando tomamos declaración a los Fritz, recuerdo que María Belén dijo algo así como que los veteranos de la familia elegían a la persona que debía desempeñar la labor de guía.

—Se refería al Cónclave —sentenció la patrullera.

—Me da que sí, aunque en ningún momento los llamó así.

Maddi paró en un semáforo en rojo.

—Si quieres bájate aquí. Meteré el coche en el aparcamiento de la Concha.

—Ah, sí, buena idea.

—¿En una hora en la puerta del centro?

—Sí, perfecto.

Avanzó despacio por la avenida de la Libertad notando cómo se desentumecía su cuerpo. Acortó los pasos unos centímetros para que no le tiraran todos los músculos de las piernas. Esperó en un paso de cebra a que cambiara el semáforo y contempló el mar que la miraba desde el horizonte. Estaba igual de gris que el cielo, pero hermoso y oxigenante como siempre. Los bancos, la característica barandilla de la playa de la Concha, la serenidad. Cruzó la carretera y echó un vistazo rápido al paisaje antes de meterse en el ascensor del centro. Al salir le dio la bienvenida cierto olor a cloro. Era un centro deportivo de salud y contaba con una piscina y un spa. Ojalá los motivos que la llevaban allí fueran más placenteros. Enseguida la recibió una chica alta y morena que la hizo pasar a la consulta. Calculó que tendría diez años menos que ella. La chica revisó los informes médicos mientras Lur se desnudaba y le pidió que le explicara qué era exactamente lo que sentía. La oficial volvió a contar desde el principio, y por vigésima vez, qué era lo que le pasaba. Se le hizo rarísimo explicarlo en ropa interior blanca. Lur le mostró lo acortados que tenía los músculos de las piernas y de la espalda y señaló allí donde más le dolía: psoas, diafragma, caderas y lumbar.

—Túmbate bocarriba, por favor.

Obedeció sabiendo lo que se le venía encima. Cuando no era bocabajo, tocaban estiramientos varios. Pero no tardó en entender lo poco acertada que había estado. La osteópata le colocó las manos en la tripa y empezó a moverlas como si amasara pan. Lur notó pinchazos en todas las zonas que solían dolerle y aguardó a merced de la chica durante casi una hora.

—Tienes mucha inflamación intestinal.

Lur parpadeó varias veces seguidas.

—No sé qué es lo que te la está causando, pero es muy probable que acarree todas las molestias. Si te das cuenta te duele todo lo que la rodea.

—Vaya.

—A veces se esconde detrás una intolerancia alimentaria; otras, las emociones.

—Pero a mí no me duele la tripa.

—Hay intolerantes que a nivel digestivo son asintomáticos. Estaría bien retirar poco a poco los alimentos que más problemas suelen dar para averiguar si alguno es el culpable.

Lur tomó aire hondamente y sintió que el oxígeno no se quedaba retenido en la parte alta del pecho. Repitió la operación para comprobar que no fuera fruto de su imaginación y volvió a notar cómo la respiración recorría los pulmones e hinchaba su estómago.

—Yo te voy a proponer tres cosas: que cojas la rutina de hacer una pequeña tabla de estiramientos, que pruebes a dejar el gluten hasta que vuelvas aquí y que alguien te realice a diario un pinzado rodado en la zona lumbar. Ponte bocabajo, por favor.

Lur se giró de lado para poder maniobrar sin sufrir ningún tirón.

—Tienes trofismo en esta zona —indicó poniendo las manos en el lumbar—. La piel de aquí se ha modificado por falta de irrigación. Un pequeño masaje a diario haría que mejorara el aporte sanguíneo y con ello la calidad del tejido.

Pese a que creyó estar escuchando un idioma desconocido, se concentró al máximo para interiorizar las instrucciones que le daba. Eran una especie de pellizcos para ablandar la zona.

—De acuerdo. Haré lo que me dices.

—Te veo en tres semanas y valoramos.

Lur agradeció poder ponerse su piel negra. La necesitaba con urgencia sobre las prendas de los Fritz.

—Seguro que notas mejoría.

No supo si alegrarse o asustarse ante el optimismo de la chica.

En aquel momento deseaba que el colchón la engullese. Que la tragara para siempre y mezclara su cuerpo con los tejidos. Era mucho mejor perderse ahí dentro que aguantar el interrogatorio de su hermana. Ni siquiera la ertzaina había sido tan incisiva con ella. Eva se mordió el interior de los mofletes con ansiedad. Estaba sentada en el centro de su cama, con las piernas cruzadas. La falda se arremolinaba alrededor de las caderas. María Belén la observaba mientras deambulaba nerviosa por el dormitorio.

—Tienes que ser sincera conmigo.

—Lo soy. —Eva había perdido la cuenta del número de veces que había mentido.

—¿Por qué no has fingido delante de la mujer ertzaina que seguías en el Periodo de silencio?

—¡Porque eso es igual que mentir!

—Te habrías evitado fingir durante toda la conversación. ¿A cuántos embustes has tenido que recurrir? ¿Eh? ¡Dime! Si hubieras cerrado la boca como te aconsejé, lo más probable es que Dios lo considerase como omisión y punto.

—Lo que debería haber hecho es decir la verdad. Sí, como la que te conté a ti en el cuarto de la Purificación.

—Calla —dijo acercándose a la cama. Apretó tanto los labios que palidecieron.

Eva bajó la cabeza. Percibió el olor a jabón de manos. Su hermana se las lavaba varias veces al día, con obsesión.

—Te repito que no le he contado nada. Ni vi ni oí nada es lo único que le he dicho —murmuró para quitársela de encima.

Tenía la mirada fija en la colcha de la cama mientras oía la respiración acelerada de su hermana. Notó que se alejaba unos metros. El aroma a jabón se disipó.

—Tal vez si se lo contara a mamá, o a Guillermo…

—Estás loca, niña. —Volvió a intimidarla con su presencia.

Eva apretó los puños sobre los muslos y decidió encararse.

—¿Sabes que todavía no me has dicho por qué? Sí, ¿por qué no puedo hablar?

—Es lo que manda la portavoz de las mujeres y tienes que acatarlo.

—¿Y si no quiero? No es sano acatar sin entender el porqué.

—«Hay caminos que al hombre le parecen rectos, pero que acaban por ser caminos de muerte». —Abrió mucho los ojos al recitar el proverbio bíblico.

Eva sintió otra vez las contracciones en el estómago. Se levantó y fue a la ventana.

—Tú y tía Flora creéis que me lo he inventado. No me cansaré de decir que no soy una mentirosa. No lo soy.

—Te aconsejo que olvides lo que creíste ver y reces. Es por tu bien.

—Claro.

María Belén se concentró en la espalda de su hermana. Sintió la necesidad de gritarle, cogerla de los hombros y darle un buen meneo. ¿Por qué era tan indómita? ¿Por qué? Pero se contuvo y salió del dormitorio dejándola sola con sus pensamientos.

Se sentía diferente, liberada. Que el oxígeno le recorriera los pulmones de aquella manera le hacía darse cuenta de lo viva que estaba. El aire entraba y salía con tal naturalidad que le resultaba increíble haber estado privada de aquello. Lur había disfrutado cada bocanada durante el trayecto al caserío de los vecinos de los Fritz. Temía que si dejaba de respirar tan profundamente los músculos del diafragma volvieran a ganar terreno. Observó cómo Maddi maniobraba para aparcar.

—¿De verdad que estás bien?

Lur dedujo que le hacía aquella pregunta porque no había dicho nada en todo el trayecto.

—Sí, muy bien. Gracias. —Se apeó y esperó a que Maddi lo hiciera también.

No habían planeado cómo actuar ante la familia vecina —todo dependía del recibimiento que les dieran—, pero sí qué hacer si lograban entrar en el salón.

Consultó la hora en el teléfono. Era la una de la tarde. Rogaba para no irrumpir en medio de la comida. Eso solía dificultar que colaboraran.

Los dos perros de patas cortas fueron los primeros en recibirlas. Corrieron hasta ellas esquivando los aperos de labranza y la leña que había por el suelo. Sus ladridos alertaron a la mujer de la trenza, que apareció ataviada con un delantal y un trapo al hombro. Maddi se la imaginó en los fogones a todas horas. A Irene lavando las sábanas de todo Irún y a ella cocinando para todos los hogares.

—Buenas tardes.

La mujer hizo un gesto brusco con la cabeza que significaba algo así como: «¿Qué queréis ahora?».

—Estamos dando una vuelta por la zona para asegurarnos de que todo está en orden.

—Por aquí todo bien —soltó nada amigable.

—¿Han visto algún movimiento extraño?

—¿Extraño?

—Sí, en el caserío de los Fritz o alrededores.

—No. Tampoco les presto mucha atención.

—Su hijo o su marido quizá hayan observado algo…

—Déjense de rodeos. ¿Qué ha pasado?

—Nada, pero nos gustaría poder hablar con ellos también.

—Pues mi marido no se encuentra en casa.

—¿Y su hijo?

—Les aseguro que mi hijo tampoco les presta atención. No ha visto nada raro.

—Nos quedaríamos más tranquilas si nos lo dijera él.

—Me estoy empezando a cansar. Déjenle en paz de una vez.

—Señora, ¿quiere que en los informes figure que está obstaculizando una investigación de homicidio? —preguntó Lur muy seria—. Cada vez que venimos se interpone con hostilidad. ¿Acaso oculta algo?

—¿Ocultar? —Un rojo que rozaba el granate le cubrió el rostro como una máscara—. Son aquellos los que ocultan, los que asesinan, los que secuestran. —Señaló con el dedo el caserío vecino.

—Eso está aún por ver.

—¡¿A qué se refiere?! —voceó aún con la piel encendida.

—¿Ama? ¿Quién es? ¿Qué pasa? —La voz de Txomin sonó desde alguna habitación de la casa.

La mujer se dio la vuelta y fue a su encuentro sin dar explicaciones a las ertzainas.

Aprovecharon su ausencia para hablar entre ellas y decidieron que tendrían que apostarlo todo al hijo. Haberlo hecho con la mujer habría sido una pérdida de tiempo. Era hermética y borde como tía Flora. ¿Acaso ese caserío no era más que una prolongación del otro? El chico cruzó el umbral con los hombros tensos. Llevaba las manos en los bolsillos y semblante serio. La madre iba detrás.

—¿Qué queréis? —preguntó el chico con cara de susto.

La madre se quedó tras él con los brazos en jarras.

—¿Le importaría dejarnos a solas con su hijo?

—¿Las molesto aquí?

—No es que nos moleste…

—Pues me quedo —anunció con desprecio.

Maddi abrió la boca para decir algo pero enseguida la cerró. No podían obligarla a marcharse.

Lur carraspeó antes de hablar.

—¿Qué tal te va, Txomin?

—Bien. —Se sacó las manos de los bolsillos y se pasó las palmas sobre el vaquero. Volvió a meterlas.

—¿Has visto algún movimiento inusual en la casa de los Fritz o por aquí?

—No, yo no.

Estaba colorado y movía los ojos en todas direcciones.

—Un vecino nos ha dicho que anoche vieron a una chica de los Fritz por esta zona.

Txomin apretó los labios.

—La vieron justo donde estoy yo. —Soltó el farol antes de que pudieran pensar. Solo tenían el testimonio de Eva y poco margen para maniobrar—. Contigo.

—¿Conmigo? Será un error.

—¡La niña de la llamada, Txomin! —ladró la madre—. La de la secta.

—¿Llamada? ¿Podría explicarnos eso? —dijo Lur dirigiéndose a la mujer.

—Nos pidió que la dejáramos llamar por teléfono y le dije que utilizara el del salón.

—¿Podría enseñarnos qué hizo exactamente?

—¿Dónde, en mi salón?

—Sí.

—Ni hablar. Sin una orden ustedes no entran en casa.

—¡Ama! —explotó Txomin—. Al final vas a acabar en comisaría.

—¡A mí estas no me llevan a ningún lado! ¿Dónde tienes la cabeza?

Lur y Maddi se pusieron en alerta ante el ataque de ira repentino.

—Deja que pasen, ama —soltó desquiciado—. ¡Deja que pasen!

La mujer fulminó a su hijo con la mirada y después a ellas. Tenía las manos apretadas sobre el delantal colorido. Los nudillos se marcaban como si llevara puños americanos.

—No se preocupe —dijo Lur sosteniéndole la mirada—. Nuestra intención es entrar al salón y salir, nada más. Seguir los pasos que recorrió la chica Fritz. Pero si así lo prefiere volveremos con una orden y registraremos la casa entera.

La mujer farfulló en voz baja.

—Les doy cinco minutos. —Dio media vuelta—. Vamos.

Lur comprobó que el arma estuviera en su sitio antes de seguirla.

La casa estaba atestada de muebles y de trastos amontonados. Lur contó tres aspiradoras, dos tostadoras viejas e incluso una antigua máquina de escribir.

—Fue aquí. Ni siquiera sabía utilizar el teléfono. —Se apoyó en el marco de una puerta y cruzó los brazos con tanta fuerza que el pecho se le elevó hasta las clavículas—. Maldita la hora en que le permití entrar.

—¿Qué sucedió después?

Maddi aprovechó para colarse en la habitación y echar un vistazo rápido.

«Túnica negra, túnica negra, túnica negra», se decía.

La mujer resopló con hastío.

—Me asomé porque tardaba mucho y no la oía hablar. No la vi por ninguna parte y la ventana estaba abierta.

—Continúe, por favor.

Maddi seguía ojeando todo, pero los nervios lentificaban la búsqueda.

—Pues que eligió la ventana para marcharse.

—¿Saltó?

—La distinguí entre la maleza. Regresaba a su casa corriendo. Son como animales. Animales salvajes. Y los animales salvajes son peligrosos.

Maddi todavía no había tosido. Esa era la señal.

—¿Nos puede dar algún detalle más de lo que hizo?

—Nos pidió un teléfono, la dejamos entrar y se esfumó. Punto. No hay detalles.

La tos de su compañera tras ella provocó que el corazón se le acelerara. Se llevó una mano a la frente, agachó la cabeza y dobló las rodillas.

—¿Te encuentras bien, Lur? —preguntó Maddi.

—Estoy un poco mareada. ¿Podría darme un vaso de agua? —Se dirigió a la mujer.

La vecina de los Fritz la miró con recelo y, sin mediar palabra, echó a andar hacia la cocina.

Lur la siguió mientras Maddi se quedaba sola en el salón con el teléfono móvil en la mano.

«Hay caminos que al hombre le parecen rectos, pero que acaban por ser caminos de muerte». La frase retumbaba en la cabeza de Eva una y otra vez. Desde que María Belén había abandonado el dormitorio, no era capaz de escuchar otra cosa. Había mentido a su hermana, sí, pero había sido sincera con la policía. ¿Qué era más pecaminoso? ¿Cuál de los dos actos la llevaría directa al cuarto de la Purificación? O peor aún, al infierno. Estaba cansada, angustiada y agobiada. Cada decisión la ponía entre la espada y la pared. ¿Por qué todo tenía que ser así? Quería que las cosas fueran como antes. Como cuando el mayor delito era no haber reconocido que había abierto el frigorífico para comerse una fresa. Qué lejos quedaban aquellos días. Qué ingenua había sido. Qué feliz. Se preguntaba qué le diría Ari, qué le aconsejaría que hiciera. Estaba tan sola y confundida que la cabeza iba a reventarle. A eso se le sumaban los espasmos en la boca del estómago. No podía soportarlos más. Abrió la cama de mala gana y se metió bajo las sábanas. Se tapó hasta la cabeza y la oscuridad la envolvió completamente. Se concentró en el silencio, espeso y zumbón, y se imaginó que estaba dentro de un ataúd, junto a Ari, en el nicho del cementerio de Blaia. Sintió que la rozaba con su cuerpo frío, inerte, inexistente. Se esforzó al máximo para alejar de sus pensamientos la carne descompuesta, putrefacta. Se destapó de un manotazo y comenzó a llorar desconsolada.

Habían parado el coche en el lateral de la carretera rural que conducía al caserío de la familia Fritz. Maddi y Lur se morían por ver las fotografías que había hecho la primera. Pese a los nervios que la habían invadido, actuó rápido y de manera discreta. Ahora mismo ni recordaba cómo lo había hecho, ni cómo era la dichosa capa negra. Lur seleccionó una de ellas.

—Negra, larga y con capucha. —Recordó el testimonio de Eva—. Espera, ¿qué es esto?

Maddi pegó la cabeza a la de Lur para descubrir a qué se refería.

—Parece un parche o un bordado.

La oficial amplió la imagen.

—Sí, eso es. ¿Esto es una escopeta? —El arma se encontraba en el centro del parche—. ¿Y qué diablos pone aquí? Solo leo el final: «tary». Creo que está en inglés, pero no consigo verlo bien.

—Vamos al despacho y las vemos en el ordenador —concluyó Maddi poniendo el motor en marcha.

Mientras el portátil se encendía, Lur llenó un bol con aceitunas para engañar al estómago. Ya comerían después de analizar las fotografías. Se metió una en la boca y agradeció que los encurtidos no tuvieran gluten. Sin su ración diaria estaría perdida. Cuando entró en el despacho, Maddi ya estaba pasando las fotografías al ordenador. Se sentaron frente a la pantalla y empezaron a abrir las imágenes. Eligieron la que más calidad tenía y la ampliaron al máximo para descifrar la enigmática palabra que contenía el parche.

—Pone Military, Military shop —dijo Maddi.

Lur buscó la web en su ordenador.

—Es una tienda en la que venden equipos militares, ropa de caza, de supervivencia. ¿Recuerdas cómo era el tejido de la túnica?

—Era rígida.

—¿Impermeable?

—Tal vez, pero no era brillante ni de plástico.

Lur tecleó a toda velocidad y clicó sobre uno de los productos. Era un poncho de poliéster.

Las dos lo analizaron con detenimiento y lo compararon con las imágenes que Maddi había sacado.

—Yo diría que se trata de la misma prenda —dijo Maddi.

En la foto de la web el poncho flotaba en el aire como si lo llevara puesto un fantasma.

—Visto así da bastante miedo.

—¿Crees que los cinco encapuchados vestían esta prenda? —preguntó Maddi.

Lur tamborileó sobre el escritorio.

—Comemos algo rápido, imprimimos las fotografías y se las enseñamos a Eva.

Apenas había salido del despacho en lo que llevaba de día. Lo justo para pegarse una ducha rápida, desayunar y comer. Se asomó por la ventana y contempló el cielo con la esperanza de ver a Ari. La superficie estaba totalmente cubierta por unas nubes lóbregas. Se esforzó por encontrar su sonrisa o sus ojos almendrados entre los pliegues grises, pero no halló ni rastro. Guillermo se decía a diario que Dios se había llevado a Ari para que de una vez conociera a su madre y así disfrutaran del tiempo perdido. Un regalo hermoso. Que merecían. Se consolaba pensando que en un futuro, no sabía si cercano, por fin lo harían todos juntos. Los tres.

—«Él secará todas sus lágrimas, y ya no habrá muerte ni sufrimiento, ni llanto, ni dolor, porque el mundo que existía antes ya desapareció» —susurró.

Hasta que llegara ese momento Guillermo tenía que vivir en el mundo vacío de los vivos. Abrió el cajón de la mesilla y sacó el teléfono. El Cónclave le había dicho que lo utilizara cuando lo necesitara. Eran tiempos duros, de luto, de concesiones. En un mes todo volvería a la normalidad, como si Ari nunca hubiera existido. Marcó un número y esperó.

—¿Qué tal estás, hermano?

Agradeció escuchar la voz grave de Arturo. Fue él quien le consoló y le guio cuando, tras la muerte de su esposa, decidió formar parte de la familia.

—A ratos.

—Sí, lo imagino.

Los dos se quedaron callados.

—El Cónclave está organizándolo todo para que el miércoles comience la reconstrucción del taller.

—¿El miércoles? —A Guillermo le pareció un poco precipitado.

—Cuanto antes volváis a la normalidad, mejor.

«¿Qué normalidad? ¿La de quién?», quiso preguntarle.

—¿Estás ahí, Guillermo?

—Sí.

—¿Quieres que hable con ellos? Tal vez podría convencerlos para aplazarlo una semana.

—No, tranquilo. El miércoles está bien.

—¿Has sabido algo más de la policía?

—Por la mañana estuvieron aquí.

—¿Qué querían?

Guillermo no tenía la menor idea. Había observado a las ertzainas hablar con Irene, Eva y Andrés mientras albergaba la tonta esperanza de que la mujer de negro quisiera hacerle algunas preguntas a él también. Pero eso no había sucedido. Es más, hacía rato que se habían ido y él ni siquiera salió para interesarse por el motivo de la visita.

—Se aseguran de que estemos bien y completan algunas lagunas halladas en las declaraciones de aquella noche.

—Entiendo. ¿Qué tal está la familia?

—Sobrellevándolo como puede.

—Es terrible.

—Por allí, ¿qué tal?

—Ya sabes… Desanimados, pero trabajando mucho. Se acerca el invierno y se nos acumulan los pedidos. Estamos metiendo muchas horas.

Guillermo sabía que con «estamos metiendo» se refería a las mujeres y a los niños, que eran los que sacaban adelante el trabajo del taller. También el del hogar. En la casa de Irún los hombres arrimaban el hombro si hacía falta. Todos, a espaldas del Cónclave, habían aprendido a manejar las máquinas de coser.

Para Guillermo era lo más justo pese al desacuerdo de tía Flora.

—En cuanto el taller esté listo trabajaremos a destajo para que las prendas estén listas a tiempo —dijo Guillermo, suspirando. Sabía que su familia era, con diferencia, la más productiva.

—Poco a poco.

—He de dejarte. Creo que el teléfono se está quedando sin batería —se excusó Guillermo. Tenía ganas de colgar. Le hubiera gustado encontrarse con otro Arturo. Uno más comprensivo. Un amigo. Pero estaba claro que solo le interesaba presionar.

—Está bien. Hablamos en otro momento. Cuídate.

La voz de Arturo sonó tensa y Guillermo no supo cómo interpretar aquella despedida. Colgó con la sensación de que acababa de hablar con un completo desconocido.

El encuentro había sido un tanto violento, pero había actuado correctamente, de eso estaba seguro. Él ya no quería continuar con aquello, y más después de todo lo que había pasado. Por no hablar de la presión que estaban ejerciendo las dos ertzainas. Txomin quiso poner la mente en blanco y dejar de darle vueltas. Ya estaba hecho y no pensaba recular. La zozobra de su fuero interno le indicó lo contrario. Le dio una patada a una piña piñonera y decidió regresar a casa. Se concentró en los sonidos y solo escuchó el canto de los pájaros. Pensó que eso era lo único que quería. Naturaleza y silencio. Ni una palabra en lo que quedaba del día. Estaba agotado de tener que dar tantas explicaciones. Un ruido brusco se entremezcló con el piar de los gorriones. Un objeto contundente había caído muy cerca. Los nervios le hicieron girar sobre sí mismo. A su alrededor abundaban las piñas e imaginó que alguna acababa de desprenderse del árbol. Le dio un puntapié a otra antes de acelerar el paso. Aún no podía entender cómo se había metido en semejante follón. Pero todavía le costaba más entender por qué no se arrepentía. ¿De qué hostias estaba hecho? Le alucinaba lo rápido que uno pasaba al otro lado. Sin darte cuenta te convertías en un ser despreciable y te aceptabas así, sin más. Se masajeó la nuca tensa y esta vez no le dio tiempo a escuchar el ruido porque el impacto llegó primero. El dolor en las costillas provocó que contuviera la respiración. Se puso de rodillas y se llevó las manos allí. Alzó la cara y una piedra le alcanzó la cabeza. Txomin cayó de medio lado y lo último que vio fue la sombra de una persona cerniéndose sobre él.

No sabían muy bien cómo actuar sin meter a Eva en un lío. Si era cierto que María Belén y tía Flora estaban pendientes de sus movimientos, iba a ser difícil mostrarle las fotos sin que se enterasen. Lur intentaría hacerlo con discreción mientras Maddi entretenía al hueso duro de roer. Aparcaron el coche en el mismo lugar que por la mañana y analizaron el entorno. No había rastro de las sábanas tendidas y se veía a varios hombres en el huerto. La embarazada estaba tumbada bocarriba en medio del terreno. Su barriga abombada la delataba. Agitaba los brazos hacia el cielo como si estuviera dirigiendo una orquesta. A Lur le alivió pensar que la familia cuidaría de la criatura que esperaba, ya que consideraba que Paz no estaba capacitada. Todo en los Fritz no iba a ser negativo, se ocupaban de ancianos con demencia y también de los miembros con desequilibrios mentales. Se preguntó cómo habría sido crecer allí. Había tenido una infancia algo solitaria por culpa de la marcha de su madre y, aunque su padre se ocupó de ella lo mejor que pudo, el incomprensible abandono la había acompañado durante la infancia, o más bien, durante toda la vida. De adolescente, se decidió a hablar con ella. Fue una breve llamada de teléfono porque apenas la dejó respirar. «Escucha, yo hace años que formé una familia, la que por cierto ignora tu existencia. ¿Para qué revolver las cosas?». No recordaba qué le contestó o quién de las dos colgó, pero sí que después de aquello no hubo más. Pese a que su padre se había tirado toda la vida preparándola para un posible rechazo, la embestida que experimentó fue insoportable. Lur no tuvo las agallas de contarle que había contactado con ella. Los habría destrozado a ambos. Tanto por el sufrimiento propio como por el del otro. Imaginar el dolor en los ojos azules de su padre, tan sinceros y expresivos, la obligó a guardar la historia bajo llave. Con uno que soportase la decepción y la tristeza era suficiente.

—Lur, Lur.

La oficial miró a Maddi. No tenía ni idea del tiempo que llevaba llamándola.

—Te decía que si entro en el caserío y entretengo a Flora.

—Sí, sí, perdona. Eva no parece estar por aquí. Caminaré en la otra dirección fingiendo que me dirijo a algún caserío vecino. Cuando esté lo bastante lejos, rodearé el terreno para comprobar si está donde la vimos esta mañana.

—De acuerdo. Suerte.

—Igualmente. No te amilanes ante la portavoz de las mujeres.

—Tranquila. Va a ser un encuentro curioso ahora que sé lo de su pasado. Estaré atenta a sus reacciones.

—No me gustaría estar en tu pellejo. A mí me costaría no soltarlo.

—Aguantaré sin problema.

Tras despedirse, Lur dejó el coche a sus espaldas y se alejó lentamente. Cuando vio que ya estaba lejos del caserío, giró a la izquierda y se metió entre los árboles. Por allí sería muy difícil que la descubrieran. Mientras avanzaba, se concentraba en el suelo para no caer. El terreno era agreste y su cuerpo no estaba como para rodar por allí. Ya lo que le faltaba… Había piedras, hojas, montículos y raíces por todas partes. Gracias a la sombra de los árboles, la tierra estaba marrón oscura y olía fuerte a humedad. Se detuvo un instante porque sus músculos ya no daban más de sí. La rabia que la invadió sustituyó de golpe a su fatiga. Era más poderosa y arañaba sus entrañas con furia. ¿Qué tipo de oficial era? ¿Cómo había tenido la desvergüenza de aceptar la investigación en aquel estado? Sus propias preguntas no dejaban de acribillarla.

«No valgo una mierda. ¡Joder!», pensó asqueada.

Fue entonces cuando reparó en una silueta blanca. La de Eva. La divisó en el hueco entre dos árboles. Estaba a tan solo diez o quince metros. Tomó aire, apretó los dientes y se dispuso a llegar hasta ella. Eva pegó un respingo al oír las pisadas y se puso de pie como un resorte. Lur consiguió aproximarse al tronco caído del que la chica se había levantado.

—Hola, Eva. ¿Puedo sentarme?

Eva agradeció que se lo preguntara. Era la primera persona que pedía permiso para ocupar el lugar de Ari.

—Sí, claro.

Se acomodaron a la vez.

A Lur le tiraba cada músculo.

—He traído unas imágenes de la túnica que viste en casa de los vecinos.

—¿Habéis conseguido entrar? ¿Cómo?

—Somos buenas buscando pretextos. —Quiso sonreír, pero la fatiga no se lo permitió—. Ni siquiera se dieron cuenta de que sacamos fotografías.

Abrió el bolso y extrajo un sobre tamaño folio. Sacó varias ampliaciones y se las entregó.

—Míralas con calma y dime si las túnicas de los que rodeaban a Ariadna se parecían a esta.

Las manos de Eva temblaron levemente. Eran pequeñas. Sus uñas, cortas y brillantes.

—¿Recuerdas el parche con la escopeta? —preguntó tras haber esperado con paciencia.

Eva en ese instante observaba una en la que el parche salía muy ampliado.

—No lo sé. La mayor parte del tiempo estuve de espaldas.

—¿Qué me dices de lo demás? Tejido, forma de las mangas y de la capucha.

—Todo estaba muy oscuro.

—¿Podría ser? —insistió ansiosa.

—Tal vez.

—Sigue mirándolas, por favor. Igual se te ha escapado algún detalle.

Eva obedeció y las repasó de nuevo.

—Quizá, si la viera puesta en alguien.

—¿Cómo?

—Es que así, colgada… o así —dijo mostrando otra foto—, sobre una mesa, es muy difícil hacerme una idea. ¿Cómo es de larga? ¿Llega hasta el suelo?

Lur sacó el teléfono móvil y buscó el poncho en internet. Seleccionó la opción de imágenes y eligió una en la que un adulto lucía uno. Se la mostró a Eva.

—Sí, me recuerda a las que llevaban. La capucha y, y… cómo hacía sombra en sus caras. —Esto último lo dijo con voz entrecortada.

—¿Dirías que las capas que llevaban eran iguales a esta? —Volvió a la carga. Sin esa confirmación iba a ser muy difícil seguir tirando de ese hilo.

—No lo sé. No lo sé —su voz sonaba cada vez más angustiada.

Lur retiró el teléfono para darle espacio y se percató de que se secaba una lágrima.

—Siento hacerte pasar por esto, pero es importante que recuerdes hasta el último detalle.

Eva le devolvió las fotografías sin decir nada, sin mirarla.

—Me gustaría que te las quedaras.

Negó con vehemencia.

—Está bien. Lo entiendo. —Las guardó en el bolso y se levantó con dificultad—. Voy a marcharme. No quiero que nos descubran y te reprendan.

Eva estaba cabizbaja.

—Vale —susurró.

—Seguiremos investigando y descubriremos la verdad. Estaré pendiente para que no te pase nada.

Eva asintió con una leve oscilación de cabeza.

A Lur le hubiera gustado atravesar el terreno y llegar al coche cuanto antes, pero, para evitarle un mal rato a Eva, decidió regresar por el mismo camino por el que había llegado. Cuando ya había avanzado la mitad del trayecto, escuchó que alguien la llamaba. Se giró y vio la silueta blanca que corría hacia ella. Se detuvo y agradeció enormemente esa pausa.

—He recordado algo —dijo frente a ella, con apenas aliento. Algunos cabellos se le habían escapado de la trenza—. Llevaban una especie de sogas a modo de cinturón.

Lur abrió los ojos, atenta, impaciente.

—¿Del mismo color?

—No, no. Eran claras.

Paz las veía vagar por la propiedad. Iban de aquí para allá. Era la tercera vez que aquellas mujeres acudían al caserío. ¿Qué querrían aquellas dos Jezabeles? Al parecer la cosa no iba con ella porque no le habían preguntado nada. El día que se los llevaron a comisaría había hablado con dos policías. Dos hombres vestidos con camisas abotonadas hasta el cuello, pantalones ajustados y zapatos incómodos. Ridículos seres que engrosaban esa sociedad pecaminosa que crecía como la mala hierba. Uno le resultó más amable que el otro, y de mayor rango, también más guapo. Nando, creía recordar que se llamaba, todavía estaba a tiempo si quería encauzar su vida. Allí le harían un hueco y le enseñarían a dejar de ser un hombre débil, blandengue. Corrompido. Fíjate cómo estaría de ciego, que ni siquiera se había percatado de la mentira. ¡Bobo, ingenuo! Claro que ella había visto muerta a Ariadna. Con sus ojos almendrados, tan queridos, tan inertes. ¿Qué se creía la niña? Ya no había cabida para ella en este mundo. Lo que no entendía era a qué venía tanta pena por parte de Eva y de Guillermo. Ellos la apreciaban lo suficiente como para saberla en el cielo. En tal caso, ¿por qué lloriqueaban a todas horas? Qué pesadilla. ¡Hasta su marido estaba afligido! Menudo alcornoque. De haberlo sabido nunca se habría casado con él. Era de locos. Detestaba tanto abatimiento generalizado. Meditó sobre ello y llegó a la conclusión de que, en el fondo, todos intuían que no era allí arriba adonde Ariadna había ido. Lloraban porque sabían que ahora mismo estaría quemándose en el infierno. Sí, desnuda, con la piel llena de ampollas y los ojos secos. Recibiendo su merecido. Ardiendo hasta la eternidad.

—¿Duele, Ariadna? Pues aguanta. ¿No eras tan valiente? Demuéstralo, zorra.

Se tocó la tripa abultada y notó que el bebé golpeaba con ímpetu. Paz se sintió henchida ante la fuerza de su hijo. Su criatura iba a ser un líder, de eso estaba segura. Un varón que conseguiría cambiar el mundo.

Un nuevo mesías.

Sus proezas alejarían a los Fritz de toda permisión y los elevarían a lo más alto. Al altar donde merecían estar.

El teléfono de Maddi estaba sobre la mesa del comedor de los Fritz y vibró ruidosamente. Echó un vistazo fugaz y descubrió que era un mensaje de Lur. Le animó saber que su tiempo en el caserío se había terminado. Tomó aire hondamente y, ya más relajada, observó a Flora. Había sido una conversación tensa —no la esperaba de otra manera—. La mujer siempre mostraba ese semblante arisco. La miraba con los labios apretados, el ceño fruncido y las cejas arqueadas. Dejó que acabara lo que estaba explicando a regañadientes y después se levantó de la silla. Había elegido sentarse de espaldas a donde hallaron el cuerpo de Ariadna. La misión era bastante jodida de por sí.

—Muy amable, Flora. Eso ha sido todo.

Al decirlo notó que las facciones de la mujer también se relajaban. Como traca final le habría gustado soltarle que la víspera habían estado en Erratzu y que una vecina les había contado lo de la hermana, el amante y los feriantes, pero Lur y ella estaban de acuerdo en que todavía no era el momento. Se mordió la lengua. Contenerse había sido más duro de lo que imaginaba.

—La acompaño a la puerta.

Más que ir a su lado se puso delante y la guio hasta la salida. Maddi contempló cómo la trenza prieta y morena se bamboleaba sobre el blusón blanco. Tenía mucha cantidad de pelo y apenas canas. El cuerpo fuerte, pequeño y cuadrado. Pese a que provenía de Navarra, para ellas era la esquimal de la familia. Abandonó la casa agradeciéndole de nuevo el haberle dedicado su tiempo.

Apoyada sobre el coche estaba la oficial. El rostro contraído y pálido, y los ojos tan brillantes y azules que parecían un cielo de invierno. La melena azabache y electrizada remataba su aspecto misterioso. Escalofriante en cierta forma. Si su marido la hubiera visto en aquel momento, habría salido corriendo o, por lo menos, mantenido una distancia prudencial.

—¿Estás bien?

—No mucho.

Maddi abrió el coche y arrancó en cuanto Lur se puso el cinturón.

—Vamos a casa, te tumbas y cuando estés bien continuamos. Ahora intenta relajarte.

Ya en casa, Maddi la adelantó y encendió la manta eléctrica. Lur se tumbó sin ni siquiera descalzarse. Era un bloque de cemento. La patrullera se acercó a sus pies e hizo el amago de quitarle los botines.

—No —murmuró—. Te lo agradezco.

—De acuerdo.

—En un rato estaré mejor. Dame quince minutos.

—Si me necesitas, estaré en el despacho.

Intentó alejar la impotencia y las recriminaciones de su cabeza mientras el cuerpo luchaba por salir del anquilosamiento. Le costó un triunfo no decirse que perdía el tiempo ahí tirada, que tenían muchísimo que hacer, que el trabajo se les acumulaba, que el turno de Maddi acabaría en un rato. Que las vidas de Eva, Guillermo, María Belén, Flora, Andrés, el abuelo Ignacio, Paz, Jessica, Irene, Bruno, Gorka, Naroa y los dos niños corrían peligro. Que merecían respuestas y poder vivir en paz. Agarró el teléfono y marcó el número de García.

«No puedo más, Nando. Seguid sin mí —ensayó mentalmente antes de que descolgara—. Solo te pido una cosa, que incorpores a Maddi al grupo. Es una mujer sensible que posee un excelente olfato de investigadora».

—Qué casualidad, Lur. Estaba pensando en ti. Los resultados de ADN que faltaban están a punto de llegarme. En cuanto los tenga me paso por tu casa y así os pongo al día sobre las nuevas investigaciones. ¿Lur? ¿Estás ahí?

—Sí, sí.

—¿Estáis en casa?

—Sí.

—Voy en un rato.

Lur aguardó unos segundos antes de contestar.

—De acuerdo.

—Ah, perdona. Ni siquiera te he preguntado. ¿Qué querías?

—¿Yo?

—Sí, me has llamado tú.

—Claro, sí. Más o menos lo mismo. Intercambiar nuevos datos contigo.

—Pues perfecto. Enseguida nos ponemos al día.

Tras colgar fue a la cocina. Cogió un plato para colocar unas pastas pero recordó las indicaciones de la osteópata: nada de gluten.

«Se acabaron los caprichos —se dijo desmoralizada—. Qué va a ser de mí. Lo que me faltaba… ¡Restricciones!».

Sacó una caja de pastas del armario, aunque solo para ofrecérselas a Maddi y a Nando, y ella cogió un par de mandarinas. Decidió llamar a su padre antes de postergar más otro de los consejos de la especialista. Puso el manos libres, marcó y empezó a pelar las mandarinas mientras esperaba.

—¡Dime! —dijo él con voz alegre.

—¿Qué tal, aita?

—Muy bien. Aquí, en el parque con los chicos. —Lur percibió algarabía de fondo—. ¿Tú qué tal? Mejor, ¿no?

Su padre siempre quería que estuviera bien. El hombre entendía que el haberse incorporado al trabajo era señal de que sus dolores se habían esfumado, así, como por arte de magia. Ella tampoco era muy amiga de machacarle con sus males, pero es que él apenas le dejaba opción de contarle nada.

—Quería pedirte un favor…

—Ya vale, Julen, ¡pórtate bien!

Lur cerró los ojos.

—¡Haz el favor de dejar a tu hermano en paz!

Esos gemelos eran como un tormento.

—No veas cómo están hoy. Qué revolución.

Lur resopló. No tenía demasiado tiempo y menos para perderlo así, escuchando a su padre educar a los nietos de su novia.

—¡Con lo tranquila que eras tú de pequeña! ¿Quién me iba a decir a mí?

No supo cómo tomarse que la estuviera comparando con unos críos que nada tenían que ver con ella.

—Aita…

—Hacedle caso al aitona.

Escuchó al otro lado la voz chillona de la hija de su novia.

—Aita…

—Dime, perdona. ¡Es que no paran!

—Pues que necesito que hagas algo por mí.

—¡Julen! —volvió a gritar—. Espera, hija.

El teléfono empezó a emitir unos sonidos extraños. Pisadas, roce de ropa, golpes.

—Ya estoy de vuelta. Se había metido en la boca un chicle del suelo. ¡Julen!, te estoy vigilando… Como cojas eso…

—¡Aita! ¿Quieres hacer el favor de hacerme caso? —No pudo contener el cabreo—. No te voy a robar más que unos minutos, joder. Además, ¿no está su madre para atenderlos?

Un silencio incómodo se interpuso entre los dos.

—Maribel, por favor, vigila un momento a los críos. Es Lur —dijo bajando el tono.

Escuchar a su padre nombrar a su novia provocó que le llevaran los demonios. ¡Estaban las dos! ¿Qué narices hacían madre e hija mientras su padre se encargaba de aquellos pequeños satanases?

—¿Qué pasa, hija? Todo bien, ¿no?

Le dieron ganas de estrujar una de las mandarinas, pero no pudo hacerlo porque su padre le había robado las pocas energías que le quedaban.

—Verás. —Se detuvo y sopesó si pedírselo o no. Al final decidió continuar porque tampoco tenía muchas más alternativas—. Verás, una especialista me ha aconsejado que alguien me ayude a masajearme la zona lumbar durante varios días seguidos. Tengo atrofia en esa zona y la intención es que vaya desapareciendo poco a poco.

—Ah, suena bien.

—Precisamente te llamo para eso, para pedirte que me ayudes tú.

—¿Yo? Pero, hija, si yo no sé dar masajes.

—Se llama pinzado rodado. Es algo muy sencillo. Apenas te llevará cinco minutos.

—¿No puede ayudarte otra persona?

Lur notó la tristeza pasearse por sus entrañas con tal parsimonia y soberbia que no le quedó más remedio que rendirse ante ella.

—Ya sabes que estoy muy liado —se excusó él.

Los gritos de la novia —e hija y nietos postizos— le hicieron darse cuenta de lo mucho que detestaba a la nueva familia de su padre.

«Escucha, yo hace años que formé una familia, la que por cierto ignora tu existencia. ¿Para qué revolver las cosas?». La frase lapidaria de su madre volvió a hacer acto de presencia. La perseguiría siempre. Ella lo sabía.

—Tranquilo. Ya me las arreglaré.

—¿Sí? ¿De verdad? —Parecía muy aliviado.

—Tengo que dejarte. Estoy trabajando y he aprovechado un hueco para llamarte.

—Vale, hija. Un beso.

—Igualmente. Agur.

—¡Un beso de parte de Maribel, los niños...!

Lur colgó antes de que continuara.

Por fin se habían marchado. Por fin. ¿Hasta cuándo iban a seguir agobiándolos? Flora sabía que estaban recibiendo ese trato por ser quienes eran. Aquella ertzaina de ojos curiosos, Maddi Blasco, no había dejado de decir tonterías e incluso de repetirle alguna pregunta que ya contestó en comisaría. Y dale con el chico nuevo y con las camas deshechas. Qué pesadilla. Por la mañana habían acosado a Irene, a Eva y a Andrés, y por la tarde a ella y... ¿a quién más? Era difícil saberlo porque se dividían para que no pudiera seguirles la pista. Astutas, muy astutas. Supuso que algo tenían que hacer para justificar el sueldo que ganaban. Sí, eso tenía que ser, porque la tal Maddi había estado perdiendo el tiempo con ella, ¿o no lo había estado perdiendo? Aquella mujer la despistaba y le había dejado una mala sensación. ¿Y si sabía más de lo que parecía? Tendría que actuar con más cautela, pasar desapercibida. No le convenía tener más conversaciones con ningún agente de la Ertzaintza. La próxima vez que aparecieran saldría pitando del caserío y punto.

Vio a través de la ventana de la cocina que María Belén y Eva iban agarradas del brazo. Le había pedido que la buscara y se la llevara. María Belén se había resistido al principio. Estaba cansada. ¡Todos estaban cansados! La joven le había asegurado que las ertzainas no habían hablado con ella. Esperaba que no estuviera mintiendo. La muerte de Ariadna había golpeado de tal forma los cimientos de la familia que ya no confiaba en nadie. Deseaba que reconstruyeran rápido el taller para volver cuanto antes a la rutina.

«Hagan lo que hagan, trabajen de buena gana, como para el Señor y no como para nadie en este mundo, conscientes de que el Señor los recompensará con la herencia. Ustedes sirven a Cristo el Señor», se dijo.

El trabajo era el único bálsamo que ahora mismo lograría mitigar la pena.

—Señor, acelera la obra antes de que perdamos el norte —susurró. Se santiguó justo cuando las dos hermanas entraban en la cocina.

—Déjanos solas —pidió a María Belén.

La chica asintió en silencio y abandonó la estancia, cabizbaja.

—Cuéntame con pelos y señales qué querían las ertzainas.

Eva no sabía muy bien si la habían visto con Lur por la mañana o por la tarde. Rogó que no hubieran sido las dos veces.

—Niña, ¿estás sorda?

—La de negro me escuchó hablar. Y entendió que había salido del Periodo de silencio.

—No te oímos en todo el día y casualmente tiene que hacerlo ella. Ni queriendo, Eva. ¡Ni queriendo!

—Hablaba con el abuelo —mintió. Imposible contrastar esa versión.

—¿Y qué te preguntó?

—¿El abuelo?

—No me tomes el pelo, niña. —La señaló con el dedo.

—No lo hago. No he dormido bien. Estoy cansada. —Los espasmos del estómago habían regresado y mordían con ganas.

—¡Otra! ¡Todos estamos cansados!

—Me preguntó por la noche de lo de Ari. Y le conté la versión que mi hermana se empeñó en que contara.

—¿Estoy notando un tono de reproche? Ya sabes que no lo soporto. Ariadna y tú teníais esa manía insana.

Apretó los puños al oír su nombre. Sonaba tan mal en la boca de esa mujer horrible…

—No debería haber mentido —murmuró entre dientes—. Es un mandamiento básico.

La portavoz enrojeció.

—Llevas mintiendo desde que eras una mocosa. Y lo sabes. No seas hipócrita.

—Vi a esos encapuchados. Los vi. Es la única verdad de la que estoy segura.

—¿Qué más le contaste? —preguntó ignorándola por completo.

—Me ceñí a relatar la versión de mi hermana. Ya te lo he dicho. ¿Quieres que te la cuente también? No creo. Te la sabes de pe a pa. Tú misma la redactaste.

—La soberbia se paga cara.

—¿Más que la mentira?

Flora le dio un sonoro bofetón. Las trenzas de ambas dibujaron un arco en el aire.

—Vete a tu dormitorio y duerme un poco —soltó con rabia—. Sí, se ve que estás cansada de narices.

Eva salió con entereza de allí, pero en cuanto llegó al comedor se llevó una mano a la mejilla enrojecida y echó a correr escaleras arriba.

—La sangre hallada sobre la cama de Eva coincide con su ADN. —Nando fue directo al grano. Nada más acomodarse, y meterse una pasta en la boca, soltó la nueva información—. Tenías razón, Lur, era la sangre menstrual de la chavala.

Maddi lo anotó en su libreta.

—Y los cabellos extraídos de entre las sábanas de la cama deshecha del dormitorio de los solteros eran de la víctima, de Ariadna Fritz. Y ojo, porque también se han hallado en la cama del abuelo Ignacio.

Lur alzó las cejas.

—Todos, absolutamente todos han mentido —dijo resoplando—. ¿Cuántas trolas más nos han colado?

—Tenéis vía libre para investigar sobre este tema. Acosad a la familia hasta que alguno de ellos confiese qué leches pasa allí. —Sacó dos tacos de folios y los colocó sobre la mesa—. Aquí tenéis todos los datos. También os he traído un informe en el que os resumo las conversaciones con cada miembro de la FFADA. Por cierto, otro grupo que acostumbra a cerrarse en banda. Aunque os diré que hemos contrastado sus coartadas y no hay motivo para dudar de ellas. Os lo indico al final del informe.

—De acuerdo, gracias. Lo estudiaremos a fondo.

—Bien, ahora es vuestro turno. Habladme de vuestras novedades.

Lur relató como una metralleta lo sucedido durante el día. Cuando llegó a la historia de los cinco encapuchados y el incendio, García dio un respingo en la silla. Continuó por la nueva visita a los vecinos, el poncho negro y el regreso al caserío de los Fritz.

—Así que Eva vio que estos cinco tipos rodeaban a Ariadna y no se le ocurrió otra cosa que iniciar un fuego.

—Si el relato es cierto, el incendio surtió el efecto deseado.

—¿En qué cabeza cabe hacer algo así?

—Estaba aterrada —la defendió Lur.

—¿Y tú la crees?

—¿Por qué iba a mentirnos en lo referente al incendio? ¿Para qué autoinculparse? Hasta ahora todos se han mostrado puros e inocentes. Es la única que le ha echado huevos al asunto aun sabiendo lo pecaminoso de sus actos. Además, ¿recuerdas el dichoso grito de mujer que alertó a Guillermo? Ella me contó que prendió fuego, esperó a que los cinco agresores se largaran y entonces chilló. Cuadra perfectamente con el testimonio del guía. Era una pieza que estaba sin encajar y ella nos ha ayudado a colocarla. Y por no recordarte que ninguno de la casa, incluida Eva, está al tanto de que los restos biológicos bajo las uñas de Ariadna Fritz pertenecen, como mínimo, a dos personas que no conviven en el caserío. ¿No lo ves? Esto también respalda su testimonio.

—¿Y qué opináis del poncho? Eva no está segura de que se corresponda con la túnica y, aunque así fuera, no sería tan raro que los vecinos tuvieran uno. Yo detendría esa línea de investigación, que bastantes tenemos ya.

Lur torció el morro.

—Tanto a Maddi como a mí nos ha dado la impresión de que Txomin y su madre ocultan algo. Son herméticos y hostiles. Yo no los perdería de vista.

El subcomisario se rascó la barbilla rasurada con ímpetu antes de proseguir.

—Me encargaré de averiguar si ese chico o algún miembro de su familia tienen algo que ver con la FFADA. —Resopló y cogió otra pasta.

Lur disimuló una sonrisa.

—Una pregunta, Nando, cuando visitasteis a Txomin, ¿visteis al padre? Es que nosotras no nos hemos topado con él ninguna de las veces que nos pasamos por allí. Sin embargo, con la madre hemos tenido el «placer» de hablar en las dos ocasiones.

—No lo sé, se encargó Quivera. Hojearé el informe que redactó. En un principio no era necesaria su presencia, ni su testimonio, porque fue Txomin el que alertó del incendio. Además, según contó el chico, sus padres no se hallaban en el caserío aquella noche.

—¿Se sabe dónde estaban? Una pareja de mediana edad un domingo por la noche. No sé… ¿No es raro? La mayoría de los restaurantes de la comarca no dan cenas los domingos.

—Revisaré el material que tenemos sobre ellos y lo volvemos a hablar.

—Perfecto. Aunque lo ideal sería conseguir el ADN de los vecinos para saber si coincide con el de alguno de los agresores, pero sé que estoy pidiendo la luna...

—La luna y buena parte del universo. Confórmate con que no cerremos esa línea de investigación.

—Está bien.

Los tres se quedaron callados durante un rato. Fue Maddi la que rompió el silencio.

—El detalle de la soga me despista mucho. ¿A qué viene ponerse un cinturón así y con un poncho? No tiene sentido.

—¿A modo de disfraz? ¿Para asustar? ¿Para despistar? —lanzó Lur.

—Vigilamos de cerca a los vecinos y mantenemos como sospechosos a los de la asociación —recapituló el subcomisario—. ¿Os parece?

—Qué poco tenemos —se lamentó Lur.

—Bueno, algo es algo.

La oficial esbozó una sonrisa. García siempre buscaba el lado positivo.

—Lo que en realidad me deja tranquila es la vigilancia que habéis establecido para proteger a los Fritz.

—Sí, no ha sido difícil conseguirla. A ver si se mantiene en el tiempo hasta que averigüemos la verdad. —Se puso de pie al decir esto último y se metió otra pasta en la boca—. Ocupaos de aclarar lo de las camas. Qué jaleo se traen. Ojalá nada tenga que ver con lo que ronda mi cabeza, pero no sería la primera vez que, al investigar los entresijos de una secta, salen a la luz los putos abusos sexuales.

—Espero que no. Ariadna era menor. —A Lur se le encogieron las tripas al pensar en Eva y en los dos críos.

—¿Habéis hablado con Flora sobre lo que averiguasteis ayer en Erratzu?

—No, no queremos precipitarnos. Hasta no aclarar algunos de los secretos que guarda la familia no vamos a gastar ese cartucho.

—Hoy Quivera ha insistido dos veces con el tema. No entiende a qué esperáis.

—Dile que no meta el morro en nuestra investigación —dijo hastiada—. Por cierto, ¿en qué andan él y su equipo?

—Están trabajando en el posible vehículo en el que pudieron viajar los agresores, pero me temo que es un callejón sin salida. Es difícil saber cómo llegaron hasta allí, porque no hay ni una cámara en varios kilómetros a la redonda. Digo yo que andando no irían si tenían la intención de llevarse a la chavala. ¿O iban a dejarla allí?

—Eva vio cómo se alejaba un vehículo. Pero solo distinguió las luces traseras.

—Se lo comunicaré a Quivera. —Tamborileó sobre la mesa—. ¿Habéis contactado con aquella chica que me contaste que perteneció a la secta? Creo que dijiste que ahora vivía en Tenerife.

—Sí, se llama Olga Calella, y no, no ha dado señales de vida. Luego le dejo otro mensaje en el contestador.

—Estáis haciendo un gran trabajo.

Lur y Maddi asintieron.

—Ah, se me olvidaba. Ni rastro del tal León. Aún me quedan un par de listados que me ha pasado la Policía Nacional. El lunes los reviso y hablamos. Me voy a mi casa. —Miró a Lur—. No quiero ser pesado, pero me quedaría más tranquilo si te fueras de aquí durante unos días. He hablado con el comisario y ha insistido en que te vayas a un hotel. El Cuerpo correría con los gastos.

—¿Otra vez? No vuelvas a la carga, por favor. —La oficial hizo un mohín de disgusto—. Te digo lo mismo que le he dicho a Maddi: voy a quedarme en mi casa.

—En fin —murmuró resignado—. Hasta mañana.

La oficial le acompañó hasta la puerta y cuando regresó al despacho llevaba una bolsa llena de comida.

—Ten, son paquetes sin abrir. Espaguetis, pan de molde, galletas, cruasanes, fideos, cereales, croquetas…

—No, mujer. Quédatelos. Seguro que más adelante puedes volver a comer gluten.

—No, no. Llévatelos y así no caigo en la tentación.

Maddi abrió la bolsa.

—¡Son un montón de cosas!

—Van a acabar en la basura. Tú verás. —Consultó el reloj—. Vete a casa, que ya es hora.

Mientras Maddi descolgaba el bolso y la cazadora, Lur apagó los ordenadores, apiló los folios sobre una bandeja y metió los bolígrafos en un bote. Cuando estaba a punto de llevarse las tazas a la cocina, se fijó en que la patrullera estaba parada en medio del despacho.

—¿Estás bien?

—Sí, sí.

—Venga, coge esas cuatro pastas que han quedado en la bandeja. No quiero ni verlas.

Maddi las metió en la bolsa y siguió a Lur a la cocina.

—Te… te he oído.

Lur se dio la vuelta aún con las tazas en las manos.

—Antes, cuando hablabas con tu padre. No suelo hacerlo, quiero decir que ha sido sin querer.

—Ah, tranquila. Me da que he perdido un poco los papeles. Lo siento.

—No, si a mí me da igual. Si vieras lo que gritamos en casa…

Lur dejó las tazas en el fregadero sin entender muy bien por qué Maddi se comportaba de aquella manera.

Se apoyó en la encimera y la observó con detenimiento.

—¿Seguro que estás bien?

—Te he escuchado pedirle lo del masaje ese. El pinza… pinzada…

—Pinzado rodado.

—Eso. ¿Necesitas que te ayude?

La pregunta de Maddi retumbó en su cabeza y la dejó noqueada. ¿En serio le estaba ofreciendo ayuda?

—Bastante haces llevándome y trayéndome a los sitios.

—Fue parte del trato. Así lo acordaste con el subcomisario.

—Bueno, sí, pero esto no. No te preocupes, de verdad. Este fin de semana volveré a hablar con mi padre. Me da que le he pillado en mal momento.

—A mí no me cuesta nada. Son cinco minutos. Es una tontería.

Su padre no había dejado de excusarse al otro lado del teléfono y ahora su compañera, con la que solo llevaba unos días trabajando, le tendía la mano con absoluta sinceridad.

—Te lo agradezco, pero tu turno ha terminado hace un rato ya.

—Me da igual el turno. Me ofrezco en calidad de amiga. Tú no dejas de agasajarme: cafés, aceitunas, fruta, pastas… Siempre tienes detalles conmigo. —Dobló el codo para elevar la bolsa—. Fíjate con qué botín me voy a casa.

Lur sonrió. Las palabras de Maddi la habían emocionado.

—No es para tanto.

—¿No me digas que eres de esas personas?

—¿Cómo dices?

—Sí, de esas personas que no se dejan ayudar.

—¿Yo? —preguntó alucinada.

—Anda, no seas cabezota. Cuanto antes empieces con la técnica esa del rodado, pues mejor.

Lur abrió el grifo para disolver de la cerámica los rastros del café. ¿Era de esas personas? ¿Blindada a lo Fritz? ¿Así la veían?

—Ese masaje no es nada. Además, soy muy apañada. Les corto el pelo a mis hijos y a mí…

—¿Y tú eres de ese otro tipo de personas? —la interrumpió Lur.

—¿Cuál?

—De las que insiste hasta aburrir.

—Eso dice mi marido.

—Me da que no tengo escapatoria. —Miró por la ventana del balcón y vio que había empezado a llover—. Pues venga, acabemos cuanto antes. Pero solo de lunes a viernes. El fin de semana no es negociable.

Pese a que la vivienda era enorme, Lur había elegido como dormitorio el primer cuarto que había nada más entrar, a mano derecha. Si se decidió a ocupar aquel dormitorio ruidoso fue por dos motivos: porque tenía una ventana con vistas a Peñas de Aia, y porque allí era donde dormía cuando su abuela la invitaba. Sí, compartía pared con el rellano del bloque y a veces le molestaba el jaleo del ir y venir de los vecinos, pero no le importaba. No era motivo suficiente para sacarla de allí. El apego siempre se imponía. Al abrir la puerta se sintió avergonzada por mostrar lo mal que había hecho la cama aquella mañana. Sus rigideces, como mucho, le permitían estirar las sábanas y la colcha de aquella manera. Se tumbó bocabajo con la almohada bajo la tripa. Si no hacía aquello, el dolor era insufrible. Se subió el jersey fino y se bajó ligeramente el pantalón, lo justo para descubrir la zona lumbar. Movió sus manos con destreza para que Maddi no viera ni rastro de la ropa interior blanca. Uf, solo faltaba que se enterase de que bajo su atuendo negro llevaba consigo a los Fritz.

«Además de ser de ese tipo de personas blindadas, también soy una perturbada», pensó que le decía.

Y es que en realidad no se le ocurrió una explicación mejor.

—¿Qué tengo que hacer?

Lur repitió las instrucciones que la osteópata le había dado y Maddi no tardó en ponerse manos a la obra. La primera parte era sencilla e indolora, por lo que Lur intentó relajarse.

—Mmm. ¿Ahora pellizco y tiro hacia arriba?

—Eso es.

—Madre mía. Perdóname —dijo antes de empezar.

—No te preocupes. Tira.

Lur notó los dedos de Maddi intentando capturar su piel. Probaba con la carne de ambos lados de la columna.

—No puedo. Está pegada.

—Tengo el tejido de una momia —bromeó la oficial. La voz quedó amortiguada contra el colchón.

—Parece que aquí está más suelta. —Maddi apretó fuerte con los dedos y tiró. Fue repitiendo con paciencia e hizo lo que pudo durante varios minutos. Cuando terminó, se percató de que la zona se le había quedado roja.

—¿Te he hecho mucho daño? Te he dejado la piel irritada. Lo siento.

—No te preocupes. Será parte del proceso. Muchas gracias.

Se puso de lado y se irguió despacio.

—Nos vemos el lunes. —Cogió la bolsa y volvió a elevarla—. Gracias a ti.

—Pasa un buen fin de semana con tus *txikis*.

—Tú también. Aprovecha para descansar —dijo Maddi, acariciándole el brazo con afecto

Tras cerrar la puerta Lur se fue a la sala con una sonrisa en los labios. Todavía quedaba gente buena y Maddi era una de ellas. Conectó la manta eléctrica y se tumbó en el sofá dispuesta a empollarse la nueva información que había llevado el subcomisario.

Primero llegó el canto de los pájaros, después, los lloriqueos agudos que tan bien conocía. Sintió la humedad cálida de sus lenguas recorrerle la cara y las manos. Txomin abrió los ojos. Los gimoteos de sus perros aumentaron. Le miraban emocionados con sus ojos marrones y brillantes. La cola del pardo se movía con tanto brío que meneaba todo su cuerpo. El blanco se puso a dos patas como si se tratara de un perro circense.

—Tranquilos, tranquilos —dijo con voz de ultratumba.

Apoyó las palmas de las manos sobre el suelo irregular y se quedó sentado. Los perros buscaron refugio entre sus piernas. Él se los quitó de encima y se levantó la camiseta. El rojo imperaba sobre las costillas golpeadas. Se palpó la cabeza con los dedos y contorneó un gran chichón. Le reconfortó no hallar sangre. Se puso a cuatro patas y se agarró al árbol más cercano para levantarse. Le sobrevino tal vahído que tuvo que abrazarse al tronco. Los perros, nerviosos, comenzaron a dar vueltas alrededor de él.

—¿Cómo podéis seguir queriéndome después de lo que habéis sido testigos? —les preguntó.

El blanco emitió un ladrido como respuesta.

Txomin estaba algo atontado y optó por esperar unos minutos antes de ponerse en marcha. Partieron a ritmo lento y en silencio, y solo aceleraron el paso cuando el chico vio que su madre se metía en el caserío. Su intención era encerrarse en su habitación antes de que le viera en aquel estado. Gritó un «Hola» escueto de camino al dormitorio. Cerró la puerta y se quedó apoyado en ella. Observó a los perros olisqueando algo en el suelo. Era una piedra rodeada de cristales.

—Ey, quitad de ahí.

Los cogió en brazos y los subió a la cama. El esfuerzo provocó que la cabeza quisiera reventarle.

Se sentó en el colchón y miró medio mareado la ventana rota.

Lur se despertó asustada. Eran casi las doce. Al igual que la noche anterior, se había quedado dormida en el sofá. ¿Le había sobresaltado un nuevo timbrazo? Tenía el sonido estridente metido en la cabeza, pero no estaba segura. Se levantó despacio y se asomó por la ventana. Un gato atravesaba la carretera con lento caminar. Con presencia humana no era propio que un felino anduviera tan tranquilo. Se quedó un rato más por si acaso, pero no detectó movimiento alguno.

Fue a la cocina y metió en el microondas un vaso de leche de arroz. Le sería más fácil volver a conciliar el sueño con el estómago caliente. Un recuerdo amargo la invadió de pronto. Había soñado con sus padres y eso era lo que la había despertado. Sí, había sido eso. Era una pesadilla recurrente. Su madre —sin rostro, ya que solo la había visto en una fotografía de hace cuarenta años—y su padre la sacaban a rastras de su propia casa y la abandonaban en la calle descalza y sin ropa de abrigo en plena nevada. El frío del suelo no tardaba en atravesarle las plantas de los pies y subirle hasta el cuello dejándola totalmente congelada. Rígida.

Decidió no seguir torturándose con aquello. Si querían atormentarla en sueños que se quedaran solo allí. Fue al dormitorio, abrió el armario y extrajo el único paquete de Blanco Inmaculado que le quedaba por abrir. En él se hallaban Armonía y Honestidad, las prendas que vestía la víctima. Las había incluido en el último pedido con la esperanza de que le acercasen a ella. Lo llevó hasta la mesa de la cocina y lo abrió concentrándose al máximo en el olor que emanaban las prendas. El aroma activó algo en su cerebro y este mandó una señal a todo su cuerpo para que se relajara. El frío interior se esfumó. Fue casi automático. Tomó el blusón. Se llamaba Armonía. Y aquello era lo único que su organismo sintió. Un equilibrio y una paz en los que a Lur le hubiera gustado quedarse a vivir. Hizo un esfuerzo sobrehumano para alejarse de aquellas sensaciones. Tenía que concentrarse. Tirar del hilo de esa sospecha que empezaba a rondarla.

Fue entonces cuando lo vio claro.

Ahí estaba la gran pista. La habían tenido delante de las narices desde el principio. Ahora entendía muchas cosas y por fin encajaban algunas piezas. Las camas revueltas, el ADN de Ariadna en el dormitorio de los solteros.

Eva.

A la mañana siguiente haría una visita a la familia. Le daba igual que fuera fin de semana. Se fue a la cama con mil preguntas, pero con la certeza de que iba por el buen camino. Cuando se metió entre las sábanas se acordó del vaso que había dejado olvidado dentro del microondas.

Cerró los ojos sabiendo que le iba a costar conciliar el sueño.

19 de octubre, sábado

Después de darse una ducha bien caliente, Lur decidió que era hora de seguir la tabla de estiramientos que la osteópata le había dado. Para ello eligió el suelo de la cocina y una vieja esterilla que usaba cuando acampaba. Era básica, morada por un lado y verde por el otro, y conservaba las marcas de alguna incómoda piedrilla del monte Erlaitz. Cuántas noches había dormido sobre ella... Incontables. Agradecía a su grupo de amigas los buenos ratos que le habían hecho pasar. Todas ellas consiguieron que apenas le afectara la ausencia de su madre durante los baches de la adolescencia. Sus chicas eran como una piña. Olatz, Helena, Azu, Bea, Conchi, Cristina y Amaya. ¡Hasta se habían meado de la risa! Sus novios también colaboraron en hacerla feliz. Los recordaba con cariño, pese a que sus amigas creyesen que era un desastre en las relaciones amorosas. Ella no lo sentía así. Simplemente se alejaba cuando notaba que las cosas estaban cambiando. Se anticipaba. Una manera de protegerse. Los dejaba y no miraba atrás. Era el único modo de que no le partieran el corazón. Pero de eso había pasado mucho tiempo. Hacía más de siete años que no se complicaba la vida con ningún hombre y, respecto al grupo de amigas, los trabajos y las familias habían alejado a las unas de las otras. Suspiró mientras se tumbaba bocarriba. El solo hecho de colocarse ahí abajo fue aparatoso de narices. Apretó los párpados con fuerza. Ya no era la chica que dormía sobre aquella esterilla. Qué va.

A las nueve de la mañana, y antes de hacer una visita a los Fritz, se sentó para volver a hojear la información. Ahora que ya sabía de quién eran la sangre y los cabellos hallados en la habitación de los solteros, podía presionar. Quizá debía tomarse el fin de semana con más calma y no pasarse por el caserío, pero, por un lado, la indefensión de Eva la obligaba a mantenerse cerca de allí por si la necesitaba y, por otro, el descubrimiento al que había llegado por la noche.

¿Cómo no lo había visto antes?

No comprendía su gran despiste. Su adormilamiento. La información estuvo ahí todo el tiempo y nadie se había dado cuenta.

A media mañana llegó al caserío en taxi. Agradeció que los estiramientos hubieran surtido algo de efecto. Pagó al taxista, se apeó y, al poner los pies en el suelo, respiró el aroma a humedad. Había llovido durante toda la noche y se apreciaba en los olores de la vegetación. De la tierra. El cielo seguía gris, pero de un gris esperanzador. La aplicación del tiempo de su móvil anunciaba una tarde soleada. Hacía más frío que los días anteriores, una temperatura más propia de la estación en la que se encontraban. Llegó a la puerta y llamó con los nudillos. Hasta el lunes no diría ni mu sobre lo que había descubierto. Necesitaba discutirlo con Maddi y Nando por si tan solo se trataba de una sospecha descabellada. No lo creía, pero prefería ser prudente.

—Buenos días.

Fue imposible no percibir en el saludo el acento gallego. Jessica tenía ojeras y los labios resecos.

—Buenos días. ¿Guillermo se encuentra en casa?

—Sí. Está en su despacho. Espere aquí, que voy a buscarlo.

Le interesaba saber por dónde saldría el guía. Aún no había tenido la ocasión de preguntarle acerca de las camas, pero se imaginaba que contestaría como lo había hecho el resto. Respuestas más que acordadas.

—La atiende arriba. —La cara pálida de la gallega volvió a asomar por la puerta—. La acompaño.

Jessica subió las escaleras despacio y en silencio. Lur, cuando se disponía a seguirla, vio de reojo cómo Flora y María Belén salían de la cocina. Se quedaron quietas y la observaron sin ningún pudor. Lur fingió no darse cuenta. De los aseos asomó una cabeza, la de la chica vasca. Era el ejército Fritz. Mujeres fuertes, desconfiadas. Pero asustadas, al fin y al cabo.

Llegó a la primera planta y Jessica le abrió la puerta del despacho. Se fue sin decirle nada. Ni siquiera la miró. Sus ojos se clavaron en el suelo. Más miedo.

—Buenos días. ¿Puedo pasar?

Guillermo estaba frente a la ventana, de espaldas a ella. Llevaba una chaqueta clara de punto sobre el blusón. La bajada de temperatura había cambiado el look de la familia.

—Claro.

Se dio la vuelta y se dirigió hacia ella. Se estrecharon la mano y, al hacerlo, él le cubrió el dorso con la otra: un gesto cálido que embelesó a Lur.

—¿Qué tal, oficial?

—Bien.

—Me alegra. Siéntese, por favor.

La chaqueta era abrigada, de ochos, y tenía unos bonitos botones de madera. A Lur le pareció que la prenda le favorecía. Se le antojó que era uno de esos escritores que se encierran en una cabaña en medio del monte para terminar su próxima novela. El *vintage* reloj de pulsera, la barba crecida, la coleta ajustada… Un lapsus bohemio e idílico que brotó tontamente.

—La veo bien. Su cuerpo desprende otra energía.

Lur pensó que más bien se refería al aspecto en general. Se había domado el cabello encrespado y aplicado algo de maquillaje. Imaginó que el simple hecho de acicalarse decía mucho de su ánimo. Tal vez el guía no iba desencaminado.

—He empezado una dieta —se sinceró sin saber muy bien por qué—. Guiada por una especialista.

—Vaya. Me alegro. Ya le dije la última vez que algo la estaba bloqueando.

—Sí, a ver qué pasa. Sin buena salud no somos nada. Confío en que todo se solucione.

El guía abrió la boca para decir algo, pero enseguida la cerró. Lur intuyó que se contenía de preguntarle más.

—Seguro que sí, ya verá —dijo por fin—. Muchos de los problemas físicos tienen su origen en uno metabólico. La clave está en estudiar cada cuerpo y nutrirlo con los alimentos que mejor le van. Tenga paciencia.

Guillermo advirtió que Lur lo observaba de esa manera especial. Sí, era inconfundible. Él lo había experimentado varias veces a lo largo de su vida. La primera vez que le pasó fue con su esposa. Tomaban el mismo tren para ir a trabajar y ella lo aguijoneaba con sus ojos marrones y almendrados. Muchos años después, y ya en la casa, fue Flora la que comenzó a dedicarle aquellas miradas. Lo hizo durante mucho tiempo, supuso que hasta que entendió que entre ellos jamás habría nada. Últimamente había aparecido una nueva y muy joven sucesora: María Belén, por la que tampoco sentía ningún interés. Esperaba que no tardara tanto tiempo en comprenderlo como Flora. Las manos de Lur estaban sobre la mesa. Eran delgadas, delicadas, pálidas. Debajo del jersey negro asomaban los puños de una camiseta blanca. Ella tiró de las mangas al percibir que la observaba. Se estudiaron sin prisa. Fue entonces cuando Guillermo se dio cuenta de que él también la miraba de aquella manera especial. Sí, lo estaba haciendo. No pudo evitar sorprenderse ante su propio comportamiento.

—«Lur» significa «tierra» en euskera, ¿verdad?

—Así es.

—Es un nombre precioso.

—Gracias.

Sintió la necesidad de contarle que fue su madre la que lo eligió. La llamó «tierra» para abandonarla poco después en ella. Ironías de la vida. Pero optó por quedarse callada.

Guillermo no dijo nada más. Se limitó a observarla relajado, con las manos cruzadas sobre la mesa. Su compañía ejercía sobre él un bendito poder que ahora necesitaba más que nunca.

A Lur aquella comodidad que se había instalado entre los dos la perturbaba porque dificultaba y mucho lo que había ido a hacer. Decidió atajar cuanto antes.

—¿Por qué mienten? —soltó sin almíbares.

—¿Perdone?

—Que por qué nos mienten.

Un frío helador recorrió a Guillermo de pies a cabeza.

—¿Quiénes?

—Todos ustedes. La familia al completo.

—No sé muy bien a qué se refiere. —Pensó que esta vez había malinterpretado la mirada. Se sintió como un crío ingenuo.

—¿Dónde durmió su hija la noche del trágico suceso?

Guillermo no entendía por qué de repente era tan dura con él.

—En su cama.

—No es cierto. Estaba hecha.

Ahora se estudiaron con desconfianza.

—A veces dormía sobre la colcha.

—Haga el favor de ser sincero conmigo —lo interrumpió.

—Era muy calurosa —se defendió con frustración—, y muchas noches ni siquiera abría la cama para meterse en ella.

Un largo silencio surgió tras la explicación del guía.

—Guillermo, es usted lo suficientemente inteligente para saber que no me trago lo que me dice. ¿Por qué había una cama deshecha en la habitación de los solteros? Y... y ¿por qué ese empeño en ocultarlo?

Se removió incómodo en la silla.

—El abuelo está senil y desbarata las camas a su antojo.

—Creía que usted se iba a comportar de otra manera.

—¡Vaya! —exclamó ofendido—. Me da la impresión de que sabe más que yo, oficial. ¿Qué quiere que le diga?

—La verdad para poder averiguar qué pasó aquella noche. No busco otra cosa.

Guillermo giró el rostro hacia la ventana.

—Está claro que me he equivocado viniendo hasta aquí. —Se levantó de la silla—. El lunes tendrá noticias nuestras.

Cuando Guillermo escuchó cómo se cerraba la puerta, se aproximó a la ventana para verla marchar por el camino blanco.

Tras el asesinato de Ari, Paz había empeorado mucho. Andrés no sabía muy bien cómo actuar, ya que consideraba que él no era nadie allí dentro. Solo quería ayudarla, no tenía otra intención, pero temía que se tomaran mal que alertara sobre el comportamiento extraño de un miembro de Generación pura. Bruno y Guillermo eran buenos hombres y confiaba en que comprendieran su preocupación, pero ¿y si se equivocaba completamente? ¿Y si como castigo lo enviaban de vuelta a las calles de Madrid? Él se había ganado un sitio en la comunidad, y el bebé era tan suyo como de ella. Además, ¿qué iba a hacer aquella criatura en manos de Paz? No estaba capacitada, para nada. ¿Cuándo empezó a sospechar que no estaba bien? Echó la vista atrás. Los primeros meses no notó nada raro. La vida en la comunidad era tan diferente a la que había llevado que las pequeñas peculiaridades pasaron desapercibidas. Paz, tan inocente, tan pura, tan chiquitita, tan sexual. El deseo que sentía hacia ella lo cegó por completo durante un largo periodo de tiempo. El día que le vino con el cuento del matrimonio, la venda se lanzó contra el suelo, como una suicida, para mostrarle a otra Paz. Una totalmente diferente. ¿Quién era en realidad? Era complicado saberlo. Llevaba un año descubriendo sus múltiples caras. Algunas dulces, otras vacías. Las peores, perversas. Siempre desconocidas.

Tras el asesinato de Ari se había percatado de que el problema iba más allá. No se trataba de una persona variable o complicada. Por desgracia no era eso. Paz estaba perdiendo la cabeza, si es que no la tenía perdida ya. Llevaba varias noches balbuceando palabras ininteligibles, y por las mañanas se despertaba con los ojos como platos y le soltaba un rollo sobre su hijo y el nuevo mesías. Un relato que empezaba a inquietarle mucho. Andrés intentaba calmarla como podía diciéndole que no se preocupara, que lo importante era que naciera sano, y cosas del estilo. Hoy se le había ocurrido recordarle la posibilidad de que tal vez se tratase de una niña, por evitarle un disgusto cuando naciera, y maldita la hora. Paz había reaccionado de una manera que jamás hubiera imaginado. Retorciéndose sobre el colchón mientras se tiraba del cabello y gritaba: «¡No digas eso! ¡No vuelvas a decir eso jamás! ¡Jamás!». Y a Andrés no le había quedado más remedio que pedirle perdón y asegurarle que era un niño. El nuevo puto mesías, si así lo quería ella. La situación se estaba volviendo insostenible y le aterrorizaba que fuera a peor. Su mujer necesitaba tomarse algo que la aplacara, y no los malditos ungüentos de tía Flora. Algo potente, que la desconectara de sí misma, de sus delirios.

A pesar de que la pareja no pasaba por la mejor etapa de su vida, esa semana, con diferencia, había sido la peor. Maddi sabía que el motivo era formar parte del equipo que investigaba el homicidio de Ariadna Fritz, eso era lo que más le fastidiaba. Fidel presionaba con su indiferencia, e incluso falta de respeto, para que abandonara. La patrullera había estado tentada de hablarlo con Lur, de dejarlo, pero finalmente había optado por seguir. Sentía que si cedía le pondría a su marido en bandeja un trocito de sí misma, de su libertad. Por eso, y porque el turno beneficiaba a ambos, intentaría permanecer en el caso hasta que se resolviera. Si es que era capaz de soportar la situación.

Dejó el portátil y la libreta en la mesa de la cocina y se acomodó enfrente. El reloj marcaba las siete de la tarde. Después de comer había dado una vuelta por el monte con Igor y Mía mientras su marido dormía la siesta. La tarde se había quedado soleada y habría sido una pena no haberla aprovechado. Sus hijos se habían desfogado al corretear por las lomas de Erlaitz y recopilar piedras y palos que, por desgracia, ahora estaban en el suelo del balcón. Los iría tirando poco a poco para que no se dieran cuenta. Astutas tácticas de madre perversa. Pensó en Fidel, le daba rabia que sus morros le impidieran comportarse como el hombre adulto que era. En otra ocasión habrían disfrutado de la tarde los cuatro. Pero bueno, él se lo perdía. Ya se le pasaría.

Escuchó el tiroteo de la consola y a los niños jugando en el dormitorio. Aquella mezcla de ruidos era el sonido que mejor definía los últimos días en casa. Por las noches, el silencio y un escueto «hasta mañana» que cada uno emitía desde su lado de la cama. Maddi, la víspera, había intentado reconciliarse. Lo hizo arrastrando la mano sobre el colchón hasta llegar a la suya, pero la reacción de él fue retirarla de mala gana. Ya no insistiría más. Lo conocía de sobra para saber que hasta que no volviera a patrullar, no dejaría que las cosas fueran como antes. Resopló hastiada y extrajo de una carpeta una lista con los datos de las personas empadronadas en todas las casas de los Fritz. Leyó con paciencia cada nombre y elaboró árboles genealógicos. Cuando ya tenía la mitad del trabajo hecho, se detuvo al leer que dos mujeres de la casa de Palencia eran naturales de Donostia. Marta Fritz Dávila, sesenta años, y Lucía Fritz Aroztegi, treinta y siete. Maddi saltó de la silla al leer el último apellido y cogió su teléfono. Un tono. «Vamos —pensó—, cógelo, por favor…». Dos tonos. ¿De verdad había estado esa pista delante de ellas todo ese tiempo y no se habían dado cuenta? Tres tonos.

—¿Sí? —Lur habló al otro lado.

—Ay, menos mal —suspiró Maddi—. Lur, acabo de descubrir algo. ¿Te pillo bien? ¿Dónde estás? ¿Puedes hablar?

Había interferencias, como si Lur tuviera poca cobertura.

—Me pillas en el ascensor. Dame unos segundos.

La patrullera se mordisqueó las uñas con impaciencia.

—Ya estoy en casa, Maddi, te escucho.

—¿Te acuerdas de cuando fuimos al ático de Pepe, el de la FFADA? No pude quitarme de la cabeza en todo el día las fotos que tenía en su despacho. Aparecía con una mujer y deduje que era viudo por el simple hecho de tenerlas expuestas en plan familia feliz. No es propio de una persona separada o divorciada hacer algo así. ¿Para qué revivir una y otra vez un tiempo que no volverá? —Lo había soltado de carrerilla y se detuvo para tomar aire—. Pues bien, me he puesto a cotejar las listas de empadronados y resulta que es padre de Lucía y marido de Marta, ambas miembros de la casa Fritz de Palencia. ¡Por eso fundó él la asociación! Sus propias mujer e hija lo abandonaron. ¿No te das cuenta?

—Joder, Maddi, buen trabajo. Lucía Aroztegi, ¡claro! Voy a encender el portátil.

Maddi se descubrió a sí misma emocionada y orgullosa. Nunca se había sentido así en su trabajo. Le gustaba patrullar…, pero era la primera vez que experimentaba ese subidón de adrenalina.

Se mantuvieron al teléfono y no pararon hasta que repasaron a fondo todas las carpetas y los documentos que se habían llevado a casa, así como el servidor compartido al que tenían acceso desde los portátiles. Enseguida descubrieron que madre e hija llevaban nada más y nada menos que diecinueve años en la secta, el tiempo que Pepe había invertido en luchar para recuperarlas. Lucía, la hija, acababa de cumplir la mayoría de edad cuando ingresaron en la casa de Tarragona, por lo que poco había podido hacer su padre para sacarla de allí. Averiguaron también que un año después fueron trasladadas a la casa de Palencia, donde la chica se casó y tuvo un hijo llamado Aarón, que actualmente tenía dieciséis o diecisiete años.

Apoyó la palma de la mano sobre la puerta del despacho de Guillermo. A Eva le había costado un triunfo llegar hasta allí. Había seguido el rígido y eterno protocolo —esta vez, laberíntico—. «Me duele mucho la tripa, mamá». Ya había pasado casi una hora desde entonces. Su madre había buscado a tía Flora por toda la casa. Aún no se explicaban dónde había estado metida durante casi cuarenta minutos. Cuando apareció por la puerta, aseguró haber estado todo el rato en el invernadero, pero Eva sabía que no era verdad. Su madre se había pateado todo el terreno. Y era de las pocas personas que no mentían. La portavoz, con su típico comportamiento suspicaz, puso en duda su dolor de tripa, por lo que Eva había sufrido los inaguantables espasmos durante veinte minutos más. «¿Cómo y dónde te duele?». Flora, roja como un tomate y con rabia contenida en la mirada, y Eva temiendo que le soltara un nuevo bofetón. Pero ya no quería pensar más en eso. Ya estaba donde debía estar. Llamó con los nudillos.

—Pasa.

Abrió y cerró tras de sí. Guillermo estiró una sábana sobre la camilla.

—Me ha dicho tía Flora que te duele el estómago.

—Sí, mucho. Es como si alguien estuviera aquí dentro y me mordiera.

—Túmbate.

—Cada vez es más insoportable —dijo desabrochándose la chaqueta. Era más larga que la del guía y en vez de botones tenía un cinturón a juego para cruzarla—. Sudo con cada nuevo espasmo.

Se subió el blusón.

—¿Desde cuándo estás así?

—Desde ayer.

—¿Dónde te duele exactamente?

—Aquí. —La pequeña mano de Eva le indicó el lugar exacto.

—Voy a examinarte. Intenta relajarte.

Eva puso los brazos paralelos al cuerpo y observó a Guillermo. Notó las manos debajo de sus pechos y los dedos moviéndose sobre la parte alta del estómago. Pensó en el gran parecido que tenían Ari y él. La anchura de la frente, la nariz, la forma de los labios. La sonrisa. Los ojos almendrados de Ari pertenecían a su madre. Lo había podido comprobar a partir de una foto que el guía guardaba en el cajón del escritorio. Una punzada de dolor en el corazón le hizo dejar de estudiar sus rasgos. Ari tan cerca y tan lejos. Ladeó la cabeza y una lágrima se desplazó ligera hasta perderse entre el cabello de la patilla. La notó tibia.

—Es gastritis.

—¿Eso qué es? —preguntó al tiempo que se bajaba el blusón y se sentaba en la camilla. Se rascó el cabello donde se había alojado la lágrima. Las yemas de sus dedos se mojaron.

Guillermo arrimó la silla que hacía unas horas había ocupado Lur y se colocó junto a Eva.

—Es inflamación o irritación en el revestimiento del estómago.

—Ah.

—Están siendo días muy duros para todos.

Eva agachó la cabeza.

—A veces el estrés es el causante de esta enfermedad.

—Entiendo.

La tomó de las manos, que tenía sobre la falda.

—Me tienes para lo que necesites. Lo sabes, ¿verdad?

—Sí —dijo mirándole. Se topó otra vez con los rasgos de Ari.

—Exterioriza lo que sientas, ¿vale? No te guardes nada.

Eva cortó la respiración sin quererlo.

—Hazlo con quien más cómoda te sientas. Sé que Aarón y tú sois buenos amigos. Podrías escribirle. Desahogarte.

Eva notó un vacío al oír su nombre. Aún no estaba preparada para hablar con él. Seguía confundida. Necesitaba más tiempo.

—No quiero que tus órganos enfermen por una mala canalización. Deja salir la pena. No la contengas.

Los lagrimones bajaron silenciosos, como una procesión. Él le apretó las manos. Eva descubrió que Guillermo también lloraba. Fue como observar su imagen frente a un espejo. El mismo llanto triste y silencioso. Dejaron que el agua salada les recorriera el rostro, los purificara. Ella quería decirle tantas cosas. Tantas...

La soltó para secarle las mejillas. Sus manos le cubrieron la cara por completo. Apoyó el moflete sobre una de ellas. Él le besó la frente y le rodeó los hombros para abrazarla.

—Estará con nosotros. Siempre —susurró, y apoyó la barbilla en su cabeza. Buscó en Eva el olor de Ari. Tal vez aún siguiera alojado en ella—. Vivirá en ti y en mí.

—Siempre —repitió ella.

—Sé lo mucho que te quería. Y nunca podré agradecerte lo suficiente el amor que le brindaste.

—Gracias —dijo entrecortadamente.

—Voy a decirle a tía Flora que te prepare zumo de aloe vera para ayudar a estabilizar el recubrimiento de tu estómago.

—Está bien.

Guillermo le dio otro beso en la frente, esta vez más fugaz, y la soltó.

Eva se sintió extraña, mal, como si Ari acabara de volver a marcharse.

«Quédate. Abrázame», quiso decirle.

—Bajo un momento a la cocina. Cuanto antes lo tomes, antes sanarás.

La puerta se quedó abierta.

Más allá, el vacío.

Se sobresaltó al sentir unos dedos sobre el hombro. Maddi estaba tan absorta en lo que acababa de averiguar que botó sobre la silla. Se llevó las manos al pecho y se dio la vuelta. Fidel la miraba desde su metro noventa y dos de altura. Estaba rígido, incómodo, pero por lo menos había dado el paso de tocarla. Tenía los ojos rojos, cansados. Demasiadas horas frente a la tele.

—¿Qué haces? —quiso saber.

Echó un vistazo rápido a la encimera y Maddi imaginó que buscaba cazuelas o sartenes. Que la cena estuviera lista.

—Trabajar un poco.

Él retiró una silla de la mesa y se sentó.

—Vaya, no paras.

—Bueno, se hace lo que se puede.

—¿Cómo va la investigación?

Las palabras salieron arrastradas, como sin ganas.

—Va bien, pero con demasiados frentes abiertos. —Intentó no ser escueta para que las cosas se normalizaran de una vez—. Ya sabes, la familia, los vecinos, los miembros de la asociación de ayuda a víctimas de la familia Fritz…

—Pero el ADN hallado en la víctima no corresponde a los Fritz, ¿verdad? Se les ha puesto protección y todo.

—Eso es, pero esa gente miente y mucho. Algo esconden y queremos saber qué es.

—Las sectas es lo que tienen. ¿Sospecháis que pueda haber abusos de algún tipo ahí dentro?

—¿Físicos, psíquicos, sexuales? Tal vez todos, tal vez ninguno. Quizá nunca lo descubramos. Son herméticos y se protegen los unos a los otros.

—Sí, como el perro maltratado que no se rebela contra su amo. Amor incondicional. Ceguera.

—Lealtad.

Fidel bostezó.

—Y… y lo de esta, tu colega, ¿cómo va?

Maddi se preguntó por qué a Fidel le costaba tanto llamarla por su nombre. ¿Estaba celoso o qué?

—¿Lo de Lur? ¿Las pintadas?

—Sí, claro. ¿Se sabe algo?

—Nada de nada.

Él le esquivó la mirada.

—¿Y de salud?

—Mmm, bueno, fastidiada. Le está pasando factura haberse incorporado. La mujer tira como puede. Menudo periplo médico lleva.

—¿No consiguen ponerle nombre y apellido a lo que tiene?

—No. Tiene esperanzas de que la doctora de rehabilitación del hospital sepa decirle qué es. Pronto tiene consulta. Ha empezado a ir a una osteópata, que le ha recomendado hacer una dieta libre de gluten. También estiramientos y un pequeño masaje en la zona lumbar. La tiene tiesa, como si le hubieran metido una placa metálica en esas vértebras, y el tejido, seco.

—Qué cosa más rara.

—Me he ofrecido a darle el masaje yo. Son solo cinco minutos al día.

—¡Qué me dices! ¿Tú? —exclamó arrugando la frente.

—Sí, es una chorrada. Le pinzo la piel y tiro.

—¡Qué masoca!

—Pues no. Me temo que no es agradable para ninguna de las dos.

—Joder. —Meneó la cabeza—. ¿Y dónde se lo haces? ¿Tiene camilla o qué?

—No, en la cama.

—A ver si la tía encima va a ser bollera.

Maddi enrojeció de golpe.

—Tú eres idiota —dijo incapaz de contenerse. Apagó el ordenador y retiró la silla de mala gana. Las patas chirriaron contra el suelo. ¿Para eso se había acercado a ella? ¿Para atacarla?

—¿Qué leches te pasa? Intento hacer las paces contigo. ¿Por qué eres tan borde?

—Porque eres un faltón.

—¿A quién he faltado? A ti no, desde luego. ¿Me insultas porque, según tú, falto a tu compañera? ¿Ahora ese es tu orden de prioridades?

—Qué chorradas dices.

—Ama, ¿qué es bollera? —Igor cruzó el umbral de la puerta en aquel preciso instante.

—Pues una a la que le gusta comer bollos —soltó Fidel.

—Pues a mí también me gustan.

—Y a mí, hijo, cuando se dejan.

Maddi apretó los puños para bloquear un desprecio desconocido que de pronto sentía hacia su marido.

—¿Somos bolleros, ama?

El niño miró a Maddi sin comprender nada, pero los ojos acuosos de su madre lo confundieron aún más.

20 de octubre, domingo

En cuanto vio la pantalla del móvil iluminarse con un número que empezaba por el prefijo de Tenerife, supo que era Olga, la chica a la que había dejado varios mensajes en el contestador. Desde que el jueves se enteró de su existencia no había parado de llamarla. Y es que era de vital importancia hablar con ella. Cruzó los dedos.

—¿Sí?

—Buenos días. ¿Hablo con Lur? —Una voz de mujer.

—Sí, soy yo.

—¿La oficial de la Ertzaintza? —Se aseguró.

—Sí, ¿en qué puedo ayudarla?

—Verá, me llamo Olga Calella y tengo varios mensajes suyos.

—Ah, sí, Olga. Buenos días. —Lur sabía que para no ahuyentarla debía buscar las palabras adecuadas. Su colaboración era muy importante. Lo ideal hubiera sido tenerla delante para tantear sus reacciones y así no meter la pata. Lástima que viviera a casi dos mil quinientos kilómetros de Irún—. Sí, me gustaría hablar un poco con usted sobre la familia Fritz. No sé si está al tanto de lo que sucedió en el caserío de Irún el domingo pasado.

Lur ahora solo escuchó el silencio.

—¿Está ahí?

—Sí, sí. Discúlpeme. Lo vi en la televisión y me llevé mucho disgusto, la verdad.

—Corríjame si me equivoco. Usted vivió allí dos años, de 2009 a 2011.

—Eso es. ¿Puedo hacerle una pregunta?

—Claro.

—La niña, la víctima, ¿se trata de Ariadna?

—En efecto.

—Vaya, qué pena. Busqué información en internet y por la edad y las iniciales supuse que se trataba de ella. Pobrecita —dijo a media voz—. Cuando me fui tan solo tenía seis añitos. Era tan alegre y tan linda. ¿Qué tal está Guillermo?

—Muy afectado.

A Lur le gustaba el cariz que estaba tomando la conversación.

—Es un buen hombre y un guía ejemplar, se lo aseguro.

—Intentamos entender el modo de vida de la familia. Ya sabe, en una investigación, todo es importante.

—Claro, claro.

—Y me haría un gran favor si me resolviera alguna cuestión.

—Ya…

—Sé que la familia Fritz ya solo forma parte de su pasado. —Lur con pies de plomo—. Y seguramente sea un capítulo de su vida que quiera olvidar.

—Me trataron muy bien y me ayudaron. Solo tengo palabras de agradecimiento hacia ellos. No es que quiera olvidarlo, pero sí le diré que mi marido no tiene ni idea de que pasé dos años con ellos. Y claro, me gustaría que así siguiera siendo.

—Le aseguro que lo que me cuente será confidencial.

—¿Qué necesita saber?

—Todo lo que quiera contarme. Si me relata su experiencia, tal vez yo consiga atar algún cabo.

—A ver, todo empezó más o menos cuando cumplí veinte años. Mis padres son muy religiosos, también rectos, acaparadores, intransigentes… Podría seguir así hasta mañana. En fin. Y yo hija única, o sea, que se puede figurar la adolescencia que me hicieron pasar. Nunca elegía ni la ropa ni las amistades adecuadas. Controlaban cada cosa que hacía y, aun así, la mayoría les parecían inapropiadas. —Suspiró—. Cuando cumplí dieciocho empezaron a dejarme salir con el grupo del instituto, incluso por la noche. Había vivido tan contenida hasta esa edad que me di cuenta de que con mis amigos, y fuera de casa, era yo. Me sentía viva, más Olga que nunca. Bailaba, reía, besaba, pero tenía tanto miedo a que mis padres no me aceptaran que, cuando salía, bebía casi hasta perder el conocimiento. Fue terrible, se lo aseguro, porque lo hacía únicamente para apartarlos de mi cabeza. No tardaron en descubrir mi afición al alcohol y, para no variar, su reacción fue desmesurada. Aún no me explico cómo pude sobrellevar que me encerraran en mi habitación todos los fines de semana durante casi un año. Imagínese qué tortura; yo sin poder salir y sin saber qué hacer con mi vida. Pasé unos meses infernales en los que incluso llegué a plantearme arrojarme por la ventana para acabar con todo. Tuve una tremenda crisis existencial, me atrevería a decir que casi de identidad. No podía ser quien quería ser, no era el camino. Entonces ¿quién demonios querían que fuera? Recuerdo que la idea de meterme monja tomó fuerza en mi cabeza. Era una elección que seguramente contentaría a mis padres y a la vez me alejaría de ellos. Pero un día, mientras daba un paseo, un Fritz guapísimo se me acercó con una sonrisa de oreja a oreja y me dio una octavilla. Releí aquel papelito durante una semana entera. Lo llevaba conmigo a todas partes, como si fuera mi bote salvavidas. El día que me dispuse a hacerles una visita, no dije nada a nadie. Me planté allí y, nada más hacerlo, supe que aquel era mi lugar. Libertad en un ambiente religioso. ¿Qué más podía pedir? Yo vivía en Avilés y la casa estaba a una hora en autobús. El viaje de vuelta me bastó para llegar con la decisión tomada y, aunque mis padres se opusieron en redondo cuando se enteraron, yo ingresé de igual forma. Me fui un domingo después de misa, con lo puesto para no levantar sospechas, y jamás he regresado. Mis padres, por supuesto, me acosaron y denunciaron a la familia, pero no consiguieron nada. Para alejarme de todo aquel jaleo me enviaron al caserío de Irún. Estuve muy a gusto durante dos años. Me ayudaron a conocerme y a aceptarme. Fui muy feliz durante ese tiempo. Yo siempre digo que es una especie de familia o comunidad santuario. —Se quedó callada—. Me imagino que se preguntará por qué me fui. Y la explicación no tiene mucho misterio. Conocí a un chico de Tenerife en un mercado de artesanía. Yo estaba en el puesto de Blanco Inmaculado y él vendiendo perfumes naturales. Coincidimos varias veces y nos enamoramos perdidamente. Me marché con él a la isla. Fue una época muy bonita. Yo había sanado por completo. Sabía dar y recibir amor. Pese a que al tiempo lo dejamos, opté por quedarme aquí. Ya llevo ocho años en la isla y, como le he dicho antes, ahora estoy casada con un hombre que no está al tanto de mi paso por la familia Fritz.

—Sí, claro, lo entiendo.

—Espero que mi relato la haya ayudado en algo.

Lur pensó que en absoluto. Olga se había desahogado contándole cómo entró y salió, pero no cómo fueron esos años dentro.

—Sí, y se lo agradezco muchísimo, pero ¿podría hacerle algunas preguntas concretas?

—Está bien. Pero mi marido está a punto de llegar.

—¿Podría hablarme del Periodo de silencio?

—Bueno, no hay mucho que contar. Te baja la regla y permaneces sin decir ni mu hasta que se te va.

—¿Cuál es el motivo?

—Concebir un bebé es lo más sagrado y aconsejan envolverse de paz cuando se menstrúa. Escucharse a una misma, ya sabe.

—¿Aconsejan u obligan?

Se quedó callada durante un rato.

—Es una norma —dijo por fin—. Pero se agradece poder aislarse mentalmente durante esos días. Vas a tu rollo y nadie te marea.

—Al comprobar las fechas he visto que coincidió también con tía Flora, el abuelo Ignacio, Irene y Bruno. ¿Qué me dice de ellos?

—Que son buena gente. Tía Flora es algo estricta, pero al lado de mis padres, una malva.

—¿Podría hablarme sobre el Cónclave?

—Son los veteranos o, en su defecto, sus descendientes. Viven en la sierra de Madrid y se encargan de la logística. Administran el dinero y supervisan el día a día de cada casa.

—¿Te pagaban algo por tu trabajo en el taller?

Lur solo escuchó la respiración de la chica durante un momento.

—No, techo y comida.

—Es decir, que te fuiste sin nada.

—Me fui con lo mismo que entré. Ni más ni menos.

—¿Pudiste irte libremente?

—Mi marido acaba de entrar. Lo siento mucho, pero he de dejarla.

—Sí, tranquila. Tal vez podamos hablar en otra ocasión.

—Sí, pero no me llame, por favor. Yo lo haré.

—De acuerdo. Muchísimas gracias.

—De nada.

Sobre la mesa del comedor había un rollo de cinta de algodón, agujas, tijeras e hilo blanco de madeja. Tía Flora había rebuscado en el sótano hasta encontrar algo para mantenerlas ocupadas. «Nos va a venir muy bien adelantar trabajo —había dicho—. Además, no es propio de las mujeres Fritz estar de brazos cruzados». Y por eso estaban bordando con flores los cinco metros de cinta que luego utilizarían como pasamanería para adornar la cinturilla, el cuello y los puños de algunos de los vestidos que vendían. Los pétalos con puntada de ojal, el centro con nudos franceses y el tallo con punto cadena.

Estaban sentadas alrededor de la mesa, e introducían las agujas por el tejido con delicadeza y eficacia sin pronunciar ni una sola palabra. Mientras trabajaban, guardaban silencio. Era una norma. Ni risas ni cantos.

Flora vio a Irene y Eva intercambiar una mirada de complicidad. Tenían los dientes apretados y los ojos vidriosos. Estar calladas permitía a los pensamientos asaltar las mentes sin ningún tipo de compasión. Preocupaciones y penas, eso era lo que más abundaba en el comedor Fritz. Ahí mismo, en aquel suelo, murió Ariadna, y todas lo tenían muy presente. La pureza de aquel ramillete blanco que dibujaban a golpe de hilo no borraba el dolor y los remordimientos.

Flora se levantó asqueada por aquel ambiente y se dirigió a la cocina para alejarse y de paso estirar las piernas. Movió la recia cortina y vio un coche acercarse. No era el de las mujeres ertzainas. Ese se lo sabía de memoria. Un hombre, a quien enseguida reconoció, salió del vehículo.

Era aquel ertzaina de ojos fríos. El tal Quivera.

El tipo miró en varias direcciones antes de poner rumbo al huerto. Allí estaban los hombres.

Flora se pasó la mano por la nuca. Se le había quedado helada. ¿Qué querría ese tipejo?

Sin decir nada a las mujeres, salió del caserío. Escuchó a lo lejos que Quivera pronunciaba su nombre ante los hombres. La buscaba. Flora aceleró el paso y se escabulló por el terreno.

Vaya día de llamadas, pensó Lur al ver el teléfono iluminarse. La pantalla mostró un número que no reconoció, pero sí el prefijo. Pertenecía a Navarra.

—Oficial Lur de las Heras.

—*Arratsalde on*. Soy Maritxu. ¿Se acuerda de mí?

—Claro que sí. *Arratsalde on*. ¿Qué tal está?

—Pues muy nerviosa, qué quiere que le diga.

—¿Ha ocurrido algo?

—Hace más de una hora vino a verme un hombre. Se presentó como oficial de la Ertzaintza.

—¿Le dijo su nombre? —preguntó inquieta.

—Sí, Enrique Quimera o algo así.

Lur apretó el teléfono con fuerza.

—Lo conozco. ¿Qué quería exactamente?

—Que le contara lo de Flora. Ha estado muy insistente y me he llevado mucho disgusto. Ustedes quedaron conmigo en que no darían mi nombre. No entiendo qué ha pasado.

La oficial bajó los párpados e intentó serenarse.

—Lo lamento muchísimo, Maritxu. Esto no tenía que haber pasado. Voy a hablar con mi superior y con el propio Quivera para que me lo expliquen.

—Mis vecinos le han visto entrar en mi casa. Y a este se le olía a kilómetros que era policía, a ustedes no. No tenía que haber abierto la boca. Las viejas historias están mejor enterradas.

Lur lo sentía en el alma y no sabía cómo disculparse para que la creyera, para borrar lo que su puñetero compañero había hecho. ¿De qué iba? No podía sobrepasar esa línea. ¡Esa línea no!

—Su nombre no tenía que haber caído en manos de ningún otro miembro del equipo —explicó con un nudo en la garganta— y me hago totalmente responsable. Le pido perdón y le prometo que no la molestarán más. Yo misma me encargaré de ello.

—Me va a caer una buena si llega a oídos de la familia de Flora —se lamentó la mujer.

—Llámeme a cualquier hora si esto le crea algún tipo de problema. ¿De acuerdo, Maritxu?

—De acuerdo.

Lur colgó y, mientras se vestía, llamó a un taxi. Sabía muy bien adónde había ido después su compañero.

«Maldito Quivera», se dijo asqueada.

Ya en la calle se puso en contacto con Nando para pedir explicaciones y avisarle de lo que se avecinaba. Había comenzado a lloviznar y no llevaba paraguas. Las finas gotas no tardaron en humedecerle el rostro y el cabello. «Va a echar por tierra nuestra línea de investigación y no voy a tolerarlo», dijo con el móvil sujeto entre el hombro y la oreja. «Maddi y yo hemos trabajado duro y no nos hemos entrometido en su trabajo. Jamás». «No, Nando, no voy a esperar a que lo localices». «Me conoces muy bien y no soporto que me chuleen», concluyó antes de colgar y guardar el teléfono en el bolso.

Al apearse del taxi y ver el coche de Quivera frente al caserío Fritz las pulsaciones se le dispararon. Buscó algún movimiento en el terreno, pero estaba desierto. Llovía con más intensidad e imaginó que los miembros de la familia estarían a resguardo.

Llamó a la puerta con los nudillos. Estaba abierta.

—¿Hola? —Dio un paso al frente—. Soy la oficial De las Heras.

Casi todas las mujeres estaban cosiendo alrededor de la mesa del comedor y se levantaron al oírla.

—Discúlpenme —dijo avanzando—. Estoy buscando a Ernesto Quivera, un compañero de la Ertzainza. Su coche está ahí fuera.

Las Fritz la miraban sin decir nada. No había rastro de Flora. Localizó a Eva. Tenía los hombros en tensión.

—Es urgente. ¿Me podrían decir dónde está?

—Arriba —contestó Irene con su voz afónica—. En el despacho del guía.

—Gracias. —Se agarró a la barandilla y subió lo más rápido que pudo.

Escuchó a su compañero vocear pese a que la puerta estaba cerrada.

—¡Si sigue sin colaborar va a tener que acompañarme a comisaría! ¡Sabemos por qué la echaron de Erratzu!

Lur tomó la manilla y empujó la puerta con ímpetu. La ropa negra, la silueta alargada, la melena electrizada por la lluvia y el gesto serio hizo que a Quivera y Flora les recorriera un escalofrío.

—Sal —soltó la oficial mirándole a los ojos.

Quivera apretó los labios. ¿Cómo se atrevía a darle órdenes? Lur tan solo era una vulgar colaboradora. ¿Qué se creía?

—El subcomisario está de camino —añadió ella amenazante—. Sal antes de empeorar más las cosas.

El oficial se levantó de mala gana y al pasar a su lado le susurró.

—Zorra de mierda. ¿De qué lado estás?

A Lur le dieron ganas de darle un empujón para que rodara por las escaleras. El muy cabrón siempre sacaba lo peor de ella.

Flora la miró sin entender nada.

—Lo lamento —susurró Lur antes de marcharse.

Sabía que el daño ya estaba hecho. A ver cómo solucionaba aquel socavón que su compañero acababa de abrir entre ella y Flora.

Bajó a la planta principal. Las mujeres habían retomado la costura. Se despidió de ellas lo más breve que pudo.

Fuera ya no estaba el coche de Quivera. Oyó voces masculinas provenientes del cobertizo. Caminó hasta la carretera a la espera del subcomisario.

—Por Dios, Lur, estás empapada —dijo Nando al verla subir al coche.

—Se ha saltado las normas. ¡Te dije que los datos de Maritxu no podían trascender! —dijo alterada. Le brillaba la cara a causa del agua—. ¡No puede ir por libre!

—Hablaré con él. —Pisó el acelerador.

—¿Hablarás con él? Nos va a joder la investigación. Cárgatelo antes de que eso suceda. Y encima me llama zorra. ¿Qué hostias le pasa? Mañana mismo me presento en comisaría y redacto un escrito. Yo no le he faltado al respeto en ningún momento.

—Tranquilízate.

—Que se tranquilice él. Está desquiciado. Es un prepotente.

—Yo me encargo, joder —farfulló cabreado.

Lur se tragó las ganas de decirle que él o ella, que no había cabida para los dos. Que estaba hasta las narices de las zancadillas de gente como su compañero. Que ese tío no era de fiar.

—Nos vemos mañana —murmuró Nando al parar junto al portal de Lur.

—*Agur* —se despidió enfadada.

Ninguno fue capaz de dirigirse la mirada.

21 de octubre, lunes

Maddi, Lur y el subcomisario se reunieron a primera hora para hablar de los progresos que habían tenido lugar durante el movidito fin de semana. Antes de empezar, García les explicó que la víspera tuvo un encontronazo con Quivera en el que le advirtió de que la próxima vez que actuara como un energúmeno lo suspendería de empleo y sueldo durante un mes. Que no podía tolerar ese tipo de comportamientos en el equipo.

A Lur le fastidió la decisión tomada por su jefe, pero sobre todo le dejó muy claro que Maddi y ella eran simples colaboradoras a las que no se las tomaba en serio. Dos mujeres a la cola del equipo. Un equipo que en el pasado lideró ella y que tuvo que dejar por motivos de salud. Un equipo en el que jamás habría consentido un comportamiento similar. Optó por callar al respecto. Lo importante era la investigación y no podían permitirse el lujo de perder el tiempo y la energía. Por ello, decidió mirar al frente y compartir con ellos su corazonada. La cual no es que fuera a resolver el caso, pero desvelaría uno de los misterios que con tanto recelo había guardado la familia. Nando, sorprendido por la conclusión a la que había llegado la oficial, estuvo de acuerdo en que hablaran del tema con Guillermo durante la mañana. También aprovecharon para desentrañar la historia que Olga, la exmiembro de los Fritz, le había contado la víspera. Y escucharon atentos lo que Maddi había descubierto sobre el presidente y fundador de la FFADA. El día prometía y mucho. Tenían material de sobra para trabajar.

—Por lo tanto, Pepe, el individuo este —recapituló el subcomisario—, montó la asociación cuando su mujer y su hija ingresaron en los Fritz.

—Eso es. Las fechas coinciden. Hace diecinueve años sucedieron ambas cosas: Marta y Lucía pasaron a formar parte de la secta y el hombre fundó la FFADA. —Consultó su libreta antes de proseguir—. El primer año estuvieron empadronadas en la casa de Tarragona y el resto en la de Palencia.

Lur la miró satisfecha y llena de orgullo. Había hecho muy bien en elegirla como ayudante. Tal vez estuvieran a la cola del equipo, pero no podía tener una compañera mejor.

—Mmm… Y Lucía tiene un hijo de diecisiete años —remató la patrullera—. Aarón Fritz.

—Nieto de Pepe Aroztegi —susurró el subcomisario.

—Y al que probablemente ni conocerá —comentó Lur.

—Conseguid una reunión con este hombre y ponedle entre la espada y la pared. Si se niega a colaborar, no os preocupéis, que yo me encargo de que habléis con él en comisaría.

La oficial cogió el teléfono que estaba sobre el escritorio.

—Perfecto. Le mando un mensaje ahora mismo.

—Buen trabajo, Maddi —la felicitó García.

Lur lanzó una sonrisa cómplice a su compañera.

—Esta mañana, cuando habléis con el guía, aprovechad para sacar el tema de Olga.

—La chica no parece que estuviera mal allí. Respondió a todas mis preguntas excepto a la de si le costó o no salir. También me impresionó eso de que no les paguen nada por el trabajo que desempeñan en el taller. Blanco Inmaculado genera muchísimos beneficios al año. ¿A qué bolsillos va a parar todo ese dinero?

—Me atrevería a decir que se trata de un caso de explotación laboral —murmuró Maddi—. O, cuando menos, una brillante y poco ética idea de negocio. A cambio de techo y comida, cose que te cose... No hay derecho. Además, de esa manera, es mucho más difícil salirse de allí. ¿Adónde narices vas sin un euro en el bolsillo?

—No le comentéis nada al guía sobre esto. A ver si consigo que la Agencia Tributaria abra una investigación al respecto.

—Perfecto.

—Y sobre los encapuchados, prudencia. Todavía no tenemos ni idea de si es verdad y, si así fuera, en quién confiar —indicó poniéndose la cazadora—. Mantenedme informado sobre todos los progresos. Me voy a comisaría, que me toca reunirme con el otro equipo.

Media hora después Lur y Maddi estaban en el despacho de Guillermo. Irene les abrió la puerta y les permitió pasar; nadie se opuso a que hablaran con el guía. Colaboraban siempre, pero mentían. En teoría lo opuesto a ser un buen cristiano. Guillermo al otro lado de la mesa, con su barba de tres semanas, su coleta apretada, sus hombros anchos, su piel dorada y esa maldita chaqueta que tan bien le sentaba.

—Desde su visita del sábado no he dejado de preguntarme qué me esperaría hoy. —Miró su reloj disimulando cierta irritación—. Díganme qué quieren.

—Hace unos años estuvo conviviendo con ustedes una chica asturiana llamada Olga.

—Sí, claro, la recuerdo. Vivió aquí dos años. ¿Se encuentra bien?

—Sí, sí, perfectamente. Ayer estuve hablando con ella sobre su paso por aquí —soltó para tantearle.

Guillermo no dijo nada.

—Me pidió que le trasmitiera sus condolencias.

—Era una chica muy maja. Trabajadora, sensible, alegre. Le cogimos mucho cariño.

—¿Por qué se fue?

—Eso debería preguntárselo a ella. Se marchó sin dar explicaciones ni decir adiós.

—¿Por qué cree que lo hizo?

—Porque así lo decidió.

A Lur le sorprendió su faceta más arisca.

—¿Es frecuente que los miembros se vayan de esa manera?

—No sé qué insinúa, oficial.

—No me cuadra que una chica que está la mar de a gusto decida irse de esa forma.

—Aquí no retenemos a nadie, si es lo que quiere saber. Le dimos cobijo cuando más lo necesitaba y al verse con fuerzas echó a volar. ¿Tan chocante es?

—Yo diría que sí.

—Era muy jovencita. Igual por ahorrarse las despedidas… Pero vaya usted a saber. No hay que darle tanta importancia a las decisiones que toman los demás. Aquí así lo hacemos.

«Más bien lo contrario. Me temo que juzgáis a todas horas», pensó ella.

—¿Mentir entra dentro de la política de la comunidad?

—¿Ha venido otra vez a faltarme al respeto a mí y a la familia?

—No, nada más lejos.

—Ya… Estoy empezando a cansarme. Hemos colaborado en todo lo que se nos ha pedido y no sé por qué se empeñan en tacharnos de lo que no somos.

—Su hija aquella noche dormía en el dormitorio de los solteros, con el abuelo.

—Las dichosas camas deshechas. ¿Le repito lo del sábado?

—No hace falta. Es más, voy a aportar un nuevo dato. Había cabellos de Ariadna en esas camas.

—¿Y? Las mujeres se encargan de las tareas del hogar. Pudieron ir a parar ahí de mil formas diferentes.

—¿Por qué le cuesta tanto reconocerlo? En la casa están todos al corriente.

—Creo que ya he oído suficiente.

Lur se armó de valor para soltarlo.

—Su hija vestía como un hombre. No sé por qué no he llegado antes a esa conclusión. Solo los varones visten así. Pantalón bombacho y blusón, y el cabello recogido en una coleta.

—¿Cómo dice? —Guillermo le clavó la mirada.

—Que Ari dormía con el abuelo porque era un chico, ¿verdad?

—¿A qué viene semejante disparate? —preguntó sin dejar de mirarla.

—No es ningún disparate. ¿Por qué tanto secretismo?

Él se levantó y abrió la puerta.

—¿No creen que ya he sufrido bastante? —preguntó sosteniendo la manilla—. Váyanse.

—Guillermo, por favor…

—Déjenme tranquilo y detengan al responsable de una vez.

Con el taller de costura impracticable y sin más cinta que bordar, algunos miembros de la familia se peleaban por hacer las tareas de casa, ya que la actividad era lo único que les aplacaba los nervios. A Eva no, y era una bendición que tía Flora no la atosigara con un nuevo quehacer. Eso le dejaba tiempo para estar sola y tranquila por el terreno. En otra ocasión habría dado igual la gastritis o la muerte de Ari. El trabajo en el taller era sagrado y había que sacar adelante los pedidos estuvieras como estuvieras. Recordó el incendio devorándolo todo: máquinas, telas, cortinas, mesas, sillas… y se sintió poderosa. Libre. Le había dado a Ari el homenaje que se merecía. Una especie de pira funeraria íntima y secreta. Pero, sobre todo, un acto que había obligado a todos a guardar luto. Qué pena no poder disfrutar del tiempo libre con Ari. Estiró una mano e imaginó que se la tomaba. Notó que caminaba a su lado, a su ritmo. Con su cuerpo palpitante, esta vez nada putrefacto, irradiando luz como cuando vivía.

—Siempre conmigo —susurró.

Imaginó el fuego tras ella. Como una estela gigante. Arrasando todo a su paso. El olor a tejido quemado la satisfizo tanto que, por primera vez en mucho tiempo, no se sintió ni culpable ni pecadora. Simplemente era Eva, la diosa de las llamas, o una vulgar persona… pero una superviviente al fin y al cabo. Respiró hondo para intentar que lo malo abandonara su cuerpo. Cargaba con demasiado peso. Sufrimiento. Solo tenía catorce años. Catorce. Por suerte, los preparados a base de aloe vera y el consuelo de Guillermo habían actuado rápido y hoy se encontraba mejor. Las mordeduras eran más débiles y menos frecuentes. Se colocó en el abdomen la mano que no sujetaba la de Ari y se dirigió a la arboleda. Notó el calor de sus dedos penetrando en las entrañas. Le había dolido tanto ahí dentro que sentirlo tan relajado la recubría de sosiego. De pronto un brusco empujón casi la hizo caer al suelo. Unos pequeños bracitos rodearon su cintura.

—Te estaba buscando —dijo Joel apoyando la frente en la espalda de Eva.

—Me has dado un susto de muerte. —Se zafó de sus brazos y se giró—. No vuelvas a hacerlo.

Joel apretó los labios. Tenía la mirada triste. Últimamente sus ojos era lo único que reflejaban. Daba la sensación de que estuviera reviviendo una y otra vez la pérdida de Ari. O reflexionando sobre la vida y la muerte, o sobre la maldad. Quizá solo fuera miedo.

—Perdóname.

—Ey, claro que te perdono. —Le agarró de los hombros—. ¿Hoy no hay clases con Naroa?

—Ya hemos terminado.

—Qué pronto. ¿Y eso?

—No lo sé. Estaba rara.

—¿Rara?

—Distraída. Seria.

—¿Como yo?

—Sí.

—Entonces triste.

Joel tenía el pelo castaño, algo más claro que el de ella, y llevaba un corte de pelo que le enmarcaba la cara. El flequillo le había crecido mucho en los últimos días y no dejaba de soplar para que no se le metiera en los ojos.

—Y ¿qué querías?

—¿Yo?

—Sí, dices que me estabas buscando.

—Ah, estar contigo.

Hasta hacía no tanto habían compartido juegos y risas, pero ahora ella ya no se sentía una niña y se había alejado de él.

—¿Puedo?

Eva miró sus ojos entornados. Nostálgicos.

—Claro. —Le dio la mano y tiró de él suavemente.

Los dos notaron la humedad y las sombras de los árboles al penetrar en el bosque.

—¿Por qué Dios a algunos se los lleva de repente y a otros poco a poco?

—¿A qué te refieres?

—A Ari y al abuelo.

—¿Al abuelo se lo está llevando poco a poco?

—Sí, ha empezado por sus recuerdos.

Eva le apretó la mano.

—Dios no es responsable de eso, Joel. Es la edad y la enfermedad.

El niño meditó sobre lo que su hermana acababa de decir.

—¿Y por qué no se lo lleva para que no sufra?

Eva le sonrió con melancolía y no supo qué contestar.

—Me gustaría que las cosas fueran como antes —confesó el niño.

—A mí también. Y va a ser difícil acostumbrarse, pero no nos va a quedar más remedio que esforzarnos.

—¿Sabes? Solo me gusta una cosa de esto.

—¿Cuál es?

—Que no podemos trabajar en el taller.

Eva se detuvo y lo estudió en silencio. Quiso decirle que era gracias a ella pero se mordió la lengua.

—¿Qué pasa? —preguntó el niño mientras se soplaba el flequillo.

—Nada, que a mí también me gusta y que deberíamos aprovechar mientras tanto.

Joel sonrió de oreja a oreja, se soltó de su hermana y echó a correr.

—¿A que no me pillas?

Eva se recogió la falda para no tropezar y esprintó tras él.

La reacción del guía no había sido la esperada o, más bien, la deseada. Lur regresó al despacho con mal sabor de boca. Lamentaba haberle hecho pasar a Guillermo por aquello, pero si no dejaba de ocultar datos, el homicidio de su hija o hijo jamás se resolvería. Tenía mil dudas. ¿Había hecho bien abordándole de aquella manera? Lur, en un principio, estaba muy convencida de la conclusión a la que había llegado, pero ahora no. No solía errar y la posibilidad de haberlo hecho la angustiaba mucho.

—Mmm —murmuró Maddi—. Acaba de entrar el mail.

Habían pedido un inventario de todas las prendas y efectos personales que llevaba la víctima el día de su muerte. A Lur le pesaba no haberlo solicitado antes de hablar con Guillermo. Su certeza la había cegado por completo. Descargaron el archivo e hicieron dos copias. Mientras la impresora hacía su trabajo, Lur abrió la web de Blanco Inmaculado.

—Veamos —dijo Lur ya con el inventario en la mano. Esquivó las fotos y la información detallada del documento y buscó lo que les interesaba realmente—, pantalón tipo harén, blusón, calcetines, goma de pelo, pañuelo de tela, reloj de cuerda. —Hizo un barrido rápido con la mirada—. ¿Solo? Joder…

Habían albergado la esperanza de que llevara ropa interior, dato que arrojaría algo más de luz.

—Nada, ni bragas ni calzoncillos —corroboró Maddi.

—A ver qué dice la marca sobre las prendas que llevaba. —Lur necesitaba volver a leerlo.

Clicaron sobre los pantalones y buscaron el que Ariadna vestía aquella noche.

«Honestidad». Pantalón bombacho amplio de color puro. 100 % algodón ecológico para hombres

—No sé por qué dudas tanto de tu intuición —apostilló Maddi. Llevaba un buen rato intentando que se le pasara el disgusto y no había manera—. Ahí lo dice bien claro: para hombres. Las mujeres siempre van con vestidos y faldas, y el cabello recogido en una trenza larga. No te tortures más.

Lur hizo caso omiso y esta vez clicó sobre la pestaña de camisas. Miró la foto del inventario y comparó la prenda con las de la pantalla.

«Armonía». Camisa hombre amplia, manga larga ¾, cuello panadero. 100 % algodón ecológico

—Es una realidad que la víctima vestía como un chico Fritz. Punto —insistió la patrullera—. Que llevara aquella ropa y que durmiera en la habitación de los solteros son indicios más que suficientes para llegar a esa conclusión.

Las dos reflexionaron sobre esto último.

—Si solo dormían dos personas en esa habitación —recapacitó Lur—, ¿se refería el abuelo a Ari cuando dijo que echaba de menos al chico nuevo?

—No lo sé, pero si fuese así entonces Ari podría ser el León. —Maddi hizo memoria y una imagen surgió en su cabeza—. Cuando hablamos con Ignacio en la casa había un libro junto a él. ¿Lo recuerdas?

—¿La Biblia?

—No, el otro libro. Uno de nombres.

—Joder, sí, uno de nombres hebreos. —Lur tecleó en el ordenador y pinchó en uno de los resultados. Giró la pantalla hacia Maddi—. Fíjate en esto —dijo con los ojos muy abiertos.

La patrullera se metió un mechón de pelo detrás de la oreja antes de leer.

—Ari es un nombre masculino de origen hebreo que significa «león». —Miró a Lur. Ahora las palabras del abuelo cobraban sentido—. Ahí lo tienes. Espero que no necesites más pruebas de que tus sospechas eran ciertas.

—¿Y por qué Guillermo no se sincera con nosotras?

—¿Qué quieres? Me extrañaría y mucho que una secta cristiana de ideas antiguas y estrictas aceptara a personas transgénero. La propia iglesia considera a los transgénero renglones torcidos, malos ejemplos para los cristianos. Hace unos años a un chico de Cádiz no le dejaron ser padrino de sus sobrinos por este motivo. Reunió cuarenta mil firmas, pero no le sirvió de nada porque el Obispado de Cádiz aseguró haber consultado con Roma antes de tomar la decisión final.

—Qué rabia. Cuánto daño hace la intolerancia —dijo apática. Se había quedado tocada, deprimida—. Vidas a la mierda.

—Ten una cosa clara: la familia Fritz, en este caso Guillermo, no podría admitir algo así porque faltaría a sus propias creencias.

—Tienes razón —reconoció Lur—. Este verano leí una noticia en la que hablaban de un polémico documento del Vaticano titulado «Hembra y varón los creó». En él dejan muy claro su rotundo rechazo hacia las nuevas formas de identidad de género.

—Qué pesados. Rechazan todo: homosexuales, transgénero, bisexuales… —Maddi pensó en la cantidad de prejuicios que la educación cristiana dejaba a su paso. Su propio marido había llamado bollera a Lur. Con desprecio y sin tener ni idea de su orientación sexual. Y eso que él, en teoría, no tenía nada en contra.

—Ya verás, acabarán rechazando incluso a las mujeres que no tenemos hijos. En el funeral de mi abuela al cura se le ocurrió decir que sus familiares estábamos de enhorabuena porque mi abuela era madre y Dios era a las personas que más quería. Que la acogería en el cielo con cariño. Me dieron ganas de ponerme en pie y decirle: «Las demás arderemos en el infierno. Incluidas las pobres monjas después de sacrificar toda una vida. Que te jodan».

Maddi soltó una sonora carcajada.

—No lo hice, y no por falta de ganas. —Se deprimió aún más al acordarse de su abuela paterna. Ella fue lo más parecido que tuvo a una madre. La quiso tanto, tantísimo, que decidió quedarse con su piso para aferrarse a los recuerdos que allí anidaban. La vivienda era enorme y fue muy duro a nivel emocional remodelarla, pero mereció la pena. A veces oía crujir la madera e imaginaba que Ausencia, que irónicamente así se llamaba, seguía danzando por la casa. Detalle que la reconfortaba en cierta forma.

«La presencia de Ausencia», solía pensar ella.

Su fantasma favorito.

—¿Estás bien? —le preguntó Maddi al percibir su mirada apagada, tristona.

—Sí, sí. Gracias.

—Anda, saca unas aceitunitas que nos alegren un poco el rato —bromeó con una amplia sonrisa.

Esta vez fue Lur la que se carcajeó. Aquella bendita respuesta biológica alivió su pena y le hizo recordar un detalle tal vez importante.

—¿Sabes que Eva, cuando se refiere a Ariadna, nunca la llama así?

—¿Nunca?

—No que yo recuerde. Siempre Ari.

—Ari —repitió Maddi en un susurro.

Cavilaron sobre ello durante un buen rato.

—Este es el secreto que guardaba la familia —dijo Lur suspirando—. Lo perfecto habría sido abordar a Flora con la historia de Erratzu y con la verdad de Ari, pero el puñetero Quivera nos ha reventado el factor sorpresa —se lamentó—. De igual forma creo que ha llegado el momento de hablar con ella. De presionarla. Si contrató a un grupo de hombres para dar una paliza a la «adúltera» de su hermana, ¿por qué no iba a hacerlo para dar una lección a Ari? Flora siempre con sus creencias religiosas por delante.

—Vaya ejemplo de cristiandad —opinó Maddi.

—Obsesiva, violenta, intransigente —continuó la oficial—. Tenemos que averiguar si está detrás del grupo de encapuchados que entró en el *baserri*.

Un nuevo mensaje les hizo mirar la pantalla del ordenador.

—Es Nando —anunció Lur.

El subcomisario las informaba de que varios individuos habían empapelado diferentes ciudades con unos carteles muy «oportunos», y adjuntaba una fotografía para que le echaran un ojo.

MENTIRAS

SECUESTROS

MUERTE

LA FAMILIA FRITZ

¡BASTA YA!

—Lo que nos faltaba —protestó Maddi.

Pisó el acelerador de la furgoneta y se sintió como un fugitivo al cruzar la muga. Tantos años viviendo en la ciudad fronteriza de Irún y era la primera vez que pasaba a Francia. Guillermo nunca había tenido interés en viajar o en ser otra cosa. Se había resguardado al abrigo de la familia y eso le había hecho sentir a salvo. ¿Quién era ahora? ¿Qué quería?

Condujo sin rumbo fijo por Hendaia y se metió por una calle estrecha en la que abundaban las casas de fachadas blancas con contraventanas rojas. Las bonitas construcciones le hicieron creer que estaba en un pueblo ficticio.

«Aquí mis mentiras tendrían más cabida», se dijo.

Cuánto tiempo callando, fingiendo. Conteniéndose.

«¿Qué he hecho, Ari?», pensó.

Salió de la calle dispuesto a atravesar el pueblo, a abandonarlo, como si el solo hecho de alejarse le liberase de toda la carga. Ojalá las cosas fueran más sencillas. Ojalá Lur llegase a entenderle alguna vez.

Los árboles se movían en todas las direcciones porque el viento volvía a soplar con intensidad. Era como si su inquietud contaminara todo lo que le rodeaba. Rabia y cerrazón. Impotencia.

Arrepentimiento.

El mar apareció en el horizonte. Estaba gris, como el cielo, como el asfalto, como la nube que le perseguía desde que Ari murió. Condujo en paralelo a él guiándose por sus aguas y dejó atrás la playa y un enorme y perfecto castillo de cuento de tejados de pizarra. Siguió por una carretera llena de curvas que bordeaba los acantilados y tuvo que agarrar el volante con fuerza al notar que la furgoneta se movía a causa de una ráfaga de viento. Redujo la velocidad y se detuvo en un mirador para aplacar su interior. Ahí fuera la inmensidad lo esperaba. Paró el motor y dio un portazo al salir. Se acercó al acantilado y su mirada se perdió en el infinito. Unas olas rompían a lo lejos. Se le antojó que eran dentelladas gigantes dispuestas a engullirle. Él tenía ganas de eso, de que algo se lo llevase. Algo que le ayudara a olvidar. A deshacerse del dolor. Dio unos pasos hasta que las puntas de los pies quedaron en el aire.

«¿Qué hice contigo, Ari? ¿Por qué no te alejé de esa vida? ¿Por qué no te mostré otra? ¿Por qué no me dejaste?», se preguntó mirando al cielo.

Adelantó los pies unos milímetros y se dejó a merced del viento. Si Ari estaba allí arriba, soplaría para darle el empujón que necesitaba.

—Hazlo, por favor —rogó con los ojos anegados en lágrimas.

De pronto una ráfaga de aire frío proveniente del mar le alcanzó el rostro y le zarandeó los pantalones, la coleta y la chaqueta. Guillermo ancló los talones en el suelo pero no pudo evitar caer.

Rodó por el césped como un muñeco hasta quedarse bocarriba. Las nubes se movían veloces. Casi cabreadas. Y así, tendido en la hierba y arrepentido de su cobardía, prometió en voz alta que haría justicia. Si no lo hacía él, nadie lo haría.

Eran las tres de la tarde cuando regresaron al caserío, pero las nubes grises oscurecían el día de tal manera que parecía que estuviera a punto de anochecer. Las primeras gotas no tardaron en caer. Lur y Maddi salieron del vehículo y se acercaron a la fachada para protegerse.

No era plato de gusto estar otra vez allí, y lo que menos deseaban era encontrarse con Guillermo. Llamaron a la puerta y tomaron aire.

Jessica abrió y se tensó al verlas. Sus ojos grandes y saltones reflejaban preocupación además de cansancio.

—¿Podría indicarnos dónde está Flora? —preguntó Lur—. Nos gustaría charlar con ella.

—Tía Flora nos ha pedido que les digamos que a partir de ahora solo hablará con ustedes en presencia del abogado de la familia. —Jessica se humedeció los labios resecos—. Lo lamento.

Lur se cagó en Quivera por lo bajo.

—Gracias, Jessica —dijo ocultando su rabia monumental.

Ya desde el coche vieron a través de la luna delantera a Flora mirarlas desde una ventana. Barbilla alta, desafiante. La vecina y ella, dos gotas de agua.

—Nuestro compañero Enrique nos ha jodido bien jodidas —murmuró Maddi.

—Voy a pedirle a Nando que nos consiga una orden para hablar con ella en comisaría. Ya me estoy cansando de tanto juego. ¿No quieres a las buenas, tía Flora? Pues a las malas.

La mandamás les había ordenado a María Belén, Jessica y a ella que cambiaran las sábanas de la habitación de las solteras y no les había quedado más remedio que hacerlo. Trabajar y trabajar, eso es lo que tía Flora quería. Verlas hacer y deshacer. Mandar a todas horas. Eva se acercó a su cama murmurando por lo bajo. Junto a Joel y sus juegos había conseguido olvidar la tristeza, pero tía Flora les había fastidiado el rato. Desde la visita del ertzaina la portavoz estaba más insoportable si cabía, más violenta.

Arrancó la ropa de cama con ímpetu y la dejó en el suelo. Cogió la almohada y la puso en vertical para desprenderla de la funda. Dio la espalda a Jessica y María Belén, a las que oía trabajar en silencio. Pisadas, roces de telas, golpes suaves. Sacudió fuerte la almohada y algo cayó a sus pies.

Un papel.

Se sentó sobre el colchón desnudo dispuesta a leerlo. La letra era alargada y costaba entenderla. Daba la impresión de que alguien la hubiese escrito a toda prisa.

Deseo que no vuelvas a conciliar el sueño, que jamás respires aliviada y que tu vida cambie para siempre después de leer lo que tengo que decirte.

Vas a arder en el infierno como Ariadna. Te lo mereces. Cada una atada a un poste y viendo cómo muere la otra por los siglos de los siglos. Como hacían con las brujas. Os merecéis que alguien os queme vivas, que alguien os dé una lección.

Iremos a por ti, no lo dudes, y es algo que no podrás evitar.

Buen viaje, Eva.

—¡¿Todavía estás así, niña?! —voceó tía Flora desde la puerta—. ¡En cinco minutos quiero esa cama hecha!

Las manos de Eva temblaban como si un terremoto estuviera zarandeando su cuerpo. Ni siquiera escuchó la reprimenda de la portavoz.

Maddi y Fidel no se habían vuelto a dirigir la palabra desde el sábado. La patrullera estaba harta de tanta tontería y no había disimulado su enfado ante su marido. Él no podía seguir con la rabieta, con los celos. Tenía que entenderlo de una vez. Eran adultos, joder. Normalmente ella lo intentaba por activa y por pasiva —de hecho llevaba días haciéndolo—, siempre buscando una reconciliación, una palabra amable, pero esta vez tendría que ser él quien diera el paso. No soportaba su desmesurada pose de ofendido. Y todo por aceptar investigar un caso. ¿Iba en serio? ¿De verdad que iba en serio? Una chica muerta de catorce años. ¡Eso sí que era preocupante! Y no lo que frustraba a su marido. Esta vez le iban a dar. Le iban a dar bien dado.

Sus hijos eran los principales perjudicados, quienes más sufrían. A fin de cuentas estaban siendo testigos de la tensión entre ella y Fidel, y no era justo. Delante de Mía e Igor intentaba relajar el gesto serio y se centraba en mantener conversaciones animadas, pero en cuanto se iban torcía el morro para que su marido recibiera el mensaje. Tampoco cocinaba para él ni recogía lo que ensuciaba.

«¿Esto es lo que quieres, Fidel? Pues adelante. Tú a las malas y yo también. Mi paciencia tiene un límite», se dijo molesta.

Estaba sentada a la mesa apurando la cena. Le vio entrar y mirarla de reojo. Ella se levantó, metió el plato en el lavavajillas y salió de la cocina.

No tardó en oír la puerta de la calle. Apostó a que se iba al bar de abajo a comerse un bocadillo.

«Haz lo que quieras», pensó molesta.

Le molestó aún más descubrir lo agotador que era estar enfadada.

No había dejado de llover en toda la tarde y, aunque ahora la borrasca no se veía a través de los cristales que la noche teñía de negro, se escuchaba incluso más. Con el aguacero de fondo Lur se preparó algo ligero para cenar, se dio una ducha rápida y se puso el pijama más cálido que encontró en el armario. Un trueno bramó a lo lejos cuando se metió en la cama. Pensó que con el disgusto de la última visita al caserío tardaría en coger el sueño. Quivera les había frustrado el interrogatorio de tía Flora, así que era de esperar que pasara buena parte de la noche dándole vueltas al asunto, planificando nuevas estrategias, sopesando pros y contras, buscando nuevas pistas… Pero en lugar de todo eso se durmió con rapidez. De pronto se volvió a ver a sí misma abandonada por sus padres en la calle, en plena nevada, descalza, helada de frío, herida. Rota en mil pedazos. Frágil. El miedo aflorando de nuevo como si fuera una planta perseverante e inmortal. ¿Cuántas vidas tenía esa desazón?

«Es un sueño, Lur, no temas», se dijo.

Era la primera vez que tenía un sueño lúcido e iba a aprovechar para echarse una mano a sí misma. Miró a su alrededor. Era su barrio. El PT Cruiser seguía allí plantado. La nevada había empezado a cuajar sobre la carrocería pero aún se podían distinguir las pintadas. Se contempló los pies amoratados y se calzó mentalmente unas botas de montaña. Se puso un grueso abrigo y un gorro orejero. La experiencia de poder colocarse la ropa como si tuviera una varita mágica la satisfizo. ¿Aquellas sensaciones se asemejarían a las realidades virtuales en las que grandes empresas estaban trabajando?

Perdió el tiempo un rato haciendo «oes» con el vaho del aliento y después echó a correr calle abajo. Ahí podía hacerlo. Podía hacerlo sin dolor.

Un crujido aterrador la paró en seco. ¿Eran sus músculos? ¿Así sonaban al romperse?

¡Crac!

Lur abrió los ojos. Estaba bocarriba, paralizada, con las extremidades rígidas y estiradas. En cuanto recuperó el control de su cuerpo, miró a un lado y vio la hora en el reloj de la mesilla de noche. Las tres de la madrugada. Aquel era su cuarto; aquella, su cama. Estaba en casa, a salvo. Había tenido un sueño en el que corría y… Todavía olía la nieve, el frío. Todavía sentía el tacto cálido de la ropa en su piel, o el helor del invierno en la cara. Todavía…

Ahí fue cuando olió algo distinto: humo.

Se levantó más rápido de lo normal y su cuerpo protestó. En la realidad cualquier movimiento podía ser utilizado en su contra.

La realidad dolía.

Se asomó a la cocina y el fulgor de las llamas le azotó el rostro. El calor era brutal y la luz cegadora. Lur dio un paso atrás. Las cortinas del balcón danzaban movidas por el fuego. La mesa, las sillas, los armarios, los electrodomésticos, todo era pasto de un monstruo vivo de fauces rojas que se elevaba hasta el techo. Algo crujió bajo sus pies. Cristales. Restos de botellas. Olía a líquido inflamable. Por un momento el terror la dominó. Apagar, huir, llamar, salvar sus recuerdos… Entonces miró hacia el fondo de la estancia, donde estaba el despacho improvisado, y corrió hacia allí. Cogió cuanto pudo y al regresar al pasillo las llamas ya salían por la puerta de la cocina como tentáculos demoníacos. Todo su cuerpo se detuvo de golpe frente a la barricada anaranjada. Era peligroso continuar, pero más aún quedarse allí parada. Debía abandonar la casa cuanto antes. Cogió una toalla del baño, se cubrió con ella, apretó los documentos contra el pecho y atravesó las llamaradas. Durante unos segundos sintió el calor abrasador y creyó que iba a desmayarse. Soltó la toalla y el último tramo del pasillo lo recorrió a gatas, bajo el humo. Salió al rellano, bajó por las escaleras y llamó a urgencias antes de perder el conocimiento en el jardín que había enfrente del bloque.

En su universo de mierda, el real, los bomberos le pusieron una manta sobre los hombros. Cuando García llegó estaba sentada en un camión, cabizbaja. No había derramado una sola lágrima y no por falta de ganas. Estaba asqueada. Estaba deprimida. ¿Por qué a ella? ¿Por qué no la dejaban en paz ni en sueños? Estaba cansada de todo. Estaba hasta las narices de nadar a contracorriente.

—¿Cómo estás, Lur?

Ella lo miró sin decir nada. La oficial tenía el rostro apagado. Y en los ojos un halo de rendición.

—No puedes seguir en tu casa —sentenció él con el semblante serio.

—Claro que puedo. Solo ha sido la cocina.

—¡¿No te das cuenta?! —voceó desquiciado. El teléfono le había despertado en plena noche y se había llevado un susto de muerte al oír el relato de la oficial. Un susto que todavía lo acompañaba. Esta vez no iba a consentir que se saliera con la suya. Su cabezonería la ponía en peligro.

Lur se tapó la cara con las manos.

—Lo siento. Perdóname —susurró Nando colocándole una mano sobre el hombro.

—No estoy llorando. Deja de compadecerte de mí. —Su autosuficiencia, en un intento de tomar el control, habló por ella.

—Tu balcón está lleno de cócteles molotov. Quienquiera que haya sido no ha parado hasta reventar el cristal. No es seguro que sigas aquí. —Él se sentó a su lado—. Eso tienes que entenderlo. Vamos a preparar una pequeña maleta con lo indispensable y te vas a mudar a un hotel, o a mi casa. Lo que tú prefieras.

—Sabes lo que yo prefiero.

—Sí, pero eso no puede ser.

—Vaya mierda. —Se ajustó la manta.

—Encontraremos a quien está detrás. ¿Vale?

La oficial suspiró.

—Detesto ser la víctima. Esas cosas las debería estar diciendo yo, no escuchando.

—Lo sé y lo siento.

«Debo coger las riendas, Nando. Solo yo puedo hacerlo. Da igual si estoy sana o enferma, da igual. Tengo que ser la Lur de siempre si quiero volver a encarrilar mi vida», quiso decirle.

—Mi casa es lo único que tengo. Tú ya conoces la historia. —Sus ojos brillaron con intensidad—. Perteneció a la mujer que más quise en este mundo y… y ese piso está lleno de recuerdos felices. ¿Por qué me dan donde más me duele?

García quiso decirle que era una buena persona, que no se merecía lo que le estaba pasando y que se odiaba a sí mismo porque, ahora que se presentaba el momento de salvarla, de ayudarla, no tenía ni idea de cómo hacerlo.

—Si no sales de esta casa no podré cuidar de ti. Prométeme que te mudarás hasta que esto se aclare.

Las imágenes del sueño regresaron a su mente. La calle abierta, helada, su cuerpo rápido y libre, sano. El olor a quemado le impregnaba las fosas nasales y la piel. Se arrebujó bajo la manta y quiso desaparecer, dejar de sentirse rota, llegar al final de ese caso de una vez y curarse, curarse, joder. Respiró hondo y dejó caer los hombros. El humo aún salía por la puerta del balcón de la que había sido su cocina. De su hogar. ¿Qué más la esperaba? Tendría que seguir peleando, como siempre. Qué pesadilla. Nando tenía razón. Por el momento era mejor irse, aunque le doliera en el alma, aunque odiara al responsable que había intentado borrarla a ella y a sus recuerdos del mapa. No era justo, pero no le quedaba más remedio.

—Eh, ¿estás bien? Estoy aquí contigo, ¿vale?

Nando se inclinó sobre ella y la abrazó con cariño. Lur se sorprendió ante aquel gesto. El tacto, el peso, el olor del apego… Todo eso cubrió parte del dolor que la ataba y la consoló. Apoyó la cabeza en el hombro de su jefe y amigo y lloró sin miedo.

22 de octubre, martes

Era la quinta vez que la veía salir del caserío. No sabía qué diablos hacía yendo de aquí para allá con esa cara de pasmada. A Jessica empezaba a ponerla muy nerviosa y se fijó en que al abuelo más. Los dos estaban codo con codo. Hacía buen tiempo y habían aprovechado para limpiar los vehículos de la familia. Ignacio la ayudaba secando las ventanillas con una bayeta. La gallega dejó la esponja en un cubo y se dio la vuelta para observar a Paz. Deambulaba a buen ritmo por el terreno. Iba descalza y sin chaqueta. Llevaba la falda muy alta, sobre la enorme tripa, con los tobillos al aire. La próxima vez que pasase a su lado le sugeriría que se calzara y abrigara. Hasta ahora no lo había hecho por miedo a su reacción, pero una Fritz no podía permitir una cosa así. Cuidaban los unos de los otros. Vio cómo se perdía entre los árboles.

—Ya volverá —canturreó el abuelo—. Volverá con su bombo y platillos.

Movió los brazos como si tocara un instrumento de percusión.

—Sí, ya volverá. —Metió la mano en el cubo y escurrió la esponja. El agua caliente la reconfortó.

—Jessi, ¿has visto a mi hermana?

Joel apareció de la nada. Últimamente iba mucho detrás de Eva, como una pequeña sombrita. La gallega sabía que mandado por tía Flora o María Belén. Le molestaba que asfixiaran a la chavala y mangonearan al crío. No sabía qué opinaría Irene al respecto, si es que estaba al tanto.

—¿A Eva? No la he visto por aquí. —Se puso la mano a modo de visera y oteó el horizonte. En el huerto estaban Bruno, Gorka y tía Flora con los brazos en jarras.

—¿La has buscado en el tronco caído?

—Sí. Es donde primero he pensado que estaría.

El niño estaba serio.

—Joel, ven, anda —dijo el abuelo.

El chico obedeció.

—Pero ¡qué guapo es! —exclamó dándole un abrazo—. ¡Y es mi nieto nada menos! ¿Te lo puedes creer, Jessica?

La chica sonrió con anhelo. Ella jamás había recibido ese tipo de cariño por parte de su familia. Sus padres eran dos miserables alcohólicos a los que los servicios sociales tuvieron que quitarles la custodia por tenerla desatendida, y su única abuela había sido una mujer egoísta que no quiso hacerse cargo de ella.

—Abuelo, me haces daño —dijo con voz nasal. Ignacio le taponaba la nariz contra el pecho.

—¡Qué blandengues sois los niños de hoy en día! Anda, no te quejes más y ve a buscar a tu hermana.

Joel se frotó el brazo. Jessica intuyó que el abuelo le había clavado la mano ahí.

—Si dentro de un rato no das con ella, vuelve por aquí y yo te ayudo a encontrarla.

—Vale, Jessi. Gracias —dijo mientras se soplaba el flequillo para que no se le metiera en los ojos.

—No sea tan burro, abuelo Ignacio —le aconsejó ella en cuanto el niño puso pies en polvorosa—. Es un buen *fillo*.

—No mandes tanto y haz el favor de hablar en cristiano —soltó de mala gana.

Jessica gimió con hastío y apretó la esponja contra los faros traseros.

—Pero ¡¿dónde está?! —aulló una voz—. ¿Alguien lo ha visto?

Jessica puso los ojos en blanco. ¿Qué demonios pasaba ahora? Al darse la vuelta vio a Paz. Tenía la ropa manchada de barro y el cabello alborotado.

—¡Andrés! ¡Andrés! —repitió mientras se tiraba de la blusa como para arrancársela.

—¡Paz, tranquila, tranquila! —exclamó Jessica soltando la esponja y echando a correr.

Tenía miedo de que se desgarrara la ropa, de que se hiciera daño. Apretó los dientes y alargó las zancadas al máximo, pero entonces un pie se le enredó en el bajo de la falda y perdió el equilibrio. A Jessica le dio tiempo a apoyar las palmas de las manos en el suelo y eso impidió que cayera de bruces. Se quedó a cuatro patas, pero enseguida se puso de pie de un salto y consiguió alcanzarla. La abrazó fuerte para contenerla.

—Chiss, chiss. Tranquila, tranquila…

La tripa no le dejaba abarcarla bien. Bruno, Flora y Gorka también acudieron.

—¡Se lo ha tragado la tierra! ¡No está! No… ¡Nooo! —gritó desquiciada.

El aroma a frutas del bosque había desaparecido y en su lugar había un hedor a quemado que picaba en los ojos y la garganta. Maddi había recogido a la oficial en la puerta de un hotel que se hallaba a las afueras de Irún, y antes de retomar la investigación habían pasado por el súper para comprar algo de comida.

Se asomaron a la cocina destrozada y se angustiaron solo de verla. Parecía que hubiese estallado una bomba allí dentro. Los cristales rotos, los muebles ennegrecidos, las sillas carbonizadas. Lur recordó las llamas altas, descontroladas, y el miedo que pasó. Si se hubiese tomado ración doble de relajantes musculares quizá no le hubiesen despertado los cristales rotos. ¿Y si estaba viva de milagro?

—Clausuraremos la cocina —dijo cerrando la puerta deformada. Observó el suelo de la casa. Estaba lleno de pisadas negras—. Ve yendo al despacho mientras friego el pasillo.

Maddi prefirió ayudarla a adecentar el resto de la casa antes de proseguir con la investigación. Hicieron falta varios cubos de agua bien caliente para limpiar aquel desastre, y buenos chorros de jabón para camuflar el olor a quemado.

—¿Qué tal has dormido? —quiso saber Maddi mientras insistía con la fregona sobre una huella oscura.

—Poco y mal. —Señaló sus ojeras—. Cada vez que me miro en un espejo creo que algún cabrón me las ha tatuado.

Maddi tampoco había dormido gran cosa. Estar así con Fidel le robaba muchas horas de sueño.

—Lur, ¿se lo has contado a tu padre?

—No, ¿para qué?

Maddi meneó la cabeza mientras dejaba la fregona a remojo en un cubo.

—Me alivia que al menos hayas accedido a irte a un hotel. Lo que está pasando es preocupante. Tal vez… tal vez deberías…

—Ni se te ocurra sugerirme que deje el caso. —Sumergió su fregona junto a la de Maddi—. Eso es lo que quieren.

—¿Y qué piensa Nando de que sigamos investigando desde aquí?

—No está muy conforme, pero sabe que por el día nadie se arriesgaría a atacar el bloque. —Echó un chorro de lejía en el cubo—. Además, si quieren hacerme daño me lo pueden hacer en cualquier parte. ¿No crees?

Se sentaron a la mesa del despacho y Lur dispuso sobre ella un bol con su tentempié favorito. Se lo merecían; además, para eso habían pasado por el súper.

—¿Se sabe algo más de los carteles? —preguntó Maddi mientras apoyaba la espalda en la silla.

—Que han aparecido en un montón de ciudades de España —explicó Lur—. Los debieron de colocar la madrugada del domingo al lunes. Se ha abierto una investigación por si tiene relación con el homicidio. Por lo que he oído, las cámaras han cazado a dos individuos mientras los pegaban. Uno en Pontevedra y otro en Alicante. Ambos vestidos de negro, encapuchados.

—¿Con ponchos?

—Sudaderas, más bien.

—Una tropa perfectamente organizada. —Maddi cruzó los brazos bajo el pecho.

—Sí, y creando más crispación. Justo lo que necesitamos ahora mismo. —Lur cogió una aceituna oscura del bol y se la metió en la boca—. Nos mantendrán informadas en cuanto surjan novedades.

Maddi imitó a la oficial y pinchó una. Después otra, y otra. Según Lur, estas procedían de Kalamata, una localidad de Grecia. La patrullera cayó rendida ante ellas. Un sabor increíble, una textura suave y embaucadora. No tardó en decidir que eran sus favoritas, aunque sabía que su compañera al día siguiente la sorprendería con una variedad nueva y quién sabe si superaría a aquellas.

—¿Crees que los Fritz están relacionados con los ataques a tu casa? —preguntó dejando varios huesos en un cenicero.

—Los de Irún están muy vigilados. Anoche ninguno abandonó el *baserri*. Que haya sido algún miembro de otra de las casas, podría ser, pero ¿para qué? ¿Boicotear la investigación?

—Si son responsables de la muerte de Ari, sí que cuadraría —opinó Maddi.

—Los de la UIC de Oiartzun son los encargados de la investigación —comentó Lur.

—¿Chassereau y Macua?

—Sí.

—Entonces estás en buenas manos —consideró Maddi.

Después se acercó al corcho y desplazó toda la información a la izquierda, dejando vacío el margen derecho. Lur colocó allí una foto con una chincheta roja. Era un primer plano de Pepe Aroztegi. En un rato volverían a verlo, ya que la víspera no había podido atenderlas. Se fijó en que sus iris azules reflejaban la misma seguridad que les mostró en su casa.

—No me gusta nada este tío —dijo la patrullera.

—Es de esos de «o estás conmigo o contra mí» —opinó Lur—. Me pregunto cómo sería antes de que su familia ingresara en los Fritz. Hay sucesos que lo cambian a uno para siempre.

—El tío lleva luchando diecinueve años.

—No sé qué sentirá hacia su mujer e hija, pero no va a recuperarlas jamás. —Lur cogió otras tres fotos y las colocó pegadas las unas a las otras.

—Y aquí están los famosos vecinos de los Fritz. —Maddi los observó de cerca. Txomin y sus padres miraban al frente. Habían extraído las fotografías del DNI. Señaló al chico—. ¿Por qué nos mintió? ¿Por qué negó que Eva estuvo allí?

—No lo sé, y la única manera de volver a acercarnos a ellos es ir para hablar con el padre, si es que existe. Se nos acaban los pretextos para pasarnos por allí. Después, indagar en el entorno y poco más.

Maddi se concentró durante un buen rato en los tres individuos. El padre de Txomin parecía un hombre mayor, casi un anciano, aunque los datos decían que tenía cincuenta y cinco años, la misma edad que la madre. Quizá era cosa de la foto. ¿Quién no ha tenido un DNI en el que saliera rematadamente mal?

—¿Hay novedades sobre la orden judicial para hablar con Flora en comisaría?

—Seguimos a la espera —dijo Lur con disgusto—. Si tuviera aquí delante a Quivera, lo estrangulaba. Qué asco de tío.

Maddi la miró y resopló. Lur se fijó entonces en que las ojeras de la patrullera eran tan profundas como las suyas. ¿Habrían empeorado las cosas con su marido?

—Cambiando de tema —dijo Maddi al sentirse observada—, ¿qué tal estás? ¿Has notado algo de mejoría?

—Bueno… Llevo tres días haciendo la tabla que me recomendó la osteópata y he de reconocer que me alivia. Las paso canutas, eso sí. Con mis rigideces, solo el hecho de alcanzar el suelo ya es una odisea. —Se calló al recordar lo complicado que se había vuelto algo tan sencillo como tumbarse—. Por lo pronto no me he hecho daño, que era mi mayor miedo. Hace un tiempo un fisioterapeuta me dijo que no debía estirar porque me irritaba el nervio ciático y estaba acojonada. No podría soportar volver a llevar la pierna a rastras. —Resopló—. Tendré que llevarme al hotel la esterilla.

—¿Y el masaje? ¿Llamaste a tu padre para que te lo hiciera durante el fin de semana?

—No, ni me molesté.

Maddi chasqueó la lengua.

—Lo conveniente sería que te lo hiciera ya. A ver si conseguimos mejorar el aporte sanguíneo.

Lur se rio con desgana.

—Ya eres toda una experta.

—Me picó la curiosidad e indagué en internet. Ya sabes, defecto profesional. Nada queda en el tintero, todo lo tengo que investigar.

—Me suena.

Fueron al dormitorio. A Lur le seguía dando apuro. Sentía como si se estuviera aprovechando de ella. ¿Cómo había permitido que la relación pasase la barrera de lo estrictamente profesional? Su descuido a la hora de hablar con su padre y la insistencia de ella habían puesto patas arriba sus reglas. La oficial siempre había sido una tía dura, autosuficiente, y estar a merced de los demás le hacía sentirse tan vulnerable que no lo soportaba. No aceptaba ser la que necesitase ayuda y ya iban dos veces en menos de veinticuatro horas. Primero la de Nando y ahora la de Maddi. Se tumbó bocabajo y se las arregló de nuevo para ocultar la ropa interior de Blanco Inmaculado.

—¿Preparada? —preguntó Maddi.

—Sí, y que sea rápido, por favor. Detesto esta postura.

—Venga.

La patrullera deslizó sus pulgares con un movimiento ascendente a ambos lados de la columna. El bloque de músculo, piel y carne ni se inmutó. Era como si esa zona fuera de mentira. Sintió lástima por Lur. Sola y maltrecha. Atacada. Empujada a dormir en un hotel. Ella sí que lo tenía difícil, la pobre. Echó a un lado la pena para que no le flaquearan los dedos al pellizcarla. Tiró con fuerza. Recordó el odioso comentario de su marido. ¿Qué pensaría si las viera allí? ¿Que eran un par de bolleras? ¿Ese era el concepto que tenía de dos mujeres ayudándose, independientemente de la orientación sexual de cada una? Se avergonzaba de él. Mucho. Y de sus gilipolleces. Estaba muy quemada. Tanto, que ni se reconocía. Volvió a pellizcar y un aroma alcanzó sus fosas nasales. Lo analizó con detenimiento. Era un olor familiar pero reciente. La bombilla se le encendió.

Clic.

Así olían los Fritz.

Gorka y Naroa, los vascos, se habían llevado a Paz, a los niños y al abuelo al huerto. Los demás, excepto Eva, Joel y Andrés, estaban en la puerta del caserío. Los gritos de la embarazada habían alarmado a todos. La familia estaba agitada y el guía intentaba calmarla. En un principio ninguno había dado importancia a los chillidos de Paz. A menudo se ponía histérica por cualquier motivo. Pero cuando oyeron a Jessica decir que Joel no encontraba a Eva, todos se pusieron en guardia.

—Por lo que cuentas, al último que se le ha visto por aquí es a Joel —recapituló Guillermo.

—Así es —dijo Jessica—. Hará como diez minutos que vino preguntando por Eva.

A Andrés y a Eva no los veían desde la hora del desayuno.

—Lo mejor será que nos dividamos y registremos el caserío y el terreno —opinó el guía—. Jessica e Irene, ocupaos de la planta principal y la primera. Recorredlas de cabo a rabo. No dejéis un rincón sin revisar. ¿De acuerdo?

—Sí —contestaron a la vez.

—María Belén y Flora, encargaos de patear el terreno. Y bajo ningún concepto os separéis, ¿entendido?

—Por supuesto —contestó la portavoz de las mujeres.

—Bruno, ve al cobertizo y revisa cada centímetro cuadrado —afirmó con vehemencia—. Yo subiré al desván. Si alguien encuentra a alguno de los tres que pegue una voz, por favor.

Los seis se miraron con una mezcla de miedo y preocupación.

—Buscaremos con calma, sin atropellos. Ya veréis como pronto aparecen. Estoy seguro de que detrás de esto hay una fácil explicación. —Tendió las manos para que se las cogieran los unos a los otros y en unos segundos formaron un círculo—. Dios, te suplicamos que nos ayudes. Después del duro golpe recibido el domingo pasado, esta familia no pasa por su mejor momento. Por favor, lánzale un bote salvavidas y protégela de este temporal.

La plegaria solo consiguió sumar más preocupación a la que ya había. Si ninguno había querido barajar la posibilidad de que algo espantoso había pasado, ahora todos temían lo peor.

Y por desgracia estaban en lo cierto.

La sangre de los Fritz se había vuelto a derramar.

Un vaquero desgastado de Armani y un polo caqui de Tom Ford. Estaba claro que el fundador de la FFADA era un fanático de ese look, de esas marcas. Moda, estatus… Lur pensó que no solo los Fritz llevaban uniforme. Qué va. Aquí no se libraba ni Dios. Hasta los agresores que entraron en el caserío de los Fritz —según Eva, de negro riguroso y encapuchados— llevaban uno.

Pepe las había atendido a regañadientes y se mostraba más hosco, si cabía, que la vez anterior. Su cabellera abundante, mezcla entre rubio y blanco, y perfectamente despeinada le daba un aire moderno. Las fotos de su mujer c hija seguían en la estantería, a su espalda. Lur las miraba ahora de otra manera. Llevaban diecinueve años en la secta. ¿Qué quedaría ya de aquellas mujeres sonrientes que lucían escotes generosos? ¿Qué las habría empujado a meterse allí?

—¿En qué puedo ayudarlas esta vez? —En su tono de voz no había un ápice de amabilidad.

—No queremos hacerle perder el tiempo e iremos directamente al grano. El otro día le preguntamos por qué montó la FFADA y nos dio evasivas.

—Evasivas —rio con ironía.

Lur aborrecía a las personas que se creían poderosas, siempre por encima de los demás. Pepe Aroztegi era una de esas y estaba segura de que pensaba que ellas solo eran mierdecilla.

—Sí, evasivas. ¿Va a decirnos hoy qué le motivó a hacerlo?

—Porque las sectas deberían estar ilegalizadas. Así de sencillo. Y me preocupa esta en concreto porque lleva en España casi cincuenta años. ¿Ustedes creen que es normal que no se desarticule incluso ahora, después de un asesinato? ¿Quién los protege? ¿Qué mano negra se oculta detrás?

—¿Está seguro de que ese es el motivo que le empujó a hacerlo?

—Desde luego.

—Me fastidia que no nos deje otra alternativa.

—Siempre hay más de una alternativa.

—Su mujer y su hija ingresaron en la familia Fritz hace diecinueve años.

Su mirada gélida se petrificó. Tensó la mandíbula.

—Es repugnante lo que hacen —dijo con toda la aversión que logró reunir.

—Y entonces puso en marcha la maquinaria de la FFADA —prosiguió Lur—. ¿Por qué decidieron unirse a la secta? —Decidió finalizar la pregunta con la palabra secta para intentar acercarse a él, pero eso no evitó que temiera su reacción.

Volvió a apretar la mandíbula.

—Porque las embaucaron. Las sectas tienen un poder inmenso. Y los líderes son encantadores de serpientes. Aquí los llaman guías. ¿Guías de qué? —Resopló tan fuerte que casi pareció que un perro gruñía tras él—. El caso es que llevan allí atrapadas casi dos décadas. Ustedes, ¿qué habrían hecho en mi lugar?

Maddi imaginó a Fidel ingresando con Mía e Igor y sintió que se le detenía el corazón. De inmediato pensó que eso no lo podía hacer, ya que eran menores de edad. Se preguntó por qué se torturaba así. El tira y afloja entre ellos la estaba desestabilizando mucho y la cabeza le jugaba malas pasadas.

—No lo sé —se sinceró Lur—. Es difícil saber cómo va a actuar uno.

—No hallé ningún tipo de ayuda. Acudí a la Ertzaintza, a los juzgados… Nadie me tendió la mano. Como mi hija era mayor de edad, no podían hacer nada al respecto. Según todos, habían entrado libremente. —Torció el gesto y los ojos se le encendieron—. Qué grandísimos hijos de puta. Podían engañarse a sí mismos, pero no a mí.

—Me veo obligada a hacerle esta pregunta, señor Aroztegi.

—¿Qué pregunta? —dijo tenso.

—¿Tuvo algo que ver en el homicidio de Ariadna Fritz?

—¿Qué? ¿Por qué iba a hacer yo algo así? ¿Qué tiene que ver Ariadna conmigo o con mi familia?

—No lo sé, díganoslo usted, al fin y al cabo, creó la FFADA con el único propósito de acosar a una asociación legítima y legal de personas.

—¿Llama a esa panda de desalmados asociación? ¿Cómo se atreve? —Meneó la cabeza—. ¿Sabe adónde se las llevaron?

Primero a Tarragona, después a Palencia. No he dejado de seguirles el rastro.

Lur estaba esperando un momento como ese para pinchar aún más. Tenía que llevar a Pepe al límite para, en caso de tener algo que confesar, que lo soltara sin apenas darse cuenta.

—Ha estado siguiendo a los Fritz con obsesión. Todo este tiempo.

—¡Me robaron a mi familia!

—Su mujer y su hija se fueron de su lado por voluntad propia, señor Aroztegi, deje de culpar a los demás y asuma las consecuencias de sus actos. Se lo repetiré una vez más: ¿tuvo usted algo que ver con el homicidio de Ariadna Fritz? ¿Fue la muerte de la chica alguna forma de venganza? ¿Está su organización detrás de esto?

Pepe estaba estupefacto, con los ojos desorbitados, la piel blanca y la boca desencajada. Tardó varios segundos en reaccionar. Cuando lo hizo, se movió lentamente, y con una voz mucho más rota de lo que Lur imaginó, dijo:

—Tengo un nieto al que ni siquiera conozco. Esa gente me ha privado de mi futuro al dejarme al margen de la vida de las personas que más me importan. Y dice que yo tengo algo que ver en un suceso tan trágico y horrible como la muerte de una niña. —Ya no había un ápice de rotura en su voz—. Quizá fundé la FFADA movido por la ira y el rencor, pero no soy ningún asesino. Quiero vencer a esos *destrozahogares* con la ley y la justicia de mi lado. Debería darles vergüenza venir hasta aquí, a mi propia casa, a sacarme la mierda que llevo dentro y dejarme destrozado con tal de llevarse una confesión que no existe. Con tal de borrar su incompetencia… —Sus frases iban cargadas de resentimiento—. ¿Qué clase de hombre creen que soy?

Lur y Pepe se calibraron con la mirada.

—¿Tienen alguna pregunta más? —espetó él antes de que la oficial pudiera rebatirlo. El color recuperado en su piel, la barbilla alta.

Lur se quedó clavada durante unos segundos. Quería irse cuanto antes de allí, pero no sabía qué decirle para despedirse: «Gracias», «Lamentamos las molestias», «Manténgase localizable», «Que tenga un buen día», «Le mantendremos informado». Cualquier frase le resultaba hipócrita.

—Pues lárguense —murmuró al hallar el silencio como única respuesta.

Lur y Maddi abandonaron la casa de Pepe violentadas y con las manos vacías.

Tenía los hombros tan tensos que un fuerte dolor le recorría desde el cuello hasta las muñecas. Les urgía encontrar a Andrés, Joel y Eva. Dar con ellos y volver a la rutina. Ari no regresaría, ya lo sabía e intentaba asimilarlo, pero no se podían permitir una nueva pérdida. Guillermo apretó los puños y subió las escaleras de dos en dos hasta el desván. Se quedó parado frente a la puerta. Bloqueado, nervioso, abrumado. Él no podía tirar más de la familia. No podía. Si no aguantaba ni su propio peso, ¿cómo iba a soportar el de una casa entera? Se sentía un vulgar hombre con mil máscaras. Un farsante incapaz de sanar. No quería perjudicar a nadie. Bastante tenía cada uno con su propia carga. Agarró la manilla y empujó la puerta. El desván era un espacio grande, abuhardillado y penumbroso. Armarios a medida a ambos lados de la pared y dos tragaluces en el techo. Allí arriba todavía olía a pintura. No hacía tanto que le habían dado un buen repaso. Encendió la luz y varias bombillas desnudas se iluminaron.

—¿Estáis ahí? —preguntó a media voz—. ¿Eva? ¿Andrés? ¿Joel?

Había colchones encajados en cada hueco. Algunos apilados y otros enrollados.

—Estamos preocupados. No es momento de juegos. Si estáis aquí, salid ya, por favor.

Dio un paso al frente y la madera crujió bajo sus pies. Fue como si la casa le hablara, le previniera. Se le erizó el vello de la nuca.

—Señor, protégenos —susurró—. Señor, protégenos.

Siguió avanzando mientras miraba en ambas direcciones. Se percató de que en el fondo, a mano derecha, había dos colchones mal apilados. Deformados. Alguien los había rajado y los trozos de espuma estaban por el suelo.

—¿Estáis ahí? Os lo digo muy en serio. Toda la familia os está buscando. ¡Salid!

El miedo iba creciendo en su interior cuanto más se acercaba. De pronto le pareció ver unos pies, unas piernas. Torso, brazos…

Un cuerpo tendido tras los dos colchones.

La ropa teñida de rojo y un reguero de sangre oscuro y gelatinoso. La pared marcada, hundida y manchada de carmesí mostraba una cruz de casi medio metro.

Se paró en seco. Se tapó la cara.

El corazón comenzó a golpear como si quisiera reventarle las costillas. Bum, bum, bum. Insistente. Obsesivo. Arrastró los pies lentamente para comprobar que su imaginación no le había jugado una mala pasada. Los músculos de su abdomen se contrajeron como guiados por una corriente eléctrica. La persona tumbada, la ropa blanca, el aura escarlata en la cabeza, como Ari. Coronadas por la muerte. La misma escena. Hincó las rodillas en los colchones y una arcada repentina le hizo vomitar sobre la espuma. Se armó de valor y se puso de pie. Fue a la puerta, salió y cerró con llave. Se tuvo que agarrar a la barandilla para que el temblor de piernas no le hiciera rodar por las escaleras. Una vez en el despacho, sacó el teléfono del cajón.

—Soy Guillermo.

—Hola, ¿todo bien?

—Ha vuelto a pasar.

—¿Cómo?

—Ha vuelto a pasar, Lur. Ha vuelto a pasar. Ha vuelto a pasar…

Le extrañó la familiaridad con que la trataba. Y más después del último encuentro.

—Tranquilízate. Enseguida vamos para allá. Dime qué ha pasado exactamente.

—Es Andrés. Está muerto. Dios mío, no puede ser…

—Guillermo…

—Y Eva y Joel no aparecen —la interrumpió—. Tienes que hacer algo. Ayúdanos, por favor.

El abatimiento y la incomprensión abrazaban el caserío. A Lur le puso mal cuerpo volver a encontrar a los de la científica pululando por las habitaciones. La casa estaba vigilada por un equipo de la Ertzaintza y era improbable que el responsable del asesinato hubiera burlado sus controles. Ni vecinos ni miembros de la FFADA. Si ninguno de ellos era responsable de esta nueva muerte, ¿quién, entonces? Maddi y ella comenzaron a subir por las escaleras. Sus compañeros eran muy discretos y el silencio era sepulcral. Los Fritz ya no estaban. Echó de menos verlos de aquí para allá. Siempre tenían algún quehacer que los obligaba a estar en marcha. Se los habían llevado a comisaría otra vez, también a Eva y Joel, que por suerte habían aparecido. En teoría había un homicida en la familia. Ya no sabía qué pensar de Eva y de su relato. Le dolía desconfiar de ella, pero esta vez ningún grupo de encapuchados había entrado en el caserío. Y tal vez nunca lo hizo.

Andrés había muerto y ella era incapaz de no sentirse responsable.

—¿Dónde dices que estaban metidos Eva y su hermano mientras los buscaban?

Maddi enunció la pregunta y a Lur le dio la sensación de que le hubiera estado leyendo la mente.

—No lo sé. Guillermo me dijo que habían desaparecido los tres. No he vuelto a hablar con él.

Las dos se encontraban ya frente a la puerta abierta del desván. Avanzaron entre los armarios para llegar al fondo. Lur se imaginó al guía haciendo ese mismo camino hacía apenas una hora. Aunque cabía la posibilidad de que lo hubiera recorrido cuando Andrés aún vivía. Y que fuera él quien le asestara los golpes que presentaba en la cabeza. No podían descartar nada.

Escuchó que Maddi cogía y expulsaba aire como si estuviera en el paritorio.

—¿Todo bien?

—Es horroroso. El chico se supone que está ahí, detrás de aquellos colchones.

—No es ninguna suposición.

—Bueno, sí. Joder. No sé qué me pasa. Estoy revuelta. Es que hace nada que hablamos con él. ¿Qué hemos hecho mal?

Lur sabía cómo se sentía.

—¿Necesitas tomarte algo de tiempo?

—No. Cuanto antes me enfrente, mejor. —Volvió a tomar y soltar aire de aquella peculiar manera—. Pensarás que soy una investigadora de mierda.

—Ese vértigo lo hemos sentido todos alguna vez. Es humano y no te hace peor ni mejor investigadora.

—Gracias.

Avanzaron hasta que el cuerpo apareció ante sus ojos. Andrés estaba tendido bocarriba y con el rostro ladeado hacia ellas. Tenía la cabeza destrozada y, por suerte, los párpados bajados. Lur miró a su compañera. Seguía entera. Se pusieron en cuclillas. La chaqueta gruesa había absorbido buena parte de la sangre.

—No está amordazado y tampoco hay marcas de forcejeo.

—Por lo menos no sufrió tanto como Ari —opinó Maddi.

—Eso parece. Aunque tiene machacada la cabeza.

—¿Ha aparecido el arma homicida?

—No.

—Igual nos llevamos una sorpresa como con Ari, que se llevó el golpe contra la escalera.

—Esta vez lo veo improbable. Son varias contusiones y no una —dijo la oficial echando un vistazo a ambos lados—. Aunque nunca se sabe. ¿Qué me dices de la cruz?

Estaba en la pared. Tallada sobre la cabeza de la víctima.

—Alguien ha hundido algo contundente para dibujarla —analizó Maddi—. La sangre mezclada con el yeso indica que es posible que la realizaran con la propia arma del crimen. Espera, ¿qué tiene aquí?

Lur miró allí donde Maddi decía. Esquivó el vómito de Guillermo y se inclinó como pudo para observar de cerca la mano de Andrés. Algo blanco y pequeño estaba ubicado entre los dedos índice y pulgar.

—Parece un trozo de papel —dijo la oficial—. Habrá que avisar a los de la científica por si se les ha pasado por alto.

Se fijó en sus ojos rasgados, su cabello negro y abundante. El chico guapo de la familia. El chico de la vida difícil. Aquí se acababan sus problemas y también las risas. Andrés jamás conocería a su hijo. Le colocó la mano enguantada sobre el brazo.

—Ey, pararemos esto y detendremos al culpable —le susurró—. Te lo aseguro.

Maddi esta vez no le dejó espacio mientras le hacía la promesa. Quería estar presente, quería involucrarse también. Tenían más posibilidades de hacer justicia si se mantenían juntas y unidas.

Los siguientes minutos los dedicaron a estudiar con detenimiento la escena y después se fueron a comisaría para no perderse los interrogatorios.

Se notaba en el ambiente que allí había más gente de la habitual. El ir y venir de los ertzainas era más frenético y se oían murmullos por toda la comisaría. Lur y Maddi entraron en la Sección de Casos y saludaron con la cabeza al equipo que estaba trabajando en el despacho conjunto. Quivera era uno de ellos y torció el gesto al verlas. Lur no se había vuelto a topar con él desde el encontronazo en el caserío y la indignó que ni siquiera disimulara la aversión que sentía hacia ella. De inmediato se arrepintió por no haber hecho el escrito interno para denunciar su mal comportamiento. Miró al frente intentando que no le afectara su presencia y atravesó con Maddi el habitáculo hasta llegar al fondo, donde estaba la oficina del subcomisario. Lur llamó y entraron sin esperar respuesta.

—Bien, ya estáis aquí. Sentaos.

—¿Qué tal va todo? —quiso saber la oficial.

—Los sanitarios se han llevado al abuelo y a la viuda al hospital. Estaban fuera de sí… Esperemos que el bebé no haya sufrido ningún daño.

—Es terrible… Pobres.

—Y por aquí, entretanto, hemos hablado con la chica gallega, con la familia vasca al completo y con Joel. Según te contó Guillermo, el niño y Eva estuvieron desaparecidos durante un rato, ¿no?

—Sí, eso dijo.

—La chica gallega nos ha dicho que los dos hermanos aparecieron dentro del caserío, para ser exactos en la planta principal, mientras Irene y ella buscaban allí. Nos ha asegurado que no tiene ni idea de dónde salieron ni dónde estuvieron metidos todo ese tiempo.

—Y Joel, ¿qué ha dicho?

—Ni mu. No ha querido colaborar. Vete a saber por qué se ha mantenido callado.

Lur meditó sobre esto último. Eva la tenía muy confundida.

—Es de vital importancia que hablemos con Eva.

—Le tomaremos declaración ahora mismo —dijo el subcomisario— y después al guía. El orden de los siguientes lo decidiremos sobre la marcha. Ah, y haremos como la última vez: Quivera, tú y yo.

—¿Se van a grabar?

—Eso es.

—Perfecto —dijo Lur dirigiéndose a Maddi—. Ahora mismo prefiero que vuelvas a la escena del crimen. Ya habrá tiempo luego de que veas los interrogatorios, si es necesario, pero la clave puede estar allí y para cuando acabemos nosotros quizá sea tarde.

Maddi asintió, seria, decidida.

—¿Qué quieres que haga?

—Ir a esa casa y revolver hasta los cimientos si es necesario. Sigue tu instinto, Maddi, eres una gran investigadora. Pero ten cuidado.

Esto último Lur lo dijo con gravedad en la voz.

—Está bien —susurró Maddi, emocionada.

Nando carraspeó y tragó saliva.

—Puede que hoy estemos ante las puertas del final del caso. Sed conscientes de una cosa: esta vez sabemos a ciencia cierta que el homicida es uno de ellos.

García, Quivera, Lur y Eva estaban en una sala. El subcomisario había decidido por dos motivos que fuera la oficial la que llevara las riendas de varios de los interrogatorios. Primero porque el hecho de ser mujer daba confianza a algunos, y segundo porque los Fritz estaban más familiarizados con ella.

—¿Han sido ellos? —preguntó Eva al tiempo que se retorcía el cinturón de la chaqueta.

—No, esta vez no —dijo Lur—. La casa lleva días vigilada. No ha entrado ni ha salido nadie.

—¿Entonces quién ha sido?

—Dímelo tú. —Lur apretó los labios—. Esta mañana desapareciste después del desayuno y tu hermano estuvo un buen rato buscándote. Al parecer logró encontrarte y los dos os ausentasteis unos veinte minutos. Necesito que seas sincera conmigo y me cuentes la verdad. ¿Dónde habéis estado?

—En casa. No he salido del caserío en toda la mañana.

—Eva, por favor… He confiado en ti todo el tiempo. Y sabes que no puse en duda tu relato. ¿Dónde has estado metida exactamente?

La chica la miró como queriéndole decir algo. Después movió los ojos hacia Nando y Quivera.

—Me tienes que ayudar, Eva. Si no, nunca resolveremos estos crímenes.

—Te estoy diciendo la verdad. No he dejado de hacerlo desde que te conozco.

—Le faltan detalles a esa verdad y los necesito. Cuéntamelo todo.

Eva apoyó los codos en la mesa y juntó las manos. Arrimó la boca a ellas, como si fuera a rezar.

—Te pido que sigas confiando en mí. Nunca voy a juzgarte y he intentado hacer lo mejor para ti, para tu seguridad y la de la familia.

Eva presionó los dedos contra los labios.

—Es que no puedo hablar de ello. —Lo dijo en voz tan baja que solo Lur logró entenderla.

—¿Por qué? Dime por qué.

—Porque no debí hacerlo. Está prohibido.

—¿Por la familia? ¿Por Dios? ¿Por la ley? —Lur empezaba a estar desesperada y asustada.

La Fritz apoyó los brazos sobre la mesa y respiró más agitada.

—¿Si estuviéramos tú y yo solas me lo contarías? —Lur se dirigió a Nando. A Quivera ni lo miró—. Por favor, dejadnos a solas.

Los dos salieron por la puerta.

—¿Así mejor?

Eva alargó las manos sobre la mesa buscando las de la oficial.

—¿Prometes no delatarme?

¿Qué había hecho Eva?

Lur se las tomó. Estaban heladas.

—Voy a ayudarte en todo lo que pueda, como hasta ahora.

Lo dijo sintiéndose triste y rastrera. Eva, por muy asesina que fuera, era un ser ingenuo. La pobre desconocía que varios pares de ojos las observaban desde el otro lado del falso espejo.

—Nadie puede saberlo.

Lur estuvo a punto de detenerla y sugerirle que no hablara sin la presencia de un abogado. Una cosa era tomarle declaración y otra obtener una confesión con engaño.

—Me escondí en el cuarto de la Purificación —reveló a media voz. En su mirada había una mezcla de vergüenza y miedo—. No nos dejan encerrarnos ahí a no ser que hayamos pecado y así nos lo ordene el guía.

¿Ese era su delito? ¿Ocultarse en una mazmorra?

—¿Te refieres a la celda que hay en el hueco de la escalera?

«Dichoso aquel a quien se le perdonan sus transgresiones, a quien se le borran sus pecados», Lur se sabía de memoria la frase tallada en el marco de la puerta.

—Sí. Solo buscaba salvarme. Soy una maldita pecadora.

—¿Qué has hecho para sentirte así?

—Mentir a la familia. No he dejado de hacerlo desde que Ari murió.

—¿Para vengarlo? ¿Para protegerlo?

—¿A quién? —preguntó contrariada.

—A él. Sé que Ariadna era Ari en realidad —susurró—, y estoy aquí para descubrir quién lo mató. Pero solo puedo hacerlo con tu ayuda. Hazlo por él, Eva, confía en mí.

Se soltaron de las manos y se sostuvieron la mirada.

La oficial se había dado cuenta de que cuando Eva hablaba de Ari —al margen de haber descubierto que solo utilizaba el diminutivo—, siempre lo hacía por su nombre. Nunca en femenino, tampoco en masculino. Supuso que era algo así como desplazarse sobre un campo de minas. Cautela para no delatarle. No era una chica y tampoco podía ser un chico porque las normas no lo permitían.

Ari.

Siempre y simplemente Ari.

—Desde el principio he buscado llegar a la verdad —reconoció Eva—, y he intentado hacerlo lo mejor que he podido, pero eso ha implicado saltarme muchas normas. Una de ellas, actuar a espaldas de la familia. Por eso esta mañana me metí en el cuarto de la Purificación. —Se cerró la chaqueta y cruzó los brazos sobre ella—. Joel bajó y al verme hecha un ovillo sobre la cama se acercó a mí. Le dije que echaba de menos a Ari y lloramos juntos. Salimos al rato y nos topamos con Jessi. Nos contó por encima lo que pasaba y nos dijo que no nos moviéramos de su lado. No lo hicimos. Guillermo no tardó en decirnos que Andrés había muerto y que estabais de camino. —Tragó saliva—. Estoy asustada. Ya no sé si soy culpable o inocente. Si mis pecados merecen un castigo ejemplar.

—¿Castigo? Todo lo contrario. Has sido sincera, honesta y valiente, y no hay un ápice de pecaminoso en ello.

—¿Estás segura? —Eva rebuscó en el bolsillo de la chaqueta—. Ayer descubrí esta nota. Estaba oculta en la funda de mi almohada.

Lur la tomó y la leyó en silencio.

Deseo que no vuelvas a conciliar el sueño, que jamás respires aliviada y que tu vida cambie para siempre después de leer lo que tengo que decirte.

Vas a arder en el infierno como Ariadna. Te lo mereces. Cada una atada a un poste y viendo cómo muere la otra por los siglos de los siglos. Como hacían con las brujas. Os merecéis que alguien os queme vivas, que alguien os dé una lección.

Iremos a por ti, no lo dudes, y es algo que no podrás evitar.

Buen viaje, Eva.

—¿Sospechas quién ha podido escribirla? —Lur se lo preguntó disimulando la rabia y la impotencia que gobernaban sus emociones.

—No. No reconozco la letra.

—Lo averiguaremos. Mis compañeros de la científica se encargarán de ello. —La desplazó a una esquina de la mesa para alejar de ellas el odio depositado en aquel pedazo de papel.

Eva lo miró de reojo y las palabras «Iremos a por ti» se le clavaron como dardos venenosos.

Encima de tener que regresar al desván, esta vez lo hacía sola. Los de la científica ya habían estado allí. Si ellos no habían encontrado el arma homicida, era bastante probable que ella tampoco lo hiciera, pero aun así entendía por qué Lur le había pedido que fuera y peinara la casa de nuevo. En la comisaría no iba a ser de ayuda en los interrogatorios, pero en el caserío quizá reparara en algún detalle importante que se les hubiera escapado a los demás. Tragó saliva en el escenario del crimen. Pese a que el levantamiento del cadáver ya había tenido lugar, Maddi se obligó a no mirar el reguero de sangre y se concentró en inspeccionarlo todo. Olía a humedad y hacía frío. La casa Fritz estaba siempre impoluta, aunque allí arriba sí había llegado el polvo, la tierra y las telarañas. Como era una planta abuhardillada, los muebles estaban hechos a medida. Los Fritz sabían bien cómo aprovechar el espacio, cómo sacarle partido a todo. Lo mismo habían hecho con su marca de ropa. La patrullera empezó inspeccionando el primer armario, que estaba atestado de sábanas blancas planchadas y dobladas. Las sacó con paciencia una a una hasta vaciarlo y después las volvió a dejar en su sitio. El olor del tejido le recordó a Lur y no entendía por qué. Aquel aroma era exclusivo de la familia, que hacía sus propios jabones a mano y no los comercializaba. ¿O sí? Debía indagar sobre ello. Abrió el siguiente armario y extrajo las mantas de invierno, también blancas, suaves e impolutas, de felpa de algodón, enmarcadas con una cinta del mismo color. Suspiró frustrada. Le dio la impresión de que rebuscaba en las baldas de una tienda cualquiera de textiles para el hogar.

Comprobó que no hubiera nada oculto antes de volver a colocarlas. Abrió la puerta del siguiente armario y dio paso al turno de los libros. En aquel lugar se escondía la biblioteca de la familia. El olor a papel enmohecido, a tinta vieja, a historias leídas, sustituyó al de los jabones. Como bien le había dicho Irene, leían grandes clásicos de la literatura: Miguel de Cervantes, Jane Austen, Emily Dickinson, William Shakespeare… Los de Agatha Christie estaban juntos. Se detuvo para contarlos: treinta. El formato era pequeñito y en tonos sepia. La letra, diminuta. Maddi recordaba aquella colección que la editorial Molino sacó a finales de los años ochenta. Aún conservaba alguno en casa de sus padres. Extrajo *Muerte en la vicaría*. Un precioso siamés de ojos azules la miró desde la portada. Estaba tumbado en las ramas de un árbol acompañado por un reloj de bolsillo, un cuchillo ensangrentado, una nota y un camafeo. De fondo, una iglesia. Se preguntó cómo sería la portada si la historia de los Fritz fuera una novela. No se le ocurrió nada, solo el tono: blanco.

Revisó los libros de todas las baldas excepto los de la última. Acercó una escalera para acceder a ellos y descubrió que los de arriba del todo no eran novelas. Cargó con siete pesados cuadernos escaleras abajo y se colocó en una esquina para examinarlos. Abrió la tapa de uno de ellos y reparó en que eran catálogos con los modelos de la marca Blanco Inmaculado. Cada página la ocupaba un diseño —encabezado por su nombre escrito con letra pulcra, de caligrafía—, un patrón doblado y una muestra de la tela en la que iba confeccionado. Se había dedicado mucho tiempo y cariño para realizar aquellos catálogos. Los dibujos eran muy buenos y estaban hechos a mano. Pura artesanía. A Maddi le vino a la cabeza su visita, años atrás, al museo Balenciaga. Observó las faldas, los vestidos, los pantalones, las blusas. Eran joyitas, al igual que las del diseñador guetariense, pero todas de otros tiempos. Diseños maravillosos con los que delcitarsc, pero muy alejados de lo práctico. En especial le gustaron dos vestidos llamados Pureza y Jovialidad. Dos prendas originales que mezclaban el estilo hippie y victoriano. Siguió pasando las hojas. Eran de color beis, del grosor de la cartulina y de textura granulada. Parecían álbumes de fotos. Algunas páginas estaban pegadas, como si los cuadernos llevaran mucho tiempo sin ser utilizados. De repente el color negro le dio un bofetón. La colección era tan naif que aquella muestra de tela oscura desentonaba totalmente. Pasó la página completa para ver de qué se trataba. El catálogo se le cayó al suelo.

Se quedó a sus pies, abierto tal cual lo tenía Maddi en las manos.

Se puso de rodillas y, con el corazón en un puño, estudió aquella prenda espectral: túnica negra larga, capucha puntiaguda, una soga anudada alrededor de la cintura. Eva no se había equivocado. Las túnicas de los atacantes habían sido siempre la clave del caso, pero ni Lur ni ella habían buscado donde tenían que buscar. Tocó las muestras. La tela negra era recia, la cuerda, áspera. Una palabra encabezaba el aterrador diseño.

Rectitud.

Solo Flora, un abogado de oficio y Lur ocupaban la sala de interrogatorios. La propia oficial había exigido al subcomisario que Quivera no estuviera presente. Aun a regañadientes, Nando había accedido. Después de la putada que le había hecho su compañero no podía negárselo. Flora era de Maddi y suya. Era su línea de investigación.

—A mí me da igual que sea en presencia de un abogado o no. —La paciencia de Lur se iba agotando—. Yo lo único que quiero es llegar a la verdad y detener esto. ¿Entiende eso, Flora?

La mujer esquimal con los labios cerrados. Firmes.

—El tiempo se nos acaba. ¿No se da cuenta? Me resulta contradictorio el amor que nos vende por la familia. ¿Está segura de cuáles son sus principios y prioridades?

Los puños de la portavoz compactos y apretados sobre la mesa.

—Mírese. Con ese hermetismo no ayuda a los que en teoría más quiere.

—¿Por qué me juzga? ¿Se ha detenido a mirarse a sí misma?

—Flora, no se vaya por las ramas.

—Andrés era parte de mi familia. Lo quería. ¡Busquen al responsable! ¡Búsquenlo!

—Es lo que intentamos.

—Primero la pobre Ariadna y ahora Andrés. Ya no creo en ustedes.

—¿Acaso lo ha hecho en algún momento? No se ha mostrado colaboradora con el caso, ni con la muerte de Ari ni con la de Andrés, así que basta de mentiras, Flora.

—¿Mentir, yo? —preguntó sulfurada.

Lur golpeó la mesa con la palma de la mano.

—Sí, sobre Ari.

—¿Dónde está mi abogado? ¡El de la familia!

—Está de camino. De momento tendrá que conformarse con el de oficio.

—Pues que sepa que me ha aconsejado no hablar, y eso es lo que haré. Están dando palos de ciego y me niego a que se ceben conmigo.

—Sé que contrató a un grupo de hombres para que le dieran una paliza al amante de su hermana.

La mujer torció el gesto y cruzó los brazos bajo el pecho.

—¿Tenía algún motivo para querer castigar también a algún miembro de su nueva familia?

La barbilla de Flora tembló. Lur vio la oportunidad en el brillo de sus ojos y atacó sin piedad.

—Hizo lo mismo con Ari, ¿verdad? Quería darle una lección. ¿O me equivoco?

El abogado carraspeó.

—¡Conteste! —exigió Lur a punto de perder los estribos.

—Oficial De las Heras. Le pido que no insista más y que…

Lur levantó una mano para disculparse. Apoyó la espalda en la silla y decidió cambiar de estrategia.

—¿Sabe que anoche alguien prendió fuego a mi casa? —preguntó esta vez más contenida, más calmada—. Lo mismo que hicieron con su taller de costura. Quizá la misma persona esté intentando borrar, por un lado, la escena del crimen, y por otro, los progresos de la investigación. Alguien quiere que yo desaparezca o me calle para siempre. Tal y como está usted ahora, Flora, callada. Si quisiera a su familia y pudiera de alguna forma ayudarnos, colaborar con nosotros en la búsqueda del culpable, lo haría sin dudar. ¿Por qué entonces guarda silencio? No lo entiendo.

Lur se propuso aguantar y seguir presionando, pero el mutismo férreo de la portavoz de las mujeres le hizo tirar la toalla media hora después.

Salió de allí con la mandíbula a punto de reventar y fue como pudo hasta los servicios para estirar las piernas. Estaba enfadada y agotada, y eso que los interrogatorios no habían hecho más que empezar. No soportaba el hermetismo de Flora. Joder, a Lur aún le costaba creer que Andrés estuviera muerto. Le había parecido de los más honestos y cuerdos de la familia Fritz. Alguien con un historial manchado, sí, pero que se notaba que había avanzado y progresado de verdad. ¿Qué relación podía tener con Ari? ¿Por qué otra muerte?

Decidió recapitular. Su instinto intentaba decirle algo. Ari Fritz apareció muerto el domingo. Amordazado, con signos de forcejeo y traumatismo craneal. Los restos biológicos hallados en sus uñas pertenecían a dos varones que no se encontraban entre la familia de Irún. ¿O tal vez sí? ¿Ocultos? Después Eva, tras el Periodo de silencio, le contó cómo había sorprendido a los cinco encapuchados mientras rodeaban el cuerpo sin vida de su amigo. Si de verdad existían, ¿quiénes eran esos cinco individuos ataviados con túnicas negras? ¿Vecinos, de la FFADA, un grupo enviado por Flora, miembros de la familia…? El viernes la Ertzaintza tomó ciertas medidas —vigilancia día y noche cerca del caserío— para que no volviera a pasar. Pero no funcionó. Andrés tenía varios golpes en la cabeza, aunque no estaba amordazado. Y esta vez ni rastro de los encapuchados. No sabía qué creer y lo único en lo que podía confiar a ciencia cierta era en los resultados de ADN. Salió de los servicios y, cuando se disponía a entrar en la sala en la que interrogaban a la familia, un agente uniformado la abordó. Se dio cuenta de que era el chico que la había acercado a casa días atrás.

—Oficial De las Heras, Maddi lleva un rato buscándola.

—¿Está aquí?

Lur sacó el teléfono del bolso y vio varias llamadas perdidas.

Marcó su número.

Cinco minutos después estaban en el despacho del subcomisario con el catálogo en la mesa abierto por la página clave. Lur estaba sentada y tenía las manos sobre el pecho. La túnica podía parecer la de la casa de los vecinos, sobre todo de espaldas, pero esta lucía mucho más siniestra. Como si perteneciera a un fraile lóbrego. O a la muerte.

Rectitud.

El nombrecito de marras volvía más oscuras las sensaciones que transmitía la prenda.

—La soga alrededor de la cintura no deja lugar a dudas. Eva me describió este atuendo. Tal cual. ¿Por qué? ¿Es cierto que sorprendió a cinco personas ataviadas con él? Y si fue así, ¿de verdad que no sabía que existían estas túnicas?

—Lo lógico sería que sí lo supiera —suspiró el oficial Quivera, junto a la mesa, de pie, con los brazos cruzados—. Joder, está en los catálogos de la familia.

—Igual nos ha ido guiando así, sin señalarlos directamente, para no pecar ni traicionar a la familia —aportó Maddi, sentada al lado de Lur—. Es muy complicado estar en su piel. Hay que tratar de entender su mentalidad, su situación, sus compromisos y creencias.

Nando, acomodado enfrente, resopló antes de hablar.

—Recordad que Andrés está muerto y que hoy no han entrado los encapuchados en el caserío.

—Y es posible que aquel día tampoco —apostilló Quivera.

—Me niego a pensar que me haya mentido todo este tiempo —espetó Lur—. Me niego.

—¿Y si los encapuchados son miembros de la familia de Irún? —lanzó Maddi.

—El ADN indicaba lo contrario —dijo Lur con desasosiego—. Si esos individuos forman parte de la familia, tienen que estar ocultos.

—Eso explicaría que el equipo de vigilancia no los haya visto entrar ni salir —apuntó la patrullera.

—Voy a mandar refuerzos y a llamar a los de la científica para advertirles de que no bajen la guardia. Que busquen en todos los recovecos y que intenten localizar posibles trampillas o qué sé yo. Joder, ¡esto es surrealista!

—Deberíamos volver a hablar con Eva cuanto antes y enseñarle los catálogos —murmuró la oficial—. Menudo rompecabezas. Y este atuendo… —No podía dejar de mirarlo a la vez que sentía terror por él—. Sé que es importante.

Nando cedió ante la oficial.

—Está bien, reúnete de nuevo con Eva, pero no te dejes embaucar. Desconfía. Ha habido dos muertes en esa casa y no quiero que haya una tercera. Nos jugamos mucho más que nuestro puesto, Lur.

Quivera intentó replicar, pero Lur apretó los labios y no le dio la oportunidad.

Fuera del despacho, cogió a Maddi y se la llevó a un rincón.

—Vuelve allí, Maddi. Necesito tus ojos en el terreno. Mantenme informada en tiempo real de lo que vaya pasando.

—Estoy como una moto —confesó la patrullera.

—Adrenalina pura y dura —dijo Lur. Pensó que aquel neurotransmisor natural no iba nada mal para sus dolores—. Ten mucho cuidado, Maddi. No te quedes sola, ¿vale? No sé si estarán ocultos allí o no, pero sí que son asesinos.

—De acuerdo.

—Quédate con los de la científica —insistió Lur—. De lo demás se encargarán los refuerzos que vayan llegando.

—Suerte por aquí.

—Comunícate conmigo mediante mensajes, pero si surge alguna cosa importante llámame o ven directamente.

Se sostuvieron la mirada antes de separarse. Había una mezcla de vértigo, miedo y complicidad. El vínculo que había entre ambas no dejaba de fortalecerse. Así lo sentían.

Joel estaba sentado sobre sus piernas. En cuanto la había visto entrar en la sala, no se había separado de ella. A Eva le ardían los cuádriceps de soportar su peso, pero le daba igual. El calor y el olor de su hermano le hacían sentir en casa, a salvo. A su lado estaban Gorka y Naroa. Enara también había elegido las piernas de su madre para sentarse. La tensión se mascaba en el ambiente. Ella misma habría elegido el cuerpo de alguno de sus padres para refugiarse. Tenía ganas de que acabara todo de una vez, de regresar al caserío. ¿Qué iba a pasar ahora? Lur le había dicho que estaba vigilado y que los encapuchados no habían sido esta vez. Se concentró al máximo para rememorar la noche del domingo. Le recorrió tal escalofrío que una especie de mecanismo de defensa envolvió el recuerdo en llamas. Otra vez el incendio. El calor. La protección. Era un callejón sin salida. Su hermana había evitado a toda costa que hablara de ellos, tía Flora también. Ahora la oficial ponía en duda su testimonio. Lur no había desconfiado de ella hasta ahora. ¿Qué había cambiado? ¿Ya no la creía? Rebuscó con voluntad en su memoria para comprobar si existían de verdad o no, pero solo halló cenizas. Le dio la impresión de que aquello había pasado hacía una eternidad. Un recuerdo antiguo. Lejano. Difuso. ¿Y si lo soñó? ¿Y si lo experimentó en otra vida? Se mordió el interior de los mofletes y abrazó a Joel para contener la angustia monumental que amenazaba con destrozarla. Le besó la espalda. Las vértebras del cuello, la nuca, el cabello fino. Le quería con toda su alma.

La puerta emitió un chirrido.

La oficial se asomó.

—Eva, por favor, ¿puedes acompañarme?

—No, no, no —susurró Joel volviendo la cabeza para mirarla. Sus ojos se llenaron de pánico.

—Ey, no pasa nada. —Lo dijo para tranquilizarlo, pero el temblor de su voz no se lo permitió—. Vuelvo enseguida.

Él la abrazó con fuerza. Tenía la absurda esperanza de que si apretaba fuerte, no se la llevaría.

—Tienes que dejarme marchar.

Lloriqueó, se resistió, pero al final no le quedó más remedio que soltarla.

Lur se la llevó agarrada de los hombros. Se negaba a no tratarla con cariño. Desconfía, le había dicho Nando. Mientras se alejaban por el pasillo, el niño lloraba desconsolado contra la puerta. Si lo hubieran visto u oído, a cualquiera de las dos se les habría partido el corazón.

Entraron solas en la sala y cada una ocupó su lugar. Eva no sabía muy bien por qué estaban otra vez allí. En el centro localizó seis catálogos de Blanco Inmaculado. Lur los empujó hacia ella.

—¿Sabes de qué se trata?

—En estos cuadernos están los diseños de las prendas que confeccionamos. —Depositó sus pequeñas manos sobre uno de ellos. Lo abrió.

—¿Conoces su contenido completo?

—¿De todos los catálogos?

—¿Cuántos son?

—No lo sé… Hay prendas muy antiguas. Date cuenta que la familia se formó hace casi cincuenta años.

—Cuando confeccionáis una prenda, ¿recurrís a los patrones que guardáis en estas páginas?

—No. En el taller teníamos unas carpetas. —El incendio volvió a presentarse—. No estaban todos, solo los de las prendas que vendemos hoy día.

Lur retiró los seis catálogos y cogió el séptimo que había dejado sobre la silla a su lado. Lo abrió por el diseño de la túnica y se lo plantó a Eva delante de las narices.

La chica, al ver el dibujo, recogió los brazos y apretó los puños.

—¿Qué es esto? —preguntó con los ojos acuosos.

—Me gustaría que fueras quien me lo explicara.

—¿Es una broma? ¿De dónde ha salido?

Lur aguardó en silencio.

Eva titubeó antes de cogerlo, pero finalmente lo hizo. Lo cerró y observó la tapa, la primera página, el lomo, la contratapa… Lo escrutaba con nerviosismo y curiosidad, como un animalillo. Echó un vistazo a varios de los diseños y pasó sus manitas sobre las texturas. Miró a Lur.

—Sí, Eva. Ha salido del desván. Estaba en un armario, junto a los otros seis.

Con timidez, se lo llevó a la nariz para olerlo.

—No lo entiendo. No lo entiendo —susurró con lágrimas en los ojos.

—¿Los cinco encapuchados que atacaron a Ari iban así vestidos? —Lur alargó la mano para volver a descubrir el diseño llamado Rectitud.

Eva no pudo evitar apartarse. Incluso arrastró la silla hacia atrás. Le costó unos segundos espantar el miedo y acercar los dedos hasta allí. Tocó el retal y el pedazo de soga y se concentró en las líneas de la prenda.

—¿Por qué? ¿Quiénes son? No lo entiendo.

—¿Iban así, Eva? —insistió.

—Sí.

—¿Nunca habías visto esta prenda en este catálogo?

—¡Jamás!

—¿Me lo prometes?

Eva gimoteó con desconsuelo.

—No lo soporto más —se lamentó entre hipidos—. No puedo explicar qué está pasando. Yo sé lo que vi, pero tú desconfías de mí. ¿Por qué? ¿Qué he hecho mal? —Se sorbió los mocos y se enjugó las lágrimas.

Lur no sabía qué pensar. Creía a Eva, lo había hecho desde el principio, pero tenía que aparentar fortaleza y frialdad por si la chica todavía guardaba algo para sí, algo que no hubiera compartido por miedo a represalias o por convicción. Pero en esas lágrimas solo había verdad, agotamiento, desesperación. Saldría de la sala, deliberaría e ignoraría lo que Nando y Quivera opinaran. Solo le importaba la impresión de Maddi, pero ahora mismo no estaba. Una cosa tenía muy clara: si Eva mentía, era una grandísima actriz.

—Aparte de vosotros catorce, ¿vive alguien más en el caserío?

Lur pensó que con la muerte de Andrés el número había descendido a trece.

—¿Cómo?

—¿Ocultáis a alguien?

—No, por Dios. ¿Por qué crees algo así?

—Es solo una pregunta.

—Ocultar, ¿dónde? Y… ¿para qué?

—Tranquila —dijo con la pretensión de sonar neutral—. Ya puedes volver con Joel.

—No hasta que me digas qué está pasando.

—Me gustaría, pero yo tampoco lo sé, Eva. —Su sinceridad echó a perder el intento de neutralidad—. Regresa con tu hermano. Te prometo que confío en ti. Pero tengo que hacer lo que sea para descubrir al culpable. Ve y descansa, nosotros nos encargamos.

La jornada se iba a alargar sí o sí, por lo que Maddi, de camino al caserío Fritz, le pidió a su madre que recogiera a Mía e Igor en la parada del autobús. En otra ocasión habría llamado a su marido, pero esta vez ni se había planteado esa opción. ¿Hasta cuándo iban a estar así? Detestaba el orgullo de Fidel y también el enorme enfado que sentía ella. Maddi no era así, nunca lo había sido. ¡Menuda maldita ratonera! ¿Qué podía hacer para salir de ella? ¿Qué? ¿Mandarle a la mierda?

Se apeó del vehículo, obligándose a dejar al margen los problemas con Fidel, y vio que los refuerzos ya habían llegado. Había dos coches patrulla que antes no estaban, y varios agentes pululando por los alrededores. Los de la científica habían avanzado mucho. Estaban trabajando en el exterior. El terreno era tan extenso que, en vez de hacerlo en cuadrículas o perpendiculares, habían decidido rastrearlo en círculos. El punto central estaba en línea recta con la puerta principal, pero alejado de ella y a pocos metros de la arboleda. Ese era el centro y de ahí habían ido hacia fuera, metro a metro. Las bolsas en las que los técnicos iban metiendo lo que encontraban estaban medio vacías. Los Fritz eran muy limpios y la propiedad estaba impoluta. Aspecto que por otra parte facilitaba la recolecta de posibles pruebas.

—¡Creo que he encontrado algo! —gritó uno de ellos.

Maddi intentó localizar la voz, pero no lo consiguió. Imaginó que el hombre se encontraba entre los árboles. Varios compañeros fueron hacia allí y ella los siguió por el único camino acordonado por el que se podía atravesar el terreno.

—Me ha llamado la atención la tierra —oyó que decía un chico joven arrodillado en el suelo y ataviado con un buzo blanco, gafas y mascarilla—. Está muy suelta —explicó tomando un puñado con la mano azul enguantada.

Sus compañeros se recolocaron para ayudarle. Se movieron con delicadeza y rapidez. Maddi se quedó en una esquina. El chico tenía razón. Había una mancha oscura en el suelo de aproximadamente medio metro. Tierra removida, húmeda. Los dedos de los de la científica comenzaron a retirarla sin prisa. Ni el más sobresaliente buscador de oro lo hubiera hecho mejor.

—Esperad. Aquí hay algo. —Extrajo con una pinza un pedacito blanco y lo metió en una bolsa—. Ha salido al escarbar y hay más.

—Con cuidado, chicos —dijo el mayor del grupo. Maddi sabía que era el jefe.

Observó cómo aquellos trozos claros manchados de tierra no dejaban de aparecer. Eran pequeños papeles, como el que Andrés tenía entre el dedo índice y pulgar.

—Aquí hay algo duro —esta vez fue el jefe quien alertó al resto.

Se detuvieron para comprobar de qué se trataba. Después aunaron fuerzas para desenterrarlo.

Era un rectángulo metálico. Quizá la cabeza de una maza.

Ni el barro logró ocultar los restos de yeso y el rojo de la sangre que se intuían en una de las esquinas.

Le hubiese gustado hablar a solas con él, como lo había hecho con Eva y Flora, pero Nando y Quivera se habían negado. Ahora estaban los cuatro en la sala: ellos tres y el guía. Guillermo tenía el semblante descompuesto. ¿Más que cuando murió su hijo? Era difícil valorarlo. Estaba hecho una mierda y con razón. Todo sumaba y era complicado superar dos homicidios en menos de nueve días. Lur decidió no irse por las ramas. Sacó el catálogo y lo abrió por la página que tan de cabeza los traía. Lo deslizó sobre la mesa.

—Explícame qué es esto. —Ya no se trataban de usted. Había hecho falta otro cadáver para que se esfumara toda formalidad.

Guillermo agachó la cabeza para observarlo.

—Es un viejo diseño de la familia.

—¿Vendéis estas túnicas o lo habéis hecho en el pasado?

—No.

—¿Y para qué la diseñasteis?

—Es un atuendo antiguo.

—¿Vuestro?

Asintió con la cabeza.

—Siempre vais de blanco. ¿A qué viene esta prenda tan siniestra?

El guía alzó la cabeza y la miró a los ojos.

—Es por una vieja tradición, nada más.

—¿Nos hablas de ella?

Guillermo se escoró ligeramente. Parecía exhausto, a punto de naufragar.

—Rectitud. —Lur golpeó la palabra con el dedo índice—. ¿De qué coño va esto? Tenemos un testigo que asegura que cinco individuos ataviados con estas prendas rodeaban el cuerpo sin vida de Ari.

Guillermo se irguió de golpe.

—¿Cómo dices?

—Cinco personas. Túnicas hasta los pies, sogas alrededor de la cintura, grandes capuchas sobre la cabeza… Su hijo —se arriesgó a decir—, amordazado.

Él contuvo la respiración.

—¿Quiénes son? —prosiguió ella—. ¿Por qué querrían hacerle algo así?

—Espera, espera… —pidió confuso.

—Necesito tu ayuda para atar todos los cabos. Sola no puedo.

El guía se movió inquieto en la silla.

—No estoy aquí para juzgaros —continuó ella—, solo quiero resolver el asesinato de tu hijo y ahora el de Andrés. Paremos esto de una vez.

—No sé qué quieres que te diga. ¡Yo también necesito saber quién está detrás!

—Pues empieza a hablar. ¿Quiénes sospechas que pudieran llevar estas túnicas? Y por favor, no más mentiras.

Se apretó la parte alta de la nariz con los dedos.

—Este atuendo pertenece al Cónclave —dijo por fin—. Pero dudo que estén detrás de estos atroces asesinatos… Además, son cuatro personas y no cinco.

—Vamos a ir poco a poco. ¿El Cónclave siempre viste así?

—Claro que no.

—¿Hoy en día siguen utilizando estas prendas?

El guía miró hacia otro lado.

—Guillermo, por favor.

—Muy de vez en cuando.

—¿Para qué?

—Hay un acto. Si… si uno de nosotros se sale del camino recto, ellos se encargan de reconducirlo en la dirección correcta.

—Rectitud —susurró Lur.

—Es el guía de cada casa quien se encarga de informar de ello. Todas las semanas vamos al almacén de la sierra de Madrid para llevar la producción semanal y el informe sobre lo acontecido durante esos días en la casa. Si notamos alguna anomalía o un acto pecaminoso tenemos la obligación de ponerlo en conocimiento. El Cónclave decide si la infracción es grave o no. Si lo es, pide al guía que comunique al miembro de la familia que un día en concreto ingrese en el cuarto de la Purificación.

—El del hueco de la escalera —le ayudó la oficial.

—En efecto. Quien entra ahí sabe que durante esa noche recibirá la visita del Cónclave. A veces solo mantienen una conversación con él, pero, generalmente, se los llevan. Es un acto solemne, nada violento, créeme. Es una transición que todos aceptamos para redimirnos…, para seguir creciendo.

—¿Adónde se los llevan?

—Primero pasan un tiempo en la casa de Madrid, y cuando están preparados, los trasladan a otra. Los alejan del entorno para que reflexionen y maduren. En ocasiones regresan a la casa de la que salieron. Es un periodo de perdón.

—¿Quién se encarga de perdonar?

—Nadie. —La contempló pensando que no entendía nada—. Solo uno mismo.

—¿Y dudas de que ellos estén detrás?

—¡Claro! Como bien te digo es algo casi ceremonial. Pactado por todos. Y no lo tememos. Y jamás de los jamases ha muerto nadie. Se lo diría si fuera cierto. Pueden revisar los empadronamientos y las muertes. —Se dirigió a Nando y a Quivera.

—Ari era un chico, ¿verdad? —le instó Lur.

—No sé por qué tanta insistencia.

—Porque necesito entender todo este embrollo. Si de verdad era un hombre y tú le permitiste vivir como tal, tienes que decírmelo. También quiénes estaban al corriente.

Guillermo suspiró.

—¿Qué pasa? ¿Por qué tanto temor? —quiso saber Lur—. Ayúdame a dar caza a esos indeseables.

Guillermo arrastró los antebrazos sobre la mesa como buscando estabilidad.

—¿Temes que decírnoslo pueda traerte problemas? ¿Es eso?

—No lo sé. Estoy sobrepasado —admitió con los ojos húmedos.

Lur lo observó con preocupación y decidió callar para darle espacio.

Él bebió un trago de agua y caviló durante unos minutos.

—Nunca fue feliz siendo una niña —confesó—. A mí se me partía el alma cada vez que lo veía arrancarse las faldas y los vestidos para quedarse en enaguas. No era libre. No le dejábamos serlo. Recuerdo el día que cogió unas tijeras y se cortó la trenza… Dios mío. Lo que sonrió al mirarse en un espejo. Tenías que haberlo visto. —Le dedicó a Lur una mueca nostálgica—. Alegría en estado puro. Yo, sin embargo, tuve que irme al dormitorio para ocultar mi llanto. No me da vergüenza decirlo, lloré como una auténtica Magdalena. —Bebió otro sorbo de agua. Le temblaba la mano—. No soportaba verlo sufrir y dejé de imponerle nada. Danzaba por el terreno y la casa con las enaguas puestas y su melena trasquilada. En aquella época tenía unos siete años. La pena que sentía al observarlo era atroz. Ni niña ni niño. Su aspecto me partía el alma. Era como si mi hijo estuviera en tierra de nadie. Y yo no podía hacerle aquello... Ni podía ni quería. Fue entonces cuando decidí que si no le permitían vivir como quería, nos iríamos. Le dije que lo intentaríamos allí, pese a lo que suponía, y que no debía preocuparse porque jamás tendría que volver a ser una niña. Yo mismo me encargué de arreglarle el corte de pelo y de agarrárselo con un coletero cuando fue creciendo. Yo mismo confeccioné sus primeros pantalones... —Se le quebró la voz—. La familia de Irún había ido observando con discreción todos los cambios en Ari y nunca dijo nada. Aun así decidí reunirla para contarle mis planes. Yo tenía muy claro que nos iríamos si no había unanimidad. Por suerte la hubo, aunque algunos lo entendieron mejor que otros. Nos blindamos como buena familia, porque de momento no tenía intención de comunicárselo al Cónclave. Tiempo habría. De puertas hacia fuera, silencio absoluto. Los años fueron pasando y reconozco que debía haberlo puesto en conocimiento, pero vivíamos muy cómodos. El secreto se fue haciendo cada vez mayor. Todos en la casa sabíamos dónde dormía Ari y también dónde dormía de cara al resto de la familia. Cuando nos reuníamos con ellos, Ari debía volver a ser una mujer. A mí era algo que me hacía sufrir muchísimo y eso que sucedía en ocasiones contadas... Mi hijo me tranquilizaba diciéndome que para él era un disfraz. Se lo tomaba así y nunca le dio más importancia. —Tomó aire hondamente—. Lo veía crecer... y sabía que no íbamos a poder quedarnos mucho tiempo más. Ya no era una cuestión de hablarlo o no. Era una cuestión de ser realistas. ¿Qué probabilidad tenía de ser aceptado? Ninguna. Todo esto lo hablé un día con él. Volví a mencionar la posibilidad de comenzar una vida nueva fuera de allí… Pero al igual que lo había visto crecer, lo había visto enamorarse.

—Eva —susurró Lur con un nudo en la garganta.

—Se querían con locura. Eva y él. Él y Eva. Era un amor puro. Corazones latiendo al mismo compás. —Agachó la cara—. Pensarás que he perdido la cabeza.

—Todo lo contrario.

—No me preocupaba, ¿sabes? Si alguna vez se hubiera filtrado cómo vivíamos, nos habríamos ido. Hasta entonces, que disfrutaran de la vida. Tan solo eran unos críos.

—¿Y en ningún momento consideraste que el homicidio podría tener relación con que fuera vestido como un varón?

—¡No! ¿Cómo alguien iba a matar por algo así? En un principio no podía creer lo que había pasado y no tenía la menor idea de quién podía estar detrás. Además, los Fritz tenemos tanta gente en contra que nunca pensé que pudiera ser el Cónclave o algún otro miembro de la familia. Nunca he sido testigo de actuaciones violentas.

—¿Y qué opinas ahora que sabes que los homicidas llevaban estas túnicas?

—Que me sigue costando mucho creer algo así. Tal vez sea por el bloqueo que tengo. No lo sé. No los veo capaces. La familia no funciona así.

—Piensa y dime qué es lo primero que te viene a la cabeza.

Guillermo resopló.

—Mucha gente ha pasado por las casas. Tenemos enemigos. Tal vez algunos fingieron ser el Cónclave… Qué sé yo.

—¿Y por qué eligieron a Ari?

—¿Y por qué a Andrés?

Se miraron a los ojos.

Lur sabía que tenía razón. Dos muertes. ¿Diferentes asesinos? Cada vez veía menos probable que existieran miembros ocultos. Y solo tenían una cosa clara: que el ADN de los primeros agresores no se correspondía con el de los miembros del caserío de Irún, y que para cargarse a Andrés no había entrado nadie de fuera.

—Has dicho que tal vez unos enemigos se hicieron pasar por el Cónclave. ¿Y algún «amigo»? —preguntó Lur entrecomillando con los dedos la última palabra—. ¿Cabría la posibilidad de que un miembro de la familia contratara a un grupo de personas para castigar a Ari? Alguien que manejara los hilos desde dentro, que dejara la puerta abierta. Alguien que no aceptara la vida que llevaba tu hijo.

Guillermo se llevó la mano a la frente.

—Es solo una hipótesis. Tranquilo. Alguien cuya única intención era asustarlo, darle una lección, pero las cosas se les fueron de las manos y tuvieron un accidente al bajar por las escaleras.

—Alguien de la casa —repitió para sí.

—Piensa con calma la respuesta para la pregunta que voy a formularte. ¿Quién crees que pudo hacer algo así?

No le hacía falta pensarlo. Tenía varios nombres. Tragó saliva.

La maza metálica, de diez centímetros por cinco, tenía restos de yeso y claramente estaba manchada de sangre. La habían guardado como oro en paño y enseguida se la llevarían a la comisaría de Erandio para analizar los restos de ADN, buscar posibles rastros de huellas dactilares y contrastar su forma con los contundentes golpes que presentaba la cabeza de la víctima. Ahora mismo el equipo estaba reunido alrededor de una mesa plegable que habían colocado cerca de los coches. Sobre ella, los pedazos blancos que acababan de desenterrar. Veintinueve, para ser exactos. Húmedos y manchados de tierra. También salpicados de palabras. Por un lado, caligrafía a mano en tinta azul, por otro, diferentes fuentes y tamaños en tinta negra de impresora. Esa última parte era más sencilla de unir. Lo harían por aquel lado para poder leer el contenido de la nota manuscrita. Maddi los observaba mientras cogían con delicadeza los trozos y los iban dejando a un lado u otro de la mesa. Hablaban en susurros. A ella le hubiera gustado echarles un cable —porque se le daba bien eso de recomponer folios rotos, era la mejor pegando los dibujos que Mía o Igor destrozaban tras una rabieta—, pero los de la científica eran un grupo cerrado y no le quedó más remedio que aguardar a una distancia prudencial. Consultó el teléfono y vio que Lur había leído los mensajes con la información de lo acontecido en el caserío. Le escribió uno nuevo diciéndole que se había percatado de que los refuerzos habían bajado el ritmo. Por lo visto no estaban encontrando nada que les indicara que allí se ocultase más gente.

—Creo que es una octavilla de la familia —dijo el más joven.

Maddi pensó que era un tío sagaz. Le auguraba una próspera carrera en el Cuerpo.

—Vamos, chicos, que casi lo tenemos —animó el jefe.

Vio que ahora se movían de una manera más dinámica. Se palpaba la emoción contenida.

Somos una comunidad santuario

Somos una familia
Fe, amor, honestidad, honradez
Cuidamos los unos de los otros en un entorno rodeado
de naturaleza. ¿Te gustaría conocernos?
Te estaremos esperando con los brazos abiertos

Ya tenían la octavilla unida. Solo faltaba el trozo que se había quedado entre el dedo índice y pulgar de Andrés. Ahora tocaba darle la vuelta para leer lo escrito en el otro lado.

Te amo con toda el alma, cariño, eso lo sabes, y me da mucha pena que estemos tan distanciados. Últimamente no dejo de pensar en nuestros viejos encuentros en el desván. ¿Los recuerdas?

Cuando me imagino a tu lado allí arriba, me da la sensación de que aquellos no éramos nosotros. Una alucinación, un maravilloso milagro… Dime que ocurrieron de verdad, que de verdad fuimos tú y yo. Dímelo.

Te espero allí después del desayuno.

No había nombres, ni siquiera iniciales. ¿De quién provenía la nota? ¿A quién iba dirigida? Había infinidad de posibilidades. Infidelidad, reencuentro… Era de vital importancia hacer una prueba grafológica para saber quién la había redactado.

Aún tenían que hablar con Irene, Bruno y María Belén, pero el hallazgo de la nota les había hecho detener las testificaciones. Ahora mismo tenían prioridad máxima las pruebas caligráficas. El homicida estaba entre ellos y no podían consentir que volviera al caserío. Para ello debían actuar rápido, ya que tampoco podían retenerlos allí a todos eternamente. Estaban esperando la llegada del juez para realizar ante él las pruebas de escritura. En cuanto las tuvieran, el equipo de la científica se las llevaría a la comisaría de Erandio para compararlas con la nota manuscrita. También las compararían con la carta dirigida a Eva y oculta en la funda de su almohada.

—Te avisaremos lo antes posible —dijo Lur de camino a la salida.

El subcomisario les había ordenado a ella y a Maddi que fueran al hospital e intentaran hablar con Paz y el abuelo Ignacio. Debían tantear cómo se encontraban y si había alguna posibilidad de que los médicos permitieran que se los llevaran a comisaría para realizarles la prueba caligráfica.

—De acuerdo. Espero tu llamada.

Aprovecharon el trayecto para ponerse al día. Lur le relató con detalle las declaraciones que había tomado y Maddi le resumió la odisea que había tenido lugar en el caserío Fritz. Maza ensangrentada, nota hecha pedazos, los refuerzos de aquí para allá... Y la científica actuando como robots de última generación. Ninguna de las dos tenía demasiada relación con estos últimos. Era un grupo hermético. Su campamento base estaba en Erandio, comisaría que se hallaba a más de cien kilómetros de Irún.

—Oh —dijo Maddi con la voz tomada cuando Lur le contó que sus sospechas eran ciertas: Ari era un chico transgénero y todos en la familia lo sabían y aceptaban, en principio—. Qué triste, por Dios. Lo que habrá sufrido esa criatura. Qué pena. —Se imaginó a sus hijos teniendo que fingir. No quiso ni pensar cómo se lo habría tomado Fidel si se hubiera dado el caso.

—Tuvo suerte de tener a Guillermo como padre, si es que es cierto todo lo que nos ha contado, claro —comentó Lur—. En teoría le apoyó desde niño. Y eso, teniendo en cuenta que vivían en una secta cristiana, es un tremendo gesto de amor y de valentía.

—Sobre todo de amor.

—Sí —susurró la oficial. También estaba tocada. Y, físicamente, hecha polvo.

—Ay, qué bajón me ha dado —confesó la patrullera a media voz—. No dejo de verlo correteando por el terreno con las enaguas y el pelo trasquilado. Qué injusto. —Le dio al intermitente derecho y se metió en el aparcamiento de urgencias del hospital—. ¿Crees que intentaron secuestrarle por este motivo?

—No lo sé. Pero sí que nos estamos acercando a la verdad.

El médico no tardó en informarlas de que Paz estaba despierta y tranquila. También de que el bebé se encontraba en perfecto estado. Por otro lado, Ignacio estaba dormido y los especialistas preferían tenerlo toda la noche en observación.

—Sí, claro, lo que mejor sea para él —dijo Lur—. ¿Paz ha mencionado algo sobre su marido?

—Nada en absoluto. —El médico era un hombre alto y canoso. Las cabezas de cinco lapiceros asomaban por el bolsillo de la bata—. Y sospecho que no está al tanto.

—Vaya por Dios —murmuró Maddi.

—Creo que debería ser la propia familia la que le dé la noticia —opinó Lur.

—Sí, estoy de acuerdo —reflexionó el médico mientras consultaba el reloj.

—Gracias por su amabilidad. No le entretendremos más. Lo mejor será que nos llevemos a Paz a comisaría y que la familia decida cuándo decírselo. Muéstreme dónde se encuentra para que se venga con nosotras.

El médico la guio hasta la puerta en silencio. La bata blanca y la solemnidad se conchabaron para que pareciera un Fritz más.

—Solo serán unos minutos. Mi compañera esperará con usted.

El color verde hospital teñía las paredes de la habitación. Los olores a lavandería, comedor y desinfectantes entraron densos por la nariz. Casi plomizos. Intentó respirar por la boca para ahuyentar los flashes de los últimos días que pasó allí con su abuela. Prefería recordarla en cualquier otra parte. Se aproximó a la cama. Paz estaba tumbada bocarriba y se acariciaba la barriga mientras contemplaba el techo. La sábana contorneaba una redondez perfecta y algo baja. A Lur ese detalle le hizo pensar que esperaba una niña.

—Hola, Paz.

La joven sonrió con falsa ternura y no dijo nada.

—¿Qué tal estás?

—Bien. —El camisón azul de Osakidetza cubría sus estrechos hombros.

El flequillo rubio se le había abierto por la mitad y descubría su rostro como si fueran las cortinas recogidas de una ventana. A Lur de pequeña le gustaba dibujarlas así. Casitas sencillas con una puerta, una chimenea humeante en el tejado y dos ventanas con cortinas recogidas.

—¿Sabes quién soy?

—Sí, claro —contestó sin dejar de acariciarse la tripa—. Y también quién serás.

—Vaya —dijo incómoda.

—Sí. Mi pequeño mesías es bondadoso, pero, sobre todo, sabio. Él le habla a mi útero con su vocecilla y este se encarga de que me llegue el mensaje.

Lur no dijo nada, dejó que prosiguiera. En parte porque no tenía ni idea de qué comentar.

—Tienes alma de Fritz y acabarás viviendo con nosotros. Pero eso tú también lo sabes, no solo mi pequeño mesías y yo.

—Todo es posible.

—No todo, pero lo que está escrito no hay quien lo cambie. O quien lo pare…

Lur le miró la manita con la que recorría la barriga de arriba abajo y de abajo arriba, y sintió un vahído al fijarse en sus uñas.

—Hueles a Fritz —susurró de una manera diabólica—. Hueles muuucho a Fritz.

Aquella entonación de niña mala consiguió que apartara la mirada de sus uñas.

—Serás Lur Fritz —prosiguió con un tono menos forzado—. Me gusta.

El vahído no había desaparecido del todo y a eso se le sumaba una inquietud sin fronteras que acababa de nacer en su pecho.

«Sus uñas —se dijo—. Sus uñas».

—Estarías preciosa con el cabello recogido y despojada de esa ropa oscura. Cargas con tanta lobreguez…

Un espasmo provocó que la columna se le curvara. Dolió. También la asustó. No dominaba su cuerpo y aquella conversación surrealista le hizo barajar la posibilidad de que estuviera poseída. Alguien dentro, maligno, intentando tomar el control. Echándola a patadas. Matándola lentamente. Otro mesías. O el mismo.

—Me lo pensaré.

—No puedes. Ya está decidido.

«Sus uñas», volvió a decirse.

—El médico me ha comunicado que puedes volver con la familia, Paz.

—Claro, hermana. Vayamos a casa.

—Primero haremos una parada en la comisaría para que escribas unas líneas para nosotros.

—¿Una carta?

—No exactamente. Estamos haciendo unas comprobaciones y necesitamos tener la letra de todos los miembros de la casa de Irún.

—¿Comprobaciones?

—Sí.

—Ah, pues a mi pequeño mesías no le entusiasma la idea.

—¿Y a ti?

—Yo no mando.

—Bueno, piénsatelo. El resto de la familia ha accedido.

—Ellos no lo llevan dentro. Qué sabrán.

—Si no colaboras constará que no lo has hecho. Y eso es negativo para ti.

—Tranquila. Vivo en paz.

—Ya, pero…

—Estoy en paz —la interrumpió.

—Apenas te robará tiempo y un juez…

—Soy Paz.

Un cansancio brutal aplastó a la oficial. Pum, como una losa que acabara de caer sobre ella. Quería reír y a la vez llorar, pero no podía. Aquella pequeña mujer de porcelana le había robado la poca energía que le quedaba.

—Está bien.

A su garganta asomaron las palabras: «Te dejo en paz», pero dejó que murieran ahí. Ya las engulliría el ser demoníaco con el que convivía.

—Enseguida regreso.

—Aquí te espero, hermana.

Maddi y el médico la esperaban cerca de la puerta. Hablaban en susurros.

—Necesito ver su ropa. ¿Dónde la tienen?

—Voy a preguntar a la auxiliar.

El hombre regresó acompañado por una mujer que vestía uniforme rosa. Fue ella la que explicó que la Ertzaintza se la había llevado.

Maddi y Lur aguardaron en el hospital con el temor de que, mientras un agente traía ropa limpia para la Fritz, el médico notase el desequilibrio mental de la paciente y no la dejara marchar. Por suerte eso no tuvo lugar y las ertzainas estaban de vuelta en comisaría, en el despacho de Nando, y Paz custodiada en la sala de interrogatorios.

—No quise arriesgarme —explicó el subcomisario García—. En cuanto los sanitarios insistieron en llevarse a Paz y al abuelo Ignacio al hospital, decidí retirarles la ropa por si tenía alguna evidencia —añadió dejando la bolsa sobre la mesa.

—Claro, entiendo —murmuró Lur mientras extraía las prendas referenciadas de la Fritz—. Dos muertos ya.

—Y demasiados sospechosos.

Extendió la ropa blanca, teñida de marrón.

De tierra.

Como las pequeñas uñas de Paz.

Analizaron las manchas con detenimiento y descubrieron unas nuevas.

Eran pequeñas salpicaduras rojas.

El rostro de la muñeca Fritz era un remanso de paz. Sonreía mientras acariciaba su barriga con adoración. Un abogado de oficio la observaba confuso. La chica le había ignorado a él y todos sus consejos.

—¿Cuándo nos vamos, hermana? —dijo como ausente.

—Me temo que no voy a acompañarte.

—No hay prisa, Lur Fritz. No hay prisa.

—Paz, hay sangre y tierra en tu ropa y acabamos de comprobar que el arma homicida tiene tus huellas.

—Crece fuerte y sano en mi interior. Pronto nacerá.

—¿Por qué lo hiciste, Paz?

—¿Hacer?

—Matar a Andrés, a tu marido.

—No tengo marido.

—Sí, claro que sí. Contrajisteis matrimonio el año pasado.

Alzó la mano para detener su discurso.

—Soy viuda.

—Claro, ahora eres viuda. Pero esta mañana no. Cuéntame, ¿qué pasó en el desván?

—Nada.

—Sí, claro que sí, Paz. Él acudió citado por ti. Y le golpeaste la cabeza en repetidas ocasiones.

—Fue la maza.

—Tú la manejabas.

—Paz, por favor —le pidió el abogado—. Guarda silencio.

—No iba a ser un buen padre —dijo volviendo a ignorar al letrado—. Quería vestir al mesías como una niña. No podía repetirse lo de Ariadna. No estaba dispuesta a perderlo como le pasó a Guillermo.

Lur tomó aire y miró la tripa baja de Paz.

—Es varón. Deja de intentar averiguarlo con esos ojos azules.

—Ya, es varón… Y Andrés ¿opinaba lo contrario?

—Vámonos a casa.

—No podemos, Paz. Aún no. ¿Qué sabes de Ariadna? —le dolió llamarle así.

—Que era una pecadora.

—¿Y sobre su muerte?

—Que se la merecía. Alguien debía castigarla de una vez.

—¿Tuviste algo que ver?

—No. Yo dormía cuando sucedió. Pueden preguntárselo a mi marido. —Se llevó la mano pálida a la boca para ocultar una sonrisa—. Ah, me temo que ya no…

—La maza que tenías en tus manos le golpeó y después la enterraste.

—Sí, no fuera que quisiera cobrarse otra víctima. Hay mucho pecador en el caserío.

—Ah, ¿sí?

—Vi a Eva besar a Ariadna. ¿Te lo puedes creer? Arderá en el infierno, de eso no me cabe duda.

—¿Y tú? ¿Estás libre de pecado?

—En esa casa todos hemos cometido errores. Algunos más que otros. Mi pequeño mesías nos redimirá.

Lur se levantó. Quiso decirle que no volvería al caserío, pero cerró los puños con fuerza y le dio la espalda en su lugar.

—Por ahora es todo. Gracias, Paz.

Acababan de acomodarse en la sala. Solo estaban él y ella, aunque sabía que al otro lado una tropa de ertzainas los observaba con recelo. Guillermo estaba agotado. Llevaba una eternidad en comisaría y había perdido la noción del tiempo. La confesión de Paz lo descompuso hasta revolverle el estómago. Durante la última hora había acudido al servicio seis veces. Cogió la botella de Aquarius que le había llevado Lur y echó un trago. Sabía a naranja. Una naranja muy dulce para su gusto.

—Gracias, Lur.

—Las huellas halladas en la maza pertenecen a Paz.

Guillermo agachó la cabeza.

—Aunque aún falta por cotejar la sangre de su ropa, de debajo de sus uñas y del arma homicida, ya tenemos su confesión.

—Dios mío, ¿qué está pasando? ¿Por qué?

—Guillermo —dijo para detener sus lamentos.

Se miraron a los ojos.

—Esto aún no ha acabado. Lo sabes, ¿verdad?

—Sí.

—Por el momento no nos conviene que lo de los encapuchados trascienda al resto de la familia.

—Pero ¿esa historia es cierta? Antes me dijiste que había un testigo que así lo aseguraba.

—Eso es.

—Desde que me habéis informado de las sospechas hacia Paz, he dado por hecho que también había asesinado a mi hijo.

—Hay posibilidades de que participase, pero no actuó sola.

—No puede estar pasando de verdad… No… ¿Crees que el Cónclave tiene algo que ver?

—Bajo las uñas de tu hijo se encontró ADN de dos varones.

—¿Dos varones?

—Ese ADN se cotejó con las muestras que nos facilitasteis el día del homicidio y solo puedo decirte que no pertenecen a ninguno de vosotros.

La piel dorada del guía había sido sustituida por una pálida, brillante. Malsana.

—¿Quién ayudó a Paz? ¿Quién? —preguntó con impotencia.

—Vamos a averiguarlo. Quizá no estuvo implicada, pero es de vital importancia que la mayoría de vosotros creáis que sí y que no existen más implicados.

—Pedid a los miembros del Cónclave que aporten una muestra de ADN y así salimos de dudas. —Sus tripas rugieron mientras decía esto último.

—Intentaremos que el juez que lleva el caso emita una orden, pero suele ser más lento de lo que nos gustaría.

De pronto la mandíbula se le contrajo.

—Necesito ir al servicio otra vez.

—Claro, ve.

Lur lo vio salir con los pies a rastras. Pensó que el hombre estaba a punto de venirse abajo. En poco tiempo su vida se había convertido en una auténtica pesadilla y le costaría gestionar todos los acontecimientos. Sobre todo la pérdida. Cuando volvió a entrar por la puerta, lo halló más deteriorado si cabía. Tuvo que obligarse a permanecer sentada. Le hubiera gustado rodearle de los hombros y guiarle hasta la silla.

—Bebe Aquarius, por favor.

Él tragó con desgana, casi con asco.

—El caserío está vigilado desde que supimos que el ADN no pertenecía a ningún miembro de la familia.

—Gracias.

—Y así seguirá hasta que resolvamos los dos homicidios.

Guillermo cruzó las manos sobre la mesa, exhausto. Deseó que Lur se acercara y lo abrazara. Se sentía desorientado y vacío.

—Ha llegado el momento de dejaros marchar.

La piel de él recobró un ápice de color.

—Te pido discreción, que mantengas los ojos bien abiertos y que me llames a la mínima sospecha.

—Sí, por supuesto.

—Intentad descansar.

—¿Y si el culpable vuelve a actuar?

Lur tragó saliva y suspiró.

—Nosotros nos encargaremos del exterior, Guillermo. Si el asesino está ahí fuera, no podrá entrar al caserío y haceros más daño. Pero si lo tenéis de puertas para adentro… —Lur hizo una pausa, sus ojos claros fijos en los del guía— no puedo asegurarte que no volverá a…

—A matar. —El guía notó un pequeño vahído al completar la frase de Lur.

Tenía tan contraído el diafragma que le costaba respirar. Había adelantado la toma de uno de los relajantes musculares de la noche para poder soportar la última reunión del día. Estaba deseando marcharse de la comisaría, como lo había hecho la familia. Una cama, unas sábanas blancas. Silencio. Era tal la molestia que incluso la maldita habitación del hotel que la esperaba a las afueras de Irún le parecía una buena opción. Contempló la calle a través de la ventana de la sala de reuniones. El cielo se había encapotado a lo largo de la tarde y amenazaba con reventar, al igual que el caso que tenían entre manos.

—Expongamos las diferencias entre ambos homicidios —pidió el subcomisario.

—A Ari se lo llevaban amordazado y en contra de su voluntad —intervino Lur. Maddi estaba a su lado. De pie, junto a la pizarra, el subcomisario. De frente Quivera escoltado por sus hombres, dos suboficiales que Lur apenas conocía—. Un fuerte golpe en la cabeza contra la escalera causó su muerte. Varias personas participaron en el secuestro. Según las muestras de ADN, un mínimo de dos. Según Eva, cinco… Cinco encapuchados, concretamente. Paz citó a Andrés en el desván y le golpeó hasta causarle la muerte. ¿Participó también en el intento de secuestro de la primera víctima? Una cosa está clara: lo de Ari parece un homicidio involuntario y lo de Andrés, no.

—Hay una pregunta que me ronda la cabeza —se atrevió a decir Maddi—. ¿Hay alguien más implicado en el asesinato de Andrés, o Paz es la única responsable? Si actuó sola, ¿lo planeó antes de escribir la nota o fue un arrebato mientras el encuentro estaba teniendo lugar?

—A ver qué dice ante el juez —comentó el subcomisario.

—Me interesan los encapuchados —soltó Quivera—. ¿Vecinos, FFADA, Cónclave? ¿Un grupo de individuos contratados por Flora?

Se quedaron callados. El abogado de la familia Fritz se había presentado en comisaría a última hora de la tarde y había conseguido que la portavoz de las mujeres quedara en libertad. No había pruebas contra ella. No tenían nada.

El resto de la familia de Irún creía que el abogado había acudido únicamente para defender a Paz e ignoraban el encuentro con Flora. El equipo de momento lo dejaría así —los Fritz ya se habían enfrentado a demasiadas emociones en un mismo día—, pero si necesitaban soltar la información para azuzar el avispero no dudarían en hacerlo.

Lur carraspeó antes de hablar.

—A mí el nombrecito que los Fritz utilizan para llamar a ese tipo de túnicas, Rectitud, me pone los pelos de punta. Y también el de la celda que se encuentra en el hueco de la escalera.

—La puñetera mazmorra llamada Purificación —soltó Maddi.

—Ari llevaba años vistiendo como un varón a espaldas de los Fritz. Su familia se lo permitió, incluido el guía, el mandamás. Su propio padre —Lur suspiró—. Paz ha confesado abiertamente que estaba en desacuerdo. No creo que sea la única. No era difícil que tarde o temprano se produjera una fisura, un chivatazo. Mucho me temo que para el Cónclave hay mucho pecador en ese caserío. Rectitud, Purificación… Quisieron actuar de forma ejemplar, dado el grado de pecado y de traición.

El catálogo de los Fritz estaba sobre la mesa del despacho. Miraron el diseño de la túnica.

—Nos urge —continuó Lur— conseguir una orden judicial para tomar muestras de ADN a ese grupo.

—No tenemos argumentos suficientes para imputarlos —le recordó el subcomisario—. Además, están en Madrid y eso implica la colaboración de la Policía Nacional. Eso va a ir más lento de lo que nos gustaría.

—Bueno, habrá que intentarlo —insistió Lur.

Un trueno enmudeció a los allí presentes y dio paso a una granizada que golpeó sin compasión los cristales de la comisaría.

El aguacero era constante y no había tardado en empapar el tejado y la fachada de la casa de Palencia.

Aarón no lograba conciliar el sueño y bajó a la cocina a beber un vaso de agua. A través de la ventana veía cómo las hojas de los árboles se movían a merced de las gotas de lluvia. Hacía tanto que no caía un chaparrón como ese que creyó que era una señal. Como si el clima que rodeaba a los Fritz de Palencia se hubiera solidarizado con el de Irún.

Estaba solo, el resto de los miembros dormían o lo intentaban en sus respectivos dormitorios. El silencio le permitía concentrarse en los sonidos. La lluvia le hacía imaginarse en medio de una cascada. Le hacía sentir frío. También placer. Como si un arrullo, casi palpable, lo envolviera. El guía de la casa, informado por Arturo, les había contado con cuentagotas lo que había sucedido en el caserío de Irún. Andrés había sido asesinado y todo señalaba a Paz como la responsable. Poco más sabían al respecto.

Otra muerte.

Otra muerte sacudía a la familia.

No había dejado de pensar en Eva. ¿Cómo se sentiría? Ojalá, tras el nuevo mazazo, su cuerpo le pidiera un cambio de aires. Un traslado. Regresar a Palencia.

—Cómo cae.

La voz de una mujer hizo que se girara. Al otro lado aguardaba Marta, su abuela. Llevaba una vela encendida. La luz iluminó su trenza blanca. Estaba tan despeinada que los pelillos salían disparados en todas las direcciones. Supuso que a causa de dar vueltas sobre el colchón.

—La tierra no da abasto. Hay charcos por todas partes —susurró él.

Ella avanzó y se puso a su lado. Sostuvo la cortina y los dos observaron a través del cristal.

—¿No logras conciliar el sueño, hijo?

—No.

—Demasiados acontecimientos en pocos días.

Él no contestó.

—Yo, en parte, ya respiro tranquila —se sinceró.

La observó en silencio.

—Ahora ya sabemos quién ha sido y eso me alivia. Desde lo de Ariadna no dejaba de temer por nuestra vida.

—No va a pasarte nada, abuela.

—El miedo es libre, y el mío no es infundado.

—¿A qué te refieres?

—He de confesarte que siempre… —bajó el tono para continuar—, que siempre pensé que tu abuelo estaba detrás de la muerte de Ariadna.

—¿Mi abuelo? —Frunció el ceño y las cejas rubias se acercaron la una a la otra—. Sé que mamá y tú os alejasteis de él, pero ya han pasado muchos años. ¿Por qué seguir temiéndole?

—Porque es un hombre malo.

—Deberías olvidarte de él.

—No. Nunca.

A Aarón le sorprendieron las palabras tajantes de su abuela.

—Estuvo mucho tiempo rondando por aquí —explicó ella—. Tú aún no habías nacido. Estaba obsesionado con nosotras.

—Pero es agua pasada. Acabas de decir que yo ni siquiera había nacido —insistió.

La mujer negó con la cabeza.

—En la familia pocos miembros saben lo que voy a contarte. —Marta bajó los párpados y tomó aire.

Aarón esperó a que prosiguiera.

—Tu abuelo, para mi vergüenza y tristeza, es el fundador de la FFADA.

El chico abrió mucho los ojos y la llama de la vela se reflejó en sus iris azules.

Marta se puso de puntillas y le susurró al oído:

—Es un demonio, hijo, y te aseguro que es capaz de hacer cualquier cosa.

Ya solo eran once. Once personas vacías que pululaban por un caserío que parecía pertenecer a campo enemigo. Eva tenía ganas de que llegara el día siguiente. A primera hora irían a buscar al abuelo y el número ascendería a doce. Pero el resto no volvería. Ni Ari, ni Andrés, ni Paz. Ya nada volvería a ser como antes. La seguridad, la familiaridad y la tranquilidad se habían esfumado. ¿Qué iba a ser de ellos? Habían enmudecido. Ni siquiera Flora había pronunciado palabra alguna. Ahora todos estaban en sus dormitorios. Un puré caliente y una infusión de tila, pasiflora y raíz de valeriana. Ese había sido el menú de luto. Escuchó un ruido en la planta principal y decidió salir de entre las sábanas. Bajó con sigilo por las escaleras y vio al guía que salía del servicio.

—¿Sigues igual?

—La cena no me ha sentado nada bien —dijo con la mano en el vientre.

—En el frigorífico hay arroz blanco. Deberías intentar comer un poco.

—Sí, buena idea.

—Déjame que te lo caliente en un cazo.

—No, yo lo haré. Gracias, Eva —dijo mientras echaba a andar hacia la cocina. Detestaba que las mujeres les considerasen unos inútiles en algunas tareas. Por suerte él era el guía y había conseguido pequeños cambios en aquella casa. Tía Flora era dura de roer, pero había cedido a base de insistencia.

—¿Te importa que me quede contigo? —oyó a sus espaldas.

—Claro que no, Eva. ¿Quieres un poco de arroz?

—Por favor.

Los dos se sentaron a la mesa del comedor con sus respectivos platos, un pedazo de pan y un vaso de agua.

—Y tú, ¿qué tal estás de la gastritis?

—Mejor, está remitiendo.

—No dejes el tratamiento aún.

—Vale. ¿El resto de las casas sabe lo de Paz y lo de…? —Se quedó atascada antes de nombrar a Andrés. Aún le parecía mentira. Andrés era buena persona, de las de verdad. Un aliado. Siempre le estaría agradecida por haber aceptado sin recelo el amor que sentían Ari y ella. Sonrió al recordar cómo llamaba a Ari cuatro ojos y el dolor aflojó un poco.

—Sí, he llamado a Arturo y le he informado de todo lo que ha pasado. El abogado de la familia llegó a comisaría a última hora de la tarde para la defensa de Paz.

—¿Por qué la va a defender?

—Es parte de la familia.

—No la voy a echar de menos. A ella no.

El guía se llevó el índice a los labios para pedirle que no siguiera por ahí.

—Lo siento —dijo avergonzada.

Hundieron el tenedor en los granos blancos.

—La oficial sabe lo de Ari —susurró Eva sin mirarlo.

—Lo sé.

—Intenta ayudarnos. —Esta vez sí le miró—. Yo confío en ella.

—Yo quiero hacerlo.

La chica bebió un trago de agua.

—Eva, en la casa se rumorea que la noche del incendio fuiste la primera en abandonar el caserío. ¿Es eso cierto?

Contempló el lugar donde Ari pereció y se metió un mechón de pelo detrás de la oreja.

—Tienes que ser sincera conmigo.

—Le echo mucho de menos. Le oigo por la casa, veo su sombra por todas las esquinas. Todavía creo que va a aparecer y abrazarme como solo él sabía hacerlo.

Guillermo tragó saliva.

—Yo también, Eva, pero debemos dejar la tristeza a un lado para poder actuar. Se lo debemos a Ari.

La chica le miró a los ojos y halló en ellos un brillo intenso y desconocido que la asustó.

—¿Qué viste, Eva? ¿Qué viste aquella noche?

Ella dudó. Le había prometido a Lur que no hablaría más del tema hasta que se resolvieran los asesinatos. Temía que se lo hubiera pedido porque ya no la creía. Siempre con el miedo. Siempre.

—Eres la testigo que asegura haber sorprendido a cinco encapuchados, ¿verdad?

—¿Te lo ha dicho ella?

Guillermo asintió con una leve oscilación de cabeza.

—No podemos hablar de ello.

El guía volvió a atravesarla con aquella mirada brillante y casi amenazadora.

—Rodeaban a Ari —comenzó Eva—. Llevaban esas túnicas recias. Las mismas que aparecen en uno de los catálogos de la familia. ¿Por qué desconocía la existencia de esas prendas? ¿Quiénes son?

—Cuando el Cónclave hace una visita al cuarto de la Purificación, lo hace con ese atuendo. Ya sabes que es un acto íntimo y ceremonial. La persona pecadora ingresa en el cuarto y espera la llegada del grupo. Solo ella los ve.

—¿Crees que mi hermana está al tanto de esos detalles?

—No lo sé. En esta casa llevamos años sin tener que echar mano del rito. Y ya conoces el motivo por el cual el Cónclave nos deja vivir bastante tranquilos.

—Porque nuestro taller es el más productivo.

—Exacto. La última vez que tuvo lugar una ceremonia de esas, María Belén era una cría.

—¿Y tía Flora?

—Tía Flora lleva mucho en la familia. ¿Por qué lo preguntas?

Eva le explicó que nada más salir del Periodo de silencio, confesó a su hermana lo que había visto y esta, a su vez, a tía Flora. También la insistencia en que no dijera nada y la vigilancia constante.

—¿Eso te pidieron?

—Sí.

—Pero tú optaste por decírselo a Lur.

—Sí. —Eva agachó la cabeza. De improviso sintió un miedo atroz al pensar en el Cónclave. ¿Qué harían con ella? ¿Adónde la llevarían? Su corazón ahora galopaba.

—Hiciste lo correcto y te lo agradezco. —El guía arrastró la mano por la mesa para tomar la de la chica—. Pagarán por lo que han hecho. Yo mismo me encargaré de ello.

Las últimas palabras del guía provocaron que las pulsaciones de Eva se dispararan aún más.

Iban a ser juzgados en todos los puñeteros medios de comunicación, de eso estaban seguros. Les esperaban unos meses agitados que atravesarían unidos como la familia que eran. Ahora que resultaba incuestionable que Paz era culpable de asesinato, la policía vasca cerraría el caso en breve. Para el Cónclave habían sido unos días agotadores, inciertos, y les urgía pasar página. Federico vertió coñac dentro de los cuatro vasos antes de pronunciarse.

—En todas las familias hay una oveja negra. Interiorizad ese lema.

Las velas encendidas de dos antiguos candelabros sobre la mesa dibujaban sombras inquietantes en su rostro.

—Seremos carne de debate en todos los gallineros de la tele —se lamentó Rafael. Detestaba estrenar de aquella manera tan fea la pantalla 4K ultra HD que acababa de comprar.

—Que dejen la hipocresía de lado y miren dentro de sus casas… Este acontecimiento solo demuestra que somos una familia más. Con sus defectos y sus virtudes.

Un retrato al óleo de Elvira y Fritz Herber colgaba de la pared. El lienzo estaba rodeado por un marco dorado que le había plantado Federico. A él le gustaba ese estilo lujoso, recargado. Caro. Algo que contrastaba por completo con las líneas blancas y austeras, y con la filosofía de la familia.

—¿Y Flora? —preguntó Rafael.

—Según el abogado, no tienen nada contra ella.

Miguel se acarició la calva.

—¿Y qué va a pasar con nuestro amigo el hotelero? ¿Sigue en pie la reunión de mañana?

—He hablado con él para ponerle al día. Le ha aliviado saber que la policía ya tiene al culpable. El asesinato de Andrés y la aparición de los cartelitos de marras han estado a punto de mandar a la mierda el encuentro. —Al decir esto último, a Federico le dieron ganas de descolgar el retrato de Fritz y Elvira y darle la vuelta.

Se sentía vigilado por la pareja. Juzgado.

—¿Significa que sigue en pie? —preguntó Jonás.

—Me ha dicho que quiere hablar con nosotros.

—Gracias a Dios —suspiró Rafael.

—Pero que lo entendería si quisiéramos posponerlo.

—No, de eso nada —soltó el joven—. Cuanto antes, mejor. Como bien dices, hemos estado a nada de perderlo. Yo no me arriesgaría.

El viejo levantó el vaso para mostrar su conformidad.

Los otros tres también.

—¿Qué va a ser de Paz? —preguntó Miguel.

—El abogado hará lo que buenamente pueda. Ya no está en nuestras manos.

—Nuestra pequeña oveja descarriada —murmuró Rafael con el vaso en los labios.

—Nos mostraremos piadosos, a todas horas, pero acataremos la sentencia sin rechistar.

Los cuatro vaciaron los vasos. Rafael pensó que el viejo esta vez había pujado por un coñac excelente.

Un pasillo silencioso, una puerta impersonal, una tarjeta que habría pasado por numerosas manos. La luz verde le indicó que ya podía entrar. Lur empujó la puerta y el olor a habitación de hotel le hizo sentirse la mujer más sola del universo. Contempló la cama de dos metros por dos, la moqueta granate, la mesa alargada, el kit de cafetera y hervidor, los cuadros con figuras geométricas verdes y azuladas, la cortina color hueso y nada le resultó acogedor. Familiar. Ni siquiera el agotamiento bloqueó ese vacío que recorría su cuerpo, que la envolvía y la llevaba de aquí para allá como si estuviera en el interior de una burbuja gigante.

Quería regresar a su campamento base. A su refugio. Sin esa posibilidad se sentía a la deriva.

«Limítate a descansar», se dijo enfadada con sus propios sentimientos.

No era el momento de lamerse las heridas. Dos muertos en el caserío Fritz y el incendio en su casa. Había que detener aquello y eso solo se conseguía con la mente fría.

Se metió en la cama. Las sábanas eran blancas y estaban planchadas, pero no eran suaves como las de su casa ni estaban perfumadas como las de los Fritz. Pese a las diferencias, notó que su cuerpo maltrecho empezaba a relajarse y eso era un gran lujo. Lo que más necesitaba. Cerró los ojos y los volvió a abrir. ¿Guillermo estaría mejor de la tripa? Quiso llamarle, pero le pareció una idea idiota. Lo sentía cercano y vulnerable, y más después de desnudarse con todo el tema de su hijo, pero debía recordar que no era su amiga. No procedía llamarle. El teléfono empezó a sonar sobre la mesilla y se sobresaltó. Lo tomó y miró la pantalla. Otra vez ese prefijo, 922. Salió de entre las sábanas, se quedó sentada en la cama y descolgó sabiendo que se trataba de ella.

—Oficial De las Heras.

—Buenas noches. Soy Olga Calella, la chica de Tenerife. Disculpe que la moleste a esta hora. ¡Ay! —exclamó—. Además, me acabo de dar cuenta de que en la península es una hora más tarde… Lo lamento.

—Tranquila. No es ninguna molestia. ¿En qué puedo ayudarla?

—Verá, acabo de ver en las noticias que otro asesinato ha tenido lugar en el caserío de Irún. ¿Es eso cierto?

Lur era consciente de que la historia había corrido como la pólvora, aunque, por suerte, la detención de Paz aún no. Al día siguiente el subcomisario daría una rueda de prensa en la que lo anunciaría.

—Por desgracia sí.

—Dios mío. ¿Y de quién se trata esta vez?

—No puedo darle esa información.

—Acabo de oír en el telediario que se trata de un joven.

—Así es, pero creo que no le conocía. Tan solo llevaba dos años formando parte de los Fritz.

—Qué desgracia, Virgen Santa.

—Sí, es horrible, Olga.

Lur deseó que el motivo de aquella llamada no fuera únicamente obtener información de primera mano.

—La llamaba porque no dejo de darle vueltas a un asunto —soltó para alivio de la oficial—. No sé si tendrá relevancia o no, pero después de dos muertes me he visto en la obligación de contárselo.

—Claro, toda información es bienvenida.

—Al poco de dejar la familia, un hombre se puso en contacto conmigo. Yo ya estaba viviendo en Tenerife y no sé cómo consiguió dar conmigo. El caso es que me llamó en repetidas ocasiones. La primera vez me explicó que pertenecía a una asociación de ayuda a víctimas de la familia Fritz y que estaba para lo que necesitara. Que si quería, tenía a mi disposición ayuda legal y psicológica. Yo enseguida le quise hacer entender que no necesitaba nada de eso, que estaba bien. Le dije que era muy amable, con la intención de concluir la conversación, pero él me rogó que lo pensara. A los pocos días volvió a la carga. Esta vez se mostró más obsesivo. Insistió en que esa gente merecía que los denunciara. Que sospechaban que nos hacían trabajar de sol a sol y que, pese a que cada mes firmábamos una nómina, no percibíamos ni un euro. Que ese dinero me pertenecía y que la asociación me brindaría asistencia jurídica gratuita para recuperar lo que era mío. Yo le dije que tenía mucho que agradecer a la familia Fritz y le pedí que, por favor, me dejara tranquila. Pero ahí no acabó la cosa… El tipo volvió a llamar y, después de suplicarme que no colgara, me confesó que estaba desesperado.

—Vaya… Una cosa, ¿sabe el nombre del individuo?

—No, no me lo dijo.

—Supongo que la asociación a la que pertenecía era la FFADA.

—Sí, sí, FFADA.

—¿Qué le contó en esa tercera llamada?

—Que Marta y Lucía, su mujer y su hija, llevaban muchos años en la casa de Palencia. Que las echaba de menos. Lloriqueaba, yo creo que había bebido —opinó en un susurro—. Me preguntó por ellas. Yo le dije que habíamos coincidido en alguna ceremonia y que estaban muy bien, que no se preocupara. Me confesó que no conocía a su nieto y que se moría por hacerlo. Me rogó que le hablara de él, que lo describiera. Pero a mí eso me asustó.

—¿Y por qué?

—Era bien sabido que el marido de Marta le había dado muy mala vida y que por eso buscó cobijo en los Fritz. En cuanto su hija cumplió la mayoría de edad, las dos se marcharon de casa. Por lo que oí, era un hombre pudiente y Marta provenía de una familia humilde. Aguantó muchos años de vejaciones, de infidelidades… No había un solo día en el que no le echase en cara que no tenía dónde caerse muerta y que nunca olvidase eso. Cuando supe que se trataba de él, decidí darle una descripción falsa de su nieto. No me fiaba ni un pelo. Esa gente que se cree por encima del resto es capaz de hacer cualquier cosa.

—Entiendo.

—Por lo que oí en alguna ocasión le pillaron merodeando por los alrededores de la casa de Palencia. Borracho y fuera de sus casillas. Según me contaron intentó llevárselas a la fuerza. Pero me consta que fue hace muchos años.

—¿En la familia sabían que el marido de Marta estaba metido en la FFADA?

—No lo sé. Yo, por lo menos, no. Tampoco me sorprendió, vaya.

—Entonces le hizo una descripción de su nieto.

—Sí, pero falsa. Era un niño muy rubio y de ojos claros. Yo le puse el cabello castaño. No recuerdo muy bien qué más le dije, pero todo lo contrario a cómo era el crío.

—Supongo que se refiere a Aarón.

—Sí. ¿No se tratará de la víctima? —preguntó angustiada.

—No, no, tranquila.

—Discúlpeme, es que este asunto me tiene en shock.

—Es lógico. ¿Este hombre volvió a llamarla?

—Me cambié de número. Me imagino que insistió. Aunque intuyo que si había dado conmigo una vez, podía haberlo hecho una segunda.

—Bueno, el caso es que no volvió a molestarla.

—Eso es.

—Ha sido muy amable, Olga.

—Ojalá sirva para parar esta locura.

—Todo ayuda.

—Si recuerdo algo más, la volveré a llamar.

—Se lo agradezco.

—Buenas noches.

—Buenas noches, Olga. Una última cosa. La anterior vez que hablamos me comentó que no percibía un salario mensual por su trabajo en el taller, pero ¿es cierto que firmaba una nómina?

La chica se quedó callada.

—Yo no trabajo para Hacienda —explicó Lur—. No me competen ese tipo de investigaciones, pero me llama la atención.

—Ya hace mucho de aquello.

—Es explotación laboral, ¿lo sabía? Alguien se está lucrando de lo lindo.

—El dinero viene y va... Sin embargo, lo que la familia me dio, no. Y es de un valor incalculable.

—Me alegra que la ayudaran —murmuró mientras se preguntaba si Nando habría conseguido que la Agencia Tributaria abriera una investigación.

—Suerte con el caso.

—Gracias. Y suerte para usted también.

23 de octubre, miércoles

Todos volvían a estar reunidos en la sala. La relación entre Quivera y las colaboradoras seguía siendo mala, aunque ahora de alguna manera toleraban trabajar juntos. Las largas e intensas horas de la víspera lo habían logrado. El subcomisario García, a primera hora de la mañana, había dado la rueda de prensa y por lo pronto los medios de comunicación se habían conformado con el nombre de Paz Fritz. Tenían que aprovechar aquel margen que el destino les brindaba para investigar con menos presión. Lur acababa de resumir la conversación con Olga.

—¿Y si el grupo este de encapuchados, cuando fue al caserío, iba buscando a otra persona? —fue Maddi quien lanzó la pregunta.

—La descripción que Olga dio de Aarón se correspondía con la de Ari —secundó Lur.

—¿Insinuáis que este señor, el presidente de la FFADA, y algún miembro más de la asociación se colaron en el caserío vestidos como el Cónclave para secuestrar a su nieto? —preguntó el subcomisario meneando la cabeza.

—Es una hipótesis —dijo Lur—. Esta asociación sabe muchísimo sobre los Fritz. Llevan diecinueve años estudiándolos y acosándolos. Seguro que están al tanto del Cónclave, de su *modus operandi* y de ese puñetero uniforme siniestro. Además, si el relato de Olga es cierto, Pepe Aroztegi intentó llevarse a la fuerza a su mujer y a su hija.

Lur vio que Quivera la miraba de reojo. Estaba diferente. Lo notaba en sus gestos, en la expresión de su rostro. Parecía distraído.

—No me gustan los de la FFADA... ¿Por qué no se han mostrado colaborativos con nosotros? ¿Por qué? —añadió Maddi.

—Pero, vamos a ver —dijo García suspirando—. ¿Para qué narices iban a entrar en el caserío de Irún si se supone que Aarón vive en el de Palencia?

—Algo importante se nos está escapando. —Lur volvió a la carga.

—Ayer el ADN del Cónclave y ahora el de Pepe Aroztegi y su tropa, ¡el juez me va a mandar a la porra! Y más teniendo ya una asesina confesa —resopló el subcomisario.

—Estoy contigo, García —murmuró Quivera. Decidió que iría a ver a Aroztegi para acabar con la línea de investigación de la que hablaban las inútiles de sus compañeras.

A Maddi y a Lur no las sorprendió que se pusiera de su lado. Cualquier cosa con tal de llevarles la contraria.

—Solo tenemos la confesión de que mató a Andrés, nada más. ¿Qué pasa con Ari? —dijo Lur muy seria—. Debemos seguir adelante sin perder más tiempo.

—Sí, claro que sí, pero dejemos de dar palos de ciego de una puñetera vez. ¿O es que también queréis que pida el ADN de los vecinitos? Tenemos abiertas tres líneas de investigación. ¡Tres!

Lur meneó la cabeza, molesta.

—Y abriremos las que hagan falta para descubrir la verdad —se le encaró sin miedo.

El sonido del móvil del subcomisario le impidió replicar.

—Son los resultados grafológicos de la carta que Eva halló en la funda de su almohada —informó serio. Tragó saliva antes se proseguir—. Al parecer, no la escribió ningún miembro del caserío de Irún.

Había sido una mañana difícil. Volver a la normalidad en el caserío después de otra tragedia en la familia... era muy duro. Nadie sabía qué decir, adónde mirar. El dolor, el cansancio, la incomprensión, ¿cuándo iba a desaparecer todo aquello? Mientras Bruno e Irene iban al hospital a por el abuelo, Flora limpió la sangre del desván. En un principio subieron con ella María Belén y Jessica, pero no fueron capaces de ayudarla. El llanto y el temblor no se lo permitieron a ninguna de ellas. Excepto el abuelo, en aquel momento todos estaban sentados a la mesa. El guía así lo había requerido.

—Debemos perdonarla —dijo Guillermo para romper el hielo—. Todos sabemos que Paz es especial y que, pese a que ha actuado de una manera monstruosa e inimaginable, no alberga maldad. —Se frotó los ojos cansados—. Solo Dios sabe por qué actuó así, por qué no pudo detenerse... —Un largo silencio—. Pobre Paz. Su cabeza es un galimatías. Un borrón confuso. Y ahora no solo el Señor la juzgará, también lo hará la ley. Tarde o temprano emitirá su veredicto y ella tendrá que pagar por ambas muertes. Vamos a echar de menos a Ari y a Andrés, sus risas y bondad. Su compañía y vitalidad. La luz que irradiaban. Eran unos verdaderos guías. Todos lo sois. Estoy orgulloso de esta familia. No la cambiaría por nada. También echaremos de menos a Paz, y rogamos por que la criatura que espera no haya sufrido daño alguno. Su familia la querrá con el alma y el corazón. Nosotros. Y la esperaremos con los brazos abiertos. Sé que estamos pasando por horas bajísimas, fatales... y no va a ser fácil remontar.

Extendió las manos y formaron un círculo alrededor de la mesa.

Padre nuestro que estás en los cielos,
santificado sea tu Nombre,
venga a nosotros tu Reino,

hágase tu voluntad
así en la tierra como en el cielo.
El pan nuestro de cada día dánosle hoy
y perdónanos nuestras deudas,
así como nosotros perdonamos a nuestros deudores,
y no nos dejes caer en la tentación,
mas líbranos del mal. Amén.

—Amén —dijeron a la vez.

—Subid a por el abuelo y comamos.

No tenían apetito, pero hicieron el esfuerzo y el tintineo de los tenedores pronto comenzó a sonar. Guillermo no dejaba de pensar en todas las mentiras que había soltado. En lo confundido que estaba. ¿Era Paz la que le había traicionado? ¿Era la única? Necesitaba saberlo y, si había alguno más, desenmascararlo. No eran menos asesinos que Paz y quería que se hiciera justicia. Miró a Flora. Con sus labios finos y apretados. Incluso mientras masticaba los mantenía así. Era la única que había tenido agallas para limpiar la sangre del desván. Era fría. ¿Era ella? María Belén estaba a su lado. Su secuaz. Ella y sus aspiraciones. Quería ser la portavoz más joven en la historia de la familia. Las dos le habían pretendido. Agradecía no haber caído en la tela de ninguna de las dos arañas. Habían silenciado a la pobre Eva. Vulgares demonios. Pecadoras. ¿A quién protegían? Ya no sabía en quién confiar. Irene y Bruno habían sido como hermanos para él. Dos bastones en los que apoyarse. ¿Sabían algo? La mañana del entierro Irene le acompañó al dormitorio y lo estrechó entre sus brazos. El beso de Judas. Y Bruno quiso relegarlo. Se puso insistente e incluso pesado. ¿Acaso era el quinto miembro? ¿El quinto encapuchado?

«¿Quiénes sois? Yo os quiero, os he sido sincero. Confié en todos vosotros cuando os conté lo de Ari. Si no lo aceptabais, deberíais habérmelo dicho. Habría actuado de una forma totalmente distinta. Me habéis hecho perder el tiempo y, lo peor de todo, a mi hijo. A mi querido hijo».

Ya no tenía familia.

Ya no tenía nada.

—Bruno, he de llevar una furgoneta al taller. Necesita un cambio de aceite.

Los tenedores se detuvieron.

—¿A qué hora?

—En cuanto comamos. Me sigues hasta allí, la dejo y volvemos juntos.

—Claro.

Tenía sus planes. Y ahora no los compartiría con nadie.

Solo suyos.

A media mañana una llamada de Txomin puso a todo el grupo en guardia.

—No deberías ir sola —dijo el subcomisario.

—No quiere hablar con nadie más. No va a pasarme nada. Me ha citado en el pinar que hay junto al caserío.

—Me encargaré de que un par de agentes os vigilen de cerca.

—No, Nando, no quiero arriesgarme a que los descubra y se eche atrás. Que venga Maddi y se quede a una distancia prudencial.

Nando suspiró.

—A ella la conoce —insistió Lur—. Si la descubre, no se asustará. Y si necesitamos refuerzos ya llamaremos al equipo que vigila el caserío de los Fritz.

Lur y Maddi cogieron el coche y pusieron rumbo al caserío. El cielo había amanecido cubierto por una capa de nubes grises. Se notaba humedad en el ambiente, cierta presión, como si algo se cerniera sobre ellas rodeándolas y asfixiándolas más y más. Lur y Maddi apenas hablaron en el camino, estaban concentradas, notaban en su piel el peligro próximo. Aparcaron a cierta distancia del caserío y se adentraron en la parte alta del pinar. En pocos días se habían familiarizado con el entorno natural que rodeaba los caseríos de esa zona. Los altos pinos tapaban la poca luz que caía del cielo. El aroma a madera y tierra mojada embotó sus sentidos. Era fácil perderse en aquel laberinto, pero ellas localizaron enseguida a Txomin. Estaba junto a un gran abeto, en el centro de un claro, y miraba en todas direcciones.

—Quédate aquí —le susurró Lur a Maddi—. Esta posición te permite buena visibilidad. Ten el arma a mano.

Maddi asintió con la cabeza y se ocultó en la espesura. Observó a la oficial descender con cuidado. Las lluvias y ventiscas de los últimos días habían traído de golpe el otoño y un manto de acículas y hojas marrones cubría el suelo encharcado.

Txomin volvió la cabeza al escuchar las pisadas.

—He visto las noticias —dijo nervioso cuando tuvo cerca a la oficial—. Ha vuelto a pasar. Otro muerto en la casa de los Fritz.

—Sí, lamentablemente. —Le miró a los ojos. Había tanta exaltación en ellos que le recordó a los de los yonquis tras tomar un cargamento de anfetaminas.

—He oído el nombre de Paz en los telediarios. Está detenida por los asesinatos. ¿Es eso cierto?

—¿Por qué me lo preguntas? ¿La conoces?

—¿La última víctima es su marido?

—Txomin, ¿por qué me has llamado?

Él se frotó la cara con las manos.

—Estoy hecho una mierda.

Lur le analizó y pensó que se había descrito a la perfección. Su moreno de piel estaba macilento y su delgadez parecía más extrema.

—Tienes que contarme qué sucede.

—Yo no tengo nada que ver con este asunto. Nada en absoluto, pero la conozco.

—¿A Paz?

—Sí.

—¿Desde cuándo?

—Medio año, más o menos. —Varias gotas de sudor perlaron su frente.

A Lur le pareció que su aspecto empeoraba a marchas forzadas. Temió que le diera un mareo o algo.

—¿Cómo la conociste?

El crujido de una rama les hizo girarse en la misma dirección, pero no vieron nada ni a nadie.

—Una tarde apareció cerca de casa —explicó en un susurro—. Yo estaba jugando con los perros.

Lur recordó a los pequeños ladradores.

—Paz tenía ganas de hablar con alguien que no fuera de la familia —prosiguió—. Me dijo que estaba aburrida de ver las mismas caras. Yo le propuse dar un paseo por los alrededores. No quería que mis padres me vieran con una Fritz. Ya sabes que mi madre no les tiene simpatía.

—¿Y qué pasó?

—Que no dejó de sonreírme en lo que duró el paseo —dijo ruborizándose—. Me pareció tan inocente y a la vez tan misteriosa… Me dio pena, la verdad.

—¿Volviste a verla? —preguntó aguzando los sentidos para no desatender el entorno. Sentía que alguien acechaba.

—Sí, me propuso repetir y quedamos al día siguiente a medio camino, alejados de los caseríos para que nadie pudiera vernos.

—¿Qué ocurrió en aquel segundo encuentro?

—Todo sucedió muy rápido, no sé cómo empezó todo… Vino tan lanzada que ni siquiera hablamos.

Lur aguardó en silencio, prefería que Txomin soltara todo lo que tenía dentro antes de intervenir.

—Todos los viernes nos veíamos aquí, en el pinar… Para lo mismo. Ella solo quería sexo, no buscaba más. —Volvió a enrojecer—. Supongo que yo también. Me adapté muy pronto a sus necesidades.

Lur tragó saliva. Aquello podría tener consecuencias en el caso.

—¿Cuándo fue la última vez que la viste?

—El viernes pasado. —Hundió la punta de la bota entre las hojas—. Acudí a la cita convencido de que ella no aparecería. Pero sí lo hizo.

—¿Hablasteis del incendio y de todo lo sucedido en el caserío?

—Qué va. Ella quería lo de siempre. Nada más. Aquella actitud me empujó a acabar con la relación.

—¿En aquel preciso momento?

—Sí… Tienes que estar pensando que soy un tío de mierda.

—¿Por qué dices eso?

—Porque Paz estaba embarazadísima.

Lur se quedó callada buscando una respuesta.

—Ella me lo dijo una tarde —prosiguió él para alivio de Lur—. Yo había notado que tenía el vientre hinchado, pero no me imaginé que pudiera estar embarazada. Me dijo que esperaba un niño. Me llevé un susto impresionante, pero enseguida deduje que la criatura no era mía. Apenas llevábamos un mes viéndonos. —Se estrujó las manos—. Ahora pensarás que además de un tío de mierda soy un pedazo de egoísta.

Lur tenía la certeza de que no solo los ojos de Maddi los observaban. No estaban los tres solos. En el bosque había alguien más.

—Era una relación consentida por ambos —acabó diciendo la oficial, sin dejar de vigilar de soslayo el resto del claro—. Yo no estoy aquí para juzgar a nadie.

—Nunca quiso hablarme del padre. Le pregunté en un par de ocasiones. Era tan reservada… Nunca quería contarme nada sobre su vida. Tampoco parecía interesarle la mía. Solo sexo y rápido para que no nos descubrieran.

—¿Alguna vez notaste que actuaba de una manera extraña?

La oficial rozó la empuñadura del arma con la punta de los dedos. No se sentía segura.

—La situación era rara en sí. Pero, excepto el día de la ruptura, ningún comportamiento por su parte me llamó especialmente la atención. Era muy apasionada. Sospeché que vivir en esa familia no tenía que ser fácil. Demasiadas prohibiciones. Siempre pensé que necesitaba desfogarse. Pero no sé.

—¿Qué pasó el día de la ruptura?

—No se lo tomó nada bien y me llamó de todo. Le dije que lo sentía y me largué. No me di cuenta de que me seguía hasta que empezó a apedrearme.

—¿Te agredió?

Lur notó que el chico se estremecía.

—Sí. Ahora mismo estoy sobrepasado. Nunca hubiese intuido que era una asesina.

Txomin no quiso relatarle que el golpe en la cabeza le dejó inconsciente. Tampoco que Paz reventó la ventana de su dormitorio y que él tuvo que fingir delante de su madre que una corriente de aire la había roto.

—¿Qué va a pasar con ella?

—De momento el juez ha pedido que se le realice un estudio psiquiátrico completo para comprobar su estado de salud mental y…

Lur calló ante un nuevo crujido. Rodeó la empuñadura con la mano.

Una gota de sudor resbaló por la mejilla de Maddi. Estaba quieta, acuclillada entre la hojarasca, atenta a la conversación de Lur y Txomin, pero también al resto de sonidos del bosque. Si una callaba lo suficiente, el entorno parecía hablar. Las finas ramas crujían al descomponerse o como fruto de los cambios de temperatura, las piñas maduras caían, los insectos movían las hojas muertas depositadas en el suelo, las aves aleteaban, se comunicaban entre ellas, huían de sus nidos alertadas por algo. Algo que Maddi también era capaz de percibir. Un crujido demasiado abrupto. El peso de un cuerpo hundiéndose en el barro. No estaban solas. Y en cuanto se deslizó casi imperceptible entre los árboles, la vio.

Una sombra.

Una túnica negra.

Oculta tras un tronco.

«Mierda», se dijo.

Hizo un reconocimiento rápido del terreno y no tardó en trazar una ruta.

Descendió haciendo un arco hacia la derecha y lamentó perder de vista al individuo durante unos segundos. Apoyó el hombro en un tronco y echó un vistazo rápido.

Ahí estaba.

Encapuchado.

Armado con una escopeta.

Apretó los dientes y descendió unos metros más. Después fue acortando la distancia. El individuo estaba de espaldas. Vigilando a Lur y a Txomin. Maddi agarró la empuñadura del arma con las dos manos y tensó los brazos al frente. Lo tenía muy cerca, a menos de un metro. Avanzó hasta tener al encapuchado a un palmo de su cuerpo.

—Soy de la Ertzaintza —susurró encañonándole la cabeza—. Deja la escopeta en el suelo muy despacio y después pon las manos donde pueda verlas.

La persona obedeció y, con los brazos en alto, se giró para mirarla.

Maddi no tardó en reconocerlo.

Era él. Claro que era él.

—Y ahora, muy despacio, vas a poner las manos a la espalda.

Maddi soltó la mano derecha del arma y con un movimiento rápido esposó al individuo.

—¡Aita! —voceó Txomin—. ¿Qué haces, aita?

La patrullera vio a Lur y a Txomin dirigirse hacia ellos.

El hombre apretó los dientes.

—¡Vete a casa, Txomin! ¡Ya!

—¡No voy a ir a casa!

—Vete. Tu madre está preocupada.

Txomin miró la escopeta que estaba a sus pies.

—Pero ¿qué hacías con eso? ¿Me has seguido?

—Te escuchamos hablar por teléfono y me mandó que te siguiera. No sabíamos con quién habías quedado y temíamos que fuera con alguno de los de blanco. ¡Ya está bien, Txomin! ¿Quieres ser el próximo muerto? ¿En qué estás pensando? ¿Has perdido la cabeza?

—¿Y me lo preguntas tú?

—¡Lo he oído todo, Txomin! ¡Todo!

—No puede salir armado y vigilar a la gente —intervino Lur.

Maddi soltó un suspiro y cogió la escopeta del suelo. Por un momento había sentido cómo todo su cuerpo se transformaba y trabajaba al unísono para atrapar a ese individuo. Se sorprendió de su propia actuación.

—¡Es mi hijo! Haré todo lo necesario para protegerlo.

—Su hijo se sabe cuidar solo y lo va a hacer muy bien mientras usted nos acompaña a comisaría. —Lur le agarró del brazo y tiró de él.

El hombre enrojeció y opuso resistencia. La mandíbula apretada, los pies anclados a la tierra.

—Colabore o pediré refuerzos —le amenazó sin soltarlo del brazo.

Maddi sacó el teléfono dispuesta a llamar a comisaría.

—No hará falta. —Las miró con frialdad—. Dile a tu madre que no se preocupe, que *estas* no tardarán en dejarme en libertad —concluyó y empezó a andar.

Le había llevado toda la mañana localizar los puntos desde donde la Ertzaintza vigilaba la casa. A Guillermo ya se le había ocurrido la manera de despistarlos. Cogió el teléfono y las llaves de la furgoneta y se sentó en la cama. Después de comer, Bruno, como un corderito, le había seguido en coche hasta el barrio de Larreaundi para que el mecánico le hiciera un cambio de aceite a la furgoneta. Guillermo la había aparcado en la calle donde se encontraba el taller y, después de fingir que ya había hablado con el mecánico, volvieron juntos en el coche. Estaba nervioso pero decidido. Debía continuar con el plan al pie de la letra, sin decaer: salir sin ser visto, ir al taller mecánico —unos veinticinco minutos andando—, llevarse la furgoneta y después lo demás. No era poco.

«Sobre la marcha, Guillermo», se dijo.

Marcó el número de la tarjeta y esperó a que contestara.

—¿Qué tal, Guillermo?

—Buenas tardes, Lur. Lo llevamos como podemos, ya sabes.

—Sí, lo comprendo.

A Lur la llamada le había pillado en pleno interrogatorio. Salió del cuarto en el que tenían al padre de Txomin en cuanto vio el número de Guillermo en la pantalla.

—Quería comentarte que acabo de notar un movimiento extraño en la parte trasera del caserío.

—¿Has visto a alguien?

—Sí, pero ha sido tan rápido que temo que la imaginación me la haya jugado.

—¿La familia está al tanto?

—No, ha sido mientras miraba por la ventana. Y no he querido alarmar a nadie porque todos están bastante alterados.

—No te preocupes. Aviso al operativo y te llamo con lo que sea.

—De acuerdo. Gracias.

Cuando vio que los agentes de la Ertzaintza dejaban despejada la entrada, salió de la habitación, bajó a hurtadillas las escaleras y abandonó el caserío. En la huerta trabajaban Gorka y Bruno. Creyó ver en un espejismo al pobre Andrés entrando en el invernadero. El corazón le dio un vuelco y la pena volvió a hacer acto de presencia. Apretó los dientes para ahuyentarla, no era el momento de entregarle sus energías. Siguió adelante y consiguió perderse entre los árboles. Una hora antes había avisado a la familia de que no bajaría a cenar porque no se encontraba bien del estómago y que, por favor, no le molestaran. Eran obedientes y confiaba en que respetasen su petición. Llegó a la carretera aliviado. Allí no corría tanto peligro. Se arrimó bien a la cuneta, ya que no había arcén, y recorrió el trayecto pendiente de los pocos coches que circulaban por allí. El teléfono sonó cuando ya había avanzado más de medio camino.

—Guillermo, los agentes no han visto nada sospechoso.

Él aminoró la marcha para que no notase que iba andando.

—Habrá sido mi mente cansada… Ya lo siento.

—No te preocupes e intenta relajarte. Nosotros nos encargamos de todo.

—Claro. Gracias.

—Llámame si vuelves a notar algún movimiento fuera de lo normal.

—Por supuesto.

Nada más colgar apretó el paso y consiguió llegar al taller antes de lo previsto. Cuando se montó en la furgoneta el reloj marcaba las cinco de la tarde.

Siguiente paso: poner rumbo a Madrid.

Maddi por fin estaba en casa. Habían interrogado al padre de Txomin durante toda la tarde y el hombre no había dejado de repetir las mismas frases una y otra vez: «Yo no tengo nada que ver con los asesinatos de los de blanco. Salí con el poncho porque amenazaba lluvia y con la escopeta para proteger a mi hijo. Mi mujer y yo sabíamos que había quedado con alguien en el bosque y no nos fiábamos». ¿El padre de Txomin pertenecía a ese grupo de encapuchados que entró en el caserío e intentó secuestrar a Ari? Eso aún estaba por ver. Por lo pronto su comportamiento les había facilitado las cosas. El poncho estaba en el laboratorio de la científica y lo estaban analizando a conciencia en busca de sangre o de fibras de soga. Y el juez, además de haber ordenado que pasara la noche en el calabozo, había emitido una orden para tomarle una muestra de ADN.

Maddi bostezó. El día había sido interminable. La patrullera creía que les había contagiado su cansancio, o algo así, porque sus hijos cayeron rendidos nada más cenar. Entró en el dormitorio y les dio un beso de buenas noches a cada uno. Miró con un amor inmenso a su príncipe y a su guerrera. Estaba orgullosa de Mía, de su niña grande. Llevaba varios meses durmiendo en una pequeña cama supletoria junto a su hermano. Cuando Igor empezó con las pesadillas nocturnas, ella se trasladó allí sin pensárselo dos veces. Era una niña terriblemente independiente, pero con un instinto de protección brutal. Maddi sabía que hasta que Igor no dejara de tener pesadillas, ella no regresaría a su dormitorio. Estaban tan unidos como si fueran gemelos o mellizos y le llamaba la atención aquel vínculo tan fuerte. Para Maddi, Mía e Igor eran como las amigas de la canción *Tú por mí*, de Christina y Los Subterráneos, pero en versión hermanos.

Tú por mí, yo por ti.
Iremos juntas donde haya que ir.
Tú por mí, yo por ti.
Iremos juntas solo por ir.

Cuando la idea de separarse de Fidel aparecía, a Maddi la reconfortaba pensar que, si llegaba el día, sus niños se apoyarían a muerte el uno en el otro, de eso no tenía duda. Pero también pensaba, y para nada la reconfortaba, que las pesadillas de Igor aumentarían y que el carácter independiente de Mía tal vez se trasformara en esquivo.

—¿Duermen? —susurró Fidel.

Maddi tragó saliva al escuchar a su marido. Era la primera palabra que le dirigía en varios días.

—Sí, vete a saber en qué mundo están metidos ahora mismo. Los sueños que contaban cada mañana no tenían desperdicio. A cada cual más loco. Era tradición desayunar con un nuevo capítulo de sus aventuras. Maddi adoraba esas mañanas en las que el trabajo permitía que coincidieran los cuatro.

Fidel entró para besar a sus hijos y a ella el corazón quiso salírsele del pecho. ¿Qué haría sin esos momentos?

—¿Te apetece un café? —preguntó él.

Su marido era tan orgulloso que aquel ofrecimiento fue como si pusiera a sus pies una kilométrica bandera de la paz. Llegaba algo tarde para su gusto, pero llegaba al fin y al cabo y Maddi lo agradeció. Ella necesitaba eso. Dejar de estar enfadada. Relajarse. Volver a ser quienes eran. La balanza osciló de nuevo.

—Mejor una tila. Estoy deseando descansar bien. Este caso me está robando muchas horas de sueño.

—De acuerdo. Marchando una tila. Siéntate, que enseguida está lista.

Maddi lo observó mientras trajinaba en la cocina. Era alto, altísimo, y tenía una espalda poderosa. Recordaba perfectamente el primer día que lo vio en la academia de Arkaute. Fue un flechazo. Llevaban juntos desde entonces y atesoraban tantos instantes maravillosos…

«¿Qué nos está pasando, Fidel? —pensó—. ¿Y por qué a nosotros?».

La nostalgia la inundó de tristeza y sintió pena por él, por lo que quería ser y no era. Quizá tuviera razón en eso de que a ella no le hacía la misma ilusión haber conseguido el puesto que tontamente había alcanzado. Quizá no se lo merecía, quizá era injusto. Quizá. Suspiró.

—¿Estás muy cansada? —dijo sentándose a la mesa con las dos tazas.

Maddi envolvió la suya con las manos. Sabía que esa era su manera de pedirle perdón. No hablar del enfado. Correr un tupido velo. Borrón y cuenta nueva.

—Rota, más bien. Pero con suerte lo resolveremos en unos días. —Puso la mejor de sus sonrisas para transmitirle que eso era lo que más deseaba, pero su instinto de policía ardía por seguir investigando. Un instinto que hasta ahora había estado oculto en algún rincón sombrío de su cuerpo. ¿Qué iba a hacer cuando se viera otra vez patrullando? ¿Qué? El mundo se le vino encima como un tsunami.

—Ya casi lo tenéis.

—Eso parece. Nos esperan días moviditos —dijo mientras se preguntaba por qué la reconciliación no desintegraba las dudas, la insatisfacción y la maldita angustia como lo había hecho en otras ocasiones.

Fidel, como si leyera sus pensamientos, la tomó de las manos.

Maddi lo miró a los ojos y él le sonrió con afecto.

«Perdóname», parecían decir sus labios.

La noche había caído y a Guillermo el frío de la meseta le pilló desprevenido. Catorce años en el caserío de Irún habían sobrado y bastado para que su cuerpo se encariñara con las temperaturas menos extremas de la costa. Tenía tantas cosas en la cabeza que ni siquiera se le había ocurrido ponerse una prenda más abrigada. Aparcó la furgoneta lejos de la casa para no llamar la atención y marcó su número.

—Guillermo. ¿Qué tal estáis? ¿Sabéis ya cuándo os entregan el cuerpo de Andrés?

La voz de su hermano Arturo. Grave, grande, familiar. El guía de los guías. Su enorme hombro en horas bajas.

—No, Arturo, no lo sé.

—¿Crees que la familia del chico nos dejará ocuparnos de todo? Supongo que sí, teniendo en cuenta que lo echaron de su propia casa…, aunque ya sabes cómo son algunos.

—Que sea lo que tenga que ser.

El tono impaciente de Guillermo tensó al hombre.

—Sí, claro.

—Arturo, estoy aquí.

—Aquí, ¿dónde?

Guillermo oteó el horizonte y percibió la silueta del pabellón en el que almacenaban las prendas de Blanco Inmaculado. También la finca rústica de la familia y las cuatro viviendas independientes que ocupaban los miembros del Cónclave.

—Tan cerca que veo las luces de las casas. Más vale que no des la voz de alarma. De lo contrario, todos lo lamentaremos.

—Pero… ¿qué dices? Y…

—Necesito hablar contigo, a solas.

—No hacía falta que vinieras hasta aquí, Guillermo.

—Sí, sí hacía. ¿Dónde podemos vernos?

—Mmm…

—Arturo —le apremió—, he de volver a casa. La familia no sabe que me he ido.

—Está bien. Te espero en el cobertizo.

—En diez minutos estoy ahí.

Los cinco estaban en el salón de actos del hotel. En lo que iba de año se habían reunido en cuatro ocasiones. Federico miraba al empresario rogando que esta vez el acuerdo llegara a buen puerto. Era una importante cadena hotelera y, si su viejo amigo se decidía a vestir las camas de las suites con Blanco Inmaculado, la marca crecería exponencialmente. Sería la primera vez que las comercializaran, ya que solo las fabricaban para las casas de la familia Fritz, pero tenían capacidad de sobra para confeccionarlas sin desatender el resto de los pedidos. Las mujeres Fritz podían con eso y con más. El empresario carraspeó y Federico se ajustó el nudo de la corbata. Cuando salían para cerrar tratos dejaban de lado el atuendo blanco. Los años de experiencia les habían enseñado que en el mundo de los negocios se tomaba más en serio a un grupo de hombres con traje. Además, el Cónclave se sentía bien con ellos y, por supuesto, tras el anonimato.

—Trato hecho —dijo el empresario hotelero.

Los miembros del Cónclave se acercaron para estrecharle la mano.

—No te arrepentirás —aseguró Rafael—. Y tus clientes tampoco de haber elegido alojarse en una de las suites.

—¡Si es que no se quedan a vivir en ellas! —Federico se carcajeó—. Apuesto a que les va a costar abandonar las camas.

Las risotadas de los cinco se acompasaron.

—Os he reservado cuatro habitaciones. Esta noche todo corre de mi cuenta. Y cuando digo todo, es todo. ¡Hay que celebrar este gran acuerdo!

El empresario los conocía desde hacía años. Era un hombre discreto que sabía proporcionarles lo que necesitaban.

—Sobra decir que os he conseguido vuestras píldoras preferidas. —Les guiñó un ojo—. Aunque os he de confesar que casi no llegan a tiempo las muy cabronas.

Miguel, ruborizado, se pasó la mano por la calva y Jonás le dio una palmadita en la espalda al tiempo que reía por lo bajo.

—Tú no te rías tanto —dijo el empresario—. La juventud no es eterna… Ya las necesitarás, ya.

—Hasta entonces que las disfruten ellos. Yo me sobro y me basto.

—Che, che, guarda tu bravura para tu morenaza favorita. No vaya a ser que de tanto presumir…

Los cuatro se giraron al oír el tono de un teléfono. Era el de Federico.

—Dime, Arturo.

—…

—Ahora mismo no podemos. Estamos reunidos.

—…

—¿Cómo dices?

—…

—Pero… ¿Qué narices quiere?

—…

Los allí presentes captaron por su expresión que la fiesta estaba a punto de irse a la mierda.

Joel era su pequeño bote salvavidas, aunque visto desde fuera parecía que se tratara de todo lo contrario, porque era él quien estaba agarrado a su cintura con los dos brazos. Llevaban un buen rato sentados en el árbol caído. Habían hablado de Andrés, de Paz, de la vida y de la muerte. Del miedo. El niño le confesó que, cuando se la volvieron a llevar a comisaría, temió no volver a verla. Su flequillo cada vez más largo ocultaba el desconsuelo de sus ojos. Lástima que no lo eliminara también. Eva sufría por él. Era tan pequeño… Tan inocente. El pobre, además de no querer separarse de ella, tenía ganas de hablar. Eva le escuchaba a ratos. Sus preocupaciones no la permitían estar todo lo concentrada que querría. El catálogo con la túnica llamada Rectitud la había dejado totalmente noqueada. ¿Quiénes habían matado a Ari? ¿Había sido el Cónclave? Y si era así, ¿por qué vio a cinco y no a cuatro? ¿Quién era ese quinto miembro? Era espantoso cómo había pasado de temer por la familia a temer a la familia. Su hermana, tía Flora… ¿Estaban al corriente de que se trataba de ellos y por eso la silenciaron? ¿Qué sabían ellas? ¿Cuánto? Contuvo las ganas de llorar para no asustar más a su hermano. Pensó en Paz. Quizá fue ella la que filtró la información y no María Belén y Flora. O los niños. Con frecuencia no eran capaces de guardar un secreto. O el pobre abuelo, con su cabeza dispersa, su realidad paralela. Una punzada de dolor le atravesó el pecho al barajar la posibilidad de que pudieran haber sido sus padres.

«No, ellos no», se dijo.

¿Y Jessi? ¿Y Gorka y Naroa? Ahora sospechaba de todos. Intentó imaginarse a los cuatro miembros del Cónclave bajo aquellas recias túnicas. La corpulencia de cada uno, la manera de caminar… Su cabeza daba vueltas y vueltas. Debía llegar a la verdad. Ponerse a salvo. Hacer justicia.

—Habrá que irse a la cama. Aquí fuera hace fresco —susu-rró mientras besaba la frente de su hermano. Notó el cabello frío y suave. Limpio.

—¿Puedo dormir contigo? Solo esta noche, por favor.

—Sabes que las normas no lo permiten.

El niño hizo un mohín.

—¿Por qué Guillermo no ha cenado con nosotros?

—Porque no se encuentra bien. Lleva toda la tarde en su dormitorio.

—No, eso no es verdad —dijo soltándola por fin. Se sopló el flequillo—. Lo vi marchar.

—¿Cuándo?

—No eran ni las cinco de la tarde.

—¿En qué coche?

—Andando.

—Seguro que necesitaba airearse.

—No lo sé, pero creo que pensaba que nadie le veía.

—¿Por qué dices eso?

—Porque iba rápido y miraba en todas las direcciones.

Los temores de Eva se dispararon ante aquella revelación. Sabía que Guillermo sería capaz de hacer cualquier cosa para descubrir la verdad.

Las nubes se abrieron y dejaron por un momento ver un cielo oscuro y denso plagado de estrellas. Guillermo no acostum-braba a verlo tan repleto pues la contaminación lumínica de Irún y alrededores lo impedía. Le pareció una estampa surrea-lista.

Atravesó el umbral del cobertizo y se paró en la entrada a la espera de que su vista se acostumbrara a las sombras. Aperos de labranza, semillas, botas de goma, lonas… También una maza como la que utilizó Paz para matar a Andrés.

—Arturo —susurró—. ¿Estás aquí?

Se adentró unos metros hacia el fondo, pero regresó a la puerta antes de que la oscuridad le engullera. Se percató de que sus ojos distinguían mejor lo almacenado en aquella zona. Era fascinante lo rápido que reaccionaban las pupilas. De pronto le pareció que la maza no estaba en su sitio. Miró a todos lados, nervioso. ¿Y si no había sido buena idea acudir solo? Había tomado la decisión rápido, sin poner a nadie al tanto. Se arrepentía. Si algo le pasaba no podrían seguir su rastro. Sacó el teléfono para avisar a Lur. Cuando estaba a punto de llamar un ruido provocó que se le cayera de la mano. Se agarró el pecho, sobresaltado. Giró sobre sí mismo, con los hombros tensos.

—Guillermo, Guillermo.

Un susurro.

Era Arturo.

—Estoy aquí. —Se agachó para recoger el móvil. La pantalla se había hecho añicos. Al incorporarse localizó la maza, seguía en su sitio.

Arturo entró y lo buscó con la mirada. La escasa luz acentuó el brillo de los ojos de ambos. El blanco centelleó. Como la nieve en los picos altos de las montañas.

—Me tienes preocupado, hermano. —Con dos zancadas se colocó a un palmo de su cuerpo. Le abrazó con fuerza.

Guillermo se sintió apresado. Arturo era más grande que él y llevaba consigo un tufillo desagradable a sudor seco. Le asqueó. Quiso retirarse con disimulo, pero la presión de Arturo no se lo permitió. Solo se soltaron cuando el guía de los guías así lo decidió.

—Cuéntame qué te ha traído hasta aquí.

—Estoy confundido y ya no sé en quién confiar.

Arturo torció el gesto.

—Los acontecimientos de estos últimos once días han sido horrorosos. Tienes que darte tiempo. Todo volverá a la normalidad.

—Siempre dices lo mismo. La maldita normalidad. —Se movió inquieto unos pasos—. Será la tuya, la mía se ha ido para siempre.

—Lo siento en el alma, hermano, y si pudiera hacer algo para ayudarte, sabes que lo haría.

—Ese es uno de los motivos que me han traído aquí.

—Pídeme lo que sea.

—Justicia. Justicia para Ari.

Los ojos de Arturo se incendiaron.

—Paz pagará. Puedo pedirle al abogado de la familia que apenas mueva un dedo. Ten paciencia.

—No.

—Sí, tú déjalo de mi cuenta. Además, ten por seguro que esa puta arderá en el infierno. —Las palabras de Arturo sonaron extrañas. Casi malvadas.

—Paz no mató sola a Ari. Eso he venido a decirte. Y que sospecho de Bruno —improvisó.

—¿De Bruno? —preguntó alarmado.

—Está cegado por ser el nuevo guía. Siempre me ha envidiado. Creo que él la ayudó. Creo que se vengó matando a mi Ari. Creo que todo esto es una conspiración para robarme la casa Fritz.

—¿De dónde has sacado esa idea?

—La Ertzaintza ha cerrado la investigación —mintió— y no lo podemos tolerar. ¡Se tiene que hacer justicia!

—Pero…

—Debemos contratar a un detective privado —le interrumpió—. La familia tiene dinero de sobra para hacerlo. ¡No pienso convivir con un asesino! ¡Y menos con el de Ari!

Arturo le agarró de los hombros.

—Guillermo, por favor, tienes que tranquilizarte y ahuyentar esos pensamientos. Paz los mató. Por eso el caso está cerrado. Sé que es duro asimilarlo y que te gustaría hallar una justicia mayor. Un alivio inmenso.

El tufillo a sudor seco regresó acompañado por otro olor igual de fuerte. Su cabello cano, abundante, estaba grasiento.

—No tienes ni idea —sentenció Guillermo mientras pensaba que Arturo ni relucía ni olía como el hombre que admiraba—. Llevo catorce años en la familia. He trabajado muy duro y jamás he pedido nada a cambio.

—Tranquilo, hermano, tranqui...

Guillermo se alejó repentinamente de sus manazas.

—En la casa se rumorea que cinco personas intervinieron. ¡Cinco! —soltó con gesto desafiante.

—¿Cómo?

—Hay que hacer algo con urgencia. No pienso quedarme de brazos cruzados.

—¿Quién ha dicho algo semejante? —lo preguntó volviendo a recortar espacio entre los dos.

—¿Por qué dudas de mí? —dijo Guillermo sosteniéndole la mirada.

—No es duda.

—Y qué es.

Arturo tragó saliva y Guillermo vio cómo su nuez subía y bajaba.

—No es un tema para tratar así, a bocajarro. Tienes que explicarme todo bien, con detalle. Qué sospechas hay, por parte de quién... —hablaba tranquilo para contener su ira.

Guillermo de eso sabía un rato porque en aquel momento él intentaba contener la suya.

—No vas a hacer nada —murmuró cabreado—. Claro que no... No podemos permitirnos ensuciar el buen nombre de la familia. Si Paz no actuó sola, ahora da igual. Que las aguas se calmen, sí, eso es lo que quieres.

—Guillermo, por favor.

—Ni Guillermo ni hostias —bramó entre dientes.

Arturo abrió los ojos y dejó que el odio asomara.

—Cállate. Sabes que no puedo consentir que blasfemes. ¿Quién te crees que eres? Te presentas sin previo aviso y te comportas como si no fueras un Fritz.

Guillermo le agarró de la pechera y tiró fuerte. A Arturo el zarandeo le pilló totalmente desprevenido y sus pies se movieron torpes. Primero hacia los lados y después hacia atrás. Guillermo aprovechó para empujarlo. Aún le sostenía de la pechera y le fue fácil concentrar toda su fuerza en los antebrazos, los codos...

—¡Suelta! ¡Suelta! —gritó torpe mientras caía como a cámara lenta.

Guillermo fue a parar sobre él. Tiró de su blusón blanco para después empotrarle con rabia contra el suelo. Le agarró del pelo grasiento y de la cabeza. Pudo sentir la vibración del cráneo contra el pavimento. También una satisfacción inmensa que se abría paso justo en medio de su pecho. Apretó los puños y le golpeó con ambos en la cara. Derecha, izquierda, derecha, izquierda. Puñetazos encadenados. Fuertes y directos. Droga pura. Guillermo no era corpulento, pero el nervio le hacía comportarse como un felino letal. Los primeros salpicones de sangre no tardaron en alcanzar su chaqueta. Bajo ella sudaba a mares. Ya no había cabida para el frío, tampoco para el miedo. Iba a descubrir la verdad. Costase lo que costase. Sería el Guillermo que la situación requiriera. La inercia y la ira lo tenían tan a su merced que no vio venir el bofetón. Arturo le cruzó la cara con el dorso de la mano. Zas. Bruto y contundente. Después otro. Arturo no era joven, pero la cólera le hacía comportarse como un dinosaurio azuzado. Le agarró del cuello con decisión. Guillermo notó los dedos ásperos aferrados a sus músculos. Intentó soltarlos, pero el viejo los apretaba como si fuera lo último que quisiera hacer en su puñetera y miserable vida. Sus ojos rojos, fuera de sí, lo miraban fijamente. Guillermo dobló la rodilla y la arrastró por el suelo hasta incrustársela en la entrepierna. Arturo aulló y aflojó los dedos, y Guillermo aprovechó para ponerse de pie de un salto. Se pasó la lengua por el labio. Pese a que lo tenía partido, no sintió un ápice de escozor. El dolor del cuello imperaba sobre todas las cosas.

—Por lo que veo tú tampoco te comportas como un Fritz —dijo Guillermo mientras tomaba aire—. Casi me matas, hermano.

Carraspeó antes de añadir.

—«En aquel tiempo, Jesús dijo a sus discípulos: "Han oído que se dijo: Ojo por ojo, diente por diente; pero yo les digo que no hagan resistencia al hombre malo. Si alguno te golpea en la mejilla derecha, preséntale también la izquierda; al que te quiera demandar en juicio para quitarte la túnica, cédele también el manto. Si alguno te obliga a caminar mil pasos en su servicio, camina con él dos mil. Al que te pide, dale; y al que quiere que le prestes, no le vuelvas la espalda"». —Se soltó el primer botón del blusón para intentar disminuir la sensación de ahogo—. Palabra del Señor.

Dio un paso hacia él y lo observó desde arriba.

El viejo intentaba levantarse a duras penas. La cara ensangrentada. Hinchada.

Las estrellas le abrazaron nada más abandonar el cobertizo y le acompañaron hasta la furgoneta. Hasta que no se sentó no se dio cuenta de lo cansado y tremendamente deprimido que estaba. Giró la llave y el ruido del motor fue lo único que se oyó en el lugar.

La tormenta estaba justo encima de la ciudad, como si hubiera ido a declararle la guerra al hotel en el que se alojaba, como si la buscara. Lur llevaba media hora danzando por la habitación. Se había despertado sobresaltada. Esta vez por culpa de Guillermo. No sabía por qué, pero presentía que algo iba mal y era incapaz de volver a conciliar el sueño. Se ajustó el cinturón de la bata y vertió un chorro de agua en el hervidor que había en la mesa. Un nuevo relámpago brilló en el cristal de la ventana. Por la intensidad, Lur supo que el ruido que vendría a continuación sería de esos que hacían temblar los cimientos. Y así fue. El hotel vibró y la luz hizo amago de apagarse. Se sirvió un vaso de agua caliente, metió una bolsa de tila y se quedó apoyada en la pared bajo uno de esos cuadros de figuras geométricas. La infusión le calmó el estómago. Parpadeó y los ojos le indicaron que el sueño regresaba. Consultó el reloj. Eran las dos. Tenía varias horas por delante para descansar. La tormenta parecía alejarse. Se quitó la bata y la dejó a los pies de la cama. Era negra, de terciopelo y manga japonesa. No la cambiaría por ninguna de las que vendían los Fritz. Ni loca. Esta, además de bonita, tenía un valor sentimental, ya que se la había regalado su abuela. Abrió la boca para bostezar y se metió entre las sábanas.

Media hora después, y cansada de dar vueltas en la cama, se levantó. Se puso una gabardina negra sobre un legging y un jersey holgado. Se calzó unas botas, llamó a un taxi y salió por la puerta. Estaba preocupada por la familia Fritz, sobre todo por Guillermo y Eva. ¿Quién había escrito aquella carta y cómo había llegado hasta su almohada? ¿Y si volvía a pasar una desgracia?

Estaba decidida a ir al caserío y vigilarlo desde la distancia. Era lo único que se le ocurría para que disminuyera la angustia alojada en la boca del estómago.

Fuera llovía a cántaros y el olor a humedad de aquella madrugada entró en sus pulmones inundándolos de vida. En cuanto el taxi llegó, Lur le indicó que la llevara a su barrio. Quería pasar por allí para coger unos prismáticos y un abrigo más grueso.

Colarse en casa a aquellas horas y con gran sigilo le hizo sentirse como una delincuente. El suelo, las paredes, los colores, los cuadros elegidos por ella. La familiaridad. Ella pertenecía allí. Entró en el dormitorio y *Crepúsculo en Venecia*, de Monet, le pidió con sus tonos anaranjados que no se marchara, que lo contemplara y dejara de serle infiel con aquellas figuras geométricas e impersonales.

Con la cocina cerrada a cal y canto, el olor a quemado apenas se notaba. Por desgracia, tampoco el ambientador a frutos rojos.

Dejó la gabardina a los pies de la cama y se puso un abrigo con capucha. Extrajo los prismáticos de un cajón y salió de casa desoyendo las voces del apego.

Al sacar el teléfono para pedir otro taxi, vio que tenía una llamada perdida de Guillermo.

Un relámpago la electrificó por dentro. Temió que hubiera vuelto a suceder una tragedia. Su instinto llevaba horas avisándola.

Marcó su número.

—¿Guillermo?

—Perdona que te moleste a estas horas.

—¿Qué ha pasado? —preguntó poniéndose la capucha.

—Vengo de Madrid. Estad atentos. Supongo que el Cónclave vendrá a por mí. Creo que por fin podréis pillarlos con las
manos en la masa.

—¿Qué has hecho?

—Nada de lo que me arrepienta.

—¿Dónde estás? Y… ¿cómo has abandonado el caserío sin
ser visto?

Guillermo le resumió como un autómata lo acontecido con
Arturo. No había un ápice de emoción en sus palabras.

—Debemos ir a comisaría —sugirió Lur.

—¿Para qué?

—Para tomarte declaración, para montar un dispositivo como
Dios manda.

—No sé qué pensará Dios de todo esto…

—¿Qué piensas tú?

—Que quiero que se haga justicia.

—Entonces vayamos a comisaría.

Quedaron en un aparcamiento al aire libre que estaba a un
par de minutos andando desde el portal de Lur. La oficial alargó las zancadas y no sintió tanto dolor en los músculos. Supuso
que algo tendría que ver en aquello la nueva alimentación, los
estiramientos y el pinzado rodado que le practicaba Maddi.
Las luces de posición de la furgoneta iluminaban las gotas de
lluvia. Se quitó la capucha antes de entrar con más dificultad y
dolor de lo que le hubiera gustado. Miró a Guillermo y solo vio
un semblante magullado. El labio partido, inflamado. La sangre
reseca contorneaba la herida. El pómulo hinchado y enrojecido.

—¿Qué has hecho, Guillermo? ¿Estás bien?

Lur contuvo el impulso de acariciarle la cara.

—La sangre es de él —dijo estirando la chaqueta para que
viera las gotas.

—Será mejor que esa prenda se quede aquí dentro y que antes pasemos por mi casa —sugirió abriendo la puerta de la furgoneta.

Una vez en el piso, Lur le guio a la sala y le hizo sentarse en un sillón. Se ausentó unos segundos y regresó con gasas y agua oxigenada que dejó sobre una mesa auxiliar.

—Va a doler, pero solo será un momento —le advirtió con el apósito humedecido.

Se lo pasó con suavidad por el pómulo. La piel de aquella zona estaba dañada, pero no había rastro de heridas abiertas. Bajó a los labios y le dio un toque suave sobre la sangre reseca para que se fuera deshaciendo poco a poco. La barba de varias semanas se enganchó en el tejido. Mojó otra gasa con un buen chorro de agua oxigenada y la depositó sobre la herida para que la ablandara.

—Te dio con ganas —comentó mientras sostenía el apósito.

—Yo también.

—¿Y cómo te sientes?

—¿Quieres que hable? —Su voz salió con dificultad a causa de la gasa.

—No, perdona. —Sonrió con complicidad.

Él le correspondió con la mirada y Lur sintió como si un colibrí picoteara todos los órganos de su cuerpo. Una ola de calor le recorrió las axilas, la espalda. Temió que sus mejillas se enrojecieran, tal y como lo estaba haciendo la gasa.

—Ya casi está.

Guillermo la estudió con calma. La melena negra, rebelde. Los ojos azules, polares. La nariz pequeña. Los pómulos afilados. Los labios que hacía unos segundos le habían sonreído. El cuello largo, pálido, con las venas marcadas, tan azules como los ojos… Y el pulso acelerado bajo la piel.

Se concentró en el latido agitado. Era idéntico al suyo.

—Mi vida ahora mismo es un caos absoluto y no sé qué me deparará el futuro —susurró él.

Ella retiró la gasa.

—Antes de que digas nada, déjame que te confiese algo, Lur. —Hizo una breve pausa—. Me habría gustado conocerte en otras circunstancias…

La oficial De las Heras se giró para cerrar el bote de agua oxigenada y de paso disimular los nervios que le habían causado sus palabras.

—¿En el seno de la familia Fritz, por ejemplo? —preguntó contrariada.

—No, tampoco.

Él arrastró la mano sobre la mesa y tomó la de ella.

Lur notó el calor y la electricidad de la mano de Guillermo. La misma que la recorrió aquel día en el despacho del caserío. Del hombro a la cadera. Ahora la corriente iba de la mano a todos los rincones de su cuerpo. El colibrí se puso la mar de contento.

—Tenemos que ir a la comisaría. El subcomisario está al tanto de lo sucedido en Madrid y no tardará en llegar —susurró sin retirar la mano.

Él se levantó y le acarició los dedos con el pulgar. Uno a uno, sin prisa. Ya no sabía quién era ni adónde pertenecía, pero había algo que sí tenía claro.

Lur notó su olor a Fritz. El tacto de su piel. El deseo.

Se miraron a los ojos y la distancia que los separaba fue desapareciendo poco a poco.

Sus labios se buscaron con ternura, como si quisieran darse consuelo. Pero el calor, la humedad, los corazones acelerados y el perfume Fritz provocaron que los cuerpos demandaran más y más. Un consuelo mayor. Un antídoto para olvidar. Las manos de ambos se movieron torpes sobre la piel del otro.

—El subcomisario nos espera —dijo Lur apartándose.

Escuchó la respiración entrecortada de él. ¿Cómo había permitido que ocurriera aquello? Llevaba años construyendo un muro tras el que guarecerse de los demás, del riesgo a ser herida, y ahora llegaba Guillermo y la desarmaba por completo. ¿Cómo lo había hecho? ¿Por qué se fiaba de él? Tenía que controlarse. Era una oficial de la Ertzaintza. ¿A qué venía esa inconsciencia?

—Perdóname —se excusó Guillermo—. Me he dejado llevar y no es el momento.

—No te disculpes, hemos sido los dos —reconoció azorada.

Cogieron un paraguas por si apremiaba la lluvia y salieron del piso. Fueron en la furgoneta hasta la comisaría sin apenas mediar palabra. Cuando llegaron el subcomisario Nando García, el oficial Ernesto Quivera y la patrullera Maddi Blasco ya estaban allí. Guillermo volvió a contar todo desde el principio. Lur percibió el cansancio en su voz. También que las emociones empezaban a aflorar. Se preguntó si el arrepentimiento por haber desafiado al Cónclave estaría a punto de aparecer. Hasta el momento se había mostrado consecuente con todo lo que había hecho. Guillermo sereno. En paz. Pero el abatimiento comenzaba a mermar aquella actitud. Ojalá lo que había hecho le ayudara a llegar a la verdad y a conseguir la justicia que ansiaba. A menudo el sacrificio no era suficiente. Lur había visto desfallecer a mucha gente en el camino. Indicios y más indicios, abogados, jueces e incluso suerte. Un absoluto desgaste. Quiso advertirle de que la justicia era caprichosa y de que se hallaba en la cima de una montaña escarpada. Que no iba a ser nada fácil. Perseverancia, mucha, y el viento a favor, del bueno y del fuerte. No quería que Guillermo engrosara la puñetera lista de los que se quedan a las puertas. No, él no. Tampoco que la escalada le transformara en otro hombre.

—¿Qué posibilidades hay de que vengan? —preguntó Lur.

—Muchas. Vendrán aunque nada tengan que ver con la muerte de mi hijo. No quieren que ningún miembro se descontrole. Y menos un guía… Y si son responsables de su muerte, no me cabe la menor duda de que querrán silenciarme.

—Necesitaremos la colaboración de la Policía Nacional —dijo el subcomisario—. El juez que lleva el caso está enterado de todo desde el principio y espero que sea considerado a la hora de darnos oficios.

—¿Cuál es el plan? —quiso saber Lur.

—Poner vigilancia en la casa de Madrid y aumentar la de Irún; hay que tener en cuenta que no sabemos si el Cónclave ha salido ya de allí.

—No lo creo —opinó Guillermo—. Les gusta embarcarse en largas reuniones para tomar decisiones. Aunque en este caso no sé, quizá sean impredecibles, dadas las circunstancias.

—No se preocupe. Ahora un dispositivo policial está al tanto de la casa de Irún.

—¿El mismo que sorteé? —preguntó cansado.

—Jugaba con ventaja —se defendió García—. Sabía de su existencia y utilizó a Lur para despistarlos.

Él la miró como queriendo disculparse.

—¿Cómo sigue el plan? —preguntó Maddi para atraer la atención puesta en el rostro ruborizado de la oficial De las Heras.

—Le pondremos un micro. Sería interesante que lo llevara encima y que lo conectara cuando llegara el Cónclave. ¿Algún inconveniente? —dijo García dirigiéndose a él.

—No.

—Espero que no tarden en llegar —resopló el subcomisario.

—No lo harán. Al exponerme les he puesto en la tesitura de actuar. Deben hacerlo. Como mínimo han de juzgarme por el ritual, acompañarme al cuarto de la Purificación y rezar por mi regreso al Camino. Si en ese trayecto intentan matarme o no, bueno, lo sabremos enseguida.

Lur tragó saliva. Guillermo había cambiado en el transcurso de los últimos días. Algo había despertado en él. Algo imposible de detener.

—Vete a casa, Maddi. Yo me quedo con él. No es prudente que aparezca a estas horas por el caserío. Si le descubren puede echar por tierra la operación. —Lur no quiso decirle que tampoco tenía ninguna gana de volver a la habitación del hotel.

Maddi asintió con la cabeza. Estaba ojerosa.

—Intenta descansar por las dos —susurró Lur. Le sonrió con afecto antes de comprobar la hora—. Son casi las seis.

La tormenta seguía tronando a lo lejos. Llevaba horas haciéndolo. Era como si las fuerzas de la naturaleza se hubiesen desequilibrado para siempre. Una perpetua madrugada húmeda y eléctrica.

—Que te sea leve —dijo Maddi—. Nos vemos en un par de horas.

Lur se quedó sola en la sala. Permaneció sentada y en silencio durante unos minutos. Después fue adonde aguardaba Guillermo.

—¿Todavía estás aquí? —dijo al verla entrar.

—He pensado que necesitarías compañía.

Se miraron detenidamente.

—Además, tengo que maquillarte esas heridas antes de que vuelvas a casa.

Movió una silla hasta su lado y rebuscó en el bolso. Dejó sobre la mesa maquillaje y corrector de ojeras.

—Gracias por todo —dijo él.

—Es mi trabajo, no me las des.

—No todo lo que haces por mí… Y perdóname por utilizarte. El subcomisario tenía razón.

—Chisss, no hables más. Deja quietos los labios.

—Necesito hablar. He estado mucho tiempo callado. —La miró con complicidad.

—Hay que ver… Pues empezaré por el moflete.

Él arrastró la mano sobre la mesa y tomó la de ella, al igual que lo había hecho en el salón de su casa.

—¿Ahí fuera escuchan lo que hablamos?

—Tal vez.

Lur observó sus labios y el recuerdo del beso le cortó la respiración.

—Voy a echarte un poco de maquillaje en ese pómulo antes de que amanezca.

—Claro.

—La herida de la boca queda bastante disimulada con la barba.

Sacó la mano de debajo de la de él y abrió el corrector de ojeras. Le dio unos toquecitos en la piel y lo extendió con las yemas de los dedos. Le sujetó la barbilla y giró la cara con delicadeza para ver cada milímetro de piel ante la luz.

—Ya está. Creo que más no se puede hacer. Intenta pasar desapercibido.

—Me las arreglaré.

Le soltó la barbilla y le acarició el rostro con ternura. Sorprendida por su propio gesto, se levantó y recogió todo desde el otro lado de la silla. La cercanía la estaba matando.

—Me sentí bien —dijo Guillermo de pronto. Lur le miró—. Cuando golpeé a Arturo. Antes me lo has preguntado en tu casa.

—¿De veras?

—Él me instruyó en la familia y me cobijó bajo su ala. El afecto que sentía por él era inmenso. Siempre nos hemos llamado hermanos. Pero yo lo consideraba un padre. Tiene veinticinco años más que yo… Lo de mi hijo me ha hecho verle de otra manera. Es terrible. Tal vez no le conocía tanto como creía. O quizá él ha utilizado máscaras conmigo. O puede que yo le idealizara a la primera de cambio porque lo necesitaba. No lo sé. El caso es que hoy, al estar con él, he notado que era un completo desconocido. No he percibido un ápice de esa bondad que tanto me inspiraba… Y me he sentido tan engañado que me ha hecho bien pegarle. Soy un sinvergüenza, lo sé, él es un viejo a mi lado. —Se llevó los dedos al pómulo—. Un viejo, pero no un pobre hombre indefenso. Arturo ha mostrado odio, ira y venganza, y te aseguro que no había ningún Fritz bajo la máscara que le he quitado a golpes.

La chaqueta ensangrentada hecha un ovillo en el asiento trasero de la furgoneta. La carretera mojada. El cielo oscuro, de un gris acero. En aquel momento no llovía. Guillermo estaba agotado.

La poca luminosidad que presentaba el día a él le hacía un tremendo daño en los ojos. Necesitaba descansar. Intermitente a la derecha y volantazo hacia lo que durante tantos años fue su hogar. Las gotas brillaban en las hojas de los árboles. Los troncos habían absorbido tanta agua que parecían negros. Le aterraba y hería la posibilidad de que la familia le viera como él veía a Arturo. Un traidor. Un manipulador. Él tenía que mirar por su hijo y por él. Ya no eran una piña. Qué tristeza más grande. Las cosas se acababan, se rompían. Así lo dictaba el destino. Aparcó y paró el motor. La primera en asomarse fue Eva. Su adorada Eva.

«Cuánto te quiso mi hijo… Cuánto…», pensó.

Se sentía culpable por lo que había hecho. Todos saldrían salpicados de aquello. Sus actos estaban a punto de cambiarlo todo.

Se bajó de la furgoneta y dio un portazo. Eva corrió hacia él. Reparó en cómo sus ojos brillantes se dirigían a sus heridas y se llenaban de preguntas. Él agachó la cabeza. Bruno e Irene aparecieron de la nada.

—¿De dónde vienes? —quiso saber el portavoz de los hombres.

—Del taller. —Pegó tal manotazo sobre la carrocería de la furgoneta que hasta él dio un respingo—. Ayer me dijeron que a primera hora ya estaría lista.

—Pero ¿has ido andando hasta allí? ¿Con el día que hace?

—Necesitaba pasear. —Intentó hacerse un hueco entre ellos para conseguir entrar en casa.

—¡Dios mío! —exclamó Irene—. ¿Qué te ha pasado?

Él se llevó las yemas de los dedos al labio.

—Cuando estaba llegando a Larreaundi, una persona me ha increpado y me ha empujado.

—Pero… ¿por qué?

—Puto Fritz de mierda, me ha llamado. —Había interiorizado esa frase, pero tenía más por si esa no bastaba.

—¡Esto no puede continuar así! —dijo la mujer agitando los brazos—. ¡Tenemos que llamar a la Ertzaintza!

—No.

—¿Por qué no?

—¿Te parece que hemos tenido poca Ertzaintza?

La familia al completo se congregó a su alrededor. Los observó abrumado mientras notaba cómo las piernas comenzaban a temblarle.

—Por favor, os pido que me dejéis entrar y descansar.

Se apartaron y Guillermo sintió que caminaba por un pasillo ceremonial. Subió a su dormitorio y cerró la puerta. Se quitó el blusón y se puso una camiseta interior de invierno y una chaqueta. Tenía tanto frío que el abrigo tardó en reconfortarle. Se asomó a la ventana y vio que todos los miembros de la familia se habían dispersado, excepto uno. Eva. Seguía cerca de la furgoneta. Petrificada. Guillermo apretó los párpados. Los Fritz estaban a punto de resquebrajarse y no quería hacerle daño. A Eva no.

«Todo lo he hecho por Ari, para descubrir por qué nos lo arrebataron, quiénes y cómo —quiso decirle a gritos desde la ventana—. ¿Entiendes eso?».

Cuando abrió los ojos, Eva ya no estaba. Dejó el teléfono en la mesilla. Nadie le había llamado. Se recostó en la cama con la certeza de que moriría allí mismo, tal cual estaba, de lado en una esquina del colchón, con las piernas recogidas. Un ruido en la puerta le hizo incorporarse. El móvil seguía sin nuevas notificaciones. No podían ser ellos. Aún no.

—¿Quién es?

—Guillermo —susurró ella—. Déjame entrar.

—Vete, por favor.

Después el silencio. Se plantó en medio de la habitación y se concentró en la madera de la puerta. Al otro lado unos sonidos sutiles se le clavaban en el alma como arpones. Se dirigió hacia allí y abrió. Eva estaba sentada en el suelo, arrimada al marco, con las rodillas pegadas al pecho.

—No me dejes, por favor. No me dejes —le suplicó.

Había estado llorando.

Guillermo se retiró para que entrara. Nada más cerrar Eva ocupó el mismo lugar, pero esta vez en el interior del dormitorio. El guía pensó que necesitaba estar cerca de la entrada y de la salida, ya que ni ella sabía muy bien cuál era su lugar. Un portal que separaba la verdad de la mentira. Lo bueno de lo malo. Dejó que se quedara abrazada a sí misma en aquel insólito espacio. Él se sentó en la cama, de espaldas a ella.

—Van a venir a por mí —confesó sin un ápice de arrepentimiento.

Después le contó lo demás. Cada minuto en la sierra madrileña y en comisaría.

—Si fueron ellos tienen que pagar —remató.

Eva tembló, los ojos vidriosos fijos en el suelo, pero no dijo nada.

Guillermo se preguntó en qué lado de la puerta desearía estar en ese momento.

Los codos sobre la mesa, las palmas de las manos unidas y la frente sobre los índices. Lur ya no sabía qué postura adoptar. Eran las seis de la tarde y el día se estaba haciendo interminable.

—Túmbate un rato, anda —sugirió Maddi.

El enorme corcho que forraba la pared seguía repleto de fotos e información. Las dos deseaban vaciarlo de una maldita vez.

—¿Y si algo sale mal? ¿Y si alguno acaba herido? —Había mucha inseguridad en la voz de Lur.

—No, eso no va a pasar.

—¿Y si no son ellos?

—Pues seguiremos. Lo importante es que la familia está vigilada. Están protegidos de quien narices haya sido.

—Sí, tienes razón.

Pese a que los últimos resultados recibidos —ni rastro de sangre ni de fibras de soga en el poncho del padre de Txomin— demostraban que lo más probable era que el hombre fuera inocente, Nando había conseguido que siguiera detenido hasta que el operativo finalizara. No quería arriesgarse a que mandara todo al garete con su crispación. A la madre había decidido mantenerla vigilada por si se le ocurría aparecer por el caserío Fritz con la escopeta al hombro.

—¿Paz ha ingresado ya en el psiquiátrico de Donostia? —preguntó Maddi para que Lur saliera del bucle. Sabía que la preocupación la estaba devorando. Un fuerte lazo la unía a Guillermo y a Eva. Si las investigaciones ya eran complicadas de por sí, Maddi era consciente de que con emociones de por medio eran fatales.

—Sí, cuando el juez le tomó declaración intuyó que no estaba muy allá. Pidió una valoración psiquiátrica y esta mañana temprano llegó el informe. También el resultado de la sangre de la maza y de la ropa de ella. Corresponde a Andrés.

—Confesión, huellas y sangre. Veintidós añitos tenía él… Veintidós añitos tiene ella. Qué triste.

—Buena parte de la pena la pasará en el psiquiátrico.

Las dos reflexionaron sobre qué habría sido de Andrés si Paz hubiera recibido ayuda médica cuando empezó a enfermar.

El teléfono de Lur las sacó de las cavilaciones. Habló durante unos segundos.

—Era Nando. La Policía Nacional de Madrid ha dicho que a las tres de la tarde un vehículo llegó a la casa de la sierra y que, a partir de ahí, se observó bastante movimiento. Después, concretamente hace tres horas, cinco hombres se montaron en un Volkswagen Touran de color blanco con los cristales tintados y tomaron la A-1. Los han ido siguiendo y creen que vienen a Irún. Ahora mismo se encuentran a la altura de Bergara. Si es eso cierto, en unos cincuenta minutos estarán aquí. El subcomisario quiere a todo el equipo en el terreno de los Fritz para seguir de cerca el operativo. —Ambas mujeres se miraron—. En marcha.

Era hora de volver a la carga. Habían permanecido callados durante unos días, pero el nuevo asesinato y la detención de la Fritz eran la excusa perfecta para atacar de nuevo. Era increíble cómo la historia había dado un giro de ciento ochenta grados. En los medios de comunicación no se hablaba de otra cosa. Un golpe maestro que ojalá lograra que la secta se desarticulara. A saber cuántos secretos ocultaba la maldita familia. Pepe Aroztegi sabía que jamás se enterarían de todo. Se le revolvía el estómago solo de pensarlo. Inquina. Eso es lo que sentía hacia ellos. Incluso hacia su mujer y su hija. Llevaban atormentándole diecinueve años. Jamás entendería por qué tomaron aquella drástica decisión. Eran un par de egoístas y se preguntaba qué harían si la barquita blanca se hundiera en el fango. Diecinueve años de indiferencia, de mala fe... Y luego rezaban a Dios. Menudas hipócritas. Se pasó muchos años creyendo que las habían secuestrado y lavado el cerebro, pero ahora sabía que lo habían hecho para joderle la vida. No había sido el marido perfecto, pero Marta aceptó las infidelidades desde el principio, por conveniencia. Nunca le faltó de nada. ¿Por qué ese cambio? ¿Y Lucía? Como padre no le podía reprochar nada. Nada. Echó un vistazo rápido a la caja que llevaba en el asiento del copiloto.

LOS FRITZ NO SON UNA FAMILIA

LOS FRITZ SON UNOS ASESINOS

ILEGALIZACIÓN. ¡YA!

Rezaban los nuevos carteles.

Se puso la capucha antes de detenerse en un semáforo. Le dio la impresión de que todos los que viajaban en el vehículo del carril de al lado vestían de blanco. Estaba hasta los huevos de los Fritz, de verlos e imaginarlos por todas partes. Un chico iba en la parte de atrás y llevaba la ventanilla bajada.

Se miraron y a Pepe le bastó para saberlo.

La noche se ponía interesante. Había hecho bien en conseguir un arma.

Era él.

Abrió la guantera. El cañón era de color negro. Brillante.

La manga negra le cubría hasta la mitad de la mano. Empujó la puerta y entró en el caserío. El sigilo debía imperar, ya que tenía que llegar hasta el guía sin que el resto de la casa se enterase. Después era el turno de la decisión y el arrojo. No quedaba otra. La capucha le daba protección y calor. Ahí dentro solo oía el roce de la tela. Se sentía tan aislado que, antes de enfilar el pasillo, tuvo que comprobar que los otros tres le seguían.

—Os estaba esperando —la voz de Guillermo rompió el silencio.

Estaba sentado a la mesa del comedor, frente al lugar donde su hijo apareció amordazado, sin vida.

Los cuatro hombres encapuchados formaron un semicírculo a su alrededor.

—Sé que son momentos duros, pero ya va siendo hora de que entres en razón —habló Jonás, el joven del grupo—. Lo que le has hecho a Arturo no tiene justificación ni perdón.

—¿Qué queréis hacer conmigo?

—Lo que hacemos con todo Fritz descarriado.

—¿Lo mismo que queríais hacerle a Ari?

Los de las túnicas se miraron entre sí.

—No debiste ocultarnos algo tan atroz. Esta familia está podrida —dijo don Federico, el más viejo, mientras acariciaba las bridas que llevaba en el bolsillo de la túnica.

Un ruido les hizo girar la cabeza hacia las escaleras. Un séquito blanco observaba desde arriba. Los miembros del Cónclave se bajaron la capucha.

—Dejadnos a solas. Se ha de hacer justicia —pidió el viejo—. ¡Meteos en el cuarto de la Purificación! ¡Ya!

Algunos miembros de la familia intercambiaron sendas miradas con Guillermo y el Cónclave. Los cuatro hombres ataviados con las túnicas negras rodeaban al guía y la tensión y la violencia se palpaban en el ambiente.

—¿Qué van a hacer con Guillermo? —preguntó Irene al oído de Bruno.

—No lo sé —dijo contrariado.

—Tenemos que protegerlo. Es nuestro guía. Es nuestro amigo —susurró Irene—. Siempre ha sido un hermano para ti y para mí. Para todos nosotros.

—¡¿No me habéis oído?! —voceó Federico.

La mayoría de la familia avanzó temerosa mostrando nuevamente la sumisión de la que estaba hecha. Eran carne de obediencia.

Bruno agarró a Irene por los hombros.

—Debemos acatar lo que dicta el Cónclave —dijo mientras la guiaba casi a la fuerza escaleras abajo.

—Allí estaremos más seguros —murmuró Flora prácticamente sin mirar a Guillermo, que permanecía en silencio ante el desfile de su familia.

—¿También vais a matarme? —preguntó el guía cuando se fueron todos.

—Fue un trágico accidente. Nunca debió pasar y por ello seremos benevolentes contigo. —A Rafael le tembló la voz al decirlo.

—Vaya, su asesinato, un atenuante para mi condena. ¿Hasta dónde llega vuestro narcisismo? ¿Eh? Decidme.

—No nos lo pongas más difícil, Guillermo. Debes venir con nosotros. Bruno se encargará de la familia en tu ausencia —anunció Jonás.

Guillermo rio derrotado.

—¿Qué pecado cometió Ari?

—Lo sabes perfectamente.

—No, no lo sé.

—Levántate —exigió Federico.

—¿Fue Bruno? ¿María Belén? ¿Flora? ¿Quién? Decidme quién me traicionó y quién os acompañaba esa noche e iré con vosotros.

—Si nos lo hubieras confesado a tiempo, todo habría sido más fácil. Habríamos citado a tu hija en el cuarto de la Purificación para mostrarle el camino correcto. Pero tuviste que complicarlo todo. Tú y tu familia. No sé cómo conseguiste que guardaran tamaño secreto. Los has condenado a todos.

—A todos… —repitió.

La cabeza de Guillermo daba vueltas y vueltas. Analizaba cada palabra intentando averiguar quién había hablado del modo de vida de Ari. Temía que el dispositivo de la Ertzaintza entrara y jamás lo supiese. Le habían prometido que no intervendrían hasta escuchar su señal, pero no se fiaba.

—Tendréis que amordazarme como a él y llevarme a rastras si queréis sacarme de aquí.

—Guillermo…

—¿¡Quién me traicionó!? ¿¡Quién!?

Su grito cortó el silencio de la casa al tiempo que un trueno rasgaba el cielo y quebraba toda la tensión que llevaba horas acumulándose.

El subcomisario, Lur, Maddi y Quivera se encontraban en el terreno de los Fritz, en la parte trasera de una furgoneta que habían aparcado entre varios árboles y maleza. Los cuatro no perdían detalle de la conversación que estaba teniendo lugar en el caserío.

—Se aproxima otro vehículo.

La radio repiqueteó con la nueva información e hizo que todo el equipo se pusiera en alerta.

—¿Desde tu posición o la de tus hombres puedes ver quién viaja en él? —quiso saber el subcomisario.

—Un varón al volante —contestó uno de los agentes del equipo de intervención que vigilaba el exterior.

—Tengo la matrícula —anunció otro a la par que la dictaba.

Teclearon el número en un portátil y el nombre «Pepe Aroztegi» salió en la pantalla.

—¿Qué hace él aquí? —preguntó Lur mientras sacaba su H&K compact.

El subcomisario la miró.

—No, Lur. Guarda tu arma.

—Tengo que entrar. Ese hombre es peligroso.

—Lo hará el equipo de intervención.

—Si lo hace, olvídate del operativo. Estamos a punto de saber la verdad. Tenemos que averiguar quién es el quinto encapuchado. —Abrió la puerta.

—Ni se te ocurra moverte de aquí. Es una orden —dijo el subcomisario en un último intento.

Quivera, en un arrebato, la agarró del hombro y al hacerlo le hincó las uñas en el abrigo.

«¡Tú no sales de esta furgoneta!», quiso gritarle.

—La familia me conoce. Si alguno me descubre en el caserío buscaré cualquier pretexto. Soy la única que encaja allí dentro —dijo zafándose de Quivera. ¿De qué iba? ¿Quién se creía que era para intentar detenerla?

Empujó la puerta y dejó atrás el vehículo, las advertencias de su jefe y la mirada de odio de su compañero.

Había empezado a llover con intensidad y las gotas frías que le mojaban la cabeza la activaron de golpe. Dobló las rodillas y se desplazó con sigilo. En otra ocasión la falta de agilidad le habría impedido llegar a la fachada del caserío, pero con la adrenalina por las nubes ni se percató. Arma en ristre, se adentró en el pasillo a oscuras mientras fuera arreciaba la tormenta.

En el cuarto de la Purificación los miembros de la familia se agolpaban contra las rejas. Se habían encerrado allí sin saber muy bien si estaban haciendo lo correcto. El Cónclave mandaba, pero Guillermo había sido el guía durante mucho tiempo. ¿Qué iban a hacer con él? ¿Era cierto que habían sido los responsables de la muerte de Ari?

El abuelo estaba sentado en la cama y lloraba como un niño. María Belén no había dejado de hablarle en susurros para tranquilizarle, para consolarle, pero no había conseguido detener su llantina. Jessica se encargaba de hacer lo mismo con los niños. Sus caras reflejaban terror, pero no habían derramado ni una lágrima.

—¿Dónde está Eva? —preguntó Irene alarmada—. ¿Dónde está mi Eva? —dijo mirando a su alrededor.

En la fría celda faltaba ella.

—¿Quién fue el último en verla? —Bruno agarró del brazo a Flora.

La mujer sintió los dedos hincados en su carne.

—Se supone que eres la portavoz de las mujeres. ¿Cómo has podido perderla de vista?

Los ojos de Flora se llenaron de resentimiento.

—Suéltame.

Bruno apretó más.

—Suéltame he dicho.

El portavoz de los hombres aflojó y ella se retiró de un golpe.

—¿Dónde está mi Eva? —repitió Irene como en trance—. Ahí arriba corre peligro.

Flora empujó la puerta enrejada y salió con agilidad. Miró a la familia antes de cerrar con llave desde fuera.

—¿Qué haces? —quiso saber Bruno agarrándose a las rejas—. ¿Adónde vas?

La mujer les dio la espalda y desapareció escaleras arriba.

—¡¿Quién me traicionó?! —insistió Guillermo tras el silencio que dejó en toda la casa el eco del trueno.

—¡Traed al chico! —gritó el más viejo del Cónclave.

Agazapada en las escaleras, Eva se agarró aún más fuerte a la barandilla al oírle elevar la voz. Aquella escena le recordaba a la noche fatídica en que todo había empezado, o terminado, más bien. La lluvia furiosa al otro lado de los cristales, el viento aporreando puertas y ventanas, los flashes de luz de los relámpagos martilleando en el pasillo. Tragó saliva al revivir de nuevo la imagen de Ari, de su Ari, agónico en el suelo, a los pies de las mismas escaleras en que ella ahora se encontraba. Aún la tenía muy reciente. En carne viva. Y precisamente por eso no podía permitir que volviera a pasar. Nadie haría daño a Guillermo. Se lo debía a sí misma y a Ari. Era lo único que le quedaba de él. Si hacía falta, esta vez, prendería fuego al caserío entero.

Ni siquiera fue consciente de que los del Cónclave dejaban pasar a otra figura más joven, alta y rubia. Cuando Aarón apareció escoltado por dos de los encapuchados, a Eva se le paró el corazón.

—Cuéntaselo —pidió Miguel poniéndole la mano sobre el hombro.

—Sucedió en la boda de Fran y Luisa —dijo empoderado bajo la túnica almidonada. La cabeza alta. La mirada turbia.

A Eva se le cortó la respiración al echar la vista atrás. Había pasado medio año desde aquello. Fue en abril, en la casa de Asturias.

Era un bonito día de primavera y el sol cómplice les sonreía entre las nubes. La ceremonia había sido preciosa y Eva no había podido evitar emocionarse. Pensaba con anhelo lo mucho que quería aquello mismo para Ari y para ella. Un casamiento con toda la familia, ante Dios, con amor, risas y música. Le agarró de la mano y tiró de él hasta que quedaron ocultos tras un árbol. Le besó en los labios con cariño y admiración.

—No hagas eso —la reprendió Ari—. Podrían descubrirnos.

—Jo, es que me cuesta contenerme —reconoció soñadora—. Se respira tanto amor en el aire…

Él la abrazó y le besó el cuello.

—Te quiero, Eva.

—Yo más. Yo mucho más, mi león.

Él la calló con un último beso fugaz y le dijo que se perdiera entre la gente, que cuanto menos estuvieran juntos, mejor.

—Además, detesto que me veas así —protestó mientras se agarraba el vestido.

—Para mí es un disfraz, nada más. Tú estás ahí debajo y es lo único que importa.

Suspiraron con brillo en los ojos y se soltaron de las manos.

Eva decidió dar una vuelta por el terreno. Necesitaba estar sola para perpetuar el recuerdo del último beso. La humedad, el calor, la clandestinidad… Suspiraba por Ari, por sus labios, por sus conversaciones y consejos. Y, cuando tenían que fingir, le deseaba mucho más.

—¡Ey!

Se dio la vuelta y vio a su amigo Aarón.

—¡Ey! ¿Qué tal?

—Llevo un buen rato buscándote.

—Me apetecía airearme un rato. Me he emocionado en la ceremonia. Ha sido preciosa.

—Sí, Fran y Luisa hacen buena pareja.

—Tienes toda la razón.

—¿Qué tramabais Ariadna y tú? —preguntó de pronto.

—¿Tramar?

—Os he visto juntas y no dejabais de hablar en susurros.

—Ah —dijo ruborizándose—. Cosas nuestras.

—Hay que ver cómo sois las mujeres.

Ella sintió una punzada en el pecho y forzó una sonrisa.

Los dos se quedaron callados unos segundos.

—Te echo de menos, Eva —confesó apesadumbrado—. Últimamente tardas mucho en responder a mis cartas.

Pensó que su amigo tenía razón. Le costaba escribirle porque siempre acababa reprimiéndose. E incluso mintiéndole. Aarón era como un hermano para ella, su confidente, pero en las cartas ya no podía ser sincera.

—Además, te noto diferente.

—¿A mí?

—Sí. Estás… estás hermosa. No se te quita la sonrisa de la boca. Brillas más que el sol.

Eva rio a carcajadas.

—¡Ves! Estás feliz.

Ari apareció en su mente como un fogonazo envolviéndola por completo.

—Es que lo soy —dijo con complicidad. Le tomó de las manos.

Aarón la miró como embobado.

—Ven, sentémonos —sugirió ella—. He de hablar contigo.

Eligieron un descampado llano y mullido. El verdor estaba salpicado de margaritas.

—Yo también te echo de menos. Antes nos lo contábamos todo, pero ahora ya no.

—Yo sigo haciéndolo.

—Yo no, por el secreto.

—¿Qué secreto?

—En las cartas ya no me siento segura. ¿Sabes que el Cónclave las lee?

Él arrancó una brizna de hierba.

—No, no lo sabía.

—Pues sí, lo hacen.

—¿Y qué secreto es? En mí puedes confiar. Siempre lo hemos hecho el uno en el otro.

Los ojos del chico eran de un azul casi translúcido. Eva sintió que a través de ellos podía ver su alma pura. Le hubiese gustado que vivieran más cerca para que las circunstancias no les separaran como lo estaban haciendo. Añoraba a su mejor amigo. Su cariño la reconfortaba. Aarón y sus grandes brazos siempre dispuestos a rodearla. A consolarla.

—Estoy enamorada.

—¿Cómo?

—Que estoy enamorada del chico más maravilloso que existe en la faz de la tierra. Ay, Aarón… Qué afortunada soy.

Tras la confesión, su amigo cerró la mano alrededor de una margarita y la estrujó. La ira burbujeaba en todo su torrente sanguíneo.

Pero su amiga no se dio ni cuenta.

«Aarón, no. Aarón no», pensó Eva.

Se puso de pie y bajó descalza por las escaleras. Le temblaba todo el cuerpo, las piernas, los brazos, el pecho. No fue consciente de que estuviera moviéndose, simplemente se dejó llevar, como un fantasma.

—¡No! —gritó cuando llegó a la planta principal—. ¡No!

Todas las cabezas se giraron hacia su voz. Corrió hasta Aarón y le agarró de la pechera. Hincó las rodillas en el suelo provocando que él lo hiciera también.

—¿Qué hace ella aquí? —exclamó Federico—. ¿Por qué no está en el cuarto de la Purificación como el resto?

El chico estaba paralizado. Se miraron a los ojos. Eva tenía el semblante cubierto de lágrimas.

—Debí delataros mucho antes —dijo él entre dientes—. Semejante aberración antinatural. Me das asco, Eva. Yo te quería. ¡Ojalá Ariadna y tú ardáis en el infierno! «Cada una atada a un poste y viendo cómo muere la otra por los siglos de los siglos. Como hacían con las brujas. Os merecéis que alguien os queme vivas, que alguien os dé una lección» —añadió parafraseando la nota que él mismo había escrito y dejado en la funda de la almohada el día del entierro de Ari.

Los miembros del Cónclave contemplaban con orgullo cómo la chica recibía su escarmiento.

—La dejé caer para golpearla. ¡Para castigarla! —continuó Aarón con inquina mientras intentaba soltar de la túnica los dedos de Eva—. Sí, la llevábamos entre los cinco y yo abrí las manos para que pagase por lo que estaba haciendo, por lo que me había hecho a mí. ¿Cómo te dejaste arrastrar por alguien así? ¡¿Cómo?! Mereces todo el sufrimiento por el que estás pasando.

Eva abrió la boca y lo único que salió de ella fue un llanto desgarrado, desconsolado. No podía ser cierto lo que escuchaba. No podía ser cierto que el chico que había sido su amigo y confidente durante tantos años fuera en realidad el culpable de la muerte de Ari.

—Quise perdonarte y lo intenté con todas mis fuerzas, pero enseguida me di cuenta de que estabas condenada. —Pegó un tirón de la túnica y consiguió soltarse de ella—. Ni eras ni volverías a ser la chica inocente de la que me enamoré —remató, y de un empujón la tiró al suelo.

Guillermo, blanco y quieto como una estatua, incapaz de digerir toda esa información, de repente despertó. Se abalanzó sobre Aarón de manera tan brusca que se le desprendió el micrófono antes de poder dar luz verde al equipo de intervención. Le hizo un placaje y empezó a asestarle golpes, uno tras otro, tan desesperado como irrefrenable. La sangre le tiñó los nudillos y le salpicó el blusón.

Los miembros del Cónclave se arrojaron como cuatro sombras tenebrosas sobre él para detenerlo. Estiraron de los brazos de Guillermo y pararon sus patadas para liberar Aarón, que respiraba aturdido sobre el mismo suelo que había absorbido la sangre de Ari. Pero Guillermo conseguía deshacerse de las garras Fritz y volvía contra el cuerpo del joven, una y otra vez.

Pepe Aroztegi entró en el caserío y sacó el arma al escuchar las voces. Apuntó al frente y pasó al comedor. Cuatro hombres ataviados con túnicas negras intentaban en vano detener a un hombre vestido de blanco que daba saltos como un loco, zafándose de sus garras. Los puños en alto y el cuerpo agitado. Colérico. Endemoniado. El objeto de su ira era una figura. Un chico rubio. Pepe apretó las manos sobre la empuñadura al reconocer a Aarón en el suelo. Las fotos que Quivera le había proporcionado no dejaban lugar a dudas: era su nieto, un calco de él de joven, sangre de su sangre. Su único descendiente digno. Tenía que sacarlo de allí mientras aún estuviera a tiempo, alejarlo de esa falsa familia, de esos secuestradores.

—¡Quieto todo el mundo! —exclamó apuntando al grupo.

Guillermo ni siquiera reparó en el arma y aprovechó que el Cónclave lo soltaba para seguir arremetiendo contra el asesino de su hijo. Eva sí la vio y corrió al centro de la sala para apartar a Guillermo de Aarón, segura de que con ello lo salvaría del hombre armado.

Lur entró por la puerta, localizó a Pepe Aroztegi de espaldas y corrió a detenerlo. Levantó el arma para golpearle en la cabeza un segundo antes de que dos disparos tronaran en el caserío.

El hombre se derrumbó, pero no fue el único.

Otras dos figuras yacían de lado con la ropa blanca ensangrentada.

Maddi oyó los disparos y acto seguido vio entrar al equipo de intervención. El semblante del subcomisario estaba rígido y pálido. Los tres sabían que aquellas balas no habían salido del arma de Lur. Necesitaban saber qué había pasado, pero tenían que permanecer en la furgoneta hasta que el equipo les indicara que dentro estaba todo bajo control. La patrullera quiso salir de allí y desobedecer a García al igual que había hecho Lur. ¿Y si su compañera la necesitaba? No llevaban mucho tiempo trabajando juntas, pero sentía que la conocía de toda la vida. Que eran dos viejas amigas. Que le debía lealtad.

—La oficial De las Heras se encuentra bien. Hay una mujer y un hombre abatidos y otro inconsciente. —La radio volvió a repiquetear—. La ambulancia está de camino.

Maddi respiró aliviada.

—¿Podemos entrar? —preguntó el subcomisario.

—Acabamos de esposar a los cinco hombres que van de negro y hemos pedido al resto de la familia que se mantenga en la celda. Dos de mis hombres los están custodiando allí abajo. Vamos a comprobar el caserío antes de que entréis. Dadnos cinco minutos.

—De acuerdo. Voy llamando a la científica.

Maddi abrió la puerta y salió del vehículo. Seguía lloviendo, pero le daba igual mojarse. Necesitaba aire fresco. Húmedo. Gritar. Exhaló con ganas. El bosque Fritz olía fuerte, a tierra empapada y a helechos. Era un lugar bonito para vivir. Lástima que los prejuicios, los secretos y la muerte lo envolvieran hasta asfixiarlo. Pensó en su mundo. ¿Se diferenciaba mucho de aquel?

—Entremos —dijo el subcomisario—. Ya ha acabado.

Fueron en fila india hacia el caserío. García iba el primero y Maddi la última. La patrullera se moría por llegar, pero no tenía las agallas de ponerse delante de los dos hombres. Se imaginó vestida de blanco y con el cabello trenzado. Las puñeteras jerarquías. El puñetero machismo.

Cerca de la puerta el equipo de intervención registraba el vehículo de Pepe Aroztegi. Maddi vio de refilón el maletero.

Había botellas de cristal, trapos y gasolina.

Eva tenía las manos manchadas de rojo y Flora sabía que era su sangre. No tenía ni idea de dónde le había alcanzado la bala porque el dolor era total y al mismo tiempo indistinguible. Era una manta que la oprimía más y más. Notaba no obstante cómo la chica y un agente le presionaban el pecho. Había llegado al comedor a tiempo de ver a un hombre armado amenazando todo por lo que ella había luchado tanto tiempo: a Eva, a Guillermo, a los Fritz. A su familia. No se lo pensó dos veces y saltó para protegerlos, pero no lo había conseguido con ambos. Por eso Lur intentaba contener a pocos metros la hemorragia del guía.

¿La creerían ahora? ¿Por qué habían dudado de ella? El capítulo de Erratzu formaba parte del pasado, de la antigua Flora. Ella era la portavoz de las mujeres y jamás se le habría ocurrido dañar a la familia. Había apoyado cada decisión tomada en aquel caserío y nunca los habría traicionado. Ante la sospecha de que el Cónclave estuviera detrás del ataque a Ari, tenía que reconocer que erró, pero lo hizo por miedo a que la Ertzaintza metiera las narices donde no la llamaban. La prioridad era la familia Fritz y la policía no tenía cabida en ese mundo. En su mundo. El de verdad. El único que estaba a salvo en medio de toda esa ruina.

—La ambulancia está de camino, tía Flora —le explicó Eva con lágrimas en los ojos—. Aguanta, por favor.

—Tranquila. Todo va a salir bien —dijo a media voz—. Nos recuperaremos de esta y seguiremos adelante. Todos a una.

Eva presionó fuerte sobre el pecho con una mano y soltó la otra para acariciarle la frente.

—Somos fuertes, mi niña. Somos la familia Fritz —susurró sin conseguir distinguir los rasgos de Eva.

—No cierres los ojos, tía Flora. —Le agarró de las mejillas y zarandeó su cabeza—. ¡Ey, despierta! ¡Despierta! ¡No!

La primera ambulancia en poner rumbo al hospital fue la que llevaba a tía Flora en estado crítico. Guillermo había corrido mejor suerte y su herida no era grave. Según dijeron los sanitarios, la bala había entrado y salido del hombro sin ocasionar grandes daños. Lur sabía que la contusión de Pepe tampoco le acarrearía problemas. No era la primera vez que dejaba inconsciente a algún delincuente con la culata de su arma.

Le pesaba no haberlo hecho unos segundos antes. Si se hubiera adelantado, la vida de Flora no correría peligro.

Maddi se le acercó con una toalla humedecida.

—Ten. Tienes sangre en la barbilla y en el cuello.

—Gracias, Maddi.

Lur se limpió las manos y la cara, y sus sentidos agradecieron que la toalla fuera suave, estuviera mojada con agua templada y oliera a perfume Fritz.

—Tengo que contarte algo —susurró la patrullera. Acto seguido le relató lo que había visto en el maletero de Pepe.

Lur salió del caserío para comprobarlo con sus propios ojos. Ahí estaba el material para armar cócteles molotov. Volvió a entrar y vio de reojo a Aroztegi. Llevaba un vaquero negro y una sudadera del mismo color en vez de su look habitual. Había recobrado el sentido y un sanitario le atendía en el suelo.

Lur se arrodilló a su lado y ni siquiera el cabreo mitigó el dolor que le produjeron sus caderas entumecidas.

—Acabo de ver el maletero de su coche. Un juez no dudará en aceptarlo como indicio de sus intenciones aquí, del incendio en mi casa y de acoso a la investigación. Podría haber muerto en ese incendio, ¿sabe?

—¿Dónde está mi nieto? ¿Se encuentra bien? —preguntó a media voz, sin apenas mirarla.

—¿No me ha oído? Ya se puede ir despidiendo de conocer a su nieto en lo que le quede de vida si no colabora y empieza a decir la verdad. Míreme.

Pepe consiguió alzar la vista del suelo y mirarla a la cara. Sus ojos reflejaban impotencia y rabia.

—Solo quería saber de él. Aarón es sangre de mi sangre y ni siquiera tenía una fotografía suya. No era tanto pedir. Mi mujer y mi hija me privaron de él durante diecinueve años. ¿Puede imaginar qué es eso?

—¿Y boicoteando la investigación pensaba ganarse su perdón, su compañía?

Pepe tragó saliva y echó un vistazo alrededor, como cerciorándose de quién estaba cerca.

—Hice un trato con su compañero. Tengo grabaciones que lo demuestran. A mí no me van a empapelar por esa mierda. Fue él. Yo accedí por mi nieto, nada más. Me prometió información sobre él a cambio de sacarla del caso.

El torrente sanguíneo de Lur le quemó las venas como si arrastrara ácido puro. Así que todo había sido por culpa de Quivera. Todo por una lucha de egos. Todo por eso.

—Aarón Fritz está bien —dijo levantándose. Sus ojos no trasmitían ningún tipo de emoción—. Y por desgracia tiene mucho en común con su abuelo. Será juzgado por homicidio. Y usted, como mínimo, por intento de homicidio —remató antes de darle la espalda.

Le abrirían un expediente por lo que iba a hacer. Sí, Lur conocía las consecuencias. Las conocía de sobra.

Quivera, como huyendo, como si hubiera olido la que se avecinaba, se había ido con Nando al taller de costura donde hablaba con él intentando disimular los nervios. Allí, al igual que en la cocina de Lur, todo seguía en ruinas. Las paredes estaban teñidas de negro y el suelo plagado de irregularidades creadas por el incendio. Lur entró en la estancia y fue directa como una flecha hacia su compañero.

—¿Tanto me odias? —le escupió a la cara—. Eres un miserable.

—¿Y ahora qué mosca te ha picado? Estás loca de remate.

La imagen de su hogar, de la casa de su abuela ardiendo, era cuanto ocupaba la mente de Lur en ese momento. Había sentido tanto miedo, se había sentido tan frágil otra vez... Y todo por él. Lur no le dio a Quivera tiempo de reaccionar. Tampoco al subcomisario. Alzó la culata de su arma y le golpeó con fuerza en la cabeza.

Aquella noche Enrique Quivera fue el segundo hombre en caer inconsciente a manos de Lur en el caserío de la familia Fritz.

24 de noviembre, domingo. Un mes después

Era un paquete mediano envuelto en papel de regalo. Maddi le había dicho que lo abriera con cuidado. Estaban en casa de Lur, en el despacho improvisado donde tantas horas habían compartido. La pared forrada de corcho por fin estaba vacía. Lur le hizo caso e intentó no destrozar lo que fuera que hubiera dentro. Soltó los lazos y un pequeño árbol apareció ante sí.

—Es un bonsái olea, un pequeño olivo —explicó Maddi sonriente.

Lur abrió la boca.

—Tiene doce años —prosiguió—. O eso me han dicho en la floristería.

La oficial, maravillada, acarició el tronco ancho y las diminutas hojas verdes.

—No sé qué decir. Es tan bonito. ¡Madre mía! Qué detalle.

—El regalo perfecto para la aceitunera mayor del reino.

Lur le dio un sentido abrazo.

—Gracias. Gracias, de verdad.

—Gracias a ti, por la oportunidad.

—¿De verdad que no quieres que hable con Nando? Puedo convencerle para que te haga un hueco en el equipo.

La idea de volver a investigar provocó que su corazón se acelerara. Una ilusión que Maddi tuvo que lapidar antes de que brotara como las hojitas del bonsái.

—Mmm, no, te lo agradezco. Estoy bien patrullando —intentó sonar convincente. Aunque sabía que a Lur no había quien la engañara—. Quizá cuando tú te incorpores.

—Como quieras —dijo estudiándola.

—¿Qué tal tu primer día en rehabilitación? —preguntó para cambiar de tema.

—Bien. La especialista me ha confesado que nunca había visto un caso y un lumbar como el mío.

—Pues si llega a verlo antes de someterlo a mi pinzado rodado…

—Ya se lo he dicho, sí.

—¿Seguro que no hace falta que te lo haga más?

—No, la osteópata del centro de Donostia me ha dicho que por ahora es suficiente. Que la calidad del tejido ha mejorado muchísimo.

—Me alegro. Menos mal que ella te supo guiar.

—Sí, desde luego. Sigo siendo un caso raro y me esperan meses de rehabilitación en el hospital, pero después de más de dos años de desesperación, gracias a ella por fin empiezo a ver luz al final del túnel.

—Tómatelo con calma y cuídate, que para eso estás de baja.

—Sí, tienes razón —susurró reflexiva—. Ay, casi se me olvida decirte que a media mañana le dieron el alta a Flora.

—Qué bien. Me alegro mucho. —Se metió un mechón rubio detrás de la oreja—. ¿Y sobre nuestros amigos Pepe Aroztegi y Enrique Quivera? ¿Has vuelto a saber algo?

Las dos recordaban cómo el empresario, nada más entrar en la sala de interrogatorios, cantó y presentó las grabaciones telefónicas que guardaba para obtener una reducción de la pena. Reconoció ser el responsable del segundo ataque, pero no del primero. Por lo visto, Enrique Quivera fue quien pintó el coche de Lur y prendió fuego a la palmera. Después presionó a Aroztegi con su chantaje para que se encargara de seguir con el boicot, para que llegara más lejos. Como era de esperar, y pese a las evidencias, Quivera lo negó todo e invirtió todas sus energías en acusar a Lur de haberle agredido en el caserío, pero los dos únicos testigos, la propia oficial y el subcomisario, aseguraron haber visto a Quivera tropezar en el taller de costura, caer al suelo y golpearse en la cabeza. Un testimonio que, teniendo en cuenta el historial de Quivera y su fijación por Lur, nadie puso en duda.

Lur sabía que se había librado por los pelos de un delito de lesiones y una expulsión del cuerpo, como mínimo de unos meses y, aunque hubiera aceptado gustosa las consecuencias, esta vez se había dejado ayudar por su amigo Nando sin rechistar. Ahora era ella la que estaba en deuda con él.

—Cabrón, cobarde y chapucero —bramó Lur—. ¿Tanto me odiaba?

—Me temo que ahora más. —Maddi consultó su reloj—. Se te va a hacer tarde, ya es casi la hora.

—Tienes razón.

—¿Estás segura de lo que vas a hacer?

—Una nunca sabe cuándo ha tomado la decisión correcta. No sé si me entiendes.

Maddi pensó en Fidel y en el puesto que Lur le había ofrecido. La jodida balanza osciló de nuevo. Un lado iba cargado de pasión, adrenalina… y el otro de caras largas, decepción, malas contestaciones y, tal vez en un futuro no muy lejano, la separación. ¿Estaba preparada para esto último? Quizá sí, quizá no. ¿Y sus hijos? ¿Lo estaban? Recordó las amplias sonrisas de Mía e Igor. Eran su faro. Su faro favorito.

—Claro que te entiendo.

Un mensaje al teléfono de Lur sacó a ambas del bucle de pensamientos y dudas.

—Vaya, es Nando. Dice que Paz ha dado a luz a una niña y que las dos se encuentran en perfecto estado.

—Las marchas siempre están acompañadas de tristeza —susurró Maddi—. Qué pena que algunas llegadas lo estén también. Le deseo a esa criatura toda la suerte del mundo.

Se despidieron con un abrazo en el portal y prometieron seguir en contacto. Después, Lur fue andando hasta el aparcamiento que estaba a dos minutos de su casa. Volver allí le trajo de vuelta todos los recuerdos. La incertidumbre que pasaron aquella noche en comisaría… y la siguiente, que fue aún peor. Los disparos, la sangre, el hospital. Horas interminables que poco a poco se irían desdibujando. Los días siguientes fueron de locura. Detenciones, indagaciones. Era un alivio que Aarón y los cuatro miembros del Cónclave estuvieran detenidos. Se les acusaba de intento de secuestro y homicidio, y también de delitos laborales y fiscales. La marca Blanco Inmaculado estaba siendo investigada a fondo en Hacienda y la Seguridad Social.

Por lo que había podido saber Lur, cuando Herber Fritz estaba vivo, no había ninguna sociedad limitada en la secta. Eran otros tiempos, los años setenta, y la comunidad hippie no se preocupaba de declarar nada. Tras morir el líder, hubo muchas disputas entre los miembros y buena parte de ellos abandonaron la comunidad. Federico, Rafael, Miguel y Jonás, los cuatro veteranos que fueron testigos del dinero que empezaba a dar la marca, no pararon hasta montar Blanco Inmaculado S. L. Una sociedad que el Cónclave —o el consejo de administración, como figuraba en los papeles— dividió en cuatro partes iguales. Eran las únicas cuatro personas en toda la familia Fritz que tenían cuentas bancarias y percibían un sueldo por las labores que desempeñaban como presidente del consejo de administración, director financiero, director de recursos humanos y director de ventas. El resto de los Fritz estaban dados de alta como maquinistas textiles, mozos de almacén, administrativos, etcétera, pero no recibían sus salarios. Eso sí, para que la Seguridad Social no sospechara, el Cónclave se encargaba de extraer todos los sueldos de las cuentas de la empresa y derivarlos a otras que tenían en Suiza. Al parecer ese era el único *paraíso* —fiscal— que la cúpula corrupta veneraba.

Lur tomó aire y maldijo a los cuatro codiciosos. Era alucinante lo bien que habían jugado sus cartas. Ni siquiera la obsesión y el odio de la FFADA habían sido capaces de desenmascararlos. Intuía que iba a salir mierda a borbotones. Por lo pronto, los cuatro y Aarón estaban detenidos y otros Fritz, como Arturo y los familiares del Cónclave, estaban imputados. Un juez había pasado la gestión, provisionalmente, a un administrador judicial. Los miembros de la familia Fritz en breve empezarían a percibir el sueldo que merecían y un sindicato estaba peleando para que recibieran todos los atrasos. También los que habían formado parte de la familia en algún momento. Lur pensó en Olga. ¿Qué le diría a su marido si algún día le llegaban dichos atrasos? La oficial agradecía al sindicato y a una asociación vasca de ayuda a víctimas de sectas que se hubieran unido para luchar y tenderles la mano. Esa gente necesitaba más que nunca tierra firme donde poder pisar.

Entró en el aparcamiento y vio que Guillermo ya estaba esperándola. No había rastro de furgoneta, ahora tenía un utilitario gris. Un cosquilleo eléctrico la recorrió de pies a cabeza al sentarse a su lado. Aquella sensación no había dejado de acompañarla desde que lo conoció. Lo miró y agradeció por enésima vez que la bala solo le atravesara el hombro. Recordó su cuerpo de lado sobre el suelo del caserío y el miedo a que estuviera muerto. Fueron segundos que no lograba olvidar.

—Hola. ¿Qué tal estáis?

Eva iba en la parte trasera. Le gustaba el look que había adquirido. Por lo visto le gustaba el negro tanto como a ella. Llevaba puesto un jersey de escote barco que descubría sus preciosos hombros rectos. La pobre luchaba cada segundo contra sus demonios. Había sido duro, muy duro, descubrir que involuntariamente había abierto la brecha por la que se coló el modo de vida de Ari. Lur sabía que Eva era fuerte y valiente y que lograría perdonarse.

—Bien —dijeron a la vez.

Guillermo puso el motor en marcha y Eva le tendió la mano a Lur. Esta tomó lo que le ofrecía. Era su nuevo DNI. Ya no había rastro del nombre Fritz.

—Guillermo también tiene uno.

El caserío de Irún se había cerrado a cal y canto y los miembros que habían decidido seguir formando parte de la familia habían sido repartidos por el resto de casas. Aseguraban que seguían confiando en los valores de la comunidad y que pensaban que Aarón, el Cónclave y el resto de responsables tenían que pagar por lo que habían hecho. Ellos empezarían de nuevo. Tenían trabajo, tenían amor, fe y esperanza.

La familia vasca, sin embargo, había vuelto a Vitoria. El sindicato consiguió que a Gorka y a Naroa les concedieran el desempleo y estaban iniciando una nueva vida con su niña. Irene y Bruno también habían optado por intentarlo junto al abuelo y sus hijos Joel y Eva. Por desgracia, no habían conseguido convencer a María Belén. Su hija mayor demostró que los Fritz eran lo primero cuando, con Flora, y ante la sospecha de que el Cónclave pudiera estar detrás del homicidio de Ari, había decidido ocultarlo. Estaban seguros de que, en un futuro no muy lejano, lograría ser portavoz de las mujeres. Era lo que más ansiaba. Llevaba años haciéndolo. Sus padres rogaban para que fuera feliz. Nada más.

No fue la única, Flora y Jessica también habían decidido seguir siendo Fritz. Lur imaginaba que no tuvo que ser una decisión fácil para ninguno. Guillermo había sufrido al marcharse, y más después de comprobar la lealtad que le tenía su familia de Irún. Todos habían guardado silencio durante más de ocho años. Les estaría agradecido de por vida, pero, sobre todo, por haber tratado a Ari como lo que siempre había sido: un hombre.

—¿Y qué tal os sentís con el nuevo DNI? —preguntó Lur.

Guillermo sonrió de medio lado. La camisa vaquera le favorecía incluso más que aquella chaqueta de punto que tanto le gustaba a Lur. Ahí lo tenía, tan cerca y tan lejos. Y tan atractivo.

Habían sido cuatro semanas tan intensas que no hubo un nuevo acercamiento entre ellos.

—Rara, pero bien —dijo Eva.

Aparcaron en el cementerio de Blaia y se dirigieron al nicho, lentamente, como queriendo postergar el momento. Las calles estaban vacías y las tumbas repletas de plantas y flores. Crisantemos amarillos en su gran mayoría, algunos ya marchitos, que con su olor indicaban que no había pasado tanto tiempo desde el día de Todos los Santos. El azul del cielo era tan intenso que recordaba a los días de verano, pero el frío punzante apretaba para que no se dejasen engañar por la estampa estival. Lur se arrebujó en el abrigo. Estaba siendo un noviembre de temperaturas bajas. Invernal. A medida que los tres avanzaban iban recortando el espacio que los separaba para darse calor. Para mantenerse unidos. Sus hombros se rozaron cuando se detuvieron. Contemplaron la lápida recién puesta y contuvieron las ganas de llorar. Habían acordado no derramar más lágrimas. Querían que fuera un día bonito.

ARI NAGUERO GARONA

✝ 13 – 10 – 2019

A LOS 14 AÑOS

TU CHICA Y TU PADRE NO TE OLVIDAN Y DESEAN

QUE ALLÁ DONDE ESTÉS SEAS LIBRE DE PENSAR,

LIBRE DE SER. LIBRE DE AMAR

Eva fue la primera en retirarse, quizá buscando un momento a solas, quizá consciente de que Guillermo y Lur lo necesitaban también. Sonrió a su exguía, le acarició la espalda con cariño y se alejó despacio con los brazos cruzados, como abrazándose a sí misma. Entonces el silencio del cementerio se apoderó de los dos.

—Le hice una promesa, ¿sabes? —susurró Lur pasado un tiempo.

Guillermo parpadeó, había estado quieto hasta entonces, rezando a su manera, hablando a su hijo.

—¿A Ari?

—Le dije que encontraría al culpable.

—Y lo hiciste.

—Lo hicimos —matizó ella— Maddi, Eva, tú… Yo sola no habría podido.

—Ojalá no hubiéramos tenido que hacerlo —se lamentó Guillermo. Después calló.

Lur se acercó a él y le cogió una mano con fuerza.

—Acabo de pedirle perdón.

Lur frunció el ceño.

—¿A él? —preguntó, señalando el nicho—. ¿Por qué?

—Porque estuve a punto de perderme. En la oscuridad, el miedo y la tristeza. Nunca pensé que, tras superar la pérdida de su madre, tendría que enfrentarme a algo que me desarmara de forma tan brutal. Conduje hasta la cornisa francesa y pensé en lanzarme acantilado abajo. Pero algo me lo impidió. Sé que fue Ari. Quería que volviera a vivir.

Lur le soltó la mano y se fundió con Guillermo en un abrazo. Al separarse empezaron a desandar el camino hasta la salida del cementerio.

—Estoy segura de que, esté donde esté, Ari ha aceptado tus disculpas.

Guillermo asintió.

—¿Te arrepientes de algo?

Guillermo vaciló. Sabía que Lur se refería a aquel momento en el acantilado. ¿Si se arrepentía de haber seguido adelante y de enfrentarse a un mundo y a una vida nueva, lejos de todo lo que siempre había amado, los Fritz, su familia, empezando de cero?

Esta vez fue Guillermo quien cogió de la mano a Lur.

—No, no lo hago —contestó.

Lur sonrió, cabizbaja, y no dijo nada más hasta llegar al coche.

Dejaron a Eva en el portal del bloque al que se había mudado con su familia. Irene salió al balcón y los saludó con la mano. Joel y el abuelo no tardaron en acompañarla. Lur dedujo que a su amigo Bruno le daba pena decir adiós a Guillermo.

—¿Ya tienes todo? —le preguntó Lur.

—Sí, ya ves, todas mis pertenencias caben en el maletero de este coche.

Guillermo había estado viviendo con ellos, pero había llegado a la conclusión de que no era la manera de empezar de cero. Ellos eran una familia y él no formaba parte de ella. Cuando Lur le ofreció una habitación en su casa, no pudo resistirse. Tenía pensado que fuera algo temporal, hasta encontrar un trabajo. Estaba titulado en nutrición y en diferentes terapias naturales y buscaría algún puesto relacionado con ellas.

Subieron el escaso equipaje y Lur no tardó en dirigirse a la recién reformada cocina para preparar la cena. No fue intencionado, pero, de camino al servicio, le vio de refilón instalándose en su nuevo dormitorio. Guillermo estaba con el torso desnudo. Tan solo llevaba unos calzoncillos bóxer azul marino. Se sintió extraña al comprobar que él se había despojado de todo rastro de los Fritz. Ella no, bajo su ropa seguía llevando una de las camisetas interiores de Blanco Inmaculado. Milagro. Se sintió avergonzada y supuso que ya era hora de deshacerse de toda la ropa de la marca. Sí, antes de que Guillermo se diera cuenta. Escuchó cómo abría la cremallera de la maleta. Después la fricción de las prendas y sus pasos de aquí para allá. La casa estaba diferente con él. Más templada. En paz. A Lur no le importaba si decidía quedarse durante una larga temporada. Es más, en el fondo, rogaba que así fuera.

Contempló su precioso olivo en miniatura. Sonrió relajada, como una tonta, y le pareció notar que el corazón de una nueva familia comenzaba a latir. Bum, bum, bum.

Era su familia.

Bum, bum, bum.

—¿Te gustan las aceitunas, Guillermo?

Agradecimientos

Empiezo una nueva aventura y tienen mucha culpa autores generosos como Ibon Martín y Clara Peñalver. Gracias a los dos por señalarme el camino.

Gracias también a mi agente editorial Justyna Rzewuska por defender la novela. Contigo ya no me siento tan sola.

A mi editor Alberto Marcos. Nunca había trabajado codo con codo con un editor y ha sido un verdadero gustazo. Gracias por sacarle brillo al «blanco inmaculado» de esta novela. Sin ti esta historia no sería la misma.

A mi marido por soportar como un jabato el tostón que le doy desde que empiezo a crear una historia hasta que entra en imprenta. Gracias por ayudarme tantísimo.

A mi hermana. Gracias por enamorarte de la familia Fritz tanto como yo. ¡Nuestros Fritz por fin ven la luz!

A mis amigos Olatz Somoza y Jorge Prado. Dos de mis queridos lectores cero que llevan conmigo desde el principio. ¡Gracias por vuestro gran apoyo!

A mis aitas, dos de mis mayores fans (yo también lo soy de ellos).

A Rakel Canales y Marta Marne por las sugerencias agudas. Qué afortunada soy por poder contar con vosotras.

A mi Nando García en la vida real por ayudarme con todos los procedimientos policiales.

A Javier Sagastiberri por resolverme varias dudas relacionadas con temas fiscales.

A todo el equipo de Plaza y Janés.

A mi familia y amigos. Gracias por estar siempre ahí ♥. La séptima novela ya y seguís esperándola como si fuera la primera. ¡Qué suerte la mía!

A mis queridos lectores. Esta locura no tendría sentido sin vosotros. ¡Gracias!

A mis abuelas, dos luchadoras. Sin vosotras mis protagonistas no tendrían unos apellidos tan chulos. Gracias por tanto.